Copyright © *Gallimard Jeunesse*, 2013
Copyright © *Christelle Dabos*, 2013
Publicado em comum acordo com Gallimard Jeunesse, representada por Patrícia Natalia Seibel.
Título original: *La Passe-miroir. Livre 1. Les Fiancés de l'hiver*

DIREÇÃO EDITORIAL
Victor Gomes

COORDENAÇÃO EDITORIAL
Giovana Bomentre

TRADUÇÃO
Sofia Soter

PREPARAÇÃO
Iris Figueiredo

REVISÃO
Mellory Ferraz

DESIGN DE CAPA: © GALLIMARD JEUNESSE
ILUSTRAÇÕES: © LAURENT GAPAILLARD
IMAGENS INTERNAS: © SHUTTERSTOCK

ADAPTAÇÃO DE CAPA
Luana Botelho

DIAGRAMAÇÃO
Giovanna Cianelli

Esta é uma obra de ficção. Nomes, personagens, lugares, organizações e situações são produtos da imaginação do autor ou usados como ficção. Qualquer semelhança com fatos reais é mera coincidência.

Todos os direitos reservados. Proibida a reprodução, no todo ou em partes, através de quaisquer meios. Os direitos morais do autor foram contemplados.

DADOS INTERNACIONAIS DE CATALOGAÇÃO NA PUBLICAÇÃO (CIP)

D115n Dabos, Christelle
Os noivos do inverno / Christelle Dabos; Tradução Sofia Soter. – São Paulo: Editora Morro Branco, 2018.
p. 416; 14x21cm.
ISBN: 978-85-92795-38-2
1. Literatura francesa. 2. Fantasia. I. Soter, Sofia. II. Título.
CDD 843

IMPRESSO NO BRASIL / 2023

Todos os direitos desta edição reservados à
EDITORA MORRO BRANCO
Alameda Santos, 2223, 7º andar
01419-912 - São Paulo, SP - Brasil
Telefone (11) 3373-8168
www.editoramorrobranco.com.br

A BORDO DA CIDADE CELESTE

7. Aposentos de Farouk
6. Gineceu
5. Passeio
4. Ópera Familiar
3. Termas
2. Jardins suspensos
1. Sala do conselho ministerial
0. Embaixada do Luz da Lua

a. Intendência
b. Delegacia
c. Manufatura Hildegarde & Cia

FRAGMENTO

No princípio, éramos um.

Mas Deus não nos achava suficientes para satisfazê-lo, então Ele começou a nos dividir. Deus se divertia muito conosco, mas logo se cansava e nos esquecia. Deus podia ser tão cruel e indiferente que me apavorava. Deus também sabia ser carinhoso e eu o amei como nunca amei ninguém.

Acho que todos poderíamos ter vivido felizes, de certa forma, Deus, eu e os outros, sem este livro maldito. Ele me enojava. Eu conhecia o vínculo que me ligava a ele da forma mais repugnante, mas esse horror só veio depois, muito depois. Eu não entendi na época, era ignorante demais.

Eu amava Deus, sim, mas detestava esse livro que ele abria para dizer sim e não. Deus, por sua vez, se divertia demais. Quando Deus ficava contente, ele escrevia. Quando Deus ficava com raiva, ele escrevia. E um dia, quando Deus estava em um péssimo humor, ele fez uma besteira enorme.

Deus quebrou o mundo em pedaços.

OS NOIVOS

O ARQUIVISTA

Dizem que casas antigas têm alma. Em Anima, a arca onde os objetos ganham vida, elas têm principalmente a tendência de desenvolver uma personalidade terrível.

O prédio dos Arquivos familiares, por exemplo, estava sempre de mau humor. Ele passava os dias estalando, rangendo, vazando e soprando para expressar seu descontentamento. Não gostava das correntes de ar que batiam as portas mal fechadas no verão. Não gostava das chuvas que formavam goteiras no outono. Não gostava da umidade que infiltrava os muros durante o inverno. Não gostava das ervas-daninhas que voltavam a invadir o jardim na primavera.

Acima de tudo, o prédio dos Arquivos não gostava dos visitantes que não respeitavam os horários de funcionamento.

É por isso, sem dúvida, que nesta madrugada de setembro o prédio estalava, rangia, vazava e soprava ainda mais do que de costume. Ele sentia alguém chegar, mesmo que ainda fosse cedo demais para consultar os arquivos. O visitante nem esperava em frente à porta de entrada, na soleira, como um visitante respeitável. Não, ele invadia o local como um ladrão, diretamente pelo guarda-volumes dos Arquivos.

Um nariz estava crescendo bem no meio de um armário espelhado.

O nariz avançava. Logo em seguida surgiram também óculos, sobrancelhas, uma testa, uma boca, um queixo, bochechas, olhos, cabelo, um pescoço e orelhas. Suspenso no meio do espelho até os ombros, o rosto olhou para a direita, depois para a esquerda. Um joelho apareceu logo em seguida, um pouco abaixo, trazendo com ele um corpo que se arrancou inteiro do armário, como se saísse de uma banheira. Fora do armário, a figura se resumia a um casaco velho usado, um óculos de cor cinza e um longo cachecol tricolor.

Sob essas camadas estava Ophélie.

Ao redor de Ophélie, o guarda-volumes protestava com todos os seus armários, furioso com a intrusão que desrespeitava a organização dos Arquivos. Os móveis rangiam as dobradiças e batiam os pés. Os cabides chacoalhavam com barulho, como se um *poltergeist* os empurrasse uns contra os outros.

Essa demonstração de raiva não intimidou Ophélie nem um pouco. Ela estava acostumada à sensibilidade dos Arquivos.

— Calma — sussurrou ela. — Calma...

De imediato, os móveis se acalmaram e os cabides se calaram. O prédio dos Arquivos a reconheceu.

Ophélie saiu do guarda-volumes e fechou a porta. Na placa, lia-se:

CUIDADO: SALAS FRIAS

PEGUE UM CASACO

Com as mãos no bolso, arrastando o cachecol comprido, Ophélie passou em frente a uma fileira de estantes etiquetadas: "certidão de nascimento", "certidão de óbito", "certidão de dispensa de impedimento de consanguinidade" e assim por diante. Ela empurrou devagar a porta da sala de consulta. Deserta. As janelas estavam fechadas, mas deixavam entrar alguns raios de sol que iluminavam uma fileira de escrivaninhas no meio da penumbra. O canto de um melro, no jardim, parecia tornar esse feixe de luz ainda mais iluminado. Fazia tanto frio nos Arquivos que dava vontade de abrir todas as janelas para sentir o ar morno das ruas.

Ophélie permaneceu imóvel por um instante no batente da porta. Ela observou os raios de sol que deslizavam lentamente pelo chão de madeira enquanto o dia começava. Inspirou profundamente o perfume dos móveis antigos e do papel frio.

Esse cheiro, que banhara sua infância, em breve não seria mais sentido por Ophélie.

Ela se dirigiu lentamente aos aposentos do arquivista. O aposento particular era protegido por uma simples cortina. Apesar da hora, já era possível sentir um aroma forte de café. Ophélie tossiu no cachecol para anunciar sua chegada, mas uma ária de ópera velha escondeu o barulho. Ela atravessou a cortina. Não precisou procurar muito pelo arquivista, pois o cômodo servia ao mesmo tempo como cozinha, sala de estar, quarto e sala de *leitura*: ele estava sentado na cama, o nariz enfiado em uma gazeta.

Era um homem velho com cabelo branco desgrenhado. Tinha encaixado sob a sobrancelha uma lente de aumento que deixava seu olho enorme. Usava luvas, assim como uma camisa branca mal passada sob sua jaqueta.

Ophélie tossiu mais uma vez, mas ele não a ouviu por causa do gramofone. Mergulhado em sua leitura, acompanhava a ária cantarolando, um pouco desafinado. Além disso, tinha também o ronco da cafeteira, o gorgolejo do fogão e todos os barulhinhos habituais do prédio dos Arquivos.

Ophélie absorveu a atmosfera particular que reinava nestes aposentos: as notas desafinadas do velho; a claridade nascente do dia filtrada pelas cortinas; a fricção das páginas viradas com cuidado; o aroma do café e, no fundo, o cheiro de naftalina de uma lamparina. Em um canto do cômodo, as peças de um tabuleiro de damas se deslocavam sozinhas, como se dois jogadores invisíveis se enfrentassem. Ophélie tinha vontade de não tocar em nada, de deixar as coisas em suspenso, de voltar atrás, por medo de estragar este quadro familiar.

Entretanto, ela devia ser firme e romper o feitiço. Ela se aproximou da cama e cutucou o ombro do arquivista.

— Deus do céu! — exclamou ele, saltando de susto. — Você não podia avisar antes de aparecer assim?

— Eu tentei — desculpou-se Ophélie.

Ela recolheu a lente de aumento que tinha caído no tapete e a devolveu. Em seguida, tirou o casaco que a cobria da cabeça aos pés, desenrolou seu cachecol interminável e apoiou tudo nas costas de uma cadeira. Só restou dela uma figura pequena, cachos castanhos pesados e mal presos, duas lentes retangulares de óculos e uma roupa que combinaria mais com uma senhora de idade.

— Você veio pelo guarda-volumes de novo, né? — resmungou o arquivista, limpando a lente com a manga. — Essa mania de atravessar espelhos em horas inapropriadas! Você sabe muito bem que minha casa tem alergia a visitas surpresa. Qualquer dia desses, uma viga vai cair na sua cabeça e vai ser bem-feito.

Sua voz áspera fazia tremer o bigode enorme que se estendia até as orelhas. Ele se levantou com esforço da cama e agarrou a cafeteira, murmurando um dialeto que só ele ainda falava em Anima. Por manipular os arquivos, o velho vivia completamente no passado. Mesmo a gazeta que folheava tinha pelo menos um meio século.

— Um pouco de café, menina?

O arquivista não era um homem muito sociável, mas sempre que os olhos se viravam para Ophélie, como neste instante, começavam a brilhar como cidra. Sempre tivera um fraco por essa sobrinha-neta, sem dúvida porque, de toda a família, era a mais parecida com ele. Tão ultrapassada, solitária e reservada quanto ele.

Ophélie concordou com a cabeça. Ela estava com um nó na garganta que a impedia de falar, no momento.

O tio-avô encheu uma caneca fumegante para cada um.

— Falei um pouquinho com a sua mamãe ontem à noite no telefone — murmurou ele sob o bigode. — Ela estava tão animada que mal entendi metade do matraqueado. Mas, bem, entendi o importante: você está pronta para o abate, ao que parece.

Ophélie concordou sem dizer uma palavra. O tio-avô franziu as sobrancelhas enormes.

— Não faz essa cara, por favor. Sua mãe encontrou um cavalheiro para você, não resta nada a ser dito.

Ele entregou a caneca a Ophélie e se jogou de novo na cama, fazendo ranger todas as molas do colchão.

— Senta a bunda. Precisamos ter uma conversa séria, de padrinho para afilhada.

Ophélie puxou uma cadeira para perto da cama. Olhou para seu tio-avô e seu bigode chamativo com um sentimento de irrealidade. Ela tinha a impressão de contemplar, através dele, uma página da sua vida que estava sendo arrancada diante dos seus olhos.

— Sei bem adivinhar por que você me olha assim — declarou ele. — Mas, desta vez, a resposta é *não*. Seus ombros caídos, seus óculos rabugentos, seus suspiros de infelicidade, pode guardar tudo no fundo do armário — continuou ele, gesticulando com o polegar e o indicador, cobertos de pelos brancos. — Você já rejeitou dois primos! Eles eram tão feios quanto moedor de pimenta e grosseiros que nem penicos, é verdade, mas a cada recusa você ofendeu a família inteira. O pior é que fui cúmplice em sabotar esses acordos — pausou, suspirando sob o bigode. — Eu te conheço como se a tivesse criado. Você é mais conveniente do que uma cômoda, nunca levanta a voz, nunca cede a caprichos, mas é só falar de marido que você fica pior que uma bigorna! Entretanto, é da sua idade, quer o jovem te agrade ou não. Se não se ajeitar, acabará banida da família, e isso eu não quero.

Com o nariz enfiado na caneca de café, Ophélie decidiu que já era hora de abrir a boca.

— Você não precisa ficar inquieto, tio. Não vim pedir que você seja contra este casamento.

No mesmo instante, a agulha do toca-discos se prendeu em um arranhão. O eco repetitivo da soprano encheu a sala: "Se eu... Se eu... Se eu... Se eu...".

O tio-avô não se levantou para salvar a agulha de seu impasse. Ele estava surpreso demais.

— Que doideira é essa? Você não quer que eu intervenha?

— Não. O único favor que vim pedir hoje é acesso aos arquivos.

— Meus arquivos?

— Hoje.

"Se eu... Se eu... Se eu... Se eu...", gaguejou o toca-discos.

O tio-avô levantou uma sobrancelha, cético, acariciando o bigode.

— Você não espera que eu argumente a seu favor com a sua mãe?

— Não serviria para nada.

— Nem que eu convença o fracote do seu pai?

— Vou casar com o homem que escolheram para mim. Simples assim.

A agulha do toca-discos pulou e seguiu seu caminho enquanto a soprano bradava, triunfal: "Se eu te amar, se cuide!".

Ophélie ajeitou os óculos e retribuiu o olhar do padrinho sem piscar. Seus olhos eram tão castanhos quanto os dele eram dourados.

— Na hora certa! — suspirou o velho, aliviado. — Confesso que achava que você seria incapaz de pronunciar essas palavras. Ele deve ter te impressionado muito, esse jovem. Pare de enrolar e me conte quem é!

Ophélie se levantou da cadeira para lavar as canecas. Ela queria abrir a torneira, mas a pia já estava cheia até a borda com pratos sujos. Normalmente, Ophélie não gostava de faxina, mas, nesta manhã, ela desabotoou as luvas, arregaçou as mangas e lavou a louça.

— Você não o conhece — disse ela por fim.

Seu murmúrio se perdeu no som da água corrente. O tio-avô parou o gramofone e se aproximou da pia.

— Não te ouvi, menina.

Ophélie fechou a torneira por um instante. Ela tinha uma voz fraca e má dicção, e frequentemente precisava repetir suas frases.

— Você não o conhece.

— Você esqueceu com quem está falando! — riu o tio-avô, cruzando os braços. — Talvez eu viva com a cara mergulhada nos meus arquivos, mas conheço nossa árvore genealógica melhor do que ninguém. Ele não é um dos seus primos mais distantes, do vale aos Grandes Lagos, cuja existência desconheço.

— Você não o conhece — insistiu Ophélie.

Ela esfregou um prato com a esponja, olhando para o nada. Mexer nessa louça toda sem luvas de proteção a fazia voltar no tempo, mesmo sem querer. Ela podia descrever, até nos mínimos detalhes, tudo que seu tio-avô tinha comido nesses pratos desde que os adquirira. Normalmente, como boa profissional, Ophélie não manipulava objetos alheios sem luvas, mas seu tio-avô a ensinara a *ler* aqui mesmo, neste aposento. Ela conhecia pessoalmente cada utensílio até a última particularidade.

— Ele não é um homem da família — anunciou por fim. — Ele vem do Polo.

Um longo silêncio se seguiu, sendo interrompido apenas pelo gorgolejo do encanamento. Ophélie enxugou as mãos no vestido e encarou seu padrinho por cima dos óculos retangulares. Ele tinha se curvado de repente, como se vinte anos pesassem subitamente sobre seus ombros. O bigode tinha murchado como uma bandeira a meio mastro.

— Que bagunça é essa? — bufou, com uma voz chocada.

— Não sei mais nada — respondeu Ophélie, com cuidado. — Só sei que, de acordo com a mamãe, é um bom partido. Não sei seu nome, nunca vi seu rosto.

O tio-avô foi buscar sua caixinha de rapé embaixo de um travesseiro, enfiou uma pitada de tabaco em cada narina e assoou o nariz em um lenço. Era seu modo de esclarecer as ideias.

— Deve ser um erro…

— É o que eu queria acreditar também, tio, mas parece que não é erro nenhum.

Ophélie deixou cair um prato, que se quebrou em dois pedaços na pia. Ela entregou os cacos ao tio-avô; ele os pressionou um contra o outro e o prato se cicatrizou imediatamente. Então o colocou no escorredor.

O tio-avô era um Animista impressionante. Sabia consertar absolutamente qualquer coisa com as mãos e os objetos mais improváveis o obedeciam como bichinhos de estimação.

— É certamente um erro — disse ele. — Arquivista que sou, nunca ouvi falar de um encontro tão antinatural. Muito menos os Animistas se misturarem com esses estrangeiros, melhor dizendo. Ponto final.

— Mesmo assim, este casamento vai acontecer — murmurou Ophélie, voltando a lavar a louça.

— Mas que bicho mordeu vocês? Você e sua mãe? — exclamou o tio-avô, assustado. — De todas as arcas, o Polo é a que tem a pior reputação. Eles têm poderes que destroem cabeças! Nem é uma família de verdade, são matilhas que se destroem entre si! Você sabe tudo que dizem sobre eles?

Ophélie quebrou mais um prato. Com tanta raiva, o tio-avô não se dava conta do impacto que suas palavras tinham sobre ela. Seria mesmo difícil: Ophélie tinha um rosto inexpressivo, as emoções raramente subiam à superfície.

— Não — disse ela simplesmente. — Não sei o que dizem, nem me interessa. Preciso de um documento sério. A única coisa que desejo, se você puder me dar, é o acesso aos arquivos.

O tio-avô consertou o outro prato e o colocou no escorredor. O quarto começou a chiar e as vigas a ranger; o mau humor do arquivista contagiava o prédio inteiro.

— Eu não te reconheço mais! Você vivia cheia de frescuras com seus primos e agora que jogam um bárbaro na sua cama, você está toda resignada!

Ophélie se conteve, a esponja em uma mão, um copo na outra, e fechou os olhos. Mergulhada na escuridão de suas pálpebras, olhou para dentro de si mesma.

Resignada? Para estar resignada, é preciso aceitar uma situação e, para aceitar uma situação, é preciso entender seu motivo. Ophélie não entendia nadica de nada. Algumas horas antes, ela nem sabia que estava noiva. Tinha a impressão de estar à beira de um precipício, de não pertencer a si mesma. Quando arriscava pensar no futuro, não reconhecia nada à sua volta. Estupefata, incrédula, tonta, isso sim, como uma paciente que acaba de ser diagnosticada com uma doença fatal. Mas ela não estava resignada.

— Não, com certeza, não imagino esse caos — retomou o tio-avô. — Além disso, o que ele vem fazer por aqui, esse estrangeiro? Qual é o interesse dele nisso tudo? Sem ofensa, menina, você não é a folha mais interessante da nossa árvore genealógica. Quer dizer, você só tem um museu, não uma ourivesaria!

Ophélie deixou cair um copo. Não era má vontade nem emoção, ser desastrada era patológico. Os objetos viviam escapando das suas mãos. O tio-avô estava acostumado e consertava tudo atrás dela.

— Acho que você não entendeu — explicou Ophélie com rigidez. — Não é esse homem que virá viver em Anima, sou eu que deverei ir com ele ao Polo.

Desta vez, foi o tio-avô que quebrou a louça que estava guardando. Ele xingou em seu dialeto antigo.

Agora uma luz forte entrava pela janela do aposento. Ela clareava a atmosfera como água pura e deixava pequenos brilhos na cabeceira da cama, na rolha de uma garrafa e na corneta do gramofone. Ophélie não entendia o que esse sol todo estava fazendo ali. Ele parecia falso no meio dessa conversa. Tornava as neves do Polo tão distantes, tão irreais, que ela própria não conseguia acreditar.

Ela tirou os óculos, os limpou no avental e os colocou de volta no rosto, por reflexo, como se pudesse ajudá-la a pensar com mais clareza. As lentes, que tinham se tornado perfeitamente transparentes quando afastadas, retomaram rapidamente sua cor cinza. Esse velho par de óculos era uma extensão de Ophélie; a cor variava de acordo com seu humor.

— Percebo que a mamãe se esqueceu de te contar o mais importante. Foram as Decanas que arranjaram esse noivado. No momento, só elas têm as informações sobre os detalhes do contrato conjugal.

— As Decanas? — soluçou o tio-avô.

Seu rosto tinha desmoronado, todas as rugas fazendo o mesmo. Ele se dava finalmente conta da engrenagem na qual sua sobrinha-neta se encontrava presa.

— Um casamento diplomático — suspirou ele. — Coitada...

Ele enfiou mais duas pitadas de rapé no nariz e assoou com tanta força que precisou ajeitar a dentadura.

— Pobrezinha, se as Decanas estão envolvidas, não há mais recurso possível. Mas por quê? — perguntou ele, alisando o bigode. — Por que você? Por que lá?

Ophélie lavou as mãos na pia e recolocou as luvas. Ela tinha quebrado louças o suficiente por hoje.

— Parece que a família desse homem entrou em contato direto com as Decanas para arranjar o casamento. Não faço ideia dos motivos que as levaram a me escolher em vez de outra pessoa. Gostaria de acreditar em um mal-entendido, realmente.

— E sua mãe?

— Morta de orgulho — sussurrou Ophélie com amargura. — Prometeram um bom partido para mim, o que é muito mais do que ela esperava. — Apertou os lábios na sombra dos cabelos e dos óculos. — Não tenho o poder de recusar essa oferta. Seguirei meu futuro marido onde o dever e a honra me obrigarem a ir. Mas isso é tudo — concluiu, puxando as luvas com um gesto determinado. — Esse casamento não está nem perto de ser consumado.

O tio-avô a encarou com pena.

— Não, querida, não, esquece isso. Olha só... Você é do tamanho de um banquinho e leve que nem um travesseiro... Não importa o que você sente, aconselho que não contrarie a vontade de seu marido. Vai acabar quebrando seus ossos.

Ophélie girou a manivela do gramofone para voltar a funcionar e colocou, desajeitada, a agulha no primeiro sulco do disco. A ária de ópera voltou a ressoar pelo pavilhão.

Ela o olhou com uma expressão vazia, os braços para trás, e não disse mais nada.

Ophélie era assim. Em situações nas quais qualquer outra moça teria chorado, gemido, gritado, suplicado, ela em geral se contentava com observar em silêncio. Seus primos e primas gostavam de dizer que ela era um pouco bobinha.

— Olha só — murmurou o tio-avô, coçando a barba por fazer do pescoço. — Também não precisa fazer tanto drama. Com certeza exagerei ao te falar sobre essa família. Quem sabe? Talvez você goste do seu rapaz.

Ophélie encarou seu tio-avô com cuidado. A luz intensa do sol parecia acentuar os traços de seu rosto e aprofundar cada ruga. Com uma pontada no coração, ela se deu conta de repente que esse homem, que ela sempre considerara forte como uma rocha e imune à passagem do tempo, era hoje em dia um velhinho exausto. E ela acabara de envelhecê-lo mais, sem querer.

Ela se forçou a sorrir.

— O que eu preciso é de um bom documento.

Os olhos do tio-avô retomaram um pouco de brilho.

— Vista o casaco, menina, vamos descer!

O RASGO

O tio-avô foi engolido pela escada, iluminado pela luz fraca das lamparinas. Com as mãos no casaco e o nariz sob o cachecol, Ophélie desceu atrás dele. A temperatura baixava a cada degrau. Seus olhos ainda estavam cheios de sol; ela tinha realmente a impressão de mergulhar em uma água escura e glacial.

Ela se assustou quando a voz áspera do tio-avô ecoou contra as paredes:

— Não consigo processar a ideia de que você vai embora. O Polo é do outro lado do mundo!

Ele parou na escada para se virar para Ophélie. Ela ainda não estava acostumada à penumbra e trombou nele com força.

— Olha, você é bastante boa em atravessar espelhos. Será que não pode viajar do Polo para cá de vez em quando?

— Não sou capaz, tio. Passar espelhos só funciona em distâncias curtas. É inútil sonhar com atravessar o vazio entre duas arcas.

O tio-avô xingou no dialeto antigo e retomou o caminho. Ophélie se sentiu culpada por não ser tão talentosa quanto ele imaginava.

— Tentarei vir te ver sempre — prometeu ela em voz baixa.

— Quando você vai, exatamente?

— Em dezembro, pelo que as Decanas disseram.

O tio-avô xingou de novo. Ophélie ficou feliz de não entender nada do dialeto.

— E quem vai te substituir no museu? — resmungou ele. — Não tem ninguém tão bom quanto você para avaliar as antiguidades.

Ophélie não tinha o que responder. Ser arrancada de sua família já era um baque, mas ser arrancada de seu museu, o único lugar no qual se sentia inteiramente ela própria, era como perder sua identidade. Ophélie só era boa em *ler*. Se tirassem isso dela, só restava uma idiota. Ela não sabia cuidar da casa, nem conversar, nem fazer faxina sem se machucar.

— Parece que não sou tão insubstituível assim — murmurou ela contra o cachecol.

No primeiro subsolo, o tio-avô trocou as luvas normais por luvas novas. Iluminado pelas lamparinas elétricas, ele deslizou os armários para recolher os arquivos, guardados por gerações sob a abóboda gelada do andar subterrâneo. Ele soltava fumaça entre os bigodes a cada expiração.

— Bom, são os arquivos familiares, então não espere milagres. Sei que um ou dois dos nossos ancestrais já pisaram no Grande Norte, mas já deve ajudar.

Ophélie assoou uma gota que escorria do nariz. Não devia fazer mais de dez graus ali. Ela se perguntou se a casa de seu noivo seria ainda mais fria do que a sala dos arquivos.

— Eu gostaria de ver o Augustus — disse ela.

Era claramente modo de dizer. Augustus tinha morrido muito antes de Ophélie nascer. "Ver o Augustus" significava ver seus desenhos.

Augustus fora o grande explorador da família, uma lenda por si só. Na escola, estudavam geografia a partir dos seus diários de viagem. Ele nunca escrevera uma palavra – não sabia o alfabeto –, mas seus desenhos eram uma mina de informações.

Como o tio-avô não respondeu, mergulhado nos arquivos, Ophélie achou que ele não tinha escutado. Puxou o cachecol que cobria seu rosto e repetiu, com a voz mais alta:

— Eu gostaria de ver o Augustus.

— Augustus? — resmungou sem olhar para ela. — Não é interessante. Não serve para nada. São só uns rabiscos velhos.

Ophélie levantou as sobrancelhas. O tio-avô nunca ofendia seus arquivos.

— Ah — soltou ela. — É tão terrível assim?

Com um suspiro, o tio-avô emergiu da gaveta escancarada em sua frente. A lupa que prendera sob a sobrancelha fazia um de seus olhos parecer duas vezes maior do que o outro.

— Corredor número quatro, à esquerda, prateleira de baixo. Por favor não amasse nada e coloque luvas limpas.

Ophélie contornou os armários e se agachou no lugar indicado. Lá estavam todos os originais dos diários de desenho do Augustus, classificados por arcas. Ela encontrou três em "Al-Ondaluz", sete em "Cidade" e quase vinte em "Sereníssima". Em "Polo", ela só encontrou um. Ophélie não podia arriscar ser desastrada com documentos tão valiosos. Ela apoiou o caderno em uma mesa de consulta e virou as páginas ilustradas com precaução.

Planícies pálidas e rochosas, um fiorde prisioneiro do gelo, florestas de pinheiros enormes, casas envoltas em neve... As paisagens eram austeras, claro, mas menos impressionantes do que Ophélie imaginara sobre o Polo. Ela as achou até bonitas, de certa forma. Perguntou-se onde seu noivo vivia, no meio de tanto branco. Perto do rio ladeado por pedrinhas? No porto de pesca perdido na noite? Na planície invadida pela tundra? A arca parecia tão pobre, tão selvagem! Como seu noivo poderia ser um bom partido?

Ophélie chegou a um desenho que não entendia: parecia uma colmeia pendurada no céu. Era provavelmente um esboço.

Ela virou mais umas páginas e viu um retrato de caça. Um homem posava com orgulho em frente a uma enorme pilha de peles. Com as mãos no quadril, tinha arregaçado as mangas para mostrar os braços muito musculosos, tatuados até o cotovelo. Ele tinha o olhar duro e os cabelos claros.

Os óculos de Ophélie ficaram azuis quando ela entendeu que a pilha de peles atrás dele era, na verdade, uma só: um lobo morto. Ele era do tamanho de um urso. Ela virou a página. Dessa vez, o caçador estava no meio de um grupo. Eles posavam juntos, em frente a um monte de chifres. Eram chifres de alces, com certeza, mas cada cabeça tinha o tamanho de um homem. Os caçadores tinham todos o mesmo olhar severo, os mesmos cabelos claros, as mesmas tatuagens nos braços, mas nenhum deles carregava armas, dando a entender que tinham matado os animais com as próprias mãos.

Ophélie folheou o caderno e encontrou os mesmos caçadores posando com outras carcaças, com morsas, mamutes e ursos, todos de tamanhos inacreditáveis.

Ophélie fechou o caderno devagar e o guardou no lugar. Bestas... Ela já tinha visto esses animais atingidos pelo gigantismo, mas só em livros para crianças, que não pareciam em nada com os desenhos de Augustus. Seu pequeno museu não a preparara para essa vida. O que a chocava acima de tudo era o olhar dos caçadores. Um olhar brutal, arrogante, acostumado a ver sangue. Ophélie esperava que seu noivo não tivesse esse olhar.

— Então? — perguntou o tio-avô quando ela voltou para perto dele.

— Entendo melhor sua preocupação — respondeu ela.

Ele retomou a pesquisa.

— Vou encontrar outra coisa para você — resmungou. — Esses desenhos já têm mais de 150 anos. E nem mostram tudo!

Era exatamente isso que preocupava Ophélie: o que Augustus não mostrava. No entanto, ela não disse nada, só deu de ombros. Outra pessoa, que não seu tio-avô, se ofenderia com sua indiferença e a confundiria com uma certa fraqueza de caráter. Ophélie parecia tão plácida, atrás dos óculos retangulares e dos olhos semicerrados, que era praticamente impossível imaginar as ondas de emoção que se chocavam com violência em seu peito.

Os desenhos de caça a assustaram. Ophélie se perguntou se era realmente isso que viera buscar aqui, nos Arquivos.

Uma rajada de ar soprou em seus tornozelos, levantando de leve a barra do vestido. A brisa vinha da escada que descia até o segundo subsolo. Ophélie encarou por um momento a passagem fechada por uma corrente onde estava pendurada uma placa:

ENTRADA PROIBIDA PARA O PÚBLICO

Era a corrente de ar que sempre soprava nas salas dos arquivos, mas Ophélie interpretou como um convite. O segundo subsolo exigia sua presença, agora.

Ela puxou o casaco do tio-avô, perdido nos arquivos, sentado em um banquinho.

— Você me dá permissão para descer?

— Você sabe que não tenho o direito — murmurou o tio-avô, sacudindo os bigodes. — É a coleção particular de Ártemis, só os arquivistas têm acesso. Ela nos dá a honra de sua confiança, não podemos abusar.

— Não tenho a intenção de *ler* com as mãos descobertas, pode ficar tranquilo — garantiu Ophélie, mostrando suas luvas. — Além disso, não peço sua permissão como sobrinha-neta, mas como responsável pelo museu familiar.

— Sim, sim, conheço bem seu discurso! — suspirou ele. — É minha culpa também, te influenciei demais.

Ophélie soltou a corrente e desceu a escada, mas as lamparinas não acenderam.

— Luz, por favor — pediu Ophélie, mergulhada no escuro.

Ela precisou repetir várias vezes. O prédio dos Arquivos não aprovava essa nova violação das regras. Ele acabou acendendo as lamparinas a contragosto; Ophélie teve que se contentar com uma iluminação intermitente.

A voz do tio-avô ecoou de parede em parede até o segundo subsolo:

— Não é para olhar com as mãos, hein! Tenho tanto medo da sua falta de jeito quanto da varíola!

Com as mãos enfiadas nos bolsos, Ophélie entrou na sala de paredes arqueadas. Ela atravessou um frontão no qual estava talhado o lema dos arquivistas: *Ártemis, somos os guardiões respeitosos de vossa memória*. Bem protegidos sob suas redomas de vidro, os Relicários se estendiam até o horizonte.

Mesmo que às vezes parecesse uma adolescente desajeitada, com os cabelos desgrenhados, os gestos tortos e a timidez escondida atrás dos óculos, Ophélie entrava em outra pele na presença da história. Todas as suas primas apreciavam belas salas de chá, caminhadas na beira do rio, visitas ao zoológico e salões de baile. Para Ophélie, o segundo subsolo os Arquivos era o lugar mais fascinante do mundo. Era lá que estava ciosamente conservada, bem protegida sob redomas de vidro, a herança comum de toda a família. Aqui estavam os documentos de toda a primeira geração da arca. Aqui acabaram todos os amanhãs do ano zero. Aqui Ophélie chegava cada vez mais perto do Rasgo.

O Rasgo era sua obsessão profissional. Às vezes ela sonhava que corria atrás de uma linha do horizonte que escapava sempre. Noite após noite, ela ia cada vez mais longe, mas era um mundo sem fim, sem limite, redondo e suave como uma maçã; esse primeiro mundo cujos objetos ela colecionava em seu museu – máquinas de costura, motores de combustão interna, prensas móveis, metrônomos... Ophélie não tinha qualquer interesse nos garotos de sua idade, mas podia passar horas cara a cara com um barômetro do velho mundo.

Ela se aproximou de um pergaminho antigo protegido por vidro. Era o texto fundador da arca, o que conectava Ártemis e sua descendência a Anima. O Relicário seguinte guardava o primeiro resultado de seu arsenal jurídico. Já se encontravam ali as leis que atribuíram às mães de família e às matriarcas um poder decisivo sobre a comunidade como um todo. Sob a redoma de um terceiro Relicário, um códice listava os deveres fundamentais de Ártemis para com seus descendentes: garantir que todos tenham o que comer e um teto para se proteger, recebam instrução e aprendam a fazer bom uso de seus poderes. Em caixa alta, uma cláusula especificava que ela não devia abandonar sua família nem sua arca. Será que a própria Ártemis tinha ditado essa ordem de conduta para não desistir ao longo dos séculos?

Ophélie passeou de Relicário a Relicário. Conforme mergulhava no passado, sentiu uma grande paz. Ela perdia um pouco o futuro de vista. Esquecia que estava noiva contra sua vontade, esquecia o olhar dos caçadores, esquecia que logo seria mandada para viver longe de tudo que amava.

Os Relicários, em sua maioria, eram documentos manuscritos de grande valor, como cartografias do novo mundo ou a certidão de nascimento do primeiro filho de Ártemis, o mais velho dos Animistas. Alguns outros, no entanto, continham objetos banais da vida cotidiana: tesouras de cabeleireiro que abriam e fechavam no vazio; um par tosco de óculos que mudavam de cor; um pequeno livro de contos cujas páginas viravam sozinhas. Eles não eram da mesma época, mas Ártemis fazia questão que fizessem parte da coleção por valor simbólico. Simbólico do quê? Nem ela lembrava.

Os passos de Ophélie a levaram instintivamente até uma redoma de vidro sobre a qual apoiou a mão, com respeito. Um documento se decompunha, sua tinta desbotada pelo tempo. Ele registrava os homens e as mulheres que se uniram ao espírito familiar para fundar uma nova sociedade. Era só uma lista impessoal de nomes e números, mas não de qualquer um: eram os sobreviventes do Rasgo. Essas pessoas foram testemunhas do fim do velho mundo.

Foi nesse instante que Ophélie entendeu, com uma pequena pontada no peito, que chamado a trouxera aos arquivos do tio-avô, ao fundo do segundo subsolo, à frente desse velho documento. Não era simplesmente a necessidade de registrar: era o retorno às suas origens. Seus ancestrais distantes participaram do desmembramento de seu universo. Eles morreram por isso? Não, eles inventaram uma nova vida.

Ophélie botou para trás das orelhas as mechas de cabelo que caíam em sua testa, para não atrapalhar a visão. Seus óculos clarearam sobre o nariz, dispersando a névoa cinzenta que estava acumulada há horas. Ela estava passando pela experiência de seu próprio Rasgo. O medo ainda dava frio na barriga, mas ela sabia agora a opção que lhe restava. Ela devia enfrentar o desafio.

Nos ombros, o cachecol começou a se agitar.

— Acordou finalmente? — implicou Ophélie.

O cachecol se esfregou devagar pelo casaco, mudou de posição, apertou o nó ao redor do pescoço e parou de se mexer. Era um cachecol muito velho, passava o tempo todo dormindo.

— Vamos subir — disse Ophélie. — Encontrei o que precisava.

Enquanto ela começava a retornar, parou no Relicário mais empoeirado, enigmático e perturbador de toda a coleção de Ártemis. Ela não podia ir embora sem se despedir. Girou uma manivela e as duas placas da redoma protetora deslizaram, cada uma para um lado. Ela pousou sua mão enluvada na lombada de um livro, o Livro, e foi tomada pela mesma frustração que sentira na primeira vez que fizera esse contato. Ela não conseguia *ler* nenhum traço de emoção, pensamento ou intenção. Nenhuma origem. Não era só por causa de suas luvas, cuja malha especial criava uma barreira entre seus dons de *leitora* e o mundo dos objetos. Não, Ophélie uma vez tinha tocado o Livro com a palma da mão, como outros *leitores* antes dela, mas ele simplesmente se recusava a se revelar.

Ela o segurou, acariciou sua lombada, virou suas páginas macias entre os dedos. Era inteiramente coberto por arabescos estranhos, uma escrita esquecida há muito tempo. Ophélie nunca manipulara outra coisa que se aproximasse de tal fenômeno. Era só um livro, afinal? Não tinha a consistência do pergaminho de cordeiro nem do papel de algodão. Era horrível admitir, mas parecia pele humana cujo sangue fora drenado por completo. Uma pele dotada de uma longevidade fora do comum.

Ophélie fez então as perguntas rituais, que compartilhava com inúmeras gerações de arquivistas e arqueólogos. Que história contava esse documento estranho? Por que Ártemis queria que fizesse parte de sua coleção particular? O que significava a mensagem inscrita no pedestal do Relicário: *Não tente sob nenhum pretexto destruir este Livro*?

Ophélie levaria todas as suas perguntas com ela para o outro lado do mundo, lá onde não existiam arquivos, museus ou dever de memória. Nada que diga respeito a ela, pelo menos.

A voz do tio-avô reverberou pelas escadas e repercutiu por muito tempo sob a abóbada baixa do segundo subsolo, em um eco fantasmagórico.

— Suba! Encontrei uma coisinha para você!

Ophélie tocou o Livro uma última vez e fechou a redoma. Ela se despedira do passado da forma correta.

Agora era hora do futuro.

O DIÁRIO

Sábado, 19 de junho. Eu e Rodolphe chegamos bem. O Polo é muito diferente do que eu esperava. Acho que nunca senti tanta vertigem na vida. A senhora embaixadora nos recebeu com gentileza em sua propriedade, onde reina uma eterna noite de verão. Estou deslumbrada por tantas maravilhas! A gente daqui é educada e atenciosa e tem poderes que vão além da minha compreensão.

— Posso interromper sua ocupação, prima?

Ophélie pulou de susto e seus óculos pularam junto. Mergulhada no diário de viagem da anciã Adelaide, ela não tinha visto chegar o homenzinho de chapéu coco na mão e um sorriso esticado entre as orelhas de abano. O garoto franzino com certeza não passava muito dos quinze anos. Com um gesto amplo, apontou um bando de jovens alegres gargalhando em frente a uma máquina de escrever antiga ali por perto.

— Eu e meus primos estávamos nos perguntando se você nos deixaria *ler* algumas das bugigangas de seu respeitável museu.

Ophélie não conseguiu deixar de franzir a testa. Claro que ela não supunha conhecer pessoalmente todos os membros da família que passavam pela catraca na entrada do museu de história primitiva, mas tinha certeza que nunca tinha ouvido falar desses safados. De que ramo da árvore genealógica eles vinham? Da corporação dos modistas? Da casta dos alfaiates? Da tribo dos confeiteiros? De qualquer forma, dava para ver de cara que eles estavam aprontando.

— Já vou atender vocês — respondeu, repousando a xícara de café na mesa.

Suas suspeitas aumentaram quando ela se aproximou da trupe do Senhor Chapéu-Coco. Tinha sorrisos demais no ar.

— Olha a peça mais rara do museu! — gargalhou um dos comparsas, olhando para Ophélie.

Na opinião dela, a piada era meio grosseira. Ela sabia que não era atraente, com a trança desgrenhada e as mechas escuras que caíam sobre o rosto, o cachecol pendurado, o vestido velho de brocado, as botas desarranjadas e o ar desajeitado que emanava. Fazia uma semana que não lavava o cabelo e tinha se vestido com as primeiras roupas que encontrara pela frente, sem se preocupar com a combinação.

Esta noite, Ophélie encontraria seu noivo pela primeira vez. Ele viera do Polo especialmente para se apresentar à família. Ficaria por algumas semanas e depois levaria Ophélie ao Grande Norte. Com alguma sorte, ele a acharia tão repugnante que desistiria do casamento na hora.

— Não toque nisso — disse para um garoto esquisito que aproximava a mão de um galvanômetro balístico.

— O que você resmungou, prima? — implicou ele. — Fala mais alto, não entendi.

— Não toque no galvanômetro — disse ela, empostando a voz. — Posso oferecer algumas amostras específicas para *leitura*.

O garoto deu de ombros.

— Ah, eu só queria saber como esse troço funciona! De qualquer forma, não sei *ler*.

Ophélie teria ficado surpresa com o contrário. A *leitura* de objetos não era uma aptidão difundida entre os Animistas. Ela se manifestava às vezes na puberdade, na forma de intuições imprecisas nos dedos, mas se perdia em alguns meses se não fosse rapidamente tomada por um educador. Seu tio-avô tivera esse papel na vida de Ophélie; afinal, o ramo deles trabalhava na preservação do patrimônio familiar. Ver o passado dos objetos com um simples toque? Eram raros os Animistas que gostariam de carregar tal fardo, ainda mais se não fosse seu trabalho.

Ophélie olhou brevemente para Chapéu-Coco, que tocava os casacos dos seus amigos e gargalhava. Ele sabia *ler*, mas provavelmente não por muito tempo. Ele queria brincar com as mãos enquanto podia.

— O problema não é esse, primo — observou Ophélie com calma, voltando sua atenção para o garotão esquisito. — Se você quiser manipular uma peça da coleção, deve usar luvas como as minhas.

O último decreto familiar sobre a conservação do patrimônio tinha determinado a proibição de abordar os arquivos com as mãos nuas sem autorização especial. Entrar em contato com um objeto significava contaminá-lo com seu próprio estado de espírito, acrescentar mais uma camada à sua história. Muitas pessoas tinham sujado exemplares raros com suas emoções e pensamentos.

Ophélie foi até a gaveta de chaves. Ela abriu demais: acabou com a gaveta na mão e o conteúdo se espalhou pelos ladrilhos em uma cacofonia. Ophélie ouviu risos atrás dela enquanto se abaixava para recolher as chaves. Chapéu-Coco veio a seu socorro com um sorriso zombeteiro.

— Não devemos rir da nossa cuidadosa prima. Ela vai deixar um pouco de *leitura* à disposição para me educar!

Seu sorriso ficou cruel.

— Eu quero alguma coisa densa — disse a Ophélie. — Você tem uma arma? Alguma coisa de guerra, sabe.

Ophélie colocou a gaveta de volta no lugar e pegou a chave que procurava. As guerras do mundo antigo ocupavam as fantasias dos jovens que só conheciam briguinhas de família. Esses novatos só queriam se divertir. As piadas sobre sua aparência não a afetavam, mas ela não tolerava que mostrassem tão pouco respeito pelo museu, especialmente hoje.

No entanto, ela estava determinada a se mostrar profissional até o fim.

— Me sigam, por favor — disse, segurando a chave.

— Apresente a mim vossas amostras! — cantarolou Chapéu--Coco com uma reverência caricata.

Ela os conduziu até a rotunda reservada às máquinas voadoras do primeiro mundo, a seção mais popular de sua coleção. Ornitópteros, aviões anfíbios, pássaros mecânicos, helicópteros a vapor, quadriplanos e hidroaviões estavam suspensos por cabos como enormes libélulas. O bando deu uma gargalhada sonora ao ver essas antiguidades, batendo os braços como asas. Chapéu-Coco colou o chiclete que estava mascando no casco de um planador.

Ophélie o viu fazer isso sem hesitar. Era a gota d'água. Ele queria impressionar todo mundo? Bom, eles iam rir mesmo.

Ela os conduziu por uma escada até o mezanino, onde passaram por prateleiras de vidro. Ophélie encaixou a chave na fechadura de uma das estantes, abriu o vidro e pegou com um lenço uma minúscula bola de chumbo que entregou para Chapéu-Coco.

— Uma excelente introdução para o estudo das guerras do velho mundo — garantiu ela, com a voz monótona.

Ele morreu de rir, pegando a bola nas mãos descobertas.

— O que é isso? Um cocô de robô?

Seu sorriso desapareceu conforme ele via o passado do objeto com a ponta dos dedos. Ele ficou pálido e imóvel, como se o tempo tivesse cristalizado ao seu redor. Ao ver sua cara, seus colegas zombeteiros o cutucaram a cotoveladas, mas acabaram preocupados com sua falta de reação.

— Você deu uma porcaria para ele! — disse um deles, em pânico.

— É uma peça muito apreciada pelos historiadores — desmentiu Ophélie, com um tom profissional.

Chapéu-Coco passou de pálido para cinza.

— Não é... o que... eu queria — articulou com dificuldade.

Com um lenço, Ophélie recuperou o chumbo e o guardou em seu travesseirinho vermelho.

— Você pediu uma arma, não? Eu mostrei o projétil de um cartucho que, na época, perfurou o estômago de um soldado da cavalaria. A guerra era assim — concluiu, empurrando os óculos no nariz. — Homens que matavam e homens que morriam.

Como Chapéu-Coco abraçava a própria barriga, enjoado, Ophélie se acalmou um pouco. A lição fora rude, ela sabia. O menino viera pensando em epopeias heroicas, mas *ler* uma arma era como ficar cara a cara com a própria morte.

— Vai passar — disse ela. — Aconselho que vá lá fora tomar ar fresco.

O bando se foi, lançando alguns olhares maldosos por cima do ombro. Um deles a xingou de "mal vestida" e outro de "saco de batatas quatro-olhos". Ophélie esperava que seu noivo pensasse o mesmo sobre ela em breve.

Armada de uma espátula, ela atacou o chiclete que Chapéu-Coco colara no avião.

— Você merecia mesmo uma "vingancinha" — sussurrou ela, acariciando com afeto o flanco da aeronave, como faria com um velho cavalo.

— Querida! Te procurei por todos os lados!

Ophélie se virou. Levantando a saia, com um guarda-chuva sob o braço, uma moça belíssima saltitava em sua direção, fazendo as botinhas brancas baterem no chão pavimentado. Era Agathe, sua irmã mais velha, tão ruiva, vaidosa e deslumbrante quanto a caçula era morena, desleixada e fechada. Como o dia e a noite.

— O que você está fazendo aqui?

Ophélie tentou jogar fora o chiclete de Chapéu-Coco, mas estava colado na luva.

— Devo lembrar que trabalho no museu até as seis.

Agathe apertou suas mãos com um ar teatral. Fez uma careta imediatamente. Acabava de esmagar chiclete em sua linda luva.

— Não mais, bobinha — irritou-se, sacudindo a mão. — Mamãe disse que você só devia pensar em seus preparativos. Ah, irmãzinha! — soluçou, se jogando contra Ophélie. — Você deve estar tão empolgada!

— Hm... — foi tudo que Ophélie conseguiu expressar.

Agathe a soltou no mesmo instante, para julgá-la dos pés à cabeça.

— Nossa, você já se olhou no espelho? Não pode de jeito nenhum se apresentar ao seu prometido nesse estado. O que ele vai pensar da gente?

— Essa é a menor das minhas preocupações — declarou Ophélie, voltando para seu balcão.

— Bom, não é o caso da sua família, sua egoísta. Vamos dar um jeito nesse problema agora mesmo!

Com um suspiro, Ophélie pegou sua bolsa velha e guardou suas coisas. Se sua irmã se sentisse possuída por uma missão sagrada, não a deixaria trabalhar em paz. Só lhe restava a opção de fechar o museu. Enquanto Ophélie tomava seu tempo para arrumar as coisas, com um nó no estômago, Agathe batia o pé no chão com impaciência. Ela se sentou no balcão, as botinhas brancas balançando sob as calças de renda.

— Tenho fofocas para contar, e das boas! Seu pretendente misterioso finalmente tem nome!

Ophélie tirou a cara da bolsa. Algumas horas antes de serem oficialmente apresentados, já não era sem tempo! Sua futura família devia ter feito recomendações especiais para conseguir a mais completa discrição. As Decanas passaram o outono mudas como um túmulo, sem divulgar nenhuma informação sobre seu noivo, a ponto de ser ridículo. A mãe de Ophélie, constrangida por não ter sido considerada confiável, tinha passado os últimos dois meses com raiva.

— E aí? — perguntou, já que Agathe parecia estar gostando do suspense.

— Sr. Thorn!

Ophélie tremeu debaixo do cachecol. Thorn? Ela já era alérgica ao nome. Soava pesado na boca. Abrupto. Quase agressivo. Um nome de caçador.

— Eu também sei que esse caro senhor não é muito mais velho do que você, irmãzinha. Seu marido não é nenhum velho senil incapaz de honrar sua esposa! E guardei o melhor para o final — continuou Agathe, sem parar para respirar. — Você não vai acabar em um buraco qualquer, acredite, as Decanas não debocharam da gente. Parece que o sr. Thorn tem uma tia tão bonita quanto influente que lhe garante uma situação excelente na corte do Polo. Você vai viver que nem uma princesa!

Os olhos de Agathe brilhavam, em triunfo. Ophélie, por sua vez, estava devastada. Thorn, um homem da corte? Ela preferia até um caçador. Quanto mais sabia sobre seu futuro marido, mais tinha vontade de sair correndo.

— Quais são suas fontes?

Agathe ajeitou o penteado, de onde escapavam cachinhos ruivos. Sua boca vermelha formou um sorriso satisfeito.

— Confiáveis! Meu cunhado Gérard ficou sabendo pela bisavó, que soube de uma prima próxima, que é a irmã gêmea de uma Decana!

De maneira infantil, ela se apoiou nas mãos e pulou para o chão, quicando nas botas.

— Você se deu bem, querida. É inesperado um homem de tal posição e classe te pedir em casamento. Vamos lá, termina de arrumar sua bagunça, não nos resta muito tempo antes da chegada do sr. Thorn. Precisamos te deixar apresentável!

— Pode ir na frente — murmurou Ophélie, fechando a bolsa. — Preciso fazer um último procedimento.

Sua irmã se afastou, dando alguns passos graciosos.

— Vou reservar uma carruagem!

Ophélie passou um tempo imóvel em seu balcão. O silêncio brutal que caiu sobre o lugar quando Agathe foi embora chegava a doer. Ela abriu o diário de sua antepassada em uma página aleatória, percorrendo com o olhar a caligrafia fina e nervosa, de quase um século, que já conhecia de cor.

Terça-feira, 6 de julho. Preciso moderar um pouco meu entusiasmo. A senhora embaixadora foi viajar, nos deixando sob o cuidado de seus inúmeros convidados. Tenho a impressão de que fomos completamente esquecidos. Passamos os dias jogando baralho e passeando pelos jardins. Meu irmão está mais acomodado do que eu com essa vida ociosa, ele já está apaixonado por uma duquesa. Vou precisar acordá-lo para a missão, estamos aqui por motivos puramente profissionais.

Ophélie estava perdida. Esse diário e as fofocas de Agathe não combinavam em nada com os desenhos de Augustus. O Polo parecia agora um lugar excessivamente refinado. Será que Thorn jogava baralho? Era um homem da corte, certamente jogava baralho. Era provavelmente tudo o que tinha para fazer.

Ela guardou o caderninho de viagem em uma capa de feltro e o enfiou no fundo da bolsa. Atrás do balcão da recepção, abriu a tampa de uma escrivaninha para pegar o registro de inventário. Ela já tinha esquecido as chaves do museu na fechadura, perdido documentos administrativos importantes e até quebrado peças únicas, mas um dever que nunca havia negligenciado era a manutenção desse registro.

Ophélie era uma excelente *leitora*, uma das melhores de sua geração. Ela sabia decifrar a vida das máquinas, camada atrás de camada, século atrás de século, pelas mãos que as tocaram, usaram, acariciaram, quebraram, consertaram. Essa aptidão a permitira enriquecer a descrição de cada peça da coleção com um grau de detalhe até então incomparável. Enquanto seus predecessores se limitavam a analisar o passado de um proprietário, no máximo dois, Ophélie ia até a criação do objeto nas mãos de seu fabricante.

O registro de inventário era um pouco como seu livro de memórias. O procedimento ditava que o entregasse nas mãos de seu sucessor, um ato que ela nunca imaginara praticar tão cedo na vida, mas ninguém tinha respondido seu chamado para candidatos até agora. Por isso, Ophélie colocou sob a capa um bilhete destinado à pessoa que se tornaria responsável pelo museu. Ela guardou o registro na escrivaninha e trancou à chave.

Com movimentos lentos, ela se apoiou com as duas mãos no balcão. Ela se obrigou a respirar profundamente, a aceitar o inevitável. Desta vez, era mesmo o fim. Amanhã, ela não abriria o museu como fazia todos os dias. Amanhã, ela dependeria para sempre de um homem cujo nome ela acabaria por tomar.

Sra. Thorn. Melhor se acostumar logo.

Ophélie pegou a bolsa. Ela contemplou o museu pela última vez. O sol atravessava o vidro da rotunda em uma chuva de luz, cercando as antiguidades em dourado e projetando nos ladrilhos suas sombras tortas. Ela nunca achara esse lugar tão lindo quanto hoje.

Ophélie deixou as chaves nas dependências do porteiro. Ela mal tinha passado sob a marquise do museu, cujo vidro estava coberto por uma camada de folhas mortas, quando sua irmã a chamou da porta de uma carruagem.

— Vem! Vamos para a Rua dos Ourives!

O cocheiro estalou seu chicote, mesmo que nenhum cavalo estivesse atrelado à carruagem. As rodas sacolejaram e o veículo desceu balançando ao longo do rio, guiado somente pela vontade de seu mestre, do alto de seu poleiro.

Pelo vidro traseiro, Ophélie observou o espetáculo da rua com novo interesse. Este vale no qual ela nasceu parecia se revelar conforme a carruagem o atravessava. Suas fachadas de madeira, seus mercados, suas belas oficinas, tudo começava a tornar-se estrangeiro. A cidade inteira dizia que aqui não era mais sua casa. Sob a luz avermelhada do fim de outono, as pessoas levavam sua existência rotineira. Uma babá empurrava um carrinho, corando ao ouvir os assobios de apreciação dos pedreiros pendurados nos andaimes. Jovens estudantes mordiam suas castanhas mornas no caminho para casa. Um entregador corria pela calçada com um pacote sob o braço. Todos esses homens e mulheres eram a família de Ophélie e ela não conhecia nem a metade.

O sopro quente de um bonde ultrapassou a carruagem em uma sinfonia de sinos. Quando desapareceu, Ophélie contemplou a montanha, com caminhos em ziguezague, que cercava o Vale. Lá no alto começava a nevar. O cume tinha desaparecido debaixo de uma camada cinzenta; não era nem possível ver o observatório de Ártemis. Esmagada por essa massa fria de rochas e nuvens, esmagada pelas regras de toda uma família, Ophélie nunca se sentira tão insignificante.

Agathe estalou os dedos debaixo do seu nariz.

— Bom, bobinha, vamos ao que interessa. Precisamos rever todo seu enxoval. Você precisa de roupas novas, sapatos, chapéus, roupa de baixo, muita roupa de baixo...

— Eu gosto dos meus vestidos — cortou Ophélie.

— Cale a boca, você se veste que nem a vovó. Caramba, sério que você ainda usa essas velharias horrorosas? — disse Agathe, chocada, segurando as luvas da irmã. — A mamãe encomendou um carregamento todo para você no Julien!

— Eles não fazem luvas de *leitura* no Polo, tenho que economizar.

Agathe não era sensível a esse tipo de argumento. A vaidade e a elegância justificavam qualquer desperdício do mundo.

— Pare com isso, diacho! Você vai esticar essa coluna, contrair a barriga, valorizar o corpete, botar pó no nariz e blush nas bochechas e, por favor, troque a cor dos óculos, esse cinza é sinistro! Quanto ao cabelo... — suspirou Agathe, levantando a trança castanha com a ponta dos dedos — Se dependesse de mim, rasparia tudo para crescer do zero; infelizmente não temos mais tempo para isso. Desça logo, já chegamos!

Ophélie arrastou os pés como se seus sapatos fossem de chumbo. A cada anágua, a cada corpete, a cada colar que lhe ofereciam, ela negava com um aceno da cabeça. A costureira, cujos longos dedos animistas modelavam os tecidos sem linha ou tesoura, chorou de raiva. Depois de duas crises de nervos e uma dezena de lojistas, Agathe só tinha conseguido convencer a irmã a trocar as botas desgastadas.

No salão de beleza, Ophélie não pareceu ter nem um pouco de interesse a mais. Ela não queria ouvir falar de pó, nem de depilação, nem de permanente, nem de fitas da moda.

— Estou sendo paciente com você — fulminou Agathe, levantando como pôde suas pesadas mechas para mostrar sua nuca.

— Você acha que eu não sei o que está sentindo? Eu tinha dezessete anos quando fiquei noiva do Charles e a mamãe era dois anos mais nova quando casou com o papai. Olha o que viramos: esposas radiantes, mães satisfeitas, mulheres realizadas! Você foi protegida demais pelo nosso tio-avô, ele te fez um desserviço.

Com o olhar embaçado, Ophélie contemplou seu rosto no espelho da penteadeira em frente a ela enquanto sua irmã brigava com os nós do cabelo. Sem suas mechas rebeldes nem seus óculos, guardados na bandeja dos pentes, ela se sentia nua.

No espelho, ela viu a forma ruiva de Agathe apoiar o queixo no alto de sua cabeça.

— Ophélie — murmurou com doçura. — Você seria agradável se tivesse um pouquinho de boa vontade.

— Para quê? Ser agradável para quem?

— Para o sr. Thorn, garota! — se irritou a irmã, dando um tapinha na nuca dela. — O charme é uma arma maravilhosa dada às mulheres, você precisa usar sem escrúpulos. Uma coisinha de nada já basta, só um olhar sugestivo, um sorriso bem colocado, para um homem se jogar aos seus pés. Olha só o Charles, eu faço o que quero.

Ophélie encontrou o olhar de seu reflexo, suas pupilas de chocolate. Sem óculos ela não se enxergava direito, mas podia distinguir o oval melancólico do rosto, a palidez das bochechas, o pescoço branco que palpitava sob o colarinho, a sombra de um nariz sem personalidade e os lábios finos demais que não gostavam de falar. Ela ensaiou um sorriso tímido, mas parecia tão falso que ela o conteve de uma vez. Será que ela tinha charme? Como saber? Pelo olhar de um homem? Seria esse o olhar de Thorn quando a visse à noite?

A ideia pareceu tão grotesca que ela teria caído na gargalhada se a situação não fosse deprimente de chorar.

— Já acabou de me torturar? — perguntou para a irmã que puxava seu cabelo sem cuidado.

— Quase.

Agathe se virou para a gerente do salão a fim de pedir grampos. Esse momento de distração era só o que Ophélie precisava.

Ela colocou correndo os óculos, segurou a bolsa e mergulhou de cabeça baixa no espelho da penteadeira, quase pequeno demais para ela. Seu busto emergiu no espelho de parede do seu quarto, a algumas quadras dali, mas ela não conseguiu avançar mais. Do outro lado do espelho, Agathe tinha segurado seus pés para arrastá-la de volta para a Rua dos Ourives. Ophélie soltou a bolsa e se apoiou na parede revestida de papel decorado, lutando com todas as forças contra as mãos de sua irmã.

Sem aviso, ela se impulsionou com força total para dentro do quarto, derrubando no processo um banquinho e o vaso de flores que ficava em cima dele. Um pouco tonta, ela contemplou confusa o pé descalço que aparecia sob seu vestido; uma bota do seu novo par tinha ficado com Agathe na Rua dos Ourives. Sua irmã não sabia atravessar espelhos, então agora ela teria uma pausa.

Ophélie recuperou a bolsa no tapete, mancou até um enorme baú de madeira, ao pé da beliche, e se sentou. Ela ajeitou os óculos no nariz e observou o pequeno cômodo repleto de malas e caixas de chapéu. Essa confusão não era sua bagunça costumeira. O quarto que a viu crescer já sentia a partida.

Ela pegou com cuidado o diário da anciã Adelaide e folheou as páginas, pensativa.

Domingo, 18 de julho. *Ainda sem notícias da senhora embaixadora. As mulheres daqui são charmosas e acho que nenhuma das minhas primas de Anima é tão bonita e graciosa quanto elas, mas às vezes me sinto desconfortável. Tenho a impressão de que não param de fazer insinuações sobre minhas roupas, minhas maneiras e meu modo de falar. Ou talvez eu esteja me achando?*

— Por que você voltou tão cedo?

Ophélie levantou o rosto para a beliche de cima. Ela não tinha notado os dois sapatos envernizados que escapavam do colchão; esse par de pernocas magrelas pertencia a Hector, o irmãozinho com quem dividia o quarto.

Ela fechou o caderno de viagem.

— Estou fugindo da Agathe.

— Por quê?

— Coisa de garota. O Senhor Por Quê quer detalhes?

— De jeito nenhum.

Ophélie sorriu com o canto da boca; seu irmão a emocionava. Os sapatos envernizados desapareceram da cama no alto, mas foram logo substituídos por uma boca suja de geleia, um nariz de botão, cabelo de cuia e olhos calmos. Hector tinha o mesmo olhar de Ophélie, exceto os óculos: imperturbável em qualquer circunstância. Ele segurava uma torrada com geleia de damasco escorrendo pelos dedos.

— A gente tinha combinado de não lanchar no quarto — lembrou Ophélie.

Hector deu de ombros e apontou com a torrada o caderno de viagem sob o vestido da irmã.

— Por que você está relendo esse caderno? Você já conhece ele de cor.

Hector era assim. Ele vivia fazendo perguntas e todas começavam com "por que".

— Para me reconfortar, acho — murmurou Ophélie.

Realmente, Adelaide tinha se tornado familiar ao longo das semanas, quase íntima. Mesmo assim, Ophélie ficava decepcionada toda vez que chegava na última página.

Segunda feira, 2 de agosto. Estou tão aliviada! A senhora embaixadora voltou de viagem. Rodolphe finalmente assinou contrato com o notário do senhor Farouk. Não posso continuar escrevendo, porque é segredo profissional, mas encontraremos seu espírito familiar amanhã. Se meu irmão ofereceu um serviço convincente, vamos ficar ricos.

O diário acabava nessas palavras. Adelaide não tinha achado necessário dar mais detalhes ou transcrever os acontecimentos seguintes. Que contrato ela e o irmão tinham assinado com o espírito familiar Farouk? Será que eles tinham voltado ricos do Polo? Provavelmente não, seria conhecido...

— Por que você não *lê* com as mãos? — perguntou Hector, que esmagava a torrada entre os dentes, mastigando calmamente. — É o que eu faria se pudesse.

— Não posso, você sabe.

Na verdade, Ophélie estava tentada a tirar as luvas para investigar os pequenos segredos de sua antepassada, mas era profissional demais para contaminar o documento com sua própria angústia. O tio-avô ficaria muito decepcionado se ela cedesse ao impulso.

Sob seus pés, uma voz estridente atravessou o piso, vinda do andar de baixo:

— Esse quarto de hóspedes é um verdadeiro desastre! Devia ser digno de um homem da corte, precisa de mais pompa, de mais decoro! Que opinião medíocre o sr. Thorn terá sobre nós? Vamos compensar com o jantar de hoje. Roseline, corra para o restaurante para saber como anda o frango, estou te confiando a direção das operações! E você, meu pobre amigo, dê um bom exemplo. Não é todo dia que casamos uma filha!

— Mamãe — falou Hector, em tom calmo.

— Mamãe — confirmou Ophélie com o mesmo tom.

Ela não tinha nenhuma vontade de descer. Quando abriu a cortina florida da janela, o sol poente dourou suas bochechas, seu nariz e seus óculos. Através de um corredor de nuvens arroxeadas pelo crepúsculo, a lua já contrastava com a tela lilás do céu como um prato de porcelana.

Ophélie contemplou longamente as inclinações do vale, clareado pelo outono, que dominava a área, então a passagem de carruagens na rua, então suas irmãzinhas que rodavam bambolê no pátio de casa, entre as folhas mortas. Elas cantavam cirandas, faziam apostas, puxavam o cabelo, iam do riso às lágrimas e das lágrimas ao riso com uma facilidade perturbadora. Eram ecos da Agathe na mesma idade, com sorrisos lisonjeiros, falatório barulhento e belos cabelos loiro-arruivados que brilhavam na luz do anoitecer.

Uma lufada de nostalgia atacou Ophélie com brutalidade. Seus olhos cresceram, sua boca apertou, sua máscara impassível começou a se quebrar. Ela queria correr atrás das irmãs, arregaçar as saias sem pudor e jogar pedrinhas no jardim da tia Roseline. Como essa época parecia distante...

— Por que você tem que ir embora? Vai ser um saco ficar sozinho com essas pestes todas.

Ophélie se virou para Hector. Ele não tinha saído da beliche, ocupado lambendo os dedos, mas tinha seguido o olhar da irmã pela janela. Sob a camada de placidez, seu tom era acusatório.

— Você sabe que não é minha culpa.

— Por que você não quis casar com os primos, então?

A pergunta a atingiu como um tapa. É verdade, Hector estava certo, ela não estaria assim se tivesse casado com o primeiro que aparecesse.

— Arrependimentos não servem de nada — murmurou.

— Cuidado! — avisou Hector.

Ele secou a boca com a manga da camisa e se ajeitou na cama. Uma rajada de ar violenta soprou no vestido de Ophélie. Com um coque desgrenhado e a testa brilhando, sua mãe tinha irrompido no quarto como um furacão. O primo Bertrand vinha atrás dela.

— As crianças vão dormir aqui porque elas cederam o quarto para o noivo da irmã. As malas ocupam o espaço todo, não sei o que fazer! Desce essa daqui para o porão, mas com cuidado, é frágil...

A mãe interrompeu a frase, boquiaberta, quando notou a silhueta de Ophélie que contrastava com a luz do sol poente.

— Pelos ancestrais, achei que você estava com a Agathe!

Ela apertou a boca de indignação ao analisar suas roupas de velha e seu cachecol arrastando pelo chão. A metamorfose esperada não tinha acontecido.

A mãe botou a mão no peito volumoso.

— Você quer me matar! Depois de tudo que sacrifiquei por você! Por que você quer me punir, filha?

Ophélie franziu as sobrancelhas por trás dos óculos. Ela sempre tivera esse mau gosto, por que deveria mudar seu modo de vestir logo agora?

— Você pelo menos sabe que horas são? — preocupou-se a mãe, mordendo as unhas pintadas. — Precisamos sair para o terminal daqui a menos de uma hora! Cadê sua irmã? E eu ainda estou horrorosa, caramba, nunca chegaremos lá a tempo!

Ela tirou uma caixinha de pó-de-arroz do corpete, cobriu o nariz com uma nuvem rosa, arrumou o coque loiro-arruivado com a mão experiente e apontou uma unha vermelha para Ophélie.

— Quero te ver apresentável na próxima badalada do relógio. Você também, nojentinho! — brigou na direção da cama de cima. — Sinto o cheiro de geleia daqui, Hector!

A mãe esbarrou no primo Bertrand, que tinha ficado lá parado, balançando os braços.

— E essa mala, está esperando o quê?

Em um turbilhão de vestido, a tempestade saiu do quarto como tinha entrado.

O URSO

Uma chuva densa chegou junto com a noite, batendo na estrutura de treliça metálica elevada a cinquenta metros do chão do hangar de dirigíveis. Içada sobre uma plataforma vizinha, essa base era a mais moderna do vale. Especialmente concebida para acolher dirigíveis de longa distância, tinha aquecimento a vapor e sua própria planta de hidrogênio. Suas portas de correr imensas estavam escancaradas, mostrando entranhas de ferro forjado, tijolo e cabos, onde se seguravam vários trabalhadores de capas de chuva.

Do lado de fora, ao longo do porto de carga, alguns postes geravam luz, turva na umidade. Encharcado até os ossos, um guarda verificava as lonas de proteção sobre as caixas postais que esperavam ser embarcadas. Ele levou um susto quando encontrou uma floresta de guarda-chuvas, bem no meio do porto. Sob os guarda-chuvas estavam homens de sobretudo, mulheres enfeitadas e crianças cuidadosamente penteadas. Estavam todos lá, silenciosos e impassíveis, observando as nuvens.

— Licença, meus queridos primos, podemos ajudar com alguma coisa? — perguntou.

A mãe de Ophélie, cujo guarda-chuva vermelho se sobressaía, apontou para a torre de relógio ao redor do qual eles tinham se instalado. Tudo nessa mulher era enorme: o vestido de anquinha, o papo de sapo, o coque enrolado e, sobressaindo-se a todo o resto, o chapéu de plumas.

— Me diga se o relógio está certo. Já faz bem uns quarenta minutos que esperamos um dirigível vindo do Polo.

— Atrasado, como de costume — explicou o guarda, com um sorriso. — Vocês estão esperando uma entrega de peles?

— Não, meu filho. Esperamos uma visita.

O guarda encarou o nariz pontudo, parecendo um bico, de quem o respondera. O nariz pertencia a uma senhora de idade extremamente avançada. Ela estava vestida de preto dos pés à cabeça, da renda que cobria seu cabelo branco ao tafetá do vestido com o peito bordado. Os acessórios elegantes de prata que usava indicavam seu status de Decana, mãe entre as mães.

O guarda tirou seu chapéu como sinal de respeito.

— Um enviado do Polo, mãe querida? Tem certeza que não há um mal-entendido sobre quem é? Trabalho no porto desde criança e nunca vi um homem do Norte se arrastar até aqui para algum assunto além de negócios. Eles não se misturam com qualquer um, aquela gente!

Ele fez um gesto com o chapéu para se despedir e voltou para as caixas. Ophélie o acompanhou com o olhar, de mau humor, depois abaixou o rosto, concentrando-se em suas botas. Do que adiantava ter botas novas? Elas já estavam imundas de lama.

— Levante o queixo e tente não se molhar — sussurrou Agathe, com quem ela dividia um guarda-chuva amarelo. — E sorria, você parece tão rabugenta que é de chorar! Uma estraga-prazeres que nem você não vai fazer o sr. Thorn subir pelas paredes.

A irmã não tinha perdoado sua escapada pelo espelho, dava para notar pela voz, mas Ophélie mal a escutava. Ela se concentrava no som da chuva que cobria os batimentos inquietos em seu peito.

— Já tá bom, deixa ela respirar — se irritou Hector.

Ophélie olhou agradecida para o irmão, mas ele já estava distraído pulando poças com as irmãs mais novas, os primos e primas. Eles encarnavam a infância que ela queria ter vivido uma última vez esta noite. Sem qualquer preocupação, eles não tinham vindo assistir à chegada do noivo, mas do dirigível. Era um espetáculo raro para eles, uma verdadeira festa.

— A Agathe tem razão — declarou a mãe sob seu enorme guarda-chuva vermelho. — Minha filha vai respirar quando e como a gente disser para ela respirar. Não é mesmo, meu amigo?

A pergunta, puramente burocrática, tinha sido endereçada ao pai de Ophélie, que balbuciou uma fórmula vaga de concordância. Esse pobre homem seco e cinza, prematuramente envelhecido, era esmagado pela autoridade de sua mulher. Ophélie não se lembrava de já tê-lo ouvido dizer não. Ela procurou com o olhar seu velho padrinho entre a multidão de tios, tias, primos e sobrinhos. Encontrou-o emburrado, afastado dos guarda-chuvas, enfiado até os bigodes em uma capa de chuva azul-marinho. Não esperava que fizesse um milagre, mas o sinal de apoio que ele fez de longe ajudou.

Ophélie sentia a cabeça pesada e seu estômago parecia ter se transformado em geleia. Seu coração quase saía pela boca. Ela queria que essa espera na chuva não acabasse nunca.

Exclamações distantes tiveram o efeito de punhaladas:

— Ali!

— É ele.

— Já era hora...

Ophélie levantou o olhar para as nuvens, com um nó no estômago. Uma massa escura, em forma de baleia, atravessava a bruma e se destacava na tela noturna, emitindo barulhos sinistros. O ronronar das hélices era ensurdecedor. As crianças gritavam de alegria. As anáguas de renda se levantaram. O guarda-chuva amarelo de Ophélie e Agathe saiu voando. Ao chegar acima da pista de aterrissagem, o dirigível soltou suas cordas. Os trabalhadores as seguraram e puxaram com toda a força para o aeróstato descer. Dezenas deles se agarraram aos trilhos de condução manual, o ajudaram a entrar no grande hangar e amarraram-no ao chão. Uma passarela foi instalada para o desembarque. Carregando caixas e sacolas nos braços, os membros da tripulação desembarcaram.

Toda a família se juntou em frente ao hangar como um enxame de moscas. Só Ophélie ficou para trás, encharcada pela chuva fria, o longo cabelo castanho colado no rosto. A água escorria pela lente dos óculos. Ela só enxergava uma massa disforme de vestidos, jaquetas e guarda-chuvas.

A voz potente de sua mãe se sobrepunha à confusão:

— Deixem ele passar, gente, abram espaço! Meu caro, meu querido sr. Thorn, seja bem-vindo a Anima. Como assim, o senhor veio sem escolta? Pelo amor dos ancestrais, Ophélie! Onde se meteu essa distraída? Agathe, encontre sua irmã rápido pra gente. Que tempo horrível, meu pobre amigo, se o senhor tivesse chegado uma hora antes, teria sido recebido sem esse aguaceiro. Alguém dê um guarda-chuva para ele!

Pregada no chão, Ophélie era incapaz de se mexer. Ele estava lá. O homem prestes a desestruturar sua vida estava lá. Ela não queria vê-lo nem falar com ele.

Agathe a pegou pela mão e atravessou a família, arrastando-a junto. Tonta com barulhos e chuva, semiacordada, Ophélie passou de rosto a rosto até cair de cara com o peitoril de um urso polar. Atordoada, ela não reagiu quando o urso murmurou um "boa noite" gelado, lá do alto, muito longe de sua cabeça.

— Estão apresentados! — berrou sua mãe entre aplausos educados. — Voltem para as carruagens! Não precisamos morrer aqui.

Ophélie deixou que a empurrassem para dentro de um veículo. O chicote fustigou o ar, a carruagem sacolejou. Acenderam um lampião que projetou uma luz avermelhada sobre os passageiros. A chuvarada parecia bater descontroladamente contra as telhas. Esmagada contra a porta, Ophélie se concentrou na força da água, tentando recuperar sua energia e sair do torpor. Notou aos poucos que falavam animadamente ao redor dela. Era sua mãe, falando por dez. O urso estava ali também?

Ophélie ajeitou os óculos molhados pela chuva. Viu primeiro o enorme coque enrolado de sua mãe, que a esmagava contra o assento da carruagem, depois o nariz pontudo da Decana logo em frente a ela e finalmente, do outro lado, o urso. Ele olhava obstinadamente pelo vidro da porta, respondendo de vez em quando ao falatório da mãe com acenos de cabeça lacônicos, sem se dar ao trabalho de olhar para ninguém.

Aliviada por não estar em seu campo de visão, Ophélie se dedicou a um exame mais atencioso de seu noivo. Contrariando sua primeira impressão, Thorn não era um urso, mesmo que parecesse. Uma enorme pele branca, com presas e garras, cobria seus ombros. Na verdade, ele não era tão corpulento. Seus braços, cruzados no peito, eram tão compridos quanto espadas. Por outro lado, por mais estreito que fosse, o homem tinha uma estatura de gigante. Sua cabeça pressionava o teto da carruagem, obrigando-o a curvar o pescoço. Ainda mais alto do que o primo Bertrand, o que não era pouca coisa.

Pelo amor dos ancestrais, isso tudo é meu noivo?, se surpreendeu Ophélie.

Thorn carregava no colo uma bela mala decorada que não combinava com suas vestes de pele e lhe dava um leve ar de civilização. Ophélie o observava furtivamente. Ela não tinha coragem de olhá-lo com insistência, com medo de que ele sentisse a atenção e se voltasse para ela abruptamente. Entretanto, em dois olhares breves, criou uma imagem de sua figura e o que ela entreviu deu calafrios. Com a pupila clara, o nariz reto, o cabelo pálido e uma cicatriz na têmpora, todo seu perfil era impregnado de desprezo. Um desprezo direcionado a ela e a toda sua família.

Desconcertada, Ophélie entendeu que este homem também estava casando a contragosto.

— Tenho um presente para a sra. Ártemis.

Ophélie tremeu. Sua mãe se calou bruscamente. Até a Decana, que tinha adormecido, entreabriu os olhos. Thorn tinha articulado a frase com a beira dos lábios, como se falar fosse custoso. Ele pronunciava cada consoante com dureza, era o sotaque do Norte.

— Um presente para Ártemis? — balbuciou a mãe, chocada.

— Claro, senhor! — Ela se recuperou. — Vai ser uma grande honra apresentar o senhor ao nosso espírito familiar. Provavelmente já conhece a reputação de seu observatório, não? Se é tudo que precisa para ficar satisfeito, proponho que visitemos amanhã.

— Agora.

A resposta de Thorn fora tão ríspida quanto o chicote do cocheiro. A mãe ficou lívida.

— Quero dizer, sr. Thorn, que não seria apropriado perturbar Ártemis hoje à noite. Ela para de receber à noite, entende? Além disso — animou-se de novo, com um sorriso simpático —, planejamos um jantarzinho em sua homenagem...

O olhar de Ophélie quicava entre sua mãe e seu noivo. "Jantarzinho" era um bom eufemismo. Ela havia requisitado o celeiro do tio Hubert para o banquete digno de Pantagruel, orquestrado o abatimento de três porcos, encomendado fogos de artifício no mercado, empacotado quilos de amêndoas confeitadas, programado um baile de máscaras até o amanhecer. Roseline, a tia e madrinha de Ophélie, estava cuidando dos preparativos naquele instante.

— Não posso esperar — declarou Thorn. — De qualquer forma, não estou com fome.

— Entendo, meu filho — disse a Decana em aprovação de repente, com um sorriso rugoso. — Se é preciso, é preciso.

Ophélie franziu as sobrancelhas por trás dos óculos. Ela, por sua vez, não entendia nada. O que esse comportamento queria dizer? Thorn estava sendo tão grosseiro que fazia ela parecer um modelo de boas maneiras. Ele bateu com a mão fechada no quadradinho de vidro, atrás dele, que separava o cocheiro de sua tripulação. O veículo freou imediatamente.

— Senhor? — perguntou o cocheiro, com o nariz colado no vidro.

— Vamos ver a sra. Ártemis — ordenou Thorn com seu sotaque pesado.

Através do vidro, o cocheiro olhou para a mãe de Ophélie em dúvida. O estupor a deixara pálida como um cadáver, seu lábio tremendo de leve.

— Nos leve ao observatório — disse ela por fim, contraindo o maxilar.

Agarrando-se ao assento, Ophélie sentiu o veículo dar meia-volta para subir a encosta que descia um instante antes. Lá fora, gritos de protesto receberam a manobra; eram as outras carruagens da família.

— O que deu em vocês? — rugiu a tia Mathilde de trás de uma porta.

A mãe de Ophélie baixou a janela.

— Estamos subindo para o observatório — disse ela.

— Como assim? — se ofendeu o tio Hubert. — Uma hora dessas? E a festa? E a diversão? A gente está morrendo de fome!

— Comam sem a gente, festejem juntos e voltem para casa para dormir! — declarou a mãe.

Ela fechou a janela para interromper o escândalo e fez sinal para o cocheiro, que tinha de novo encostado o rosto hesitante no vidro, retomar o caminho. Ophélie mordeu seu cachecol para se impedir de sorrir. Esse homem do Norte tinha acabado de cometer uma ofensa mortal contra sua mãe; no fim das contas, ele superava as expectativas.

Enquanto o carro seguia o caminho, sob o olhar chocado da família do lado de fora, Thorn se apoiou na janela, concentrado unicamente na chuva. Ele não parecia ter ficado mais disposto a conversar com a mãe, muito menos a falar com a filha. Seus olhos, afiados como estilhaços de metal, não encontraram nem por um instante a dama a quem devia cortejar.

Com um gesto satisfeito, Ophélie afastou uma mecha encharcada que grudara em seu nariz. Se Thorn não achava necessário se esforçar para agradá-la, talvez não esperasse nada em troca também. Pelo andar da carruagem, o noivado seria rompido antes da meia-noite.

Com os lábios cerrados, a mãe também parou de se esforçar para evitar os silêncios; seus olhos brilhavam de raiva na penumbra da carruagem. A Decana soprou o fogo do lampião e pegou no sono suspirando, coberta pelo longo xale preto. O trajeto prometia demorar.

A carruagem entrou em uma estrada mal pavimentada, na lateral da montanha, que ziguezagueava em caminhos estreitos. Enjoada pelos sacolejos, Ophélie se concentrava na paisagem.

No começo ela estava do lado errado do carro e só conseguiu ver uma rocha acidentada coberta pelas primeiras neves. Uma curva depois, seu olhar acabou no vazio. A chuva tinha parado, arrastada por um vento do oeste. Essa melhora tinha soprado entre as nuvens uma poeira de estrelas, mas embaixo, no fundo do Vale, o céu ainda estava avermelhado de lusco-fusco. As florestas de castanheiras e lariços iam se transformando em pinheiros cujo perfume de resina invadia a carruagem.

Disfarçada pela penumbra, Ophélie dedicou uma atenção mais aberta à silhueta dividida em três de Thorn. A noite tinha jogado uma luz azulada sobre suas pálpebras fechadas; Ophélie notou uma outra cicatriz que cortava a sobrancelha e atingia a bochecha com um brilho branco. Afinal, seria esse homem um caçador? Era um pouco magro, sem dúvidas, mas ela tinha visto nele o mesmo olhar duro dos modelos de Augustus. Sacudido pelos sobressaltos do carro, ela teria achado que estava dormindo, se não fossem a ruga contrariada franzida na testa dele e o tamborilar nervoso de seus dedos na mala. Ophélie se virou logo que entreviu um brilho acinzentado entre as pálpebras de Thorn.

O cocheiro freou.

— O observatório — anunciou.

O OBSERVATÓRIO

Ophélie só tivera a oportunidade de encontrar o espírito familiar duas vezes na vida.

Ela não se lembrava da primeira, no seu batizado. Na época, era só um bebê chorão que regara a Decana com lágrimas e urina.

A segunda vez, por outro lado, tinha marcado uma lembrança vívida em sua memória. Aos quinze anos, ela tinha ganhado o concurso de *leitura* organizado pela Companhia das Ciências, graças a um botão de camisa: ele a levara mais de três séculos no passado e entregara as travessuras de seu dono nos mínimos detalhes. Ártemis em pessoa a entregara o grande prêmio, suas primeiras luvas de *leitora*. As mesmas luvas, gastas até o último fio, que ela mordiscava ao descer da carruagem.

Um vento gelado sacudiu seu casaco. Ophélie se manteve imóvel, sem ar, diminuída pela abóbada incrível da cúpula branca da qual o telescópio atravessava a noite. O observatório de Ártemis não era só um centro de pesquisa de astronomia, meteorologia e mecânica das rochas, mas também uma maravilha arquitetônica. Incrustado em meio a amuradas montanhosas, o palácio continha uma dúzia de edifícios destinados a abrigar os grandes instrumentos: da luneta meridiana ao telescópio equatorial, passando pelo astrógrafo e pelo pavilhão magnético. A enorme fachada do prédio principal, decorada com um relógio solar preto e dourado, dominava o Vale, onde cintilavam as luzes noturnas da aldeia.

O espetáculo era ainda mais impressionante do que Ophélie lembrava.

Ela ofereceu o braço à Decana, que estava com dificuldade de descer da carruagem. O gesto era dever do homem, mas Thorn tinha ocupado os bancos da carruagem para abrir sua mala. Com os olhos afundados sob sobrancelhas severas, ele agia como queria, sem se preocupar com o mundo dessas mulheres de quem ele era o convidado de honra.

No terraço do observatório, um cientista agitado corria atrás da sua cartola, que rolava entre duas fileiras de colunas.

— Licença, pai cientista! — interrompeu a mãe de Ophélie, segurando bem o belo chapéu de plumas. — O senhor trabalha aqui?

— Seguramente.

O homem tinha desistido da cartola, virado para elas a testa avantajada com uma franjinha esvoaçante.

— Que vento magnífico, não é? — disse ele, exaltado. — Seguramente magnífico! Limpou o céu em meia hora.

De repente, ele franziu as sobrancelhas. Ampliado pelo monóculo, seu olhar suspeito passou pelas três mulheres e pela carruagem, estacionada em frente à entrada principal, onde a silhueta imensa de Thorn estava ocupada desfazendo a mala.

— O que está acontecendo? O que vocês querem?

— Uma audiência, meu filho — interveio a Decana.

Ela apoiava todo seu peso no braço de Ophélie.

— Impossível. Seguramente impossível. Voltem amanhã.

O cientista brandiu a bengala no ar, apontando para as nuvens que se desfaziam no vento como teias de aranha.

— Primeira noite de céu limpo em uma semana. Ártemis está muito ocupada, seguramente muito ocupada.

— Não vai demorar.

Thorn tinha soltado essa promessa enquanto saía da carruagem, carregando uma caixinha sob o braço. O cientista ajeitou em vão a franja que o vento bagunçava em frente aos seus olhos.

— Mesmo que vocês só precisassem de uma fração de segundo, repito, é seguramente impossível. Estamos no meio do inventário. Quarta reedição do catálogo *Astronomiae instauratae mechanica*. É seguramente prioritário.

Seis!, riu Ophélie por dentro. Ela nunca tinha ouvido tanto "seguramente" seguido.

Thorn cobriu em dois longos passos os degraus da entrada e exibiu toda a sua estatura em frente ao cientista, que deu um passo para trás. O vento arrepiava as mechas loiras do enorme espantalho e esticava os laços do casaco de pele, revelando uma pistola à sua cintura. Thorn esticou o braço. O movimento brusco fez o cientista pular, mas era só para mostrar um relógio de bolso.

— Dez minutos, nem um segundo a mais. Onde posso encontrar a sra. Ártemis?

O velho indicou com a bengala a cúpula principal, que tinha uma fenda entalhada como um cofrinho de moedas.

— No telescópio.

Thorn seguiu pisando no mármore, sem olhar para trás, sem agradecer. Vermelha de humilhação sob o enorme chapéu de plumas, a mãe não se acalmava. Descontou a raiva quando Ophélie escorregou em uma placa de gel, quase derrubando a Decana junto.

— Nunca vai parar de ser desajeitada? Você me enche de vergonha!

Ophélie tateou em busca dos óculos nos ladrilhos. Quando os colocou de volta, o vestido gigante de sua mãe apareceu três vezes maior. Os óculos estavam quebrados.

— E esse homem que não espera? — reclamou a mãe, segurando a saia. — Sr. Thorn, ande mais devagar!

Carregando a caixinha, Thorn entrou no vestíbulo do observatório fingindo não ouvir. Ele marchava e abria todas as portas que encontrava sem bater antes. Sua estatura dominava o balé de cientistas que corriam pelos corredores e que comentavam em voz alta os mapas de constelações.

Ophélie seguia o movimento, o nariz enfiado no cachecol. Tudo que ela via era a silhueta de Thorn, fracionada. Ele era tão alto e coberto de pele desgrenhada que de costas parecia se confundir com um urso polar.

Ela saboreava abertamente a situação. A atitude desse homem era tão ultrajante que parecia bom demais para ser verdade. Como Thorn subia uma escada em espiral, Ophélie ofereceu o braço de novo para a Decana, para ajudá-la com os degraus.

— Posso fazer uma pergunta? — sussurrou.

— Pode, minha filha — sorriu a Decana.

Um cientista que descia a escada com pressa esbarrou neles sem pedir desculpas. Ele arrancava cabelos gritando como um condenado que nunca tinha errado um cálculo e que não começaria agora.

— Quantos insultos nossa família precisa aguentar antes de repensar esse noivado? — perguntou Ophélie.

A pergunta foi recebida com frieza. A Decana tirou a mão do braço de Ophélie. Ajeitou o véu preto na cabeça, deixando entrever só a ponta do nariz e um sorriso marcado por rugas.

— Do que você está reclamando, minha filha? Esse jovem me parece muito charmoso.

Perplexa, Ophélie contemplou a sombra atrofiada da Decana que andava com esforço, subindo cada degrau. Ela também estava implicando agora?

A voz aborrecida de Thorn ecoou na rotunda na qual ele tinha acabado de entrar.

— Senhora, seu irmão me trouxe aqui.

Ophélie não queria perder a conversa com Ártemis. Ela correu para atravessar a porta de metal na qual ainda estava pendurada uma placa dizendo:

Não perturbe: observação em andamento

Ela piscou por trás dos óculos quebrados enquanto se enfiava na escuridão. Ouviu um som parecido com asas batendo em frente a ela; era sua mãe, cada vez mais furiosa, que tinha aberto um leque para refrescar as ideias. Quanto a Thorn, ela só distinguiu seu casaco de pele com garras quando as lâmpadas das paredes se acenderam, pouco a pouco.

— Meu irmão? Qual deles?

Esse murmúrio rouco, que parecia mais uma mó arranhando do que uma mulher falando, tinha ecoado por toda a estrutura metálica da sala. Ophélie procurou sua origem. Seguiu com o olhar as passarelas que subiam em espiral ao redor da cúpula, então desceu ao longo do cano de cobre cuja distância focal tinha mais de seis vezes seu tamanho. Encontrou Ártemis curvada contra a lente do telescópio.

Ela a via quebrada em três pedaços. Seria preciso consertar os óculos assim que possível.

O espírito familiar se afastou lentamente do espetáculo das estrelas, esticou cada membro e cada articulação até ficar muito mais alto do que o próprio Thorn. Ártemis considerou com o olhar por um longo momento esse estrangeiro vindo interromper sua contemplação do céu, que nem tremia sob o peso de seu olhar.

Alguns anos tinham passado desde sua adolescência, mas Ophélie se sentiu tão perturbada pela aparência de Ártemis quanto no dia em que tinha recebido dela seu primeiro prêmio.

Não que ela fosse feia, porque, na verdade, sua beleza chegava a ser assustadora. Sua cabeleira ruiva descia da nuca em um nó descuidado e escorria pelos ladrilhos de mármore, ao redor de seus tornozelos nus, como um rio de lava fervente. A forma graciosa de seu corpo superava as adolescentes mais belas de toda a arca. Sua pele, tão branca e macia que parecia líquida quando vista de longe, fluía sobre as linhas perfeitas de seu rosto. A ironia do destino queria que Ártemis desprezasse esse brilho sobrenatural dado a ela pela Natureza e invejado por muitas. Portanto, ela só mandava fazer roupas masculinas para seu corpo gigante. Nesta noite, ela vestia uma casaca de veludo vermelho e calções simples que mostravam sua panturrilha.

Também não era o jeito masculino que deixava Ophélie desconfortável, por ser tão insignificante frente a tal esplendor. Não, era outra coisa. Ártemis era linda, mas de uma beleza fria, indiferente, quase desumana.

Seus olhos, com íris amarelas, não expressavam nada enquanto ela encarava Thorn longamente. Nem raiva, nem incômodo, nem curiosidade. Só espera.

Depois de um silêncio que pareceu durar uma eternidade, ela abriu um sorriso despido de qualquer emoção, nem bondoso, nem cruel. Um sorriso que de sorriso só tinha a forma.

— Você tem o sotaque e os modos do Norte. Você é descendente de Farouk.

Ártemis se inclinou para trás em um movimento gracioso; o mármore jorrou do piso como uma fonte para oferecer um assento. De todos os Animistas da arca, ninguém era capaz de tal prodígio, nem mesmo a linhagem dos ferreiros que moldavam metal simplesmente com um toque.

— O que meu querido irmão quer? — perguntou ela com a voz rouca.

A Decana avançou um passo, levantou o vestido preto para fazer uma reverência e respondeu:

— O casamento, bela Ártemis, lembra?

O olhar amarelo de Ártemis passou para a velha mulher de preto, depois para o chapéu de plumas da mãe, que sacudia o leque em gestos febris, antes de mergulhar em Ophélie. Ela tremeu, seus cabelos úmidos grudados na bochecha como algas. Ártemis, que ela só via em imagens borradas e segmentadas, era sua tatatatatatataravó.

E faltavam ainda um ou dois "tata".

Tudo indicava que sua ancestral não a reconhecia. O espírito familiar nunca reconhecia ninguém. Há muito tempo ela não se preocupava com memorizar os rostos de todos os descendentes, rostos efêmeros demais para uma deusa sem idade. Ophélie às vezes se perguntava se Ártemis tinha sido próxima de seus filhos no passado. Não era uma criatura muito maternal, nunca saía do observatório para andar entre sua prole e há muito tempo delegara todas as suas responsabilidades às Decanas.

No entanto, a memória fraca não era inteiramente culpa de Ártemis. Nada se fixava em seu espírito por muito tempo, os acontecimentos escorriam por ela sem persistir. Essa predisposição ao esquecimento era sem dúvida a contrapartida de sua imortalidade, uma válvula de segurança para não mergulhar em loucura ou desespero. Ártemis não conhecia o passado; ela vivia em um eterno presente. Não se sabia nada sobre sua vida antes de fundar sua própria dinastia em Anima, muitos séculos antes. Para a família, ela estava lá, sempre estivera e sempre estaria.

Era o mesmo para todas as arcas e todos os espíritos familiares.

Com um gesto nervoso, Ophélie ajeitou no nariz os óculos danificados. Às vezes, apesar de tudo, ela se perguntava: quem eram realmente os espíritos familiares e de onde eles vinham? Parecia quase inacreditável que o sangue de um fenômeno como Ártemis corresse por suas próprias veias, mas corria, propagando o animismo pela linhagem inteira sem nunca secar.

— Sim, lembro — concordou enfim Ártemis. — Como você se chama, minha filha?

— Ophélie.

Ophélie ouviu uma fungada de desprezo. Olhou para Thorn. Ele estava de costas para ela, rígido como um urso empalhado enorme. Ela não conseguia ver sua expressão, mas não tinha dúvida de que era quem tinha fungado. Sua vozinha fraca claramente não o agradara.

— Ophélie — disse Ártemis —, desejo felicidades no casamento e agradeço por essa aliança que fortalecerá minha relação cordial com meu irmão.

Era uma formalidade de circunstância, sem entusiasmo, pronunciada por puro respeito ao protocolo. Thorn se aproximou de Ártemis e ofereceu a caixa de madeira envernizada. Ficar tão perto de uma criatura tão sublime, capaz de fazer o coração de um cortejo de velhos cientistas bater mais rápido, não o afetava em nada.

— Do sr. Farouk.

Ophélie consultou a mãe com um olhar. Será que ela também deveria levar uma homenagem ao espírito da sua nova família, quando chegasse ao Polo? Ao ver os lábios maquiados da sua mãe boquiabertos, entendeu que ela se perguntava a mesma coisa.

Ártemis aceitou a oferta com um gesto descomprometido. Sua expressão, até então impassível, se contraiu levemente quando estudou, com um toque, o conteúdo do cofre.

— Por quê? — perguntou Ártemis, com os olhos semicerrados.

— Não sei o que tem no cofre — informou Thorn, se inclinando com enorme rigidez. — Também não tenho nenhuma outra mensagem para transmitir.

O espírito familiar acariciou, pensativa, a madeira envernizada, pousou de novo seus olhos amarelos em Ophélie e pareceu estar prestes a dizer algo, mas então aprumou os ombros com desenvoltura.

— Estão todos dispensados. Tenho que trabalhar.

Thorn não tinha aguardado a benção para dar meia-volta, segurando o relógio, e descer as escadas em passos nervosos. As três mulheres se despediram de Ártemis com pressa e correram para segui-lo, com medo de que ele fosse grosseiro a ponto de pegar a carruagem sem elas.

— Pelos ancestrais, me recuso a entregar minha filha a esse grosseirão!

A mãe tinha explodido em um sussurro furioso, bem no meio de um planetário onde uma multidão de cientistas discutia sobre a próxima passagem de um cometa. Thorn não a ouviu. Sua pele de urso despenteado já tinha deixado a sala escura onde as engrenagens dos globos ronronavam como relógios.

O coração de Ophélie pulou no peito, batendo rápido e esperançoso, mas a Decana acabou com suas ilusões com um simples sorriso.

— Um acordo foi feito entre as duas famílias, minha filha. Não há ninguém além de Farouk e Ártemis que possa quebrar o acordo sem criar um conflito diplomático.

O coque da mãe tinha soltado sob o belo chapéu e seu nariz pontudo ficava cada vez mais roxo, apesar das camadas de maquiagem.

— Sim, mas mesmo assim, meu jantar magnífico!

Ophélie se retraiu dentro do cachecol, seguindo com o olhar o balé dos astros sob a abóbada do planetário. Entre os comportamentos do noivo, da mãe e da Decana, ela não conseguia determinar qual era o mais irritante.

— Se por acaso vocês pedirem minha opinião... — murmurou ela.

— Ninguém pediu — interrompeu a Decana, com um sorrisinho.

Em qualquer outra circunstância, Ophélie não teria insistido. Ela valorizava demais sua tranquilidade para debater, argumentar ou se posicionar, mas desta vez era o resto de sua vida que estava em jogo.

— Vou dar minha opinião de qualquer jeito — disse ela. — O sr. Thorn está com tanta vontade de casar comigo quanto eu. Acho que vocês cometeram algum erro.

A Decana ficou imóvel. Sua forma retorcida pela artrite se endireitou lentamente, crescendo e crescendo, enquanto ela se virava para Ophélie. Entre a trama de rugas, o sorriso bondoso tinha desaparecido. A íris de um tom azul claro à beira da cegueira brilhou atrás dos óculos com tanta frieza que Ophélie ficou estupefata. Até a mãe perdeu a compostura assistindo à metamorfose. Não era mais uma velha encolhida que viam, em meio ao turbilhão de cientistas excitados. Era a encarnação da autoridade suprema de Anima. A representante justa do Conselho Matriarcal. A mãe entre as mães.

— Não cometemos erro algum — disse a Decana com uma voz glacial. — O sr. Thorn fez um pedido oficial para casar com uma Animista. Entre todas as jovens solteiras, você foi a que escolhemos.

— Parece que o sr. Thorn não gostou nada da escolha — observou Ophélie com calma.

— Ele deveria estar satisfeito. As famílias concordaram.

— Por que eu? — insistiu Ophélie, sem se preocupar com a expressão devastada da mãe. — É uma punição?

Era no que acreditava lá no fundo. Ophélie tinha recusado propostas demais, arranjos demais. Ela destoava de todas as primas que já eram mães e esse descompasso era um problema. As Decanas usavam essa aliança para dar exemplo.

A velha a encarou com o olhar pálido através dos óculos, para além do vidro quebrado. Quando ela não estava recurvada, era maior que Ophélie.

— Estamos oferecendo uma última chance. Honre nossa família, menina. Se falhar nessa tarefa, se falhar nesse casamento, juro que nunca mais pisará em Anima.

A COZINHA

Ophélie corria como o vento. Ela cruzava rios, atravessava florestas, sobrevoava cidades, passava por montanhas, mas a linha do horizonte continuava inatingível. Às vezes, ela seguia a superfície de um mar imenso e a paisagem ficava líquida por muito tempo, mas acabava sempre encontrando uma costa. Não era Anima. Não era nem mesmo uma arca. Este mundo era um só. Era intacto, sem rachaduras, redondo como uma bola. O velho mundo, antes do Rasgo.

De repente, Ophélie notou uma flecha vertical que cruzava o horizonte como um relâmpago. Ela não se lembrava de ter visto essa flecha antes. Correu para alcançá-la, por curiosidade, mais rápida que o vento. Quanto mais se aproximava, menos a flecha parecia uma flecha. Pensando bem, era mais como uma torre. Ou uma estátua.

Não, era um homem.

Ophélie quis desacelerar, mudar de direção, dar meia-volta, mas uma força irresistível a arrastava para o homem. O velho mundo tinha desaparecido. Não tinha mais horizonte, só Ophélie correndo a contragosto na direção desse homem magro e gigante que lhe dava as costas.

Abriu os olhos de repente, a cabeça no travesseiro e os cabelos espalhados à sua volta como vegetação selvagem. Ela assoou o nariz, fazendo o som de uma trombeta entupida. Respirando pela boca, contemplou a base do colchão de Hector, logo acima do dela.

Perguntou-se se o irmãozinho ainda dormia lá em cima ou se já tinha descido a escada de madeira. Não fazia ideia de que horas eram.

Ophélie se apoiou em um cotovelo e correu o olhar míope pelo quarto, onde camas tinham sido improvisadas no tapete, em uma bagunça de lençóis e almofadas. Todas as suas irmãzinhas já tinham acordado. Um vento frio soprava pela janela aberta e balançava as cortinas. O sol já tinha nascido, as crianças já deviam estar na escola.

Ophélie notou que a gata velha da casa tinha se enroscado entre seus pés, na ponta da cama. Ela deitou de novo sob a colcha de retalhos e assoou o nariz mais uma vez. Tinha a impressão de estar com algodão entupindo a garganta, os ouvidos e os olhos. Ela estava acostumada, porque ficava gripada com qualquer vento. Sua mão tateou a mesa de cabeceira em busca dos óculos. As lentes quebradas já estavam começando a cicatrizar, mas precisariam de muitas horas ainda antes de estarem inteiramente curadas. Ophélie colocou os óculos. Objetos consertavam mais rápido quando se sentiam úteis, era questão de psicologia.

Esticou os braços sobre a coberta, sem pressa para levantar da cama. Ophélie tivera dificuldade em pegar no sono ao voltar para casa. Sabia que não era a única. Desde que Thorn fechara a porta, com uma fungada para indicar "boa noite", ele não tinha parado de caminhar de um lado para o outro no quarto do andar de cima, fazendo o piso ranger. Ophélie se cansara antes dele e acabara pegando no sono.

Com a cara enfiada no travesseiro, ela se esforçou para desembaraçar o fio de emoções que se enrolava no seu peito. As palavras frias da Decana ecoavam em sua memória: "Se falhar nessa tarefa, se falhar nesse casamento, juro que nunca mais pisará em Anima".

Ser banida era pior do que morrer. O mundo de Ophélie estava inteiro sob essa arca; se fosse expulsa, não teria mais família para voltar. Ela não tinha outra opção além de se casar com esse urso.

Um casamento de conveniência tinha sempre um objetivo, especialmente se reforçava as relações diplomáticas entre duas arcas.

Podia trazer sangue novo para evitar as degenerações causadas por um grau alto demais de consanguinidade. Podia servir como uma aliança estratégica para favorecer os negócios e o comércio. Podia ser também, por mais que fosse excepcional, um casamento por amor nascido depois de um romance de férias.

Por mais que Ophélie examinasse as coisas por trás dos panos, ainda faltava o mais importante. Que vantagem esse homem, que parecia abominar tudo, esperava sinceramente tirar do casamento?

Ela enfiou o rosto de novo no lenço quadriculado e assoou o nariz com força. Estava aliviada. Thorn era um energúmeno quase selvagem, duas cabeças mais alto do que ela e com mãos grandes e inquietas que pareciam experientes com armas. Pelo menos, ele não a amava. E ele não a amaria mais no fim do verão, quando o intervalo tradicional entre o noivado e as núpcias acabaria.

Ophélie assoou o nariz uma última vez e afastou a coberta. Um miado furioso ecoou debaixo da colcha de retalhos; tinha esquecido a gata. Ela examinou no espelho da parede, com alguma satisfação, o rosto distraído, os óculos tortos, o nariz vermelho e os cabelos embaraçados. Thorn nunca teria vontade de levá-la para a cama. Ela sentira sua reprovação, não era a mulher que procurava. Suas respectivas famílias podiam obrigá-los a se casarem, mas juntos se certificariam que seria uma união de fachada.

Ophélie amarrou um robe antigo por cima da camisola. Se pudesse, ficaria de bobeira na cama até o meio-dia, mas sua mãe tinha planejado um cronograma louco para os dias seguintes, antes da grande partida. Piquenique no parque familiar. Chá com as avós Sidonie e Antoinette. Caminhada na margem do rio. Lanche na casa do tio Benjamin e da sua nova esposa. Teatro e depois jantar e baile. Ophélie estava enjoada só de pensar. Ela preferiria um ritmo menos frenético para se despedir direito de sua arca natal.

A madeira rangeu sob seus pés quando desceu as escadas. A casa parecia calma demais.

Ela logo entendeu que estava todo mundo na cozinha; uma conversa abafada escapava pela portinha de vidro. Caiu o silêncio quando a abriu.

Todos os olhares convergiam em Ophélie. O olhar atento da mãe, perto do fogão a gás. O olhar inconsolável do pai, meio deitado na mesa. O olhar exagerado da tia Roseline, o nariz comprido enfiado na xícara de chá. O olhar pensativo do tio-avô, por cima do jornal que folheava, de costas para a janela.

Só Thorn, ocupado preparando um cachimbo em um banquinho, não parecia nem um pouco interessado nela. Seu cabelo loiro prateado jogado para trás de forma desgrenhada, seu queixo com barba por fazer, sua magreza, sua túnica de má qualidade e o punhal enfiado na bota lembravam mais um vagabundo do que um homem da corte. Ele parecia deslocado entre o cobre quente da cozinha e o cheiro de geleia.

— Bom dia — resmungou Ophélie.

Um silêncio desconfortável a acompanhou até a mesa. Ela já tinha vivido manhãs mais alegres. Ophélie ajeitou os óculos quebrados, por puro hábito, e encheu um pote de chocolate quente. O leite escorrendo na porcelana, o protesto dos ladrilhos quando ela puxou a cadeira, a faca raspando manteiga na torrada, o apito do nariz entupido... Ela tinha a impressão que cada barulho que emanava de si, por mais ínfimo que fosse, tomava proporções enormes.

Ophélie levou um susto quando a voz da mãe soou de novo:

— Sr. Thorn, você ainda não comeu nada desde que chegou. Não quer talvez uma xícara de café e um pão com manteiga?

O tom tinha mudado. Não era caloroso nem azedo. Era educado, só o necessário. A mãe provavelmente passara a noite refletindo sobre as palavras da Decana e se acalmando. Ophélie a questionou com o olhar, mas a mãe se esquivou, fingindo se preocupar com o fogão.

Alguma coisa estava errada; um cheiro de conspiração pairava no ar.

Ophélie encarou seu tio-avô, mas ele fervilhava sob os bigodes. Ela se virou então para a cabeça calva e hesitante do pai, sentado em frente a ela, e insistiu com o olhar.

Como esperava, ele cedeu.

— Filha, aconteceu… um pequeno imprevisto.

Ele intercalou o "pequeno imprevisto" entre o polegar e o indicador.

O coração de Ophélie quase saiu pela boca e, por um segundo tolo, ela acreditou que o noivado fora rompido. O pai olhou de relance para Thorn, por cima do ombro de Ophélie, como se esperasse uma negação. O homem só apresentava no banquinho um perfil talhado ao canivete, testa franzida, mordiscando o cachimbo. Suas pernas compridas se sacudiam com impaciência. Como ele não parecia mais um urso, despido do casaco de pele, Ophélie via nele agora uma atitude de falcão peregrino, nervoso e agitado, a ponto de voar.

Voltou a atenção para o pai quando ele a tocou de leve na mão.

— Eu sei que sua mãe tinha montado uma programação incrível para a semana…

Ele foi interrompido pela tosse furiosa de sua esposa ao fogão, e retomou com um suspiro:

— O sr. Thorn estava explicando que tem obrigações em casa. Obrigações de extrema importância, sabe? Enfim, ele não pode desperdiçar tempo com recepções grandes, diversões e…

Impaciente, Thorn o interrompeu, fechando a tampa do relógio de bolso.

— Vamos embora hoje, no dirigível das quatro, em ponto.

O sangue sumiu do rosto de Ophélie. Hoje. Quatro em ponto. Seu irmão, suas irmãs, seus sobrinhos e sobrinhas não teriam voltado da escola. Ela não se despediria deles. Ela nunca os veria crescer.

— Pode voltar, senhor, já que tem obrigações. Eu não estou impedindo.

Sua boca tinha mexido sozinha. Foi um sopro quase inaudível, com uma voz anasalada, mas teve o efeito de um trovão na cozinha. O pai perdeu a compostura, a mãe a fulminou com o olhar, a tia Roseline engasgou com o chá e o tio-avô se refugiou atrás de uma crise de espirros. Ophélie não olhou para nenhum deles. Sua atenção estava concentrada em Thorn, que, pela primeira vez desde que se conheceram, a encarava por inteiro, cara a cara, de cima a baixo. Suas pernas intermináveis o arrancaram de uma vez do banquinho, como uma mola. Ela o via três vezes maior, por causa das lentes quebradas. Três silhuetas altas, seis olhos afiados como navalhas e trinta dedos apertados. Tudo isso era demais para um só homem, por maior que fosse...

Ophélie esperou uma explosão. A resposta foi só um murmúrio pesado:

— É uma evasão?

— Claro que não — se irritou a mãe, estufando o peito. — Ela não pode dizer nada, senhor Thorn, vai acompanhá-lo onde o senhor quiser.

— E eu, posso dizer alguma coisa?

Essa pergunta, feita em uma voz ácida, vinha de Roseline, que encarava o fundo da xícara de chá com um olhar venenoso.

Roseline era a tia de Ophélie, mas era acima de tudo sua madrinha e, por isso, sua acompanhante. Viúva e sem filhos, a situação a predispunha naturalmente a acompanhar a afilhada ao Polo até o casamento. Era uma mulher madura, com dentes de cavalo, só pele e osso, com os nervos à flor da pele. Ela usava o cabelo em um coque, como a mãe de Ophélie, mas o seu parecia uma almofada de alfinetes.

— Não mais do que eu — resmungou o tio-avô sob o bigode, amassando o jornal. — De qualquer jeito, ninguém me pede opinião nessa família!

A mãe colocou as mãos no enorme quadril.

— Ah, vocês, não é a hora nem o lugar para isso!

— É só que está tudo andando um pouco mais rápido do que tínhamos imaginado — interveio o pai, falando com os noivos. — A menina está intimidada, vai passar.

Nem Ophélie nem Thorn prestaram atenção nos outros. Eles se mediam com o olhar, ela sentada em frente ao chocolate quente, ele do alto de sua estatura excepcionalmente grande. Ophélie não queria ceder ao olhar metálico desse homem, mas, depois de refletir, ela não se achou muito inteligente por tê-lo provocado. Em sua situação, o mais razoável ainda era ficar quieta. De toda forma, ela não tinha outra opção.

Ophélie abaixou o olhar e passou manteiga em outra fatia de pão. Quando Thorn se sentou de volta no banquinho, envolto por uma nuvem de tabaco, todos soltaram suspiros de alívio.

— Prepare sua mala agora mesmo — disse ele simplesmente.

Para ele, o caso estava fechado. Não para Ophélie. Sob a escuridão de seus cabelos, ela prometeu tornar a vida dele tão difícil quanto ele tornava a dela.

Os olhos de Thorn, cinzas e frios como uma lâmina, se voltaram para ela mais uma vez.

— Ophélie — acrescentou, sem sorrir.

Nessa boca carrancuda, endurecido pelo sotaque do Norte, parecia que seu nome cortava a língua. Enojada, Ophélie dobrou o guardanapo e saiu da mesa. Ela subiu as escadas devagar e se fechou no quarto. Encostada na porta, ela não se mexeu, não piscou, não chorou, mas estava gritando por dentro. Os móveis do quarto, sensíveis à raiva da proprietária, começaram a tremer como se sentissem calafrios nervosos.

Ophélie foi sacudida por um espirro espetacular. O feitiço se rompeu de imediato e os móveis ficaram inteiramente parados. Sem nem pentear o cabelo, Ophélie colocou seu vestido mais sinistro, uma antiguidade cinza e austera, com corpete. Ela se sentou na cama e, enquanto enfiava os pés nus nas botas, seu cachecol subiu, deslizou e se enroscou no pescoço como uma cobra.

Bateram na porta.

— Pode *endrar* — resmungou Ophélie, com o nariz entupido.

O tio-avô passou os bigodes pela porta entreaberta.

— Posso, minha filha?

Ela assentiu atrás do lenço. Os sapatos pesados do tio traçaram um caminho em meio à bagunça de lençóis, edredons e travesseiros que cobriam o tapete. Ele fez sinal para uma cadeira se aproximar, que obedeceu com um movimento dos pés, e se deixou cair nela.

— Minha pobre pequena — suspirou ele. — Esse homem é mesmo o último marido que eu teria escolhido para você.

— Eu sei.

— Você vai precisar ser corajosa. As Decanas decidiram.

— As Decanas decidiram — repetiu Ophélie.

"Mas elas não vão tomar a decisão final", acrescentou ela em pensamento, mesmo sem ter a menor ideia do que esperava pensando assim.

Surpreendendo Ophélie, o tio-avô começou a rir. Ele apontou para o espelho na parede.

— Você se lembra da primeira travessia? A gente estava achando que você ia ficar para sempre assim, uma perna balançando aqui e o resto se debatendo no espelho da minha irmã! Você fez a gente passar a noite mais longa da vida. E você nem tinha treze anos.

— Fiquei com algumas sequelas — suspirou Ophélie, contemplando suas mãos, que via despedaçadas pelos óculos quebrados.

O olhar do tio-avô de repente tinha voltado a ser sério.

— Precisamente. Mas isso não te impediu de tentar outra vez e ficar presa de novo, até pegar o jeito da coisa. As passa-espelho são raras na família, minha filha. Você sabe por quê?

Ophélie levantou o olhar atrás dos óculos. Ela nunca tinha abordado a questão com seu padrinho. Entretanto, tudo que ela sabia, tinha aprendido com ele.

— Por que é uma forma de *leitura* um pouco particular? — sugeriu ela.

O tio-avô bufou e arregalou os olhos dourados sob as asas das sobrancelhas.

— Nada disso! *Ler* um objeto exige esquecer-se um pouco de si para dar espaço ao passado dos outros. Passar por espelhos exige enfrentar a si mesmo. É preciso ter estômago, sabe, para se olhar bem nos olhos, se ver como é, mergulhar no próprio reflexo. Aqueles que escondem o rosto, que mentem para si, que se veem melhores do que são, nunca conseguiriam. Então, acredite, não é a coisa mais comum por aí!

Ophélie foi surpreendida por essa declaração inesperada. Ela sempre passara espelhos de forma intuitiva e não se achava especialmente corajosa. O tio-avô apontou então para o velho cachecol tricolor, usado por anos, que descansava preguiçosamente sobre seus ombros.

— Não é o seu primeiro golem, é?

— É.

— O mesmo que quase nos privou para sempre da sua companhia.

Ophélie concordou, depois de um tempo. Às vezes ela esquecia que esse cachecol, que arrastava sempre atrás dela, um dia tentara estrangulá-la.

— E apesar disso você nunca parou de usá-lo — articulou o tio-avô, pontuando cada palavra com um tapa na coxa dela.

— Estou vendo que você quer me dizer alguma coisa — disse Ophélie devagar. — O problema é que não entendo bem o quê.

O tio-avô soltou um grunhido ranzinza.

— Você não engana ninguém, minha filha. Você se esconde atrás dos cabelos, atrás dos óculos, atrás dos resmungos. De toda a prole da sua mãe, você é a única que nunca chorou, nunca berrou, e mesmo assim posso jurar que é a que mais se machucou.

— Você está exagerando, tio.

— Desde que nasceu, você não para de se machucar, se confundir, quebrar a cara, esmagar os dedos, se perder... — prosseguiu ele, gesticulando efusivamente. — Não estou falando para te deixar triste, faz tempo que a gente acha que você um dia não sobreviveria a uma das inúmeras confusões! A gente te chamava de "Senhorita Cara-Quebrada". Escuta bem, minha filha...

O tio-avô se ajoelhou dolorosamente ao pé da cama onde Ophélie estava sentada, os pés afundados nas botas desamarradas. Ele a segurou pelos cotovelos e a sacudiu, para gravar melhor cada sílaba em sua memória.

— Você tem a personalidade mais forte da família, minha pequena. Esqueça o que eu te disse da última vez. Prevejo que a determinação do seu marido se quebrará sob a sua.

A MEDALHA

A sombra comprida do dirigível passava pelos pastos e riachos como uma nuvem solitária. Através das janelas laterais, Ophélie observava a paisagem, esperando ver ao longe pela última vez a torre de vigia de onde sua família sacudia lenços. Ela ainda estava tonta. Poucos minutos depois da decolagem, enquanto o dirigível manobrava uma curva, ela precisou abandonar a passagem a estibordo com urgência para procurar o banheiro. Quando voltou, só via do Vale uma zona de sombra distante ao pé da montanha.

Ela não conseguia imaginar uma despedida mais fracassada.

— Uma garota da montanha que tem medo de altura! Sua mãe estava certa, você não perde uma oportunidade de ser diferente...

Ophélie desviou o olhar da janela e se virou para a Sala dos Mapas, que tinha esse nome por causa dos planisférios presos na parede que traçavam a geografia rachada das arcas. Do outro lado do cômodo, o vestido verde folha da tia Roseline se destacava no veludo cor de mel dos tapetes e assentos. Ela inspecionava as representações cartográficas com um olhar severo. Ophélie demorou para entender que ela não estava analisando as arcas, mas a qualidade da impressão. Vício profissional: a tia Roseline trabalhava restaurando papel.

Ela se aproximou de Ophélie em passinhos nervosos, se sentou na poltrona ao lado e mastigou com dentes de cavalo os biscoitos que tinham sido servidos. Ainda enjoada, Ophélie desviou o olhar. As duas mulheres estavam sozinhas na sala. Além delas, de Thorn e da tripulação, não havia outros passageiros a bordo do dirigível.

— Você notou a cara que o sr. Thorn fez quando você começou a botar as tripas para fora pelo dirigível?

— Eu estava um pouco ocupada na hora, tia.

Ophélie encarou a madrinha por cima dos óculos retangulares. Ela era tão estreita, seca e amarelada quanto sua mãe era rechonchuda, suada e avermelhada. Ophélie não conhecia bem essa tia que seria sua acompanhante nos próximos meses e achava estranho estar cara a cara com ela. Normalmente, elas se viam pouco e não falavam nada. A viúva sempre vivera para os seus papéis velhos, assim como Ophélie sempre vivera para o seu museu. Nada disso deixara espaço para elas se tornarem íntimas.

— Ele morreu de vergonha — declarou a tia Roseline com a voz áspera. — Isso, minha querida, é um espetáculo que não quero ver se repetir. Você carrega a honra da família.

Do lado de fora, a sombra do dirigível se misturava à água dos Grandes Lagos, cintilante como mercúrio. A luz do fim de tarde se enfraquecia na Sala dos Mapas. O veludo cor de mel da decoração ficou menos dourado, pendendo para o bege. Ao redor delas, a estrutura do aeróstato rangia e as hélices zumbiam. Ophélie respirou fundo, sentindo todos os barulhos e o leve balanço sob os pés, e se sentiu melhor. Era só questão de hábito.

Tirou da manga um lenço de bolinhas e espirrou uma, duas, três vezes. Seus olhos lacrimejaram atrás dos óculos. O enjoo tinha passado, mas não o resfriado.

— Pobre homem — brincou. — Se ele tem medo do ridículo, está casando com a pessoa errada.

A pele da tia Roseline empalideceu. Ela olhou desesperada ao redor da sala, tremendo ao pensar em descobrir a pele de urso em um dos assentos.

— Pelos ancestrais, não diga uma coisa dessas — sussurrou ela.

— Ele te preocupa? — surpreendeu-se Ophélie.

Ela própria tinha tido medo de Thorn, sim, mas antes de conhecê-lo. Agora que o desconhecido tinha rosto, não o temia mais.

— Ele me dá calafrios — suspirou a tia, ajeitando o pequeno coque. — Você viu as cicatrizes? Suspeito que ele tenha tendência à violência quando está de mau humor. Aconselho que você desapareça um pouco depois da ceninha de hoje. Então se esforce para causar uma boa impressão, porque eu vou passar os próximos oito meses com ele e você vai passar o resto da vida.

Ophélie ficou sem ar ao deixar seu olhar cair na janela de observação. As florestas brilhantes do outono, douradas pelo sol e balançadas pelo vento, tinham acabado de dar espaço para uma muralha abrupta de rocha que se afundava em um mar de névoa. O dirigível se afastou e Anima apareceu inteiramente cercada por um cinturão de nuvens, suspensa no ar. Quanto mais eles se afastavam, mais parecia um toco de terra e mato que uma pá invisível arrancou do jardim. Era assim, então, uma arca vista de longe? Esse montinho perdido no meio do céu? Quem imaginaria que lagos, pastos, cidades, bosques, campos, montanhas e vales se estendiam nesse projeto de mundo ridículo.

Com a mão colada no vidro, Ophélie gravou essa visão na alma enquanto a arca desaparecia, apagada pelas cortinas de nuvens. Ela não sabia quando voltaria.

— Você devia ter comprado novos para trocar. A gente parece pobre!

Ophélie voltou para sua tia, que a encarava com desaprovação. Ela demorou um pouco para entender que a tia falava dos óculos.

— Estão terminando de cicatrizar — explicou Ophélie. — Amanhã não vamos mais parecer.

Ela tirou os óculos para soprar vapor nas lentes. Exceto por uma pequena fissura em um ângulo da visão, não incomodava e não estava mais vendo tudo triplicado.

Lá fora, só restava um céu sem fim onde começavam a brilhar as primeiras estrelas. Quando as luzes da sala se acenderam, os vidros viraram espelhos e não foi mais possível enxergar através deles. Ophélie sentiu a necessidade de prender o olhar em alguma coisa. Ela se aproximou da parede de mapas. Eram verdadeiras obras de arte, produzidas por geógrafos ilustres; as 21 arcas principais e as 86 arcas menores estavam todas representadas com uma atenção incrível ao detalhe.

Ophélie viajava no tempo como outros atravessavam um corredor, mas não sabia muito de cartografia. Demorou um pouco para encontrar Anima e ainda mais para achar o Polo. Ela os comparou e se surpreendeu com as proporções diferentes: o Polo era quase três vezes maior que Anima. Com seu mar interno, suas fontes e lagos, lembrava uma enorme bacia cheia de água.

Contudo, nada a fascinava tanto quanto o planisfério central, que dava uma visão geral da Semente do mundo e da órbita fixa das arcas ao seu redor. A Semente do mundo era o maior vestígio da Terra original: uma aglomeração de vulcões, continuamente atingida por raios, para sempre inabitável. Era cercada pelo mar das Nuvens, uma massa compacta de vapor que o sol nunca penetrava, mas o mapa não o mostrava por motivos de legibilidade. Por outro lado, indicava as correntes de vento que permitiam que os dirigíveis circulassem à vontade de uma arca para a outra.

Ophélie fechou os olhos e tentou ver o mapa em relevo, como se observado da Lua. Estilhaços de pedra suspensos acima de uma grande, imensa tempestade perpétua... Quando parava para pensar, esse novo mundo era mesmo um milagre.

Um sino badalou na Sala dos Mapas.

— A ceia — supôs tia Roseline com um suspiro. — Você acha que consegue se sentar à mesa sem fazer a gente passar vergonha?

— Quer dizer sem vomitar? Depende do cardápio.

Quando Ophélie e sua madrinha empurraram a porta da sala de jantar, acharam por um instante que tinham se enganado. As mesas não estavam postas e uma penumbra flutuava entre as paredes de painéis.

Uma voz cordial as interrompeu no instante em que elas começaram a voltar.

— Por aqui, senhoras!

De uniforme branco, dragonas vermelhas e abotoaduras duplas, um homem veio ao encontro delas.

— Capitão Bartholomé, ao seu dispor! — exclamou enfaticamente.

Ele abriu um grande sorriso, onde brilhavam alguns dentes de ouro, e espanou suas faixas.

— Na verdade, sou só o imediato, mas não precisamos discutir. Espero que nos desculpem, já começamos as entradas. Venham sentar conosco, senhoras, um toque de feminilidade será bem-vindo!

O imediato indicou o fundo da sala. Entre um painel de tela e as belas janelas envidraçadas, uma mesinha era iluminada pelo sol poente no estibordo. Ophélie localizou facilmente a silhueta alta e magra que não queria encontrar. Thorn estava de costas. Dele, só conseguia ver uma interminável coluna vertebral sob uma túnica de viagem, cabelos claros e desgrenhados e cotovelos que se mexiam no ritmo dos talheres sem pensar por um instante em parar por causa delas.

— O que é isso? O que você está fazendo? — escandalizou-se Bartholomé.

Ophélie não tinha nem encostado na cadeira, ao lado da tia, quando ele a segurou pela cintura, a fez dar dois passos de dança e a sentou com autoridade ao lado da última pessoa que ela queria ver de perto.

— À mesa é sempre preciso alternar homens e mulheres.

Com a cara enfiada no prato, Ophélie se sentiu completamente engolida pela sombra de Thorn, duas cabeças acima dela, com a postura ereta na cadeira. Ela passou manteiga nos rabanetes sem muito apetite. Um homenzinho à sua frente a cumprimentou com um gesto simpático, esticando um sorriso em meio à barba cor de pimenta. Depois de alguns instantes, só o movimento dos talheres preencheu o silêncio ao redor da mesa. Mastigavam os vegetais, bebiam vinho, passavam a manteiga de mão em mão. Ophélie derrubou na toalha de mesa o saleiro que passava para a tia.

O imediato, que visivelmente se incomodava com o silêncio, virou-se como um cata-vento para Ophélie.

— Como você está se sentindo, menina? Aquele enjoo horrível passou?

Ophélie secou a boca com o guardanapo. Por que esse homem falava como se ela tivesse dez anos?

— Sim, obrigada.

— Perdão? — Ele riu. — Você tem uma voz muito fraquinha, senhorita.

— Sim, obrigada — articulou Ophélie, forçando as cordas vocais.

— Não deixe de indicar qualquer desconforto ao nosso doutor. Ele é mesmo um mestre da medicina.

O homem da barba, em frente a ela, mostrou uma modéstia de bom tom. Devia ser o médico.

Um novo silêncio recaiu sobre a mesa, que Bartholomé perturbava tamborilando nos talheres com dedos agitados. Ophélie assoou o nariz para disfarçar a irritação. Os olhos brilhantes do imediato não paravam de subir dela para Thorn e de descer de Thorn para ela. Devia estar mesmo entediado para procurar distração neles dois.

— Bom, olha só, vocês não são muito falantes! — gargalhou ele. — Pensei ter ouvido que vocês estavam viajando juntos, né? Duas senhoras de Anima e um homem do Polo... é uma combinação bem rara!

Ophélie arriscou um olhar prudente para as mãos longas e magras de Thorn, que cortava os rabanetes em silêncio. Será que a tripulação não sabia o que tinha motivado o encontro? Ela decidiu se basear na atitude dele. Limitou-se a um sorriso educado, sem esclarecer a confusão.

Sua tia não tinha entendido o recado.

— Esses jovens estão indo se casar, senhor! — exclamou ela, indignada. — Vocês não sabiam?

À direita de Ophélie, as mãos de Thorn ficaram tensas segurando os talheres. De onde estava, podia ver uma veia pulsando no punho dele. Na cabeceira da mesa, os dentes de ouro de Bartholomé brilharam.

— Sinto muito, senhora, mas não fazia ideia. Sr. Thorn, francamente, você devia ter me dito a importância dessa jovem na sua vida! Agora com que cara eu fico?

Com a cara de alguém que se diverte muito com a situação, respondeu Ophélie em pensamento.

A exultação de Bartholomé não durou muito, no entanto. Seu sorriso diminuiu quando viu o rosto de Thorn. A tia Roseline também empalideceu ao notar. Ophélie, por sua vez, não via nada. Ela precisaria se inclinar de lado e soltar a cabeça do pescoço para chegar lá em cima. De qualquer jeito, imaginava sem dificuldade o que estava lá. Olhos cortantes como lâminas e uma ruga severa no lugar da boca. Thorn não gostava de se prestar a um espetáculo, pelo menos isso eles tinham em comum.

O médico pareceu perceber o desconforto, porque se apressou a mudar de assunto.

— Estou muito intrigado pelos talentos da sua família — disse, se dirigindo à tia Roseline. — O domínio de vocês sobre os objetos mais inofensivos é completamente fascinante! Perdão por ser indiscreto, mas será que eu poderia perguntar qual é a sua área de experiência, senhora?

A tia Roseline secou a boca com o guardanapo.

— O papel. Eu aliso, restauro, conserto.

Ela pegou a carta de vinhos, a rasgou sem cerimônia e colou os pedaços de volta com um simples toque.

— É mesmo interessante — comentou o doutor, enrolando as pontas do bigode enquanto um garçom trazia a sopa.

— Eu também acho — disse a tia, com orgulho. — Salvei da decomposição arquivos de enorme valor histórico. Genealogistas, restauradores, conservadores, nossa família vive em serviço da memória de Ártemis.

— É o seu caso também? — perguntou Bartholomé, virando seu sorriso brilhante para Ophélie.

Ela não teve a oportunidade de corrigir: *"Era*, senhor." A tia se encarregou de responder em seu lugar, entre duas colheradas de sopa.

— Minha sobrinha é uma excelente *leitora*.

— Uma *leitora*? — repetiram em uníssono o imediato e o médico, chocados.

— Eu cuidava de um museu — explicou Ophélie, de forma breve.

Ela suplicou com o olhar para a tia não insistir. Não tinha vontade de falar do que pertencia à sua vida antiga, especialmente na companhia dos dedos longos de Thorn contraídos ao redor da colher de sopa. A visão dos lenços de despedida da família na torre a assombrava. Ela queria acabar de tomar o creme de legumes e ir dormir.

Infelizmente, a tia Roseline era farinha do mesmo saco que a sua mãe. Não eram irmãs à toa. Ela queria impressionar Thorn.

— Não, não, não, é muito mais do que isso, não seja modesta! Senhores, minha sobrinha pode criar empatia com objetos, visitar seu passado e elaborar informações extremamente confiáveis.

— Parece divertido! — Bartholomé se entusiasmou. — Você aceitaria fazer uma pequena demonstração?

Ele puxou uma corrente do belo uniforme. Ophélie achou primeiro que era um relógio, mas estava enganada.

— Essa medalha de ouro é meu amuleto da sorte — continuou ele. — O homem que me deu me disse que pertencia a um imperador do velho mundo. Adoraria saber mais!

— Não posso.

Ophélie tirou um fio longo de cabelo castanho da sopa. Por mais que prendesse todos os cachos que conseguia com grampos, elásticos e presilhas, eles se espalhavam para todos os lados.

Bartholomé se decepcionou.

— Não pode?

— A deontologia me impede, senhor. Eu não vejo o passado do objeto, mas o de seus proprietários. Vou violar sua vida íntima.

— É o código de ética dos *leitores* — confirmou a tia Roseline, mostrando os dentes de cavalo. — Uma leitura particular só é autorizada com o consentimento do proprietário.

Ophélie virou os óculos para a madrinha, mas ela parecia querer que a sobrinha se distinguisse em frente ao seu noivo a qualquer custo. De fato, as mãos nodosas largaram lentamente os talheres e não se mexeram de novo. Thorn estava atento. Ou não estava mais com fome.

— Nesse caso, dou minha permissão! — declarou Bartholomé, previsível. — Quero conhecer meu imperador!

Ele estendeu a velha medalha de ouro, combinando com suas faixas e seus dentes. Ophélie a examinou primeiro com os óculos. Uma coisa era certa: essa bugiganga não vinha do velho mundo. Querendo terminar isso logo, desabotoou as luvas. Assim que fechou os dedos ao redor da medalha, luzes apareceram em suas pálpebras semicerradas. Ophélie se deixou inundar, sem interpretar ainda a onda de sensações que caía sobre ela, das mais recentes às mais antigas. Uma *leitura* seguia sempre o sentido contrário do relógio.

Promessas vãs sussurradas a uma bela moça na rua. Tanto tédio lá no alto, sozinho com a imensidão. Uma esposinha e os fedelhos esperando em casa. Estão distantes, quase não existem. As viagens se sucedem sem deixar rastros. As mulheres também. O tédio é maior do que o remorso. De repente, um brilho branco em uma capa preta. É uma faca. É para Ophélie, essa faca, um marido vingativo. A lâmina encontra a medalha, no bolso do uniforme, e desvia de sua trajetória mortal. Ophélie continua entediada. Um trio de reis, em meio a ataques de fúria, vale uma bela medalha. Ela se sente rejuvenescer. O tutor o faz subir no púlpito com um sorriso gentil. Tem um presente. Brilha, é bonito.

— E então? — perguntou o imediato, divertindo-se.

Ophélie vestiu as luvas de novo e devolveu o amuleto.

— Você foi enganado — murmurou ela. — É uma medalha de honra ao mérito. Um prêmio de criança.

Dentes de ouro desapareceram com o sorriso de Bartholomé.

— Perdão, como assim? Você não deve ter *lido* com cuidado, senhorita.

— É uma medalha de criança — insistiu Ophélie. — Não é de ouro e não tem meio século. O homem que você venceu no jogo de cartas mentiu.

A tia Roseline tossiu, nervosa; não era essa a façanha que esperava da sobrinha. O médico foi tomado por um interesse profundo pelo fundo do prato. A mão de Thorn pegou o relógio de bolso em um gesto cheio de tédio.

Como o imediato parecia devastado por essa revelação, Ophélie sentiu pena.

— Não deixa de ser um excelente amuleto. A medalha realmente te salvou daquele marido ciumento.

— Ophélie! — Roseline se engasgou.

O resto do jantar transcorreu em silêncio. Quando se levantaram da mesa, Thorn foi o primeiro a sair do cômodo, sem nem mesmo resmungar uma despedida educada.

No dia seguinte, Ophélie percorreu a nave do dirigível de ponta a ponta. Com a cara mergulhada no cachecol, passeava de bombordo a estibordo, tomava chá no salão e visitava discretamente, com a permissão de Bartholomé, a sala de comando, a cabine de navegação ou o local do rádio. Principalmente, passava o tempo contemplando a paisagem. Às vezes, era só um céu azul intenso por todos os lados, com uma ou outra nuvem. Às vezes, era uma névoa úmida que cobria as janelas. Às vezes, eram as torres de uma cidade quando sobrevoavam uma arca.

Ophélie se acostumou com as mesas sem toalha, as cabines sem passageiros, os assentos sem ocupantes. Ninguém subia a bordo. As escalas eram raras; o dirigível não pousava no chão. O trajeto não era mais curto, porque eles faziam vários desvios para largar encomendas e cartas sobre as arcas.

Se Ophélie arrastava o cachecol por todos os lados, Thorn não botava o focinho para fora da cabine. Ela não o via no café da manhã, nem no almoço, nem no chá, nem no jantar. Vários dias se passaram assim.

Quando os corredores começaram a esfriar e as janelas ficaram cobertas com fios de geada, a tia Roseline decretou que já tinha passado da hora da sobrinha ter uma conversa de verdade com o noivo.

— Se você não quebrar o gelo agora, depois será tarde demais — declarou uma noite, com as mãos enroladas em mangas de pele, enquanto passeavam juntas.

As janelas queimavam com o sol poente. Lá fora, devia fazer um frio assustador. Detritos do velho mundo, pequenos demais para formar arcas, estavam cobertos de gelo e brilhavam como um rio de diamantes no meio do céu.

— Por que você se importa se eu e o Thorn nos gostamos ou não? — suspirou Ophélie, mergulhada no casaco. — Vamos nos casar, não é só isso que interessa?

— Eita! Na minha época eu era uma jovem noiva mais romântica.

— Você é minha acompanhante — lembrou Ophélie. — O seu papel é garantir que nada de indecente aconteça, que eu não me jogue nos braços desse homem.

— Indecente, indecente... Não tem muitos riscos desse tipo — resmungou a tia Roseline. — Não tive a impressão de que você acendeu um desejo incontrolável no sr. Thorn. Na verdade, acho que nunca vi um homem se esforçar tanto para evitar encontrar uma mulher.

Ophélie não pode reprimir um sorriso discreto que felizmente a tia não viu.

— Vou oferecer um chá para ele — decretou a tia de repente, com um ar determinado. — Um chá de camomila. É bom para acalmar.

— Tia, é ele que quis casar comigo, não o contrário. Não vou cortejá-lo.

— Não estou dizendo para você seduzi-lo, só quero construir uma atmosfera que dê para respirar no futuro. Você vai assumir o controle e ser amável com ele!

Ophélie viu sua sombra se esticar, se distender e desaparecer nos seus pés enquanto o disco vermelho do sol desaparecia na névoa, do outro lado a janela. Seus óculos escuros se adaptaram aos movimentos da luz e clarearam aos poucos. Eles já estavam completamente cicatrizados.

— Vou pensar, tia.

Roseline a segurou pelo queixo para obrigar Ophélie a encará-la. Como a maioria das mulheres da família, sua tia era mais alta do que ela. Com o chapéu de pele e os dentes grandes demais, ela não parecia mais um cavalo, mas uma marmota.

— Você precisa mostrar boa vontade, entendeu?

A noite tinha caído atrás dos vidros do dirigível. Ophélie estava com frio por fora e por dentro, apesar do cachecol que apertava o abraço ao redor de seus ombros. No fundo, sabia que a tia não estava errada. Elas ainda não sabiam nada da vida que as esperava no Polo.

Era preciso deixar de lado os problemas que tinha com Thorn por tempo o suficiente para uma pequena conversa.

O AVISO

As batidas discretas na porta de metal se perderam ao longo do corredor. A penumbra cobria Ophélie e sua bandeja fumegante. Não era uma verdadeira escuridão: as luminárias permitiam enxergar o papel de parede listrado, o número das cabines, os vasos de flores nas mesinhas.

Ophélie deixou seus batimentos cardíacos acalmarem e tentou ouvir algum barulho do outro lado da porta, mas só o ronronar das hélices ritmava o silêncio ao fundo. Segurou desajeitada a bandeja em uma luva e bateu mais duas vezes. Ninguém abriu.

Deveria voltar mais tarde.

Bandeja em mãos, Ophélie deu meia-volta com cuidado. Imediatamente, deu um passo para trás. Suas costas bateram na porta que tinha acabado de abandonar; a xícara virou um pouco do chá.

Empertigado em toda a sua estatura, Thorn deixou cair nela um olhar incisivo. Longe de suavizar suas feições angulosas, as luminárias marcavam mais as cicatrizes e expandiam a sombra arrepiada da pele nas paredes do corredor.

Ophélie o considerou certamente grande demais para ela.

— O que você quer?

Ele articulou a pergunta em uma voz monótona, sem calor. Seu sotaque do Norte forçava de forma grosseira cada consoante.

Ophélie ofereceu a bandeja.

— Minha tia queria que eu oferecesse um chá.

Sua madrinha teria desaprovado essa franqueza, mas Ophélie mentia mal. Rígido como uma estalagmite, com os braços pendurados, Thorn não mexeu um dedo para pegar a xícara oferecida. Talvez fosse questão de perguntar se, no fundo, ele era mais idiota do que arrogante.

— É uma infusão de camomila — disse ela. — Parece que rela...

— Você fala sempre baixo assim? — interrompeu-a de modo abrupto. — É difícil entender.

Ophélie observou um silêncio e respondeu ainda mais baixo:

— Sempre.

Thorn franziu a testa enquanto parecia procurar em vão qualquer coisa digna de interesse nessa mulherzinha, atrás do pesado cabelo castanho, atrás dos óculos retangulares, atrás do cachecol velho. Ophélie se deu conta, depois de se encararem por muito tempo, que ele queria entrar na cabine. Ela deu um passo ao lado, segurando a bandeja de chá.

Ele precisou se curvar até ficar quase na horizontal para passar pelo batente da porta.

Ophélie ficou parada na entrada, carregando a bandeja. A cabine de Thorn, como todas do dirigível, era muito pequena. Um banco estofado que se transformava em cama, um espaço para malas, um corredor estreito de circulação, uma mesinha no fundo do quarto com um estojo de materiais de escrita e só. Ophélie já achava difícil se locomover no próprio quarto, era quase milagroso que Thorn fosse capaz de entrar no dele sem esbarrar em tudo.

Ele puxou a corda para acender a luminária de teto, jogou a pele de urso no banco e se apoiou com as duas mãos na mesinha de trabalho. Estava coberta de cadernos e blocos repletos de anotações. Curvado sobre essa papelada estranha, as costas curvadas em dois, Thorn não mexeu nem uma orelha. Ophélie se perguntou se ele estava pensando ou lendo. Ele parecia tê-la esquecido completamente no corredor, mas pelo menos não tinha batido a porta na cara dela.

Não era da natureza de Ophélie encher um homem de perguntas, então esperou com a maior paciência do mundo em frente à cabine, congelando dos pés à cabeça, soprando nuvens de névoa a cada expiração. Ela observou com atenção os músculos nodosos do pescoço, os punhos ossudos que saíam das mangas, as omoplatas salientes sob a túnica, as longas pernas nervosas. Esse homem era inteiramente contraído, como se estivesse desconfortável no corpo grande e magro demais que eletrificava uma tensão perpétua.

— Ainda aí? — resmungou ele, sem se dar ao trabalho de virar.

Ophélie entendeu que ele não encostaria no chá. Para liberar as mãos, ela mesma bebeu o conteúdo da xícara. O líquido quente a fez bem.

— Estou te desconcentrando? — murmurou ela, dando um gole da xícara.

— Você não vai sobreviver.

O coração de Ophélie deu um pulo. Ela precisou cuspir o chá de volta na xícara. Era isso ou engasgar.

Thorn continuava de costas. Ela pagaria caro para ver o rosto dele e se certificar de que não era uma piada.

— Ao que você acha que eu não vou sobreviver? — perguntou.

— Ao Polo. À corte. Ao nosso noivado. Você devia voltar para debaixo das saias da sua mãe enquanto ainda é tempo.

Desconcertada, Ophélie não entendia nada dessas ameaças mal disfarçadas.

— Você está me repudiando?

Os ombros de Thorn se contraíram. Ele virou de lado a silhueta de espantalho e lançou um olhar negligente na direção dela. Ophélie se perguntou se a boca dele estava dobrada em um sorriso ou uma careta.

— Repudiar? — chiou ele. — Você tem uma impressão infantil dos nossos costumes.

— Não estou entendendo — murmurou Ophélie.

— Tenho tanto horror a esse casamento quanto você, não tenha dúvidas, mas me comprometi com sua família em nome da minha. Não estou em posição para quebrar meu juramento sem pagar o preço, que é alto.

Ophélie levou um tempo para assimilar as palavras.

— Eu também não, senhor, se é o que esperava de mim. Ao recusar esse casamento sem um motivo justo, causaria a desonra da minha família. Seria banida sem direito a recurso.

Thorn franziu ainda mais as sobrancelhas, uma das quais era partida ao meio pela cicatriz. A resposta de Ophélie não era a que queria ouvir.

— Seus costumes são mais flexíveis do que os nossos — retrucou com um ar condescendente. — Eu vi de perto o ninho no qual você cresceu. Nem se compara ao mundo que está prestes a te acolher.

Ophélie apertou os dedos ao redor da xícara. O homem usava técnicas de intimidação e ela não estava gostando. Ele não queria saber dela, o que ela tinha entendido perfeitamente e desculpava. Mas esperar que a mulher que ele tinha pedido em casamento aceitasse toda a responsabilidade de um término era covardia.

— Você está exagerando de propósito — acusou ela em um sussurro. — Que vantagem nossas famílias vão tirar da nossa união se não esperam que eu aguente? Você está me atribuindo uma importância que não tenho… — Ela pausou por um instante e concluiu, observando a reação de Thorn: —… ou está me escondendo o essencial.

Os olhos metálicos ficaram mais aguçados. Dessa vez, Thorn não a encarava por cima do ombro, do alto e de longe. Ao contrário, ele a olhava com vigilância, coçando o maxilar com barba por fazer. Ele estremeceu ao notar que o cachecol de Ophélie, que se arrastava no chão, se sacudia como o rabo de um gato nervoso.

— Quanto mais te observo, mais certeza tenho da minha primeira impressão — resmungou ele. — Insignificante demais, cansada demais, mimada demais… Você não foi criada para o lugar ao qual estou te levando. Se me seguir, não vai sobreviver ao inverno. Você quem sabe.

Ophélie sustentou o olhar dele. Um olhar de ferro. Um olhar de desafio. As palavras do tio-avô ecoaram em sua memória e ela se ouviu responder:

— Você não me conhece, senhor.

Ela apoiou a xícara de chá na bandeja e, devagar, com gestos cuidadosos, fechou a porta entre eles.

Vários dias se passaram sem que Ophélie encontrasse Thorn na sala de jantar ou em algum corredor. A conversa deles a deixou perplexa por muito tempo. Para não preocupar a tia sem necessidade, tinha mentido: Thorn estava ocupado demais para recebê-la e eles não tinham trocado uma palavra. Enquanto sua tia já elaborava novas estratégias românticas, Ophélie mordiscava as luvas. Em que tabuleiro de xadrez tinha sido jogada pelas Decanas? Os perigos mencionados por Thorn eram reais ou ele só tinha tentado assustá-la esperando que voltasse para casa? Sua posição na corte era realmente tão segura quanto a família acreditava?

Perseguida pela tia, Ophélie precisava se isolar. Ela se trancou no banheiro do dirigível, tirou os óculos, encostou a testa na janela e ficou lá por um bom tempo, a respiração cobrindo o vidro de um véu cada vez mais espesso. Não via nada do lado de fora, por causa da neve que cobria a janela, mas sabia que era noite. O sol, afastado pelo inverno polar, não aparecia já fazia três dias.

De repente, a lâmpada piscou, fraca, e o chão começou a tremer sob os pés de Ophélie. Ela saiu do banheiro. O dirigível guinchava, gemia e rangia enquanto começava manobras de aterrissagem em plena tempestade de neve.

— Não é possível, você ainda não está pronta? — exclamou a tia Roseline, correndo para o corredor, agasalhada sob várias camadas de pele. — Vá logo arrumar suas coisas e, se não quiser congelar antes de chegar ao chão, é melhor se cobrir!

Ophélie se enfiou em dois casacos, um gorro pesado, outras luvas em cima das suas e deu várias voltas no cachecol interminável. No final, não conseguia abaixar os braços de tão apertada que estava pelas camadas de roupas.

Quando se juntou ao resto da tripulação na saída do dirigível, desembarcavam suas malas. Um vento cortante como vidro entrava pela porta e deixava o chão branco de neve. A temperatura era tão baixa dentro do cômodo que Ophélie lacrimejou.

Impassível sob o casaco de urso, atacado pelas rajadas de neve, a silhueta de Thorn atravessou sem hesitação a tormenta. Quando Ophélie avançou na passarela, teve a impressão de engolir gelo. As camadas de neve que cobriam seus óculos a cegavam e as cordas da passarela escorregavam sob as luvas. Cada passo era custoso; parecia que os dedos do pé congelavam no lugar, no fundo das botas. Em algum ponto atrás dela, abafada pelo vento, a voz da tia gritou para ela prestar atenção onde pisava. Ophélie não precisou de mais nada. Escorregou na hora e se segurou mal e porcamente no cordão de segurança, uma perna balançando no vazio. Não sabia qual era a distância que separava a passarela do chão e não queria descobrir.

— Desça devagar — recomendou um membro da tripulação, segurando-a pelo cotovelo. — Aqui!

Ophélie pisou em terra firme mais morta do que viva. O vento entrava nos casacos, no vestido e no cabelo, e seu gorro saiu voando. Atrapalhada pelas luvas, tentou limpar a neve dos óculos, mas parecia ter colado no vidro como chumbo. Ophélie teve que tirá-los para se encontrar. Aonde quer que seu olhar embaçado se dirigisse, ela só via pedaços de noite e neve. Tinha perdido Thorn e a tia.

— Dê a mão! — gritou um homem.

Perdida, ela estendeu o braço sem saber para qual direção e foi logo puxada para um trenó que não tinha visto.

— Se segure!

Ela se agarrou a uma barra enquanto todo seu corpo, encolhido pelo frio, era jogado de um lado para o outro. Um chicote estalava acima dela, sem parar, apressando cada vez mais a matilha de cães. Pelas pálpebras semicerradas, Ophélie achou ter distinguido trilhas luminosas intercaladas na penumbra. Postes de luz. Os trenós atravessavam uma cidade de ponta a ponta, jogando ondas brancas nas calçadas e portas. Ophélie estava com a impressão de que essa corrida no gelo não acabaria nunca quando o ritmo finalmente diminuiu, deixando-a, sob as camadas de roupas de pele, tonta pelo vento e pela velocidade.

Os cachorros atravessavam uma enorme ponte levadiça.

O GUARDA-CAÇA

— Por aqui! — chamou um homem que sacudia uma lanterna.

Tremendo, com os cabelos ao vento, Ophélie tropeçou saindo do trenó e acabou com os tornozelos afundados em neve. O gelo escorreu para dentro das botas como creme. Ela só tinha uma noção confusa do lugar em que se encontravam. Uma área estreita, limitada por baluartes. Não nevava mais, mas o vento soprava com força.

— Fez boa viagem, meu senhor? — perguntou o homem com a lanterna, se aproximando. — Não achei que fosse demorar tanto, estávamos ficando preocupados. Olha só, que aparição engraçada!

Ele balançou a lanterna em frente ao rosto confuso de Ophélie, que só conseguiu identificar um brilho difuso através dos óculos. Tinha um sotaque muito mais carregado do que Thorn, que o tornava difícil de entender.

— Eita, que magrela! Essa daqui não se segura bem de pé. Espero que ela não quebre só de encostar. Deviam pelo menos ter te dado uma garota com mais carne...

Ophélie estava chocada. Como o homem estendia a mão em sua direção com a intenção óbvia de apalpá-la, levou um golpe no meio da cabeça. Era o guarda-chuva da tia Roseline.

— Não encoste as patas na minha sobrinha e cuidado com essa língua, seu grosseirão! — brigou ela sob o gorro de pele. — E você, sr. Thorn, podia ter dito alguma coisa!

Mas Thorn não disse nada. Ele já estava longe, sua imensa pele de urso se destacando no retângulo iluminado de uma porta. Alucinada, Ophélie enfiou os pés nas pegadas que ele tinha deixado na neve e seguiu sua trilha até a entrada da casa.

Calor. Luz. Tapete.

O contraste com a tempestade era quase agressivo. Meio cega, Ophélie atravessou um longo vestíbulo e se arrastou por instinto até um fogão que fez suas bochechas corarem.

Estava começando a entender por que Thorn achava que ela não sobreviveria ao inverno. Esse frio não se comparava ao de sua montanha. Ophélie tinha dificuldade para respirar; seu nariz, sua garganta e seus pulmões queimavam por dentro.

Ela se assustou quando uma voz feminina, ainda mais potente do que a de sua mãe, explodiu atrás dela:

— Brisa gostosa, né? Me dá logo essa pele, meu senhor, que já está encharcada. Os negócios correram bem? Trouxe companhia definitiva para a senhora? Ela deve ter achado o tempo lá no alto bem devagar!

A mulher aparentemente não tinha notado a pequena criatura trêmula aconchegada perto do fogão. Por sua vez, Ophélie tinha dificuldade para entender o sotaque da mulher, também muito forte. *Companhia para a senhora?* Visto que Thorn não respondia nada, como de costume, a mulher se afastou o mais discretamente possível com os tamancos que calçava.

— Vou ajudar meu marido.

Ophélie começava pouco a pouco a entender o ambiente. Conforme a neve sobre seus óculos derretia, formas estranhas ficavam mais claras ao seu redor. Troféus de animais, bocas escancaradas e olhos congelados surgiram das paredes em uma imensa galeria de caça. Bestas, pelo tamanho monstruoso. A galhada de um alce, pendurada acima da porta, tinha a envergadura de uma árvore.

No fundo do cômodo, a sombra de Thorn cobria uma grande lareira. Ele tinha colocado a mala no chão, pronto para pegá-la de volta assim que necessário.

Ophélie trocou o pequeno fogão pela lareira, que parecia mais atraente. Cheias de água, suas botas gorgolejavam a cada passo. Seu vestido também tinha bebido neve e parecia forrado de chumbo. Ophélie levantou a saia um pouco e notou que o que tinha visto como um tapete era na verdade uma imensa pele cinza. A visão lhe deu calafrios. Que animal era monstruoso o suficiente quando vivo para cobrir uma superfície daquele tamanho quando esfolado?

Thorn tinha mergulhado seu olhar de ferro no fogo da lareira; ignorou Ophélie quando ela se aproximou. Seus braços estavam cruzados no peito como espadas e suas longas pernas nervosas tremiam com impaciência contida, como se não aguentassem ficar paradas. Ele consultou o relógio de bolso abrindo e fechando a tampa rapidamente. *Tec tec.*

Estendendo as palmas na direção das chamas, Ophélie se perguntou onde estava a tia. Não devia tê-la deixado sozinha com o homem da lanterna lá fora. Se esforçando para escutar, achou ter ouvido discussões sobre as bagagens.

Esperou que os dentes parassem de bater para dirigir a palavra a Thorn.

— Confesso que não entendo bem essa gente...

Ophélie acreditou, pelo silêncio determinado, que Thorn não responderia, mas ele acabou abrindo a boca.

— Na presença de outros, pelo tempo que eu decidir, vocês serão duas damas de companhia que trouxe para distrair minha tia. Se quiser facilitar minha tarefa, tome cuidado com o que diz e especialmente com o que a sua acompanhante diz. E não indique estar no mesmo nível que eu — acrescentou com um suspiro. — Vai atrair suspeita.

Ophélie deu dois passos para trás, se afastando com tristeza do calor da lareira. Thorn se esforçava muito mesmo para esconder o casamento, era preocupante. Ela também estava perturbada pela relação estranha que ele mostrava com esse casal. Eles o chamavam de "senhor" e, por trás da aparente proximidade no tratamento, se escondia uma certa deferência. Em Anima, era todo mundo primo de todo mundo e ninguém fazia cerimônia.

Aqui já flutuava no ar uma espécie de hierarquia inviolável que Ophélie não compreendia bem.

— Você mora aqui? — perguntou em um sopro quase inaudível, da sua posição mais distante.

— Não — aceitou responder Thorn depois de um silêncio. — É a casa do guarda-caça.

Isso acalmou Ophélie. Ela não gostava do cheiro mórbido das Bestas empalhadas, mal disfarçado pelo cheiro da lareira.

— Vamos passar a noite aqui?

Até então Thorn tinha insistentemente mostrado só seu perfil talhado à faca, mas essa reflexão o levou a virar para ela um olhar de falcão. A surpresa tinha relaxado por um instante os traços severos de seu rosto.

— A noite? Que horas você acha que são?

— Claramente muito mais cedo do que eu pensava — deduziu Ophélie em voz baixa.

A penumbra que pesava no céu confundia seu relógio interno. Ela estava com sono e com frio, mas não disse nada a Thorn. Não queria mostrar fraqueza para esse homem que já a achava delicada demais.

Um trovão ressoou de repente na entrada.

— Vândalos! — berrou a voz da tia Roseline. — Grosseiros! Salafrários!

Ophélie notou a tensão de Thorn. Roxa de raiva sob os agasalhos, a tia entrava com estrondo na galeria de troféus, seguida de perto pela esposa do guarda-caça. Ophélie teve dessa vez a oportunidade de ver a cara da mulher; era uma criatura tão rosa e rechonchuda quanto um bebê, com uma trança dourada enrolada na cabeça como uma coroa.

— De onde surgiu a ideia de vir aqui com esse tipo de equipamento? — protestou a mulher. — Parece até que é a duquesa!

Roseline encontrou Ophélie em frente à lareira e se dirigiu a ela, apontando o guarda-chuva como uma espada.

— Jogaram fora minha linda e magnífica máquina de costura! — escandalizou-se. — Como vou fazer bainha nos vestidos? Ou consertar rasgos? Sou especialista em papel, não em tecido!

— Que nem todo mundo — retrucou a mulher com desprezo.
— Com linha e agulha, senhora!

Ophélie procurou o olhar de Thorn para saber que atitude tomar, mas ele não parecia interessado nessa briga de comadres, decididamente virado para a lareira. Pela sua postura, ela deduziu que ele não aprovava a indiscrição da tia Roseline.

— É inaceitável — gritou a tia. — Você pelo menos sabe com quem... com quem...

Ophélie tocou o braço da tia para fazê-la parar para pensar.

— Fique calma, tia, não é tão grave.

A mulher do guarda-caça passou o olhar da tia para a sobrinha. Arregalou os olhos claros ao ver os cabelos escorridos, a palidez cadavérica e os trajes ridículos que pingavam como um pano de chão.

— Esperava alguma coisa mais exótica. Desejo paciência à dona Berenilde!

— Vá buscar seu marido — declarou Thorn abruptamente. — Ele tem que arrear os cães, porque precisamos atravessar o bosque e não posso perder tempo.

A tia Roseline entreabriu a boca de cavalo para perguntar quem era a dona Berenilde, mas Ophélie a dissuadiu com um olhar.

— O senhor não prefere pegar um dirigível? — perguntou, assustada, a mulher do guarda-caça.

Ophélie esperou um "sim", porque o dirigível parecia uma opção melhor do que o bosque gelado, mas Thorn, irritado, respondeu:

— Não tem correspondência até quinta. Não posso perder tempo.

— Claro, meu senhor. — A mulher se inclinou.

Agarrada ao guarda-chuva, a tia Roseline estava escandalizada.

— E a gente, senhor Thorn? Não quer saber nossa opinião? Eu prefiro dormir no hotel e esperar a neve derreter um pouco.

Thorn pegou a mala, sem olhar para Ophélie ou para a madrinha.

— Não vai derreter — disse simplesmente.

Eles saíram por uma ampla área coberta, perto da qual farfalhava uma floresta. Sem ar por causa do frio, Ophélie dali via melhor a paisagem do que da saída do dirigível. A noite polar não era tão escura e impenetrável quanto ela havia imaginado. Recortado pelos pinheiros cobertos de neve, o céu tinha um tom índigo fosforescente e chegava a um azul mais leve logo acima dos muros que separavam a cidade vizinha da floresta. O sol se escondia, sim, mas não parecia longe. Estava lá, quase perceptível no horizonte.

Curvada atrás do cachecol, assoando o nariz, Ophélie se chocou quando viu os trenós que preparavam para eles. Com a pelagem arrepiada pelo vento, os cães-lobos eram tão imponentes quanto cavalos. Era uma coisa ver as Bestas no caderno de Augustus, mas era outra vê-las em carne e osso. A tia Roseline quase desmaiou quando as viu.

Com as botas enfiadas na neve e o rosto fechado, Thorn vestia luvas de montaria. Ele tinha trocado a pele de urso branco por um casaco cinza, menor e mais leve, colado em seu corpo afiado. Ele escutava distraído o relatório falado do guarda-caça que reclamava de caçadores ilegais.

Mais uma vez, Ophélie se perguntou quem era Thorn para essa gente. A floresta pertencia a ele para merecer um relatório desses?

— E nossas malas? — interrompeu a tia Roseline, entre batidas de dente. — Por que não estão nos trenós?

— Elas nos atrasariam, senhora — disse o guarda-caça, mascando tabaco. — Não se preocupe, vamos entregá-las depois na casa da dona Berenilde.

A tia Roseline demorou para entender, por causa do sotaque e do tabaco. Precisou pedir que repetisse a frase três vezes.

— Mulheres não podem viajar sem necessidades básicas! — reclamou. — O sr. Thorn está levando a mala dele, não está?

— Uma coisa não tem nada a ver com a outra — respondeu o guarda-caça, muito chocado.

Thorn estalou a língua, irritado.

— Cadê ela? — perguntou, ignorando ostensivamente Roseline.

Com um gesto, o guarda-caça indicou um ponto vago do outro lado das árvores.

— Ela anda perto do lago, meu senhor.

— De quem vocês estão falando? — perguntou a tia Roseline, impaciente.

Com o rosto coberto pelo cachecol, Ophélie também não estava entendendo. Não entendia nada. O frio dava dor de cabeça e a impedia de pensar direito. Ela ainda tentava entender quando os trenós deram a largada na noite, enchendo suas anáguas de ar. Encolhida no fundo do veículo, jogada de um lado para o outro pelas sacudidas do caminho como uma boneca de pano, usava as mãos enluvadas para impedir o cabelo de chicotear o nariz. Na frente dela, Thorn dirigia o trenó; sua sombra imensa, inclinada para a frente, atravessava o vento como uma flecha. Os sinos abafados do trenó vizinho, que transportava o guarda-caça e a tia Roseline, os seguiam discretamente na escuridão. Ao redor, os galhos secos das árvores arranhavam a paisagem, laceravam a neve e cuspiam aqui e ali farrapos de céu. Mexida de todos os jeitos, lutando contra o sono viscoso que a entorpecia, Ophélie tinha a impressão de que a corrida duraria para sempre.

De repente, as sombras agitadas do bosque voaram em pedaços e uma noite vasta, cristalina e impressionante estendeu seu tapete estrelado até perder de vista. Os olhos de Ophélie se dilataram por trás dos óculos. Ela se levantou um pouco no trenó e, enquanto o vento gelado entrava pelos seus cabelos, a imagem a atingiu.

Suspensa no meio da noite, suas torres afogadas na Via Láctea, uma formidável cidadela flutuava sobre a floresta sem que qualquer coisa a prendesse ao resto do mundo. Era um espetáculo completamente louco, uma enorme colmeia expulsa pela terra, um entrelaçado tortuoso de masmorras, pontes, nichos, escadas, arcobotantes e chaminés. Protegida por um anel ciumento de fossos gelados, cujas longas cachoeiras acabavam suspensas no vazio, a cidade coberta de neve crescia para cima e para baixo dessa linha. Cravejada de janelas e lâmpadas, refletia suas mil e uma luzes no espelho de um lago. Sua torre mais alta atingia a lua crescente.

Inacessível, estimou Ophélie, exaltada pela visão. Era essa afinal a cidade flutuante que Augustus desenhara no caderno?

No comando do trenó, Thorn olhou para trás, por cima do ombro. Por trás do cabelo claro esvoaçante, seu olhar estava mais brilhante do que de costume.

— Se segure!

Perplexa, Ophélie se agarrou ao que conseguiu. Uma corrente de vento, forte como uma enxurrada, a deixou sem ar, enquanto os cães enormes e o trenó aproveitavam a onda e soltavam a neve. O grito histérico de sua madrinha voou até as estrelas. Ophélie, por sua vez, era incapaz de fazer qualquer som. Ela sentiu seu coração bater como se fosse explodir. Quanto mais subiam no céu, mais rápido voavam e mais Ophélie sentia frio na barriga. Traçaram uma volta ampla que parecia tão interminável quanto os gritos da tia. Em uma explosão de brilho, o trenó pousou sem cuidado no gelo dos fossos. Ophélie pulou violentamente no chão do trenó; quase caiu para fora do veículo. Enfim, os cães frearam e pararam em frente a uma grade colossal.

— A Cidade Celeste — anunciou laconicamente Thorn ao descer.

Nem olhou para trás para verificar se a noiva ainda estava lá.

A CIDADE CELESTE

Ophélie estava ficando com torcicolo, incapaz de desviar o olhar da cidade monumental que se estendia até as estrelas.

No alto de uma muralha, uma passagem cercava a fortaleza e serpenteava em espiral até o cume. A Cidade Celeste era muito mais estranha do que bonita. Torres de formas variadas, algumas arredondadas, outras compridas, outras até tortas, cuspiam fumaça pelas chaminés. As escadas curvas atravessavam o vazio de forma desajeitada e não pareciam nada convidativas. As janelas – vitrais ou de correr – pincelavam a noite com uma paleta de cores desarranjadas.

— Achei que ia morrer… — reclamou uma voz atrás de Ophélie.

— Cuidado, senhora. Com os seus sapatos, esse chão é quase um escorrega.

Apoiada no guarda-caça, enfraquecida, a tia Roseline tentava se equilibrar na superfície do fosso. Sob a luz da lanterna, sua pele parecia ainda mais amarelada do que de costume.

Ophélie, por sua vez, deu um passo prudente para fora do trenó e testou o apoio do sapato no gelo. Caiu imediatamente para trás.

As botas de sola grossa de Thorn, no entanto, aderiam perfeitamente à camada espessa de gelo enquanto ele soltava os cães para se juntarem aos do guarda-caça.

— Tudo certo, meu senhor? — perguntou esse último, enrolando as correias no punho.

— Sim.

Com um golpe de rédeas, os animais galoparam sem fazer barulho, entraram em uma corrente de ar com o trenó e desapareceram na noite com sua lanterna como uma estrela cadente. Caída no chão, Ophélie seguiu o movimento com o olhar, sentindo que o trenó levava embora toda a esperança de voltar. Ela não entendia como era possível um trenó puxado por cães voar desse jeito.

— Me ajude.

O grande corpo rígido de Thorn tinha se inclinado atrás do trenó vazio, aparentemente esperando que Ophélie fizesse o mesmo. Ela escorregou como pôde até ele, que apontou um espeque que tinha acabado de enfiar na neve.

— Apoie o pé aqui. Quando eu der o sinal, empurre com toda a força que conseguir.

Ela concordou, incerta. Mal sentia os dedos apoiados na estaca. Quando Thorn deu o sinal, ela se apoiou com todo o peso no trenó. O veículo, que se movia com tanta facilidade puxado por cães-lobos, parecia preso no gelo depois que os animais estavam soltos. Ophélie ficou aliviada ao ver as lâminas cederem ao empurrão.

— Mais — exigiu Thorn com uma voz monótona enquanto prendia outras estacas.

— Depois vão me explicar o que significa esse circo? — perguntou a tia Roseline, observando-os. — Por que ninguém veio nos recepcionar da forma correta e devida? Por que somos tratadas com tão pouco respeito? E por que tenho a impressão de que a sua família não foi informada da nossa vinda?

Ela gesticulava sob o casaco de pele marrom, lutando para manter o equilíbrio. O olhar de Thorn a deixou congelada. Seus olhos brilhavam como lâminas na escuridão azul da noite.

— Porque sim — sussurrou ele com os dentes cerrados. — Um pouco de discrição custa muito, senhora?

Ele voltou a expressão para Ophélie e fez sinal para empurrar. Repetindo o movimento algumas vezes, chegaram a um vasto hangar cujas portas imensas, conectadas livremente por correntes, rangiam no vento. Thorn abriu o casaco, revelando uma bolsa que carregava presa ao corpo, e puxou um molho de chaves. Os cadeados abriram, as correntes se soltaram. Fileiras de trenós, parecidos com os deles, se alinhavam no escuro. Uma rampa de manobra tinha sido instalada no interior, então Thorn estacionou o veículo no armazém sem precisar da ajuda de Ophélie. Ele recuperou a mala e fez sinal para que elas o seguissem até o fundo do hangar.

— Não estamos entrando pela porta principal — comentou a tia Roseline.

Thorn olhou as duas mulheres, uma de cada vez, de forma incisiva. Com uma voz retumbante, declarou:

— A partir de agora vocês vão me seguir sem discutir, sem hesitar, sem se arrastar, sem soltar um pio.

A tia Roseline contraiu a boca. Ophélie guardou seus pensamentos porque, afinal, Thorn não esperava que assentissem. Infiltraram-se na cidadela como clandestinos, mas ele tinha seus motivos. Se eram bons ou ruins, aí já era outra história.

Thorn fez correr uma porta pesada de madeira. Eles mal tinham entrado na sala escura, com um cheiro forte de animais, quando notaram agitações na sombra. Um canil. Atrás das grades do curral, patas pesadas arranhavam, narizes enormes fungavam, focinhos compridos guinchavam. Os cães eram tão grandes que Ophélie se sentia em um estábulo. Thorn assobiou entre os dentes para acalmar os ânimos. Ele se inclinou para entrar em um elevador de serviço de ferro forjado, esperou que as mulheres se instalassem, desdobrou a grade de segurança e girou uma manivela. Com um som metálico, o elevador se moveu e subiu de andar em andar. Cristais de gelo formavam nuvens ao redor deles enquanto a temperatura aumentava.

O calor que corria nas veias de Ophélie logo se tornou sofrimento, queimando suas bochechas e cobrindo os óculos de vapor. A madrinha abafou um gritinho quando o elevador parou de forma brusca. Thorn abriu a grade dobrável, virando o pescoço comprido para olhar o andar de um lado ao outro.

— À direita. Rápido.

O andar parecia perfeitamente um beco sórdido, com ruas só meio pavimentadas, calçadas estreitas, propagandas velhas nas paredes e uma névoa densa. Flutuava no ar um vago perfume de padaria e especiarias que agitou o estômago de Ophélie.

Carregando a mala, Thorn as fez passar por quadras desertas, ruelas dissimuladas e escadas dilapidadas. Duas vezes, se esconderam na sombra de vielas ao avistar uma carruagem ou ouvir um riso distante. Depois ele passou a segurar Ophélie pela mão, para fazê-la andar mais rápido. Cada um dos seus passos largos equivalia a dois dela.

Ela observou, sob a luz dos postes, a mandíbula tensa de Thorn, seu olho muito claro e, lá no alto, sua testa determinada. Mais uma vez, se perguntou até que ponto seu lugar na corte era legítimo, para que ele precisasse agir desse jeito. Longos dedos nervosos soltaram seu braço quando chegaram aos fundos de uma casa em estado deplorável. Um gato que fuçava a lixeira correu ao vê-los. Após um último olhar desconfiado, Thorn empurrou as duas mulheres por uma porta que fechou imediatamente atrás deles e trancou duas vezes.

A tia Roseline soluçou com o susto. Os olhos de Ophélie se arregalaram por trás dos óculos. Brilhando no fim da tarde, um parque campestre espalhava ao redor deles a folhagem de outono. Nada de noite. Nada de neve. Nada de Cidade Celeste. Por um truque inacreditável, tinham parado em outro lugar. Ophélie girou no calcanhar. A porta que eles tinham acabado de atravessar continuava de pé, absurdamente, no meio do gramado.

Como Thorn parecia respirar mais tranquilamente, elas entenderam que as proibições estavam suspensas.

— Que extraordinário — balbuciou a tia Roseline, cuja longa silhueta estreita tinha crescido com admiração. — Onde estamos?

Carregando a mala, Thorn tinha seguido caminho entre as fileiras de olmos e álamos.

— No terreno da minha tia. Por favor guardem as perguntas para depois e não nos atrasem mais — acrescentou mordaz, porque Roseline estava prestes a continuar a conversa.

Elas seguiram Thorn pelo caminho bem cuidado do parque, ladeado por dois córregos em escada. A tia abriu o casaco de pele, encantada pelo ar morno.

— Extraordinário — repetia com um sorriso que mostrava os dentes compridos. — Simplesmente extraordinário...

Ophélie assoou o nariz, mais reservada. Seus cabelos e suas roupas não paravam de chorar neve derretida, largando poças a cada passo.

Ela observou a grama sob seus pés, os riachos cintilantes, as folhas que balançavam no vento, o céu rosado do crepúsculo. Não conseguia evitar um certo desconforto. O sol não estava onde devia estar. A grama era verde demais. As árvores vermelhas não deixavam cair uma única folha. Não se ouvia o canto dos pássaros nem o som dos insetos.

Ophélie se lembrou do diário de bordo da anciã Adelaide:

"A senhora embaixadora nos recebeu com gentileza em sua propriedade, onde reina uma eterna noite de verão. Estou deslumbrada por tantas maravilhas! A gente daqui é educada e atenciosa e tem poderes que vão além da minha compreensão".

— Não tire o casaco, tia — murmurou Ophélie. — Acho que o parque é falso.

— Falso? — repetiu Roseline, chocada.

Thorn se virou meio para trás. Ophélie só viu de relance o perfil marcado e com barba por fazer, mas o olhar dele mostrava um sinal de surpresa.

Uma casa grande se exibiu em pedaços por trás dos galhos entrelaçados. Ela apareceu inteiramente, bem marcada contra a tela vermelha do pôr do sol, quando o caminho passou do bosque campestre para um belo jardim simétrico. Era um solar coberto de hera, com telhado de ardósia e decorado com cata-ventos.

Na entrada de pedra, com degraus côncavos, se encontrava uma velha senhora. Com as mãos cruzadas sobre o avental preto e um xale nos ombros, parecia estar esperando desde sempre. Ela os devorou com o olhar assim que subiram os degraus, suas rugas esticadas ao redor de um sorriso radiante.

— Thorn, meu queridinho, que alegria te ver de novo!

Apesar do cansaço, apesar da gripe, apesar da desconfiança, Ophélie não conseguiu esconder sua diversão. Para ela, Thorn era tudo menos "inho". Ela fechou a cara, no entanto, quando ele rejeitou a senhora sem cerimônia.

— Thorn, Thorn, não vai dar um beijo na vovó? — A mulher se entristeceu.

— Para com isso — sussurrou ele.

Entrou no vestíbulo da casa, deixando as três sozinhas na porta.

— Que falta de coração! — ofegou Roseline, que parecia ter esquecido qualquer tentativa de reconciliação.

Mas a avó já tinha encontrado outra vítima. Seus dedos apertavam as bochechas de Ophélie como se para avaliar sua qualidade, quase arrancando os óculos.

— Cá está o sangue novo que vem salvar os Dragões — disse ela, com um sorriso sonhador.

— Perdão? — murmurou Ophélie.

Ela não tinha entendido uma única palavra nesse cumprimento.

— Você tem uma cara boa — elogiou a senhora. — Muito inocente.

Ophélie imaginou que na verdade devia parecer atordoada. As mãos enrugadas da avó eram cobertas de tatuagens estranhas. As mesmas tatuagens dos braços dos caçadores nos rascunhos de Augustus.

— Perdão, senhora, estou te molhando — disse Ophélie, puxando para trás os cabelos molhados.

— Pelos nossos ilustres ancestrais, você está tremendo, pobrezinha! Entrem, entrem logo, senhoras. Vamos servir a ceia logo mais.

OS DRAGÕES

Mergulhada na água fervendo, Ophélie ressuscitava. Normalmente, ela não gostava de usar as banheiras dos outros – *ler* esses espaços de intimidade podia ser constrangedor –, mas aproveitou essa oportunidade por completo. Seus pés, duros como pedra por causa do frio, voltavam a uma cor razoável dentro d'água. Relaxada pelo vapor quente, Ophélie corria um olhar sonolento pela larga borda esmaltada da banheira, pela chaleira de estanho, pelos frisos de flor-de-lis do papel de parede e pelos belos vasos de porcelana na mesinha. Cada peça era uma verdadeira obra de arte.

— Estou ao mesmo tempo mais tranquila e mais preocupada, minha filha!

Ophélie virou os óculos embaçados na direção do painel de tela onde a sombra da tia Roseline gesticulava como em um teatrinho infantil. Ela prendeu o coque com grampos, fechou o colar de pérolas e passou pó de arroz no nariz.

— Tranquila — continuou a tia —, porque esta arca é mais hospitaleira do que eu esperava. Nunca vi uma casa tão bem cuidada e, mesmo que o sotaque doa em meus ouvidos, essa respeitável avó é um doce!

Roseline contornou o painel para se apoiar na banheira de Ophélie. Seus cabelos loiros, bem presos e esticados, tinham um cheiro forte de perfume. Ela tinha enfiado o corpo estreito em um belo vestido verde escuro. A avó tinha dado de presente para compensar a máquina de costura quebrada na casa do guarda-caça.

— Mas estou preocupada porque o homem com quem você vai casar é um canalha — sussurrou.

Ophélie ajeitou os cabelos molhados nos ombros e encarou os joelhos, que saíam da espuma como duas bolhas cor-de-rosa. Ela se perguntou por um instante se devia contar para a madrinha as advertências de Thorn.

— Sai daí — disse a tia Roseline, estalando os dedos. — Você está ficando enrugada que nem uva-passa.

Quando Ophélie saiu da água quente da banheira, o ar frio a atingiu como um tapa. Seu primeiro reflexo foi vestir as luvas de *leitora*. Depois se enrolou agradecida na toalha branca que a madrinha ofereceu e se esfregou em frente à lareira. A avó de Thorn tinha colocado vários vestidos à sua disposição. Estendidos sobre a cama de dossel, como mulheres lânguidas, eles competiam em graça e vaidade. Sem prestar atenção nos protestos de Roseline, Ophélie escolheu o mais sóbrio: uma peça cinza clara, acinturada e abotoada até o queixo. Colocou os óculos e escureceu as lentes. Quando se viu pomposa assim no espelho, com os cabelos trançados na nuca, sentiu falta do estilo costumeiro. Estendeu o braço para o cachecol, ainda frio, que enrolou as listras tricolores no lugar familiar, ao redor do pescoço, arrastando a franja no tapete.

— Coitada da minha sobrinha, seu mau gosto é irremediável — se irritou Roseline.

Bateram na porta. Uma jovem de avental e gorro brancos se inclinou com respeito.

— A comida está à mesa, se as senhoras quiserem me seguir.

Ophélie observou o belo rosto coberto de sardinhas. Tentou, sem conseguir, adivinhar seu grau de parentesco com Thorn. Se era uma irmã, não parecia nem um pouco com ele.

— Obrigada, senhorita — respondeu, retribuindo a saudação formal.

A jovem pareceu tão chocada que Ophélie achou ter cometido uma gafe. Será que devia tê-la chamada de "prima" em vez de "senhorita", por educação?

— Acho que é uma empregada doméstica — sussurrou a tia enquanto elas desciam a escada coberta de veludo. — Já tinha ouvido falar, mas é a primeira vez que vejo uma em carne e osso.

Ophélie não sabia de nada. Tinha *lido* tesouras de empregadas no museu, mas achava que essas profissões tinham desaparecido com o velho mundo.

A jovem as levou a uma ampla sala de jantar. A atmosfera era mais sombria do que no corredor, com madeiras escuras, um teto de caixotão com pé-direito alto, pinturas de *chiaroscuro* e janelas fechadas que deixavam entrever a noite do parque entre duas grades de chumbo. Os castiçais mal dissipavam a penumbra ao longo da mesa comprida, iluminando a prataria com brilhos dourados.

No meio de todas essas sombras, uma criatura brilhante reinava na cabeceira da mesa, sentada em uma cadeira esculpida.

— Minha querida — uma voz sensual recepcionou Ophélie. — Se aproxime para que eu possa admirá-la.

Ophélie ofereceu, desajeitada, a mão aos dedos delicados estendidos em sua direção. A mulher à qual eles pertenciam era de uma beleza impressionante. Cada movimento do corpo suave e voluptuoso fazia farfalhar o vestido de tafetá azul com fitas creme. A pele leitosa de seu colo emergia do corpete enquadrada por uma nuvem loira. Um sorriso aéreo flutuava no rosto doce, sem idade, e era impossível desviar o olhar. Ophélie precisou evitar, de qualquer forma, para contemplar o braço de cetim que a mulher estendera. A manga de tule bordado deixava entrever na transparência tatuagens entrelaçadas, as mesmas da avó e dos caçadores nos desenhos de Augustus.

— Tenho medo de ser comum demais para ser "admirada" — murmurou Ophélie por impulso.

O sorriso da mulher se acentuou, marcando a pele leitosa com uma covinha.

— Pelo menos não te falta sinceridade. É uma boa notícia, não é, mamãe?

O sotaque do Norte, que tinha inflexões tão duras na boca de Thorn, rolava sensualmente na língua da mulher, dando a ela ainda mais charme.

Duas cadeiras ao lado, a avó concordou com um sorriso.

— É o que eu disse, filha. Essa jovem tem uma simplicidade genuína!

— Esqueci meus modos — se desculpou a bela mulher. — Nem me apresentei! Sou Berenilde, a tia de Thorn. O amo como um filho e estou convencida de que em breve também te amarei como minha própria filha. Então pode me tratar como uma mãe. Sente-se, minha querida, e você também, sra. Roseline.

Foi quando Ophélie se ajeitou na cadeira em frente ao prato de sopa que notou a presença de Thorn, sentado à sua frente. Ele estava tão escondido na penumbra ambiente que ela nem tinha reparado.

Estava irreconhecível.

Seu cabelo, curto e claro, não estava mais espetado que nem grama. Tinha feito a barba que escondia as bochechas, deixando só um cavanhaque talhado em forma de âncora. O casaco pesado de viagem tinha sido trocado por uma jaqueta justa azul escura de gola alta, mostrando as mangas amplas de uma camisa impecavelmente branca. Essa roupa deixava seu corpo alto e magro ainda mais rígido, mas assim Thorn parecia mais um cavalheiro do que um animal selvagem. A corrente do seu relógio de bolso e as abotoaduras brilhavam com a luz dos castiçais.

Entretanto, seu rosto, longo e pontiagudo, não estava mais amável. Ele mantinha o olhar decididamente focado na sopa de abóbora. Parecia contar em silêncio a quantidade de vezes que levava a colher aos lábios.

— Não te ouvi, Thorn! — observou a bela Berenilde, segurando uma taça de vinho. — Estava esperando que um toque de feminilidade na sua vida fosse te tornar mais falante.

Quando ele levantou o olhar, não foi para encarar a tia, mas Ophélie. Um ar de desafio brilhava ainda no céu de chumbo de suas pupilas. As duas cicatrizes, uma na têmpora e outra na sobrancelha, chamavam atenção na nova simetria do rosto, bem barbeado, bem penteado.

Lentamente, se virou para Berenilde.

— Matei um homem.

Jogou essa informação distraidamente, como uma banalidade, entre duas colheradas de sopa. Os óculos de Ophélie empalideceram. Ao seu lado, a tia Roseline engasgou, prestes a ter uma síncope. Berenilde apoiou a taça calmamente na toalha de renda.

— Onde? Quando?

Ophélie, por sua vez, teria perguntado "Quem? Por quê?".

— No terminal, antes de embarcar para Anima — respondeu Thorn com seriedade. — Um desonrado que um indivíduo mal--intencionado botou atrás de mim. Por causa disso, acabei adiantando um pouco a viagem.

— Fez bem.

Ophélie enrijeceu. Como assim, era só isso? "Você é um assassino, perfeito, me passa o sal…"

Berenilde notou sua tensão. Com um movimento gracioso, apoiou a mão tatuada em sua luva.

— Você deve achar que somos abomináveis — sussurrou. — Constato que meu caro sobrinho, como era de se esperar, não se deu o trabalho de explicar.

— Explicar o quê? — perguntou a tia Roseline. — Nunca imaginei que minha afilhada fosse casar com um criminoso!

Berenilde virou para ela seus olhos límpidos.

— Não tem nada a ver com crime, senhora. Precisamos nos defender dos nossos inimigos. Temo que muitos nobres na corte considerem essa aliança entre nossas famílias como muito negativa. O que fortalece uns enfraquece a posição dos outros — disse, com doçura, sorrindo. — A mais ínfima mudança no equilíbrio dos poderes leva a intrigas e assassinatos.

Ophélie estava chocada. Era assim, a corte? Ignorante, tinha imaginado reis e rainhas que passavam os dias filosofando e jogando baralho.

A tia Roseline também parecia surpresa.

— Pelos ancestrais! Quer dizer que isso é comum por aqui? Uns matam os outros tranquilamente e é isso aí?

— É um pouquinho mais complicado — respondeu Berenilde com paciência.

Homens de casaca preta e camisa branca entraram discretamente na sala de jantar. Sem dizer uma palavra, eles levaram as sopeiras embora, serviram peixe e desapareceram em três passos. Ninguém à mesa achou necessário apresentá-los a Ophélie. Todo mundo que vivia aqui não era família, afinal? Eram assim os empregados domésticos? Correntes de ar sem identidade?

— Veja bem — seguiu Berenilde, apoiando o queixo nos dedos entrelaçados. – Nosso modo de vida é um pouco diferente do de Anima. Há famílias que têm o favor do nosso espírito Farouk, as que não têm mais e as que nunca tiveram.

— Famílias? Plural? — reparou Ophélie em um murmúrio.

— Sim, querida. Nossa árvore genealógica é mais tortuosa do que a de vocês. Desde a criação da arca, ela se separou em muitos galhos bem distintos, galhos que não se misturam sem relutância... ou sem se matar.

— Que agradável — comentou a tia Roseline, secando a boca com o guardanapo.

Ophélie cortou seu salmão, apreensiva. Ela não conseguia comer peixe sem engasgar na espinha. Olhou para Thorn furtivamente, desconfortável por sentir sua presença, mas ele estava prestando mais atenção no próprio prato do que em qualquer uma das convidadas. Ele mastigava o peixe com uma cara de desprezo, como se achasse repugnante engolir comida. Não era de espantar que fosse tão magro... Suas pernas eram tão compridas que, apesar da largura da mesa, Ophélie tinha que puxar os pés para baixo da cadeira para não pisar nos dele.

Ela ajeitou os óculos e observou, discretamente, a silhueta envergada da avó, ao lado dele, que comia o salmão com entusiasmo.

O que ela tinha dito ao recebê-las? "Cá está o sangue novo que vem salvar os Dragões."

— Os Dragões — disse Ophélie de repente. — É o nome da família de vocês?

Berenilde levantou as sobrancelhas bem-feitas e consultou Thorn com uma expressão de espanto.

— Você não explicou nada? Passou a viagem fazendo o quê?

Ela sacudiu os belos cachos loiros, meio irritada e meio entretida, e olhou para Ophélie, animada.

— Sim, minha querida, é o nome da nossa família. Três clãs, dentre os quais o nosso, vivem atualmente na corte. Você já entendeu que não nos damos muito bem. O clã dos Dragões é forte e respeitado, mas pequeno em volume. Você vai conhecer todo mundo rápido, menina!

Um calafrio percorreu a espinha de Ophélie. Ela tinha um pressentimento ruim quanto ao papel que esperavam dela nesse clã. Trazer sangue novo? Estavam querendo transformá-la em uma chocadeira.

Ela encarou Thorn, o rosto seco e desagradável, o grande corpo anguloso, o olhar desdenhoso que fugia do seu, os modos autoritários. Só de pensar em conviver de perto com esse homem, Ophélie deixou cair o garfo no tapete. Quis se inclinar para pegá-lo de volta, mas um senhor de casaca preta saiu imediatamente das sombras para oferecer um novo.

— Perdão, senhora — interveio mais uma vez a tia Roseline. — Você está tentando insinuar que o casamento da minha sobrinha pode colocar a vida dela em perigo, por causa do capricho imbecil de um cortesão qualquer?

Berenilde cortou o peixe sem abandonar sua placidez.

— Minha cara amiga, temo que a tentativa de intimidação da qual Thorn foi vítima seja só a ponta do iceberg.

Ophélie tossiu no guardanapo. Como esperava, quase tinha engolido uma espinha.

— Ridículo! — exclamou Roseline, olhando para ela com insistência. — Essa menina não faria mal a uma mosca; por que alguém teria medo dela?

Thorn levantou o olhar para o teto, exausto. Ophélie, por sua vez, colecionava as espinhas na beira do prato. Sob a aparência distraída, ela escutava, observava e refletia.

— Sra. Roseline — disse Berenilde com uma voz séria —, você deve entender que uma aliança feita com uma arca estrangeira é vista como uma tomada de poder na Cidade Celeste. Como explicar sem te deixar muito chocada? — murmurou, cerrando os olhos límpidos. — As mulheres da sua família são conhecidas pela bela fertilidade.

— Nossa fertilidade... — repetiu a tia Roseline, tomada de surpresa.

Ophélie ajeitou de novo os óculos, que escorregavam no nariz sempre que ela se inclinava para comer.

Pronto, estava dito.

Ela estudou a expressão de Thorn. Mesmo que ele evitasse com cuidado seu olhar, ela leu no seu rosto o mesmo desgosto que sentia, o que não deixou de ser tranquilizante. Ela esvaziou o copo de água, devagar, para soltar o nó na garganta. Será que devia anunciar agora, no meio dessa refeição em família, que não tinha intenção alguma de dividir a cama com esse homem? Com certeza não seria a melhor ideia.

Além disso, tinha outra coisa... Ophélie não sabia exatamente o que era, mas os cílios de Berenilde tinham tremido, como se ela fosse obrigada a olhá-las nos olhos ao expor os motivos. Uma hesitação? Um não dito? Era difícil determinar, mas Ophélie sabia: tinha outra coisa ali.

— Antes disso, não sabíamos nada da sua situação — acabou murmurando a tia Roseline, com um tom mais envergonhado. — Sra. Berenilde, eu devo consultar a família. Essa informação pode mudar a situação do noivado.

O sorriso de Berenilde se suavizou.

— Talvez vocês não soubessem, sra. Roseline, mas não é o caso das suas Decanas. Elas aceitaram nossa oferta com perfeito conhecimento de causa. Sinto muito se não repassaram essas informações, mas fomos obrigados a agir na maior discrição possível para garantir sua segurança. Quanto menos gente souber desse casamento, melhor será para nós. Você pode ficar à vontade, nem preciso dizer, para escrever para a sua família se duvidar de minha palavra. Thorn cuidará de enviar sua carta.

A madrinha ficou muito pálida sob o coque apertado. Segurava os talheres com tal força que os dedos tremiam. Quando espetou o prato com o garfo, não pareceu notar que um pudim de caramelo tinha substituído o salmão.

— Não aceito que assassinem minha sobrinha por causa dos negócios de vocês!

Seu grito tinha ficado mais agudo, no limite da histeria. Ophélie se emocionou tanto que esqueceu até o próprio nervosismo. Nesse instante preciso, reparou como se sentiria sozinha e abandonada sem essa tia velha resmungona.

Ela mentiu como pôde:

— Não entre em pânico. Se as Decanas deram o aval, é porque imaginam que o perigo não deva ser tão grande.

— Um homem morreu, sua boba!

Ophélie não tinha mais argumentos. Ela também não gostava dos discursos que estava ouvindo, mas perder a cabeça não mudaria nada. Olhou Thorn nos olhos, duas fendas estreitas, insistindo em silêncio para que ele falasse algo.

— Tenho muitos inimigos na corte — disse com aspereza. — A sua sobrinha não é o centro do mundo.

Berenilde o olhou por um momento, um pouco surpresa com sua intervenção.

— É verdade que a sua posição já era delicada, independente de qualquer consideração nupcial — concordou.

— Claro! Se esse brutamontes estrangula tudo que se mexe, imagino mesmo que tenha muitos amigos — acrescentou Roseline.

— Quem quer mais caramelo? — propôs a avó rapidamente, segurando a molheira.

Ninguém respondeu. Sob a luz vacilante das velas, um brilho estourara entre as pálpebras de Berenilde e a mandíbula de Thorn se contraíra. Ophélie mordeu o lábio. Entendeu que, se a tia não segurasse a língua logo, alguém a faria calar a boca, de um jeito ou de outro.

— Peço perdão por esse comportamento, senhor — murmurou ela, inclinando-se para Thorn. — O cansaço da viagem deixa nossos nervos à flor da pele.

A tia Roseline ia protestar, mas Ophélie pisou no seu pé sob a mesa, mantendo a atenção focada em Thorn.

— Você sente muito, madrinha, e eu também. Me dou conta que todas as precauções que o senhor tomou até agora foram pela nossa segurança e por isso agradeço.

Thorn a encarou com um olhar cauteloso, arqueando a sobrancelha, a colher suspensa. Ele tomava os agradecimentos de Ophélie pelo que eram, uma simples fachada de educação.

Ela colocou o guardanapo na mesa e convidou Roseline, ofegante, a se levantar.

— Acho que precisamos descansar, eu e minha tia.

De sua cadeira, Berenilde sorriu para Ophélie com admiração.

— Nada como um dia após o outro, com uma noite no meio — filosofou.

O QUARTO

Ophélie observava a escuridão, descabelada, os olhos pregados de sono. Alguma coisa a tinha acordado, mas ela não sabia o quê. Sentada na cama, contemplou os contornos borrados do cômodo. Do outro lado das cortinas de brocado do dossel, ela distinguia com dificuldade a janela de madeira. A noite clareava através do vidro embaçado; o amanhecer estava chegando.

Ophélie tivera dificuldade para dormir. A vida toda tinha dividido um quarto com o irmão e as irmãs, então estranhava passar a noite sozinha em uma casa desconhecida. A conversa do jantar também não ajudou.

Tentou ouvir atentamente o silêncio ritmado pelo relógio sobre a lareira. O que poderia tê-la acordado? Escutou de repente uma leve batida na porta. Não tinha sonhado, afinal.

Assim que afastou as cobertas, Ophélie ficou sem ar de tanto frio. Cobriu a camisola com um agasalho de lã, tropeçou no apoio para pés do tapete e girou a maçaneta da porta. Uma voz abrupta soou imediatamente.

— Eu tentei te avisar.

Um imenso casaco preto, lúgubre como a morte, quase desaparecia na escuridão do corredor. Sem óculos, Ophélie imaginava mais do que enxergava Thorn. Ele tinha mesmo um jeitinho especial de começar conversas...

Ela tremeu, ainda com sono, por causa da corrente de ar que entrou pela porta, tentando prestar atenção.

— Não posso mais voltar atrás — acabou murmurando.

— É mesmo tarde demais. Vamos precisar colaborar um com o outro afinal.

Ophélie esfregou os olhos como se pudesse ajudar a dissipar a névoa da miopia, mas continuava só vendo um casacão preto. Não importava. Sua entonação deixava claro o quanto essa perspectiva não o encantava, o que tranquilizou Ophélie.

Ela acreditou ver a forma de uma mala pendurada em seu braço.

— Já estamos indo embora?

— Eu estou — corrigiu o casaco. — Vocês ficam aqui com a minha tia. Minha ausência durou demais e preciso voltar aos negócios.

Ophélie notou de repente que ainda não sabia a situação do noivo. Como o via como caçador, tinha esquecido de perguntar.

— E no que consistem esses negócios?

— Trabalho no governo — respondeu, impaciente. — Mas não vim falar de banalidades, estou com pressa.

Ophélie abriu um pouco mais os olhos. Simplesmente não conseguia imaginar Thorn como um burocrata.

— Estou ouvindo.

Thorn empurrou a porta de modo tão brusco para abri-la que esmagou o pé de Ophélie. Girou a fechadura três vezes para mostrar como funcionava. Devia achá-la mesmo idiota.

— A partir de hoje, você vai se trancar com duas voltas de fechadura todas as noites. Entendeu? Não coma nada que não seja servido à mesa e, por favor, faça sua acompanhante tagarela tomar cuidado com o que fala. Não é muito inteligente ofender a dama Berenilde sob o próprio teto.

Apesar de não ser educado, Ophélie não conseguiu conter um bocejo.

— Isso é um conselho ou uma ameaça?

O casacão preto ficou em silêncio, pesado como chumbo.

— Minha tia é sua melhor aliada — disse enfim. — Não saia nunca da sua proteção, não vá a lugar nenhum sem sua permissão, não confie em mais ninguém.

— "Mais ninguém" inclui você, né?

Thorn fungou e bateu a porta na sua cara. Ele definitivamente não tinha nenhum senso de humor.

Ophélie foi atrás de seus óculos, perdidos no meio dos travesseiros, e parou em frente à janela. Desembaçou um pedaço do vidro com a manga. Lá fora, o amanhecer pintava o céu de lilás e dava os primeiros toques de rosa nas nuvens. As árvores majestosas de outono estavam mergulhadas na neblina. Ainda era cedo demais para as folhagens estarem livres do tom de cinza, mas daqui a pouco, quando o sol surgisse no horizonte, um incêndio de vermelho e dourado tomaria o parque inteiro.

Quanto mais Ophélie contemplava a paisagem onírica, mais certeza tinha. Essa vista era uma ilusão; uma cópia perfeita da natureza, mas ainda assim uma reprodução.

Abaixou os olhos. Entre dois canteiros de violetas, Thorn, coberto pelo casaco preto, afastava-se, carregando a mala. Esse canalha tinha conseguido fazê-la perder o sono.

Ophélie bateu os dentes e voltou a atenção para as cinzas mortas da lareira. Tinha a impressão de estar em um túmulo. Tirou as luvas que usava à noite para impedi-la de *ler* qualquer coisa durante o sono e virou um jarro na bela tigela de barro da penteadeira.

E agora?, perguntou-se, jogando água fria no rosto. Não estava com vontade de ficar parada. Os avisos de Thorn a intrigavam mais do que assustavam. Cá estava um homem que se dava muito trabalho para proteger uma mulher de quem não gostava...

E tinha essa coisinha, esse clima indefinível que Berenilde deixara escapar na ceia. Talvez fosse só um detalhe, mas a perturbava.

Ophélie contemplou o nariz vermelho e os cílios pingando no espelho da penteadeira. Será que ela seria observada? *Os espelhos*, decidiu de repente. *Se quiser me movimentar livremente, preciso identificar todos os espelhos dos arredores.*

Encontrou um robe de veludo no armário, mas nada de pantufas para os pés. Fez uma careta ao calçar as botinas, endurecidas pela umidade da viagem. Ophélie saiu furtivamente. Atravessou o corredor principal do andar. As duas convidadas ocupavam os quartos de honra, um de cada lado dos aposentos particulares de Berenilde, e havia mais seis quartos desocupados, que Ophélie visitou um por um. Encontrou uma lavanderia e dois banheiros, depois desceu as escadas. No térreo, homens de casaca e mulheres de avental já se mexiam, apesar da hora. Eles esfregavam os corrimãos, espanavam os vasos, acendiam as lareiras e espalhavam pela casa um perfume de cera, madeira e café.

Cumprimentaram Ophélie com simpatia quando ela passou pelos salões, pela sala de jantar, pela sala de bilhar e pela sala de música, mas a educação tomou ares de constrangimento quando ela também entrou na cozinha, na área de serviço e na despensa.

Ophélie parava para conferir seu reflexo em cada vidro, cada espelho, cada moldura. Atravessar espelhos não era uma experiência tão diferente da *leitura*, independentemente do que o tio-avô dissera, mas era com certeza mais enigmática. Um espelho guarda na memória a imagem que se desenha em sua superfície. Por um processo pouco conhecido, alguns *leitores* podiam assim criar uma passagem entre dois espelhos nos quais já tivessem se refletido, mas não funcionava em janelas, em superfícies foscas nem em longas distâncias.

Sem achar que ia funcionar, Ophélie tentou atravessar um espelho de corredor até chegar no seu quarto de infância, em Anima. Em vez de se liquefazer, o espelho continuou sólido sob seus dedos, tão duro e frio quanto um espelho qualquer. O destino era distante demais; Ophélie sabia, mas ficou decepcionada mesmo assim.

Ao subir a escada de serviço, Ophélie acabou em uma ala abandonada da mansão. Os móveis dos corredores e das antessalas tinham sido cobertos com lençóis brancos, como fantasmas adormecidos. A poeira a fez espirrar. Será que esse lugar era reservado aos outros membros do clã quando vinham visitar Berenilde?

Ophélie abriu uma porta dupla, no final de um corredor. A atmosfera bolorenta da sala não a preparou para o que a esperava do outro lado. Tapeçarias de seda bordada, uma cama grande esculpida, o teto decorado com afrescos – Ophélie nunca tinha visto um quarto tão suntuoso. Reinava aqui uma temperatura amena impossível de compreender: nenhum fogo queimava na lareira e o cômodo vizinho estava gelado. Sua surpresa aumentou quando notou cavalinhos de balanço e um exército de soldadinhos de chumbo no tapete.

Um quarto de criança.

A curiosidade atraiu Ophélie para as fotos emolduradas na parede. Um casal e um bebê em sépia apareciam em todas.

— Você é uma pessoa matutina.

Ophélie se virou para Berenilde, que sorria no batente da porta. Ela já estava arrumada, usando um vestido solto de cetim, o cabelo enrolado sob a nuca de forma graciosa. Carregava bastidores de bordado.

— Estava te procurando, querida. Onde você se meteu?

— Quem são essas pessoas, senhora? São da sua família?

A boca de Berenilde deixou entrever os dentes perolados. Ela se aproximou de Ophélie para olhar as fotos. Agora que estavam de pé lado a lado, a diferença de altura das duas era notável. Apesar de não chegar a ser tão alta quanto o sobrinho, Berenilde ficava pelo menos uma cabeça acima de Ophélie.

— Claro que não! — disse, rindo animada, com seu sotaque delicado. — São os antigos proprietários do solar. Já morreram faz muitos anos.

Ophélie achou um pouco estranho que Berenilde tivesse herdado a propriedade se eles não eram da família. Continuou observando os retratos austeros. Uma sombra cobria seus olhos, das pálpebras às sobrancelhas. Maquiagem? As fotos não eram claras o suficiente para ter certeza.

— E o bebê? — perguntou.

O sorriso de Berenilde se tornou mais reservado, quase triste.

— Enquanto essa criança viver, o quarto viverá também. Posso estofar, trocar os móveis, fechar as janelas, mas ela ficará sempre fiel à aparência que você vê. É mesmo melhor assim.

Mais uma ilusão? Ophélie achou a ideia impressionante, mas não tanto assim. Os Animistas influenciavam suas casas, afinal. Ela quis perguntar qual era o poder que gerava tais ilusões e o que tinha acontecido com o bebê das fotos, mas Berenilde cortou sua curiosidade, propondo que elas se sentassem em um dos sofás. Uma luminária rosa as cobria com uma poça de luz.

— Você gosta de bordar, Ophélie?

— Sou desastrada demais para isso, senhora.

Berenilde apoiou um bastidor no colo e suas mãos delicadas, ornadas de tatuagens, puxaram a agulha em um gesto sereno. Ela era tão suave quanto o sobrinho era anguloso.

— Ontem, você disse que era "comum", hoje "desastrada" — falou com um tom melódico. — E essa vozinha que esconde cada palavra! Vou acabar achando que não quer que eu goste de você, menina. Ou é modesta demais ou é falsa.

Apesar da temperatura agradável e das tapeçarias elegantes, Ophélie se sentia desconfortável nesse quarto. Ela tinha a impressão de violar um santuário onde todos os brinquedos a acusavam com o olhar, dos macacos mecânicos às marionetes desarticuladas. Não havia nada mais sinistro do que um quarto de criança sem criança.

— Não, senhora, eu sou mesmo desajeitada demais. Foi por causa de um acidente de espelho aos treze anos.

A agulha de Berenilde parou no ar.

— Um acidente de espelho? Confesso que não entendi.

— Fiquei presa em dois lugares ao mesmo tempo, por muitas horas — murmurou Ophélie. — Desde então, meu corpo não me obedece tão bem. Fiz uma terapia de reeducação, mas o médico avisou que restariam algumas sequelas. Atrasos.

Um sorriso se estendeu no belo rosto de Berenilde.

— Você é divertida! Gosto de você.

Com os sapatos lamacentos e o cabelo bagunçado, Ophélie se sentia uma camponesinha qualquer ao lado dessa deslumbrante mulher do mundo. Em um impulso de ternura, Berenilde deixou o bastidor de bordado apoiado no colo e segurou as mãos enluvadas de Ophélie.

— Imagino que você esteja um pouco nervosa, querida. Tudo isso é tão novo para você! Não hesite em me contar suas preocupações, como faria com sua mãe.

Ophélie não disse que sua mãe provavelmente era a última pessoa no mundo para quem contaria suas preocupações. Mais do que desabafar, ela precisava de respostas concretas.

Berenilde soltou as mãos quase de imediato, desculpando-se.

— Sinto muito, às vezes esqueço que você é uma *leitora*.

Ophélie demorou para entender o que a constrangia.

— Não consigo *ler* de luvas, senhora. Mesmo sem elas, você poderia segurar minhas mãos sem medo. Não *leio* seres vivos, só objetos.

— Vou lembrar no futuro.

— O seu sobrinho me contou que trabalha no governo. Para quem ele trabalha, exatamente?

Os olhos de Berenilde se arregalaram, tão brilhantes e impressionantes quanto pedras preciosas. Ela soltou um riso cristalino que encheu a sala.

— Disse alguma besteira, senhora? — Ophélie se chocou.

— Ah, não, é culpa do Thorn — brincou Berenilde, rindo ainda. — É mesmo a cara dele, ser tão econômico nas palavras quanto na educação!

Levantando uma camada do vestido, secou o canto dos olhos e ficou mais séria, continuando:

— Saiba que ele não trabalha "no governo", como disse. Ele é o superintendente do sr. Farouk, o principal administrador das finanças da Cidade Celeste e de todas as províncias do Polo.

Enquanto os óculos de Ophélie ficavam azulados, Berenilde aquiesceu lentamente.

— Sim, querida, seu futuro marido é o maior contador do reino.

Ophélie demorou para digerir a informação. Era difícil imaginar esse cabeludo desajeitado e mal-educado como funcionário do alto escalão. Por que queriam casar uma garota tão simples quanto ela com tamanha personalidade? Era de acreditar que não estavam punindo Ophélie, mas sim Thorn.

— Não entendo bem meu lugar no clã de vocês — confessou. — Para além de filhos, o que esperam de mim?

— Como assim?! — exclamou Berenilde.

Ophélie se refugiou na máscara impassível, um pouco simplória, mas por dentro se chocou com essa reação. A pergunta não tinha sido tão absurda, tinha?

— Eu cuidava de um museu em Anima — explicou em voz baixa. — Esperam que eu retome essa função aqui, ou algo parecido? Não quero viver de favor com vocês sem ter o que oferecer.

O que Ophélie tentava negociar era sua autonomia. Berenilde mergulhou o belo olhar límpido nos livros ilustrados de uma estante, sonhadora.

— Um museu? Sim, imagino que poderia ser uma ocupação divertida. A vida das mulheres aqui em cima às vezes é um tédio, não temos grandes responsabilidades como no seu reino. Podemos pensar nisso quando sua posição na corte estiver estável. Você vai precisar ser paciente, querida...

Se tinha uma coisa pela qual Ophélie não estava impaciente, era para se juntar a essa nobreza. Ela só sabia o que o diário de sua ancestral tinha dito – "passamos os dias jogando baralho e passeando pelos jardins" – e não achava muito interessante.

— Como vamos estabilizar essa posição na corte? — Ela estava um pouco preocupada. — Vou precisar participar de formalidades e honrar seu espírito familiar?

Berenilde voltou ao bordado. Uma sombra atravessou seus olhos cristalinos. A agulha que atravessava a tela estendida no bastidor ficou menos dançante. Por um motivo que fugia a Ophélie, ela estava magoada.

— Você só vai ver o sr. Farouk de longe, querida. Quanto às formalidades, sim, mas não agora. Vamos esperar o casamento no final do verão. Suas Decanas insistiram que seguíssemos cuidadosamente o ano tradicional de noivado, para vocês se conhecerem melhor. Além disso — acrescentou Berenilde, franzindo as sobrancelhas de leve —, vamos ter tempo para te preparar para a corte.

Incomodada pelo excesso de almofadas, Ophélie inclinou seu corpo para a beira do sofá e contemplou o bico imundo da bota que transparecia sob a camisola.

Suas preocupações se confirmavam, Berenilde não revelava a fundo o que pensava. Levantou o rosto e deixou vagar a atenção pela janela. As primeiras luzes do dia atravessavam a névoa em flechas douradas e jogavam sombras aos pés das árvores.

— Esse parque, esse quarto... — sussurrou Ophélie. — São ilusões de ótica?

Berenilde puxava a agulha, tão calma quanto um lago de montanha.

— Sim, minha querida, mas não são obra minha. Os Dragões não sabem tecer ilusões, é uma especialidade do nosso clã rival.

Um clã rival do qual Berenilde tinha herdado um terreno, notou Ophélie em silêncio. Talvez ela não estivesse em um conflito tão grave com eles.

— E o seu poder, senhora, qual é?

— Que pergunta indiscreta! — Berenilde se ofendeu gentilmente, sem desviar o olhar do bordado. — Você perguntaria a idade de uma senhora? Parece que ensinar isso tudo é papel do seu noivo...

Como Ophélie fez uma cara confusa, ela soltou um suspiro carinhoso e disse:

— Thorn não tem jeito mesmo! Imagino que ele te trouxe às cegas sem nem se preocupar em satisfazer a sua curiosidade.

— Nenhum de nós é muito tagarela — observou Ophélie, escolhendo as palavras com cuidado. — Entretanto temo, sem querer ofender, que eu não esteja no coração do seu sobrinho.

Berenilde pegou um maço de cigarros em um bolso do vestido. Alguns instantes depois, soprou uma nuvem de fumaça azul entre os lábios entreabertos.

— O coração de Thorn... — sussurrou, forçando os "r". — Um mito? Uma ilha deserta? Uma bola de carne seca? Se te consolar, querida, nunca o vi apaixonado por ninguém.

Ophélie se lembrou da eloquência pouco habitual que ele demonstrara ao falar da tia.

— Ele te admira muito.

— Sim — sorriu Berenilde, batendo com a piteira na beira de uma caixinha. — Eu o amo como uma mãe e acho que ele sente um afeto sincero por mim, o que me toca ainda mais por não ser natural para ele. Passei muito tempo desesperada por não achar nenhuma mulher para Thorn e acho que ele não gostou que eu o forcei um pouco. Os seus óculos mudam de cor — disse de repente, divertindo-se. — É engraçado!

— O sol está nascendo, senhora. As lentes se adaptam à luminosidade.

Ophélie observou Berenilde através do cinza escuro que cobria suas lentes e decidiu dar uma resposta mais sincera:

— E também ao meu humor. A verdade é que estava me perguntando se Thorn não esperava uma mulher mais parecida com a senhora. Tenho medo de estar no espectro oposto desse desejo.

— Tem medo ou alívio?

Segurando a piteira comprida entre dois dedos, Berenilde estudava a expressão da convidada como se estivesse em um jogo especialmente divertido.

— Não precisa ficar tensa, Ophélie, não é uma armadilha. Você acha que não sei como se sente? Estamos te casando à força com um homem que não conhece e que se mostra tão caloroso quanto um iceberg!

Esmagou a bituca do cigarro no fundo da caixinha, balançando os cachos loiros do cabelo em uma valsa.

— Mas não concordo com você, querida — continuou. — Thorn é um homem de honra e acho que ele simplesmente tinha se prendido à ideia de nunca casar. Você está atrapalhando seus hábitos, é só isso.

— E por que ele não queria casar? Honrar sua família ao fundar a própria não é normalmente ao que todos aspiram?

Ophélie ajeitou os óculos no nariz, rindo por dentro. E era ela dizendo isso...

— Ele não podia — retrucou Berenilde com doçura. — Por que eu fui atrás de uma esposa de tão longe? Sem ofensa.

— Devemos servir alguma coisa, senhora?

Um senhor de idade as interrompera do batente da porta, chocado por encontrá-las nessa parte da casa. Berenilde jogou negligentemente o bordado em uma poltrona.

— Chá e biscoitos de laranja! Pode servir no salão, não vamos ficar aqui. Do que a gente estava falando, querida? — perguntou ela, se virando para Ophélie com os grandes olhos turquesa.

— Que o Thorn não podia casar. Confesso que não entendo bem o que impediria um homem de casar se quisesse.

Um raio de sol entrou no quarto e deixou no colo delicado de Berenilde um beijo dourado. Os fios frisados que escapavam de seu pescoço se iluminaram.

— Porque ele é bastardo.

Ophélie piscou várias vezes, deslumbrada pela luz que explodia pela janela. Thorn nascera de adultério?

— Seu falecido pai, meu irmão, teve a fraqueza de frequentar uma mulher de outro clã — explicou Berenilde. — O azar quis que a família dessa vagabunda caísse em desgraça depois disso.

O formato oval perfeito do seu rosto se deformara na palavra "vagabunda". *É mais do que desprezo*, constatou Ophélie, *é puro ódio*. Berenilde estendeu sua bela mão tatuada para ser ajudada a levantar.

— Por pouco Thorn não foi expulso da corte junto com a piranha da mãe — continuou, com a voz recomposta. — Meu querido irmão resolveu morrer antes de reconhecê-lo oficialmente, então eu precisei usar toda minha influência para salvar seu filho da decadência. Consegui muito bem, como você pode observar.

Berenilde fechou a porta dupla com uma batida sonora. Seu sorriso tenso se tranquilizou. Seu olhar passou de amargo para doce.

— Você não para de admirar as tatuagens que eu e minha mãe temos nas mãos. Elas são a marca dos Dragões, querida. É um reconhecimento que Thorn nunca poderá receber. Além disso, nenhuma mulher do nosso clã aceitaria casar com um bastardo que teve a mãe deserdada.

Ophélie refletiu sobre suas palavras. Em Anima, podiam banir um membro que tivesse atacado seriamente a honra da família, mas daí a condenar todo um clã... Thorn tinha razão, os costumes daqui não eram nada flexíveis.

O eco metálico de um relógio de pêndulo soou à distância. Mergulhada em pensamento, Berenilde pareceu voltar de repente à realidade.

— O jogo de croqué da condessa Ingrid! Quase ia me esquecendo.

Inclinou seu corpo alto, suave e macio, para acariciar a bochecha de Ophélie.

— Não vou te convidar para jogar, você ainda deve estar cansada da viagem. Tome chá no salão, descanse no quarto e use os servos à vontade!

Ophélie observou Berenilde se afastar com o vestido esvoaçante ao longo do corredor de lençóis fantasmagóricos.

Ela se perguntou o que eram servos.

A ESCAPADA

Mamãe, papai.

A pena de ganso ficou muito tempo suspensa acima do papel depois de rabiscar essas duas palavrinhas. Ophélie simplesmente não sabia o que acrescentar. Ela nunca tivera o dom, verbal ou escrito, de expressar o que a tocava, de definir precisamente o que sentia.

Ophélie mergulhou o olhar nas chamas da lareira. Estava sentada no tapete de pele do salão, usando um pufe forrado como mesa. Perto dela, seu cachecol estava preguiçosamente enrolado no chão, como uma cobra tricolor.

Ophélie voltou a atenção para a carta e tirou o fio de cabelo que tinha caído na folha. Parecia ser ainda mais difícil com seus pais. Sua mãe tinha uma personalidade invasiva que não deixava espaço para nada além de si; ela falava, exigia, gesticulava, não escutava. Quanto ao seu pai, era só o eco fracote da esposa, sempre concordando em balbucios sem levantar o olhar dos pés.

O que a mãe de Ophélie queria ler nessa carta era a expressão de uma gratidão profunda e as primeiras fofocas da corte para ela poder se gabar. No entanto, Ophélie não escreveria nem uma coisa nem outra. Ela não ia de jeito nenhum agradecer a família por tê-la mandado para o outro lado do mundo, especialmente para uma arca tão infernal... Quanto às fofocas, não tinha nada para contar e era a menor das suas preocupações.

Começou então a correspondência com as perguntas de costume.

Como vão todos? Já encontraram alguém para me substituir no museu? Meu tio-avô tem saído um pouco dos arquivos? Minhas irmã- zinhas estão estudando direito na escola? Com quem o Hector divide o quarto agora?

Ao escrever essa última frase, Ophélie se sentiu estranha. Ela amava o irmão e pensar que ele cresceria longe dela, que ela se tornaria uma desconhecida, a fez gelar. Decidiu que bastava de perguntas.

Molhou a pena no tinteiro e inspirou. Devia falar um pouco do noivo e da relação dos dois? Não fazia ideia de quem ele era realmente. Um grosseirão? Um funcionário importante? Um as- sassino vil? Um homem de honra? Um bastardo desonrado desde o berço? Eram muitas facetas para um homem só e ela não sabia com qual delas, finalmente, acabaria casada.

Chegamos ontem, a viagem correu bem, escreveu lentamente em vez disso. Não era mentira, mas omitia o essencial: o aviso de Thorn no dirigível; o esconderijo no casarão de Berenilde; as pequenas guerras entre clãs.

Além disso, ainda tinha a porta no fim do parque, pela qual eles tinham chegado na véspera. Ophélie tinha voltado e a en- contrado trancada. Quando pediu a chave para um empregado, recebeu a resposta de que não tinham permissão para entregá-la. Apesar das mordomias dos servos e das maneiras deliciosas da sra. Berenilde, ela se sentia prisioneira... e não tinha certeza se podia escrevê-lo.

— Pronto! — gritou a tia Roseline.

Ophélie se virou. Sentada a uma escrivaninha, empertigada na cadeira, a madrinha deixou a pena no apoio de bronze e do- brou as três folhas que acabara de cobrir de tinta.

— Já acabou? — se impressionou Ophélie.

— Claro, passei a noite e o dia pensando no que escrever. As Decanas vão saber o que estão tramando aqui, não duvide disso.

Por deixar a pena suspensa sobre a carta, Ophélie deixou cair uma mancha de tinta estrelada bem no meio de uma frase.

Aplicou um mata-borrão em cima e se levantou. Contemplou, pensativa, o delicado relógio sobre a lareira, que marcava os segundos com um tique-taque cristalino. Já eram quase nove da noite e nenhuma notícia de Thorn ou Berenilde. Pela janela, toda escura àquela hora, não dava para ver mais nada do parque; a luz das luminárias e da lareira refletia o salão como um espelho.

— Temo que a sua carta nunca deixe o Polo — murmurou.

— Por que está dizendo isso? — se escandalizou Roseline.

Ophélie encostou um dedo na boca para incitá-la a falar mais baixo. Ela se aproximou da escrivaninha e pegou o envelope da tia.

— Você ouviu a sra. Berenilde — sussurrou. — Precisamos entregar as cartas ao sr. Thorn. Não sou ingênua a ponto de acreditar que ele o fará sem verificar que o conteúdo não contraria seus projetos.

A tia Roseline se levantou de forma brusca da cadeira e pousou em Ophélie um olhar agudo, um pouco chocado. A luz da luminária deixava sua pele ainda mais amarelada do que o natural.

— Estamos completamente sozinhas, então? É isso que você quer dizer?

Ophélie concordou com a cabeça. Sim, era sua convicção profunda. Ninguém viria buscá-las, as Decanas não mudariam de ideia. Elas precisariam entrar no jogo, por mais complexo que fosse.

— Isso não te assusta? — perguntou a tia Roseline com os olhos semicerrados, como um gato.

Ophélie soprou vapor nos óculos e secou as lentes com a manga do vestido.

— Um pouco — confessou. — Especialmente o que não nos dizem.

A tia Roseline apertou a boca; mesmo assim, os dentes de cavalo apareciam. Ela considerou o envelope por um instante, o rasgou em dois e se sentou de volta à escrivaninha.

— Tudo bem — suspirou, pegando a pena. — Vou tentar ser mais sutil, mesmo que essas astúcias não sejam meu forte.

Quando Ophélie voltou ao próprio lugar em frente ao pufe, a tia acrescentou em um tom seco:

— Sempre achei que você fosse como seu pai, sem personalidade nem vontade. Me dou conta que te conhecia mal, minha filha.

Ophélie contemplou por um longo tempo a mancha de tinta na carta. Não sabia o porquê, mas essas palavras a reconfortaram. *Estou feliz que a tia Roseline esteja aqui*, escreveu para os pais.

— Já caiu a noite — comentou a madrinha com um olhar de desaprovação para a janela. — E nossos anfitriões ainda não voltaram! Espero que eles não nos esqueçam completamente. A avó é simpática, mas mesmo assim um pouco senil.

— Eles precisam seguir o ritmo da corte — disse Ophélie, dando de ombros.

Ela não ousou mencionar a partida de croqué à qual Berenilde tinha ido. A tia ficaria ofendida que preferissem jogos de criança a elas.

— A corte! — disse Roseline, riscando o papel com a pena. — Uma palavra bonita para designar um palco de teatro onde distribuem punhaladas nas coxias. Mesmo sem escolher, acho que estamos melhor aqui, longe desses malucos.

Ophélie franziu as sobrancelhas acariciando o cachecol. Nessa questão, ela não concordava com a tia. A ideia de ser privada da liberdade de se deslocar a horrorizava. Primeiro a enjaulavam por proteção, mas um dia a jaula viraria uma prisão. A transformariam em uma mulher confinada em casa com a única missão de dar filhos ao marido se não tomasse seu destino pelas rédeas de imediato.

— Vocês não precisam de nada, queridas?

Ophélie e Roseline levantaram o rosto das correspondências. A avó de Thorn tinha aberto a porta dupla, tão discretamente que elas não a tinham escutado. Parecia mesmo uma tartaruga, com as costas corcundas, o colo todo murcho, os gestos lentos e o sorriso enrugado que rasgava o rosto de ponta a ponta.

— Não, obrigada, senhora — respondeu a tia Roseline, falando bem alto. — Você é muito gentil.

Ophélie e a tia tinham notado que, se às vezes tinham dificuldade de entender o sotaque do Norte, o inverso também devia acontecer. A avó às vezes parecia um pouco perdida quando elas falavam rápido demais.

— Acabei de falar com minha filha no telefone — anunciou a velha. — Ela pede perdão, mas ficou enrolada. Vai voltar de manhã.

A avó sacudia a cabeça, constrangida.

— Não gosto muito desses eventos dos quais ela acha que deve participar. Não é sensato...

Ophélie notou preocupação no tom de sua voz. Berenilde também se arriscava ao aparecer na corte?

— E seu neto? — perguntou. — Quando ele volta?

Na verdade, ela não tinha pressa para encontrá-lo. Assim, a resposta da senhora a tranquilizou:

— Pobrezinha, ele é um menino tão sério! Sempre ocupado, com o relógio na mão, nunca para quieto. Ele mal arranja tempo para comer! Temo que vocês só devam vê-lo correndo.

— Precisamos entregar correspondência para ele — disse a tia Roseline. — Temos também que dar um endereço para nossa família responder.

A avó balançou tanto a cabeça que Ophélie se perguntou se ela não acabaria enfiada entre os ombros como uma tartaruga em sua carapaça.

Já era o começo da tarde seguinte quando Berenilde chegou em casa e se jogou no divã, pedindo café.

— Os grilhões da corte, minha querida Ophélie! — exclamou quando Ophélie foi cumprimentá-la. — Você não sabe a sorte que tem. Me passa aquilo, por favor?

Ophélie notou um espelhinho lindo que ela apontava na mesa e o entregou, depois de quase deixá-lo cair. Berenilde se ajeitou nos travesseiros e examinou com um olhar inquieto a pequena ruga, quase invisível, marcada no pó de sua testa.

— Se não quiser ficar totalmente feia, vou precisar descansar.

Uma empregada serviu a xícara de café que Berenilde tinha pedido, mas ela a rejeitou com um gesto de desprezo e dirigiu a Ophélie e à tia Roseline um sorriso cansado.

— Sinto muito, muito mesmo — disse, articulando os "s" sensualmente. — Não achava que ficaria longe por tanto tempo. Vocês não ficaram entediadas demais, espero?

A pergunta era puramente formal. Berenilde pediu licença e se trancou no quarto, o que fez a tia Roseline sufocar de indignação.

Os dias seguintes foram parecidos. Ophélie nunca via o noivo, encontrava Berenilde correndo entre duas ausências, trocava algumas palavras educadas com a avó quando se cruzavam em um corredor e passava a maior parte do tempo com a tia. Sua existência mergulhou logo em uma rotina maçante, ritmada por caminhadas solitárias nos jardins, refeições engolidas sem uma palavra, noites longas lendo no salão e algumas outras distrações. O único evento notável foi a chegada das malas, uma tarde, o que tranquilizou um pouco a tia Roseline. Ophélie, por sua vez, tomava cuidado para mostrar uma expressão resignada em qualquer circunstância, para não gerar desconfiança quando passava tempo demais no parque.

Uma noite, foi cedo para o quarto. Quando o relógio soou quatro badaladas, ela arregalou os olhos para o teto da cama. Ophélie decidiu que tinha chegado a hora de esticar as pernas.

Abotoou um dos vestidos velhos fora de moda e se cobriu com uma capa preta cujo capuz largo engolia sua cabeça, até mesmo os óculos. Não teve coragem de acordar o cachecol, que cochilava no fundo da cama, embolado. Ophélie mergulhou de corpo e alma no espelho do quarto, saiu pelo espelho do vestíbulo e, com mil precauções, abriu a fechadura da entrada.

Lá fora, uma noite estrelada falsa cobria o parque. Ophélie caminhou na grama, misturou sua sombra à das árvores, cruzou uma ponte de pedra e pulou riachos. Chegou até a portinha de madeira que separava o terreno de Berenilde do resto do mundo.

Ophélie se ajoelhou e apoiou a palma da mão contra o batente. Tinha aproveitado cada passeio no parque para se preparar para este momento, sussurrando palavras amigáveis para a fechadura, para enchê-la de vida, domá-la dia a dia. Agora tudo dependia do seu desempenho. Para que a porta a considerasse como proprietária, ela precisava agir como tal.

— Abra — sussurrou com a voz firme.

Um clique. Ophélie segurou a maçaneta. A porta, que ficava de pé no meio da grama, sem nada antes nem depois, se abriu em uma escada. Enrolada em sua capa, Ophélie fechou a porta, andou um pouco no pátio mal pavimentado e olhou para trás uma última vez. Era difícil acreditar que essa casa decrépita disfarçava uma mansão e seu terreno.

Ophélie avançou na névoa malcheirosa dos becos, que a luz dos postes atravessava aos poucos. Esboçou um sorriso. Pela primeira vez no que lhe parecia uma eternidade, estava livre para ir aonde quisesse. Não era uma fuga, só queria descobrir por conta própria o mundo onde viveria. Afinal, não estava escrito na sua testa que ela era noiva de Thorn; por que se preocuparia?

Ela se misturou às sombras das ruas desertas. Estava consideravelmente mais frio e úmido aqui do que no parque do solar, mas ela estava contente de respirar ar "de verdade". Olhando para as portas interditadas e as paredes cegas da quadra, Ophélie se perguntou se cada um desses prédios escondia castelos e jardins. Virando a esquina de uma viela, um barulho estranho a fez parar. Atrás de um poste, um painel de vidro branco vibrava entre duas paredes. Isso sim era uma janela; uma janela de verdade. Ophélie a abriu. Inspirou uma rajada de neve que jogou seu capuz para trás. Ela virou de costas, tossiu bastante, prendeu a respiração e se apoiou com as duas mãos para se inclinar para fora. Com metade do corpo pendurado no vazio, Ophélie reconheceu a anarquia de torres atravessadas, arcos vertiginosos e muralhas desordenadas que surgiam na superfície da Cidade Celeste. Lá embaixo, a água congelada dos fossos brilhava. Ainda mais abaixo, inalcançável, uma floresta de pinheiros brancos balançava no vento. O frio era quase intolerável; Ophélie empurrou o vidro pesado, limpou o casaco e retomou a exploração.

Ela se escondeu a tempo na sombra de um beco sem saída quando ouviu um barulho de metal vindo do outro lado da calçada. Era um senhor lindamente arrumado, com anéis em todos os dedos e pérolas entremeadas na barba. Uma bengala de prata ritmava sua caminhada. Parecia um rei. Ele tinha os olhos estranhamente escuros, como as pessoas nas fotografias do quarto de criança.

O senhor se aproximava. Ele passou pelo beco onde Ophélie se escondia, sem notar sua presença. Cantarolava, os olhos em meia-lua. Não eram sombras em seu rosto, mas tatuagens; cobriam suas pálpebras até as sobrancelhas. Neste momento preciso, um fogo de artifício cegou Ophélie. A musiquinha que o velho cantarolava explodiu em um concerto carnavalesco. Uma multidão de máscaras alegres a cercou, soprou confete nos seus cabelos e foi embora tão repentinamente quanto chegou, enquanto o homem e a bengala se distanciavam.

Desconcertada, Ophélie sacudiu o cabelo, procurando os confetes, mas não encontrou nenhum e observou enquanto o homem se afastava. Um tecedor de ilusões. Pertenceria então ao clã rival dos Dragões? Ela achou mais prudente voltar. Como não tinha nenhum senso de direção, não encontrou o caminho para a casa de Berenilde. Essas vielas fedidas, sufocadas por névoa, eram todas iguais.

Desceu uma escada que não se lembrava de ter subido, ficou em dúvida entre duas avenidas, atravessou um arco que cheirava a esgoto. Ao passar por cartazes de propaganda, andou mais devagar.

ALTA-COSTURA:

OS DEDOS DE OURO DO BARÃO MELCHIOR FAZEM TUDO!

ASMA? REUMATISMO? NERVOS FRÁGEIS?

JÁ PENSOU NA CURA TERMAL?

AS DELÍCIAS ERÓTICAS DA DAMA CUNÉGONDE

PANTOMIMAS LUMINOSAS – O TEATRO ÓTICO DO VELHO ERIC

Tinha mesmo de tudo... Ophélie piscou quando viu um cartaz mais estranho do que os outros.

As ampulhetas da fábrica Hildegarde
Para um descanso merecido

Arrancou o cartaz para examiná-lo de perto. Deu de cara então com o próprio rosto. As propagandas estavam coladas em uma superfície refletora. Ophélie esqueceu as ampulhetas e avançou no corredor de propagandas. Os cartazes se tornavam mais escassos enquanto seu reflexo, ao contrário, multiplicava-se.

Era a entrada de uma galeria de espelhos. Realmente inesperado: bastava um espelho para voltar ao quarto.

Ophélie passeou devagar em meio às outras Ophélies, cobertas por suas capas, os olhos um pouco afastados atrás dos óculos. Entrou no jogo do labirinto, seguiu o fio dos espelhos e notou que o chão tinha mudado. Os paralelepípedos da rua tinham dado lugar a um chão de madeira encerada, da cor de um violoncelo.

Um riso fez Ophélie parar e, antes que pudesse reagir, o reflexo triplo de um casal a cercou. Ela fez o que fazia de melhor: não falou, não entrou em pânico, não fez o mínimo gesto que pudesse chamar atenção. O homem e a mulher, muito bem vestidos, passaram por ela sem nem notar. Eles cobriam o rosto com máscaras.

— E o senhor seu marido, prima querida? — brincou o cavalheiro, cobrindo de beijos os braços enluvados.

— Meu esposo? Está jogando fora nossa fortuna no bridge, mas é claro!

— Nesse caso, vamos dar um pouco de sorte para ele...

Com essas palavras, o homem levou sua companheira para longe. Ophélie ficou imóvel por um instante, ainda incrédula por ter passado despercebida com tanta facilidade. Mais alguns passos e a galeria de espelhos desembocou em outras, cada vez mais complexas. Logo, outros reflexos se misturaram ao seu, afogando-a em uma multidão de mulheres de véu, homens de farda, chapéus de pluma, senhores de peruca, máscaras de porcelana, taças de champanhe e danças elaboradas. Enquanto uma música brincalhona entoava uma valsa, Ophélie entendeu que estava entrando no meio de um baile de máscaras.

Por isso não tinha sido notada sob a capa preta. Era como ser invisível.

Ophélie escureceu os óculos por precaução, então tomou coragem até pegar no caminho, na bandeja de um empregado, uma taça borbulhante para matar a sede. Ladeou os espelhos, pronta para mergulhar no reflexo a qualquer instante, e olhou cheia de curiosidade para o baile. Escutava conversas de todos os lados, mas logo se decepcionou. As pessoas diziam besteiras, jogavam papo fora, se divertiam seduzindo umas às outras. Não falavam de nada sério e algumas tinham sotaques fortes demais para Ophélie entender.

Na verdade, esse mundo exterior da qual a privaram por tanto tempo não parecia tão ameaçador quanto tinham descrito. Por mais que ela gostasse da calma e de ficar sozinha, achava bom ver novos rostos, mesmo que mascarados. Cada gole de champanhe cintilava em sua boca. Ela media, comparado ao prazer que sentia por estar entre esses desconhecidos, até que ponto a atmosfera opressiva do solar pesava sobre ela.

— Senhor embaixador! — chamou uma mulher perto dela.

Ela usava um vestido suntuoso de saia armada e binóculo de ouro e madrepérola. Apoiada em uma pilastra, Ophélie não pôde evitar seguir com o olhar o homem que se aproximava. Seria ele um descendente da embaixadora que a anciã Adelaide tinha citado tantas vezes no diário de viagem? Uma casaca puída, luvas furadas, um chapéu murcho: sua fantasia contrastava descaradamente com as cores festivas e espalhafatosas da festa. Ele não usava máscara, estava com o rosto descoberto. Ophélie, que no geral era pouco sensível ao charme masculino, foi obrigada a reconhecer que ele tinha de sobra. Essa figura honesta, harmoniosa, jovem, completamente sem barba, talvez pálida demais, parecia se abrir ao céu de tanto que seus olhos eram claros.

O embaixador se curvou com delicadeza em frente à mulher que o chamara.

— Dama Olga — cumprimentou, tirando o chapéu.

Quando ele se endireitou, seu olhar oblíquo atravessou os óculos escuros de Ophélie, até o fundo de seu capuz. A taça de champanhe quase caiu no chão. Ela não piscou, não se afastou, não se virou. Ela não devia fazer nada que revelasse sua postura de intrusa.

O olhar do embaixador passou distraidamente por ela e voltou para a dama Olga, que batia levemente no ombro dele com um leque.

— Não está se divertindo na minha festinha? Você fica sozinho no canto que nem uma alma penada!

— Estou entediado — respondeu, sem disfarçar.

Ophélie se assustou com a honestidade. Dama Olga soltou um riso que parecia um pouco forçado.

— Claro que não se compara às recepções do Luz da Lua! Isso aqui é um pouco "comportado" demais para você, imagino?

Ela abaixou um pouco o binóculo, mostrando os olhos. Havia adoração no olhar que deu ao embaixador.

— Seja meu parceiro — propôs com uma voz sensual. — Você não vai mais se entediar.

Ophélie se chocou. A mulher tinha nas pálpebras as mesmas tatuagens que o velho que encontrara mais cedo. Ela considerou a multidão de dançarinos ao seu redor. Será que todas as máscaras escondiam essa marca distintiva?

— Agradeço, dama Olga, mas não posso ficar — recusou o embaixador com um sorriso enigmático.

— Ah! — exclamou ela, muito intrigada. — Tem compromisso?

— Podemos dizer que sim.

— Tem mulheres demais na sua vida! — brigou com ele, rindo.

O sorriso do embaixador se acentuou. Uma pinta entre suas sobrancelhas causava uma expressão estranha.

— E terei mais uma hoje à noite.

Ophélie não achava o rosto dele tão sincero, no fim das contas. Ela pensou que já tinha passado da hora de voltar para a cama. Apoiou a taça de champanhe em um balcão, encontrou um caminho entre as danças e os frufrus e voltou para a galeria dos espelhos, pronta para entrar no primeiro que aparecesse.

Uma mão se fechou ao redor do seu braço e a fez girar no calcanhar. Desorientada entre todas as Ophélies que rodopiavam ao seu redor, acabou encontrando o sorriso do belo embaixador sobre ela.

— Estava pensando agora mesmo que não era possível que eu não reconhecesse o rosto de uma mulher — declarou ele com toda a tranquilidade do mundo. — Com quem tenho a honra de falar, senhorita?

O JARDIM

Ophélie abaixou o queixo e balbuciou a primeira coisa que passou pela cabeça:

— Com uma empregada, senhor. Sou nova e... acabei de começar o expediente.

O sorriso do homem se apagou de imediato e suas sobrancelhas se levantaram sob a cartola. Ele a segurou pelos ombros e a arrastou à força pela galeria dos espelhos. Ophélie estava estupefata. No fundo da mente, uma voz que não era dela a mandava não dizer uma palavra. Por mais que se debatesse com braços e pernas, não pôde fazer nada além de mergulhar de novo na névoa fétida da cidade. Passaram muitas calçadas e viclas até o embaixador diminuir o ritmo.

Ele tirou o capuz de Ophélie e, com uma falta de pudor desconcertante, acariciou pensativo os grossos cachos castanhos. Depois levantou seu queixo para observá-la com tranquilidade sob a iluminação de um poste. Ophélie o encarou de volta. A luz que caía sobre o rosto do embaixador deixava sua pele branca como mármore e seu cabelo claro como o luar. Isso só destacava ainda mais seus olhos azuis, extraordinariamente claros. E não era uma pinta entre as sobrancelhas: era uma tatuagem.

O homem era bonito, sim, mas de uma beleza um pouco assustadora. Apesar do chapéu aberto como uma lata de conserva, não inspirava em Ophélie de forma alguma a vontade de gargalhar.

— Esse seu sotaque, essa roupa esquisita, essas maneiras provinciais... — listou ele com uma alegria crescente. — Você é a noiva do Thorn! Eu sabia que ele andava enrolando a gente, aquele espertinho! E o que se esconde atrás desses binóculos escuros?

O embaixador abaixou lentamente os óculos de Ophélie até encontrar seu olhar. Ela não sabia exatamente que cara estava fazendo, mas o rosto do homem se suavizou imediatamente.

— Não se preocupe, nunca violentei uma mulher na vida. Além disso, você é tão pequena! Dá uma vontade irresistível de te proteger.

Ele disse isso dando tapinhas em sua cabeça como um adulto faria com uma criança perdida. Ophélie se perguntava se não estava implicando com ela de propósito.

— Uma mocinha inconsequente! — desaprovou com um tom suave. — Ir desfilar em pleno território miragem, sem nenhuma preocupação. Já cansou de viver?

Esse discurso chocou Ophélie. Os avisos de Thorn e Berenilde não eram exagerados, então. Era "Miragem" o nome daqueles com pálpebras tatuadas? Um nome sob medida para ilusionistas. Ela realmente não entendia nada: por que essa gente tinha cedido um território para Berenilde se detestavam a tal ponto os Dragões e tudo que lhes dizia respeito?

— O gato comeu sua língua? — implicou o embaixador. — Estou te assustando?

Ophélie negou com a cabeça, mas não soltou uma palavra. Ela só pensava em como podia escapar.

— Thorn me mataria se soubesse que você está comigo — exclamou ele. — Que ironia, estou adorando! Minha jovem, você vai me dar o prazer de um passeio.

Ophélie teria recusado a proposta, mas não era possível resistir ao braço dele. Seu tio-avô estava certo. Entre as mãos de um homem, ela não pesava nada.

O embaixador a arrastou para uma área ainda mais fedida, se é que era possível. Ophélie encharcava o vestido em poças tão escuras que não podiam ser de água.

— Você acabou de chegar aqui, não é? — observou o embaixador, que a devorava com um olhar de curiosidade intensa. — Suponho que as cidades de Anima sejam muito mais bonitinhas. Você logo vai aprender que aqui a gente esconde toda a sujeira sob uma camada tripla de verniz.

Ele se calou de repente quando viraram a esquina na calçada. Ophélie mais uma vez ouviu um pensamento que não era seu: devia colocar o capuz de volta. Confusa, ela levantou o olhar para o embaixador, que respondeu com uma piscadela. Não era sua imaginação: esse homem podia sobrepor seus pensamentos com os dele. Ela não gostou da ideia.

O embaixador a fez passar por armazéns cheios até o teto de caixas e sacos de lona. Vários operários trabalhavam, apesar da hora já avançada da noite. Eles inclinavam com respeito a aba dos chapéus ao ver o embaixador, mas não prestavam nenhuma atenção na mulherzinha encapuzada que o acompanhava. A luz, fornecida por lustres suspensos por longas correntes de ferro, destacava seus traços inexpressivos e cansados. Foi ao ver esses homens exaustos que Ophélie tomou consciência do mundo onde se encontrava. Tinha aqueles que dançavam no baile, encapsulados em uma bolha de ilusões, e aqueles que faziam a máquina funcionar.

E eu?, pensou ela. *Qual é meu lugar nisso tudo?*

— Chegamos — cantarolou o embaixador. — Bem a tempo!

Ele mostrou para Ophélie um relógio de pêndulo que quase marcava seis horas da manhã. Ela achou peculiar encontrar um relógio tão bonito em meio aos armazéns, então reparou que agora estavam no que parecia uma sala de espera, com um tapete verde elegante, poltronas confortáveis e quadros nas paredes. Em frente a ela, duas grades de ferro forjado davam em jaulas vazias.

Não tinha nenhuma transição com o ambiente anterior, era estonteante. O embaixador gargalhou ao notar a cara boquiaberta de Ophélie, que arregalava os olhos por trás dos óculos escuros.

— Precisamente o que estava dizendo, o verniz sobre a sujeira! Tem ilusões espalhadas de qualquer jeito por aqui. Não é sempre muito coerente, mas você se acostuma rápido — disse ele, com um suspiro decepcionado. — Dissimulados! Manter as aparências é de certa forma o papel oficial dos Miragens.

Ophélie se perguntou se era por provocação que ele vestia roupas de mendigo.

Pouco depois das seis badaladas do relógio, um ronrono soou e uma cabine de elevador apareceu atrás de uma das grades. Um ascensorista abriu a porta. Era a primeira vez que Ophélie entrava em um elevador tão luxuoso. As paredes eram de veludo acolchoado e um toca-discos fornecia música ambiente.

Mas nada de espelho.

— Você foi recentemente ao jardim de verão? — perguntou o embaixador.

— Não, senhor — respondeu o ascensorista. — Não está na moda, os fumódromos têm feito mais sucesso.

— Perfeito. Nos leve para lá e se assegure que não nos perturbem.

Ele entregou um pequeno objeto ao ascensorista, que sorriu radiante.

— Sim, senhor.

Ophélie tinha a impressão de ter perdido completamente o controle da situação. Enquanto o ascensorista acionava uma manivela e o elevador subia devagar, ela pensava em como fugir desse homem que se impunha sobre ela. A viagem pelos vários níveis da Cidade Celeste parecia interminável. Ela contou mentalmente os andares: *dezoito... dezenove... vinte... vinte e um...* Não acabava nunca e cada instante a afastava mais da mansão.

— O jardim de verão! — anunciou de repente o ascensorista, freando o elevador.

A porta se abriu, revelando um sol deslumbrante. O embaixador fechou a grade de ferro forjado e o elevador continuou subindo. Ophélie apoiou as mãos no rosto para fazer sombra; apesar das lentes escuras dos óculos, se sentia afogada em cores. Um campo de papoulas estendia até o horizonte um tapete vermelho que ondulava sob um céu de azul brilhante. O canto das cigarras preenchia todo o espaço. O calor era sufocante.

Ophélie se virou. As duas grades de elevador ainda estavam lá, embutidas em uma parede absurdamente erguida no meio das papoulas.

— Aqui podemos conversar à vontade — declarou o embaixador, girando o chapéu.

— Não tenho nada a dizer — avisou Ophélie.

O sorriso do embaixador se esticou como elástico. Seus olhos eram ainda mais azuis do que o céu.

— Vamos lá, você está me torturando, senhorita! Acabei de te salvar da morte quase certa. Você devia começar me agradecendo, não acha?

Agradecendo por quê? Por tê-la afastado dos espelhos? Incomodada pelo calor, Ophélie tirou o capuz e desabotoou a capa, mas o embaixador bateu nos seus dedos como faria com uma criança.

— Não tire o agasalho, vai ficar gripada! O sol aqui é tão ilusório quanto o belo céu sem nuvens, as lindas papoulas e o canto das cigarras.

Ele estendeu a própria capa puída por cima de Ophélie, para oferecer um pouco de sombra, e começou a andar, devagar, o chapéu apontando para o céu.

— Diga, noiva do Thorn, qual é o seu nome?

— Acho que é tudo um mal-entendido — disse ela em voz baixa. — Você está me confundindo com outra pessoa.

Ele sacudiu a cabeça.

— Ah, não, acho que não. Sou embaixador e, por isso, sei reconhecer um estrangeiro só pela pronúncia. Você é uma filha de Ártemis. E eu acho que isso — disse, segurando sua mão delicadamente — são luvas de *leitor*.

Ele disse tudo isso sem o menor sotaque aos ouvidos de Ophélie. Devia admitir que estava impressionada, porque esse homem estava muito bem informado.

— Você chega a cheirar à sua província — provocou ele. — Não tem as maneiras de uma aristocrata nem de uma empregada doméstica. Devo dizer que é adorável de tão exótico.

Sem soltar o punho de Ophélie, beijou sua mão, um sorriso brincalhão no rosto.

— Eu me chamo Archibald. Você vai finalmente me dizer seu nome, noiva de Thorn?

Ophélie recuperou sua mão e tocou de leve as papoulas. Algumas pétalas vermelhas se soltaram com o contato. A ilusão era mesmo perfeita, ainda melhor do que no parque de Berenilde.

— Denise. E, para sua informação, já sou casada com um homem da minha família. Só estou aqui de passagem. Já disse, você me confundiu com outra pessoa.

O sorriso de Archibald vacilou. Tomada por uma inspiração súbita, Ophélie tinha improvisado essa bela mentira. Como não podia negar ser uma Animista, era melhor se fazer passar por uma parente. O mais importante era impedir a todo custo que esse homem estabelecesse um vínculo íntimo entre ela e Thorn. Ela já tinha a impressão de ter cometido uma besteira que não podia consertar, então não devia piorar a situação.

Archibald considerou em silêncio, sob a coberta da capa, o rosto impassível de Ophélie como se tentasse perfurar os óculos escuros. Será que ele conseguia ler seus pensamentos? Por via das dúvidas, Ophélie recitou mentalmente uma ciranda de infância.

— Senhora, então? — disse Archibald, com um ar pensativo. — E qual é seu parentesco com a noiva de Thorn?

— É uma prima próxima. Eu queria conhecer o lugar no qual ela vai viver.

Archibald acabou soltando um suspiro profundo.

— Confesso que estou um pouco decepcionado. Teria sido divertido demais ter a prometida de Thorn em mãos.

— Por quê? — perguntou, piscando.

— Para deflorá-la, é claro.

Ophélie piscou, atordoada. Era a declaração mais inesperada que já tinha escutado.

— Você queria agarrar minha prima à força na grama desse jardim?

Archibald sacudiu a cabeça com um ar exasperado, quase ofendido.

— Você me acha um brutamontes? Posso ser indiferente a matar um homem, mas nunca usaria força contra uma mulher. Eu a teria seduzido, ora!

Ophélie estava tão impressionada com a ousadia do embaixador que não conseguia nem sentir raiva. Ele era de uma franqueza desconcertante. Seu pé tropeçou em alguma coisa, no meio das papoulas; ela teria caído de cara na grama se Archibald não a segurasse no ar.

— Cuidado com os paralelepípedos! Não dá para ver, mas dá para tropeçar.

— E se minha prima tivesse recusado? — insistiu Ophélie. — O que você teria feito?

Ele deu de ombros.

— Não sei bem; nunca me aconteceu.

— Você realmente não tem dúvida nenhuma.

Archibald abriu um sorriso feroz.

— Você faz ideia de como é o marido ao qual ela foi prometida? Acredite, ela teria sido muito sensível às minhas investidas. Vamos nos sentar aqui um instante — sugeriu, sem dar tempo para que ela respondesse. — Estou morto de sede!

Segurando Ophélie pela cintura, ele a levantou e a sentou na beira de um poço, como se não pesasse nada. Ele puxou a corrente da polia para pegar água.

— É de verdade? — se impressionou Ophélie.

— O poço é. Sinta como a água é gelada!

Ele virou no punho de Ophélie, onde a luva não a protegia, algumas gotas congelantes. Ela não entendia como um poço de verdade podia ter sido cavado entre dois andares da Cidade Celeste. As ilusões podiam distorcer o espaço à vontade?

Com o sol na cara, tomada pelo aroma da grama quente, Ophélie esperou que o embaixador se refrescasse. Pelo menos ela tivera a sorte, nessa desventura lamentável, de ter encontrado um tagarela. A água escorria abundante por seu queixo sem barba.

A luz crua do dia destacava sua pele perfeita. Sob a luz das luminárias, ele era ainda mais jovem do que parecia.

Ophélie o encarou com curiosidade. Archibald era bonito, era inegável, mas ela não se sentia impactada por ele. Ela nunca se sentira impactada por um homem. Uma vez, tinha lido um livro romântico que a irmã emprestara. Não tinha entendido nada dessas emoções apaixonadas e achou o livro mortalmente entediante. Era anormal? Seu corpo e seu coração seriam surdos a esse chamado por toda a vida?

Archibald se enxugou com um lenço, tão rasgado quanto o chapéu, a roupa e as luvas.

— Nada disso me explica o que uma pequena Animista estava fazendo a uma hora dessas, desacompanhada, em plena festa miragem!

— Eu me perdi.

Ophélie mentia mal, então preferia ficar o mais perto possível da verdade.

— Não me diga! — exclamou ele alegremente, se sentando ao lado dela na beira do poço. — Onde posso te acompanhar, como cavalheiro digno que sou?

Como resposta, Ophélie encarou a ponta das botas sob o vestido, sujo pelas poças.

— Posso perguntar, senhor, por que planejava seduzir minha prima antes de seu casamento?

Archibald ofereceu o perfil limpo para a luz.

— Roubar a virgindade da mulher de um cortesão é um jogo que sempre consegue me distrair do tédio. Mas a noiva de Thorn, minha pequena Denise, você não faz ideia da excitação que representa! Todo mundo detesta o intendente e o intendente detesta todo mundo. Espero que a sua pequena protegida não caia em outros braços além dos meus. Conheço muitos que vão se vingar de Thorn sem tanta delicadeza.

Ele piscou, fazendo Ophélie sentir um calafrio. Ela mordiscou a costura da luva. Algumas pessoas roem as unhas quando estão nervosas, mas Ophélie roía as luvas. "Você não foi criada para o lugar ao qual estou te levando." As palavras de Thorn no dirigível de repente faziam sentido.

Archibald deu um tapinha no chapéu, para derrubá-lo de lado.

— Ele nos conhece bem, o miserável — riu. — A cara Berenilde espalhou o rumor que a noiva só faria a viagem na hora do casamento. Mas se você já está aqui — acrescentou em um tom angelical —, deduzo que sua prima não deve estar tão longe assim. Você aceitaria nos apresentar?

Ophélie pensou nos trabalhadores dos armazéns alguns andares abaixo, nos seus olhares apagados, seus ombros caídos, nas caixas que eles embarcavam e desembarcavam até a morte. Piscando algumas vezes, clareou os óculos até ficarem transparentes, para poder olhar Archibald diretamente nos olhos.

— Sinceramente, senhor, você não sabe fazer outra coisa? Deve ter uma vida muito vazia!

Archibald pareceu ser totalmente tomado de surpresa. Ele, que parecia tão eloquente, abriu e fechou a boca sem encontrar uma resposta.

— Um jogo, você disse? — continuou Ophélie com um tom severo. — Por que desonrar uma jovem e arriscar um incidente diplomático são coisas que te divertem, senhor embaixador? Você não é digno das responsabilidades do seu cargo.

Archibald foi tomado por tal estupor que Ophélie achou que seu sorriso ia sumir do rosto de vez. Ele arregalou os olhos como se a enxergasse de outra forma.

— Faz muito tempo que uma mulher não fala comigo com tanta sinceridade — declarou enfim, perplexo. — Não sei dizer se me choca ou me encanta.

— Você também tem sinceridade de sobra — murmurou Ophélie, encarando uma papoula solitária que crescia entre dois paralelepípedos. — Minha prima será avisada de suas intenções. Vou insistir nas recomendações para que ela não parta de Anima antes do casamento, como previsto.

Não era a mentira mais criativa, mas ela não era muito boa nessa arte.

— E você, pequena Denise, o que faz tão longe de casa? — perguntou Archibald com uma voz adocicada.

— Já disse, estou em visita de reconhecimento.

Pelo menos Ophélie não teve que forçar a atuação, era difícil ser mais sincera. Ela pôde olhar Archibald de frente sem pestanejar.

— Essa tatuagem na sua testa é a marca do seu clã?

— Sim — respondeu ele.

— Significa que você pode invadir e controlar os espíritos dos outros? — perguntou, ansiosa.

Archibald caiu na gargalhada.

— Felizmente não! A vida seria horrivelmente sem graça se eu pudesse ler o coração das mulheres como um livro aberto. Digamos que é mais como se eu pudesse me tornar transparente para os outros. Essa tatuagem — acrescentou, batendo na testa — é a garantia dessa transparência que está cruelmente em falta na sociedade. Nós sempre dizemos o que pensamos e preferimos ficar quietos a mentir.

Ophélie acreditou. Ela tinha visto por conta própria.

— Não somos tão venenosos quanto os Miragens nem tão agressivos quanto os Dragões — continuou Archibald, se enchendo de orgulho. — Toda a minha família trabalha no meio diplomático. Agimos como um amortecedor entre duas forças destruidoras.

Depois dessas palavras, os dois se calaram, pensativos, e o canto das cigarras preencheu o silêncio entre eles.

— Preciso mesmo voltar agora — disse Ophélie, em voz baixa.

Archibald pareceu hesitar, então deu um tapa no chapéu, que se achatou e subiu como uma mola. Ele se levantou do poço e ofereceu uma mão galante a Ophélie, assim como seu melhor sorriso.

— É uma pena que você não seja a noiva de Thorn.

— Por quê? — perguntou, inquieta.

— Porque eu teria adorado te ter como vizinha!

Ele sublinhou essa declaração com um tapinha na cabeça de Ophélie, reforçando a impressão de que a via mais como uma criança do que como uma mulher. Eles atravessaram os campos e chegaram à parede de elevadores.

Archibald consultou o relógio de bolso.

— Vamos precisar esperar um pouco, mas não deve demorar para um elevador descer. Quer que eu te acompanhe até em casa?

— Acho melhor não, senhor — recusou com a maior educação possível.

Archibald tirou o chapéu e, com o dedo, brincou com o topo, que abria como uma lata de conserva.

— Como quiser, mas tome cuidado, pequena Denise. A Cidade Celeste não é um lugar recomendável para uma jovem solitária, casada ou não.

Ophélie se abaixou e colheu uma papoula. Ela girou entre os dedos o caule levemente aveludado, que parecia tão real.

— Honestamente, eu não esperava encontrar ninguém a uma hora dessas — murmurou ela. — Só queria caminhar um pouco.

— Ah, não estamos nas suas belas montanhas onde dia e noite fazem sentido! Aqui em cima, não tem hora para dançar, ofender e tramar. Assim que encostamos nas engrenagens da vida mundana, perdemos qualquer noção de tempo!

Ophélie arrancou a flor do caule e virou cada pétala até que ela parecesse uma bonequinha de vestido vermelho. Agathe tinha ensinado esse truque quando elas eram pequenas.

— E você gosta dessa vida?

Archibald também se abaixou e pegou a papoula de suas mãos, divertindo-se, curioso.

— Não, mas não conheço outra. Você me permite um conselho, pequena Denise? Um conselho que você pode passar para sua prima.

Ophélie o considerou, surpresa.

— Ela não deve nunca, nunca mesmo, se aproximar do nosso sr. Farouk. Ele é tão caprichoso quanto imprevisível e ela acabaria mal.

Ele disse isso com tanta seriedade que Ophélie começava a se perguntar sinceramente quem seria esse espírito familiar para causar tanta desconfiança entre seus próprios descendentes.

— Melhor me dizer, senhor, em quem minha prima pode confiar sem temer por sua vida ou virtude.

Archibald concordou com a cabeça, aprovando, com os olhos brilhando.

— Magnífico! Você finalmente entendeu a mecânica do nosso mundo.

Um rangido metálico indicou que o elevador se aproximava. Archibald ajeitou o capuz de Ophélie, abriu a grade dobradiça e a empurrou suavemente para dentro da cabine acolchoada. Era um ascensorista velho dessa vez, tão enrugado, trêmulo e corcunda que devia ser centenário. Ophélie achava uma vergonha fazer um homem dessa idade trabalhar.

— Leve essa dama aos armazéns — ordenou Archibald.

— Você vai ficar aqui? — Ophélie parecia chocada.

O embaixador se curvou e levantou o chapéu avariado em sinal de despedida.

— Eu preciso subir ainda mais. Vou pegar outro elevador. Adeus, pequena Denise, e se cuide… Ah, um último conselho!

Ele cutucou a tatuagem entre as sobrancelhas com um grande sorriso insolente e continuou:

— Diga também para sua prima não contar tudo e qualquer coisa para os que têm essa marca. Um dia pode se voltar contra ela.

A grade do elevador se fechou, deixando Ophélie profundamente pensativa.

A IRMÃ

Enquanto o elevador descia lentamente, Ophélie se apoiou contra a parede de veludo. As últimas palavras do embaixador ainda ecoavam em seus ouvidos. O que ele quisera dizer? Ela não tinha mais tanta certeza de tê-lo convencido com as mentiras.

Ophélie não sabia se era efeito da champanhe, da falta de sono ou de todas as ilusões, mas estava ficando tonta. Tremendo, esfregou os braços. O contraste com o calor de verão do jardim era brutal. A menos que fossem esses os limites da ilusão: enquanto ela achava estar sentindo calor, seu corpo estava exposto ao frio. Olhou para o toca-discos, do qual saía uma melodia de violino. *Mesmo assim*, pensou ela, *como essa gente faz para viver por tanto tempo nessa atmosfera envenenada?* Em comparação, os ataques histéricos da sua mãe pareciam relaxantes.

Enquanto isso, se Ophélie não voltasse logo e encontrassem seu quarto vazio, sua tia ia morrer de preocupação. Debaixo do capuz, observou o velho ascensorista de uniforme vermelho e sua barba branca e espessa que escapava do chapéu de elástico. Estava agarrado à manivela como um capitão se agarrava ao leme de um navio.

— Senhor?

O homem demorou a entender que o murmúrio se direcionava a ele. Virou para Ophélie dois olhos profundamente enfiados nas órbitas. Pelo olhar estupefato, ela compreendeu que ninguém nunca o chamara de "senhor".

— Sim, senhorita?

— Por favor, como posso chegar na casa da dama Berenilde a partir dos armazéns?

— Não é aqui do lado, a senhorita deve pegar uma carruagem — sugeriu o velho ascensorista. — A senhorita vai encontrar uma perto do mercado, do outro lado dos armazéns.

— Muito obrigada.

O velho ascensorista olhou para o painel onde o número dos andares diminuía e virou o olhar claro de volta para Ophélie.

— A senhorita é estrangeira, não é? Dá para ouvir pelo sotaque. É tão raro encontrar por aqui!

Ela se contentou com concordar timidamente. Precisaria certamente corrigir o sotaque e suas maneiras se quisesse passar despercebida.

Enquanto o elevador chegava ao próximo andar, silhuetas se desenharam por trás da grade. O ascensorista freou e abriu a porta. Ophélie se encolheu contra a parede acolchoada. Um casal e três crianças entraram na cabine, pedindo pelo "salão de chá". Eles eram todos tão impressionantes, vestidos em casacos de pele, que Ophélie se sentiu como um ratinho no meio de ursos.

Barulhentos, os meninos esbarravam nela sem prestar a menor atenção. Eles pareciam três gotas de água, com a cabeça raspada e os sorrisos de dentes afiados. Esmagada no fundo do elevador, Ophélie se perguntava se esses selvagens iam à escola. Ela esperava que os pais exigissem que ficassem quietos, mas logo entendeu que eles tinham outras preocupações.

— Você precisa se esforçar para mudar! — disse a mulher ao marido com uma voz ácida. — As portas do Luz da Lua nunca vão se abrir para nós se você não for capaz de dizer uma única coisa inteligente. Pense um pouco nos nossos filhos e no lugar deles no mundo.

Suas mãos estavam enfiadas no casaco de pele de marta cor de mel, que a deixaria estonteante se seu rosto não estivesse deformado pelo mau humor. A boca convulsiva, o cabelo claro esticado sob o chapéu, o nariz empinado como um espinho, a dobra marcada entre as sobrancelhas, cada detalhe de sua fisionomia denotava um descontentamento perpétuo, uma insatisfação profundamente enraizada. Tamanho nervosismo emanava de seu corpo que Ophélie estava com enxaqueca só de olhar.

O marido fez uma careta. Sua imensa barba loira se misturava tão bem à pele do casaco que pareciam pertencer uma à outra.

— No entanto, tenho a impressão de que não fui eu que fiz a condessa ter dor de ouvido. As suas crises de nervos, querida, não ajudam muito nossa vida social.

A voz do homem era como uma queda de cachoeira. Mesmo sem gritar, era ensurdecedora.

— Ela me insultou! Eu precisava defender minha honra, já que você é covarde demais para isso.

Ophélie se encolheu no canto do elevador. Ela se deixou ser empurrada pela briga das crianças sem pensar em reclamar.

— Mas… a gente está descendo! — A mulher se escandalizou de repente. — A gente pediu para ir ao salão de chá, seu velho senil!

— Peço perdão para a senhora e o senhor — disse o ascensorista com um tom de respeito —, mas antes preciso deixar a senhorita nos armazéns.

A mulher, o marido e as três crianças se viraram para a pequena sombra que procurava desesperadamente desaparecer sob a capa, como se finalmente notassem sua presença. Ophélie mal ousava cruzar seus olhares cortantes lá no alto. Por mais que o homem fosse o mais alto e imponente, com a longa barba loira, era a mulher que ela mais temia. Ela não sabia como, mas essa mulher lhe causava dor de cabeça.

— E por que você tem preferência? — disse a mulher, com desprezo.

Ophélie temia que seu sotaque a traísse mais uma vez; ela se contentou com sacudir o capuz para indicar que não tinha nada disso, nenhuma *preferência*.

Infelizmente, sua atitude não pareceu agradar a mulher.

— Olha só — sibilou ela, irritada. — Parece que essa jovem não se presta à dignidade de me responder.

— Freyja, se acalme — suspirou o marido sob a barba. — Você é sensível demais, está fazendo escândalo por nada. Vamos fazer um desvio pelos armazéns e deixar isso para lá!

— É por causa de fracotes que nem você que nosso clã está em decadência — respondeu ela com maldade. — Não devemos deixar nenhuma afronta passar se queremos ser respeitados. Vamos lá, mostre seu rosto — disse para Ophélie. — Você é Miragem, para esconder os olhos com tanta covardia?

Encorajadas pelo nervosismo da mãe, as crianças riam e batiam os pés. Ophélie simplesmente não entendia como tinha ido parar nesse novo vespeiro. O ascensorista, notando que a situação ia de mal a pior, decidiu intervir:

— A senhorita é estrangeira, talvez não tenha entendido bem a senhora.

A raiva de Freyja se apagou como uma chama.

— Estrangeira?

Seus olhos, claros e estreitos, examinaram intensamente os óculos de Ophélie, mergulhados na sombra de seu capuz. Ophélie, por sua vez, observava as mãos que a mulher mostrava, tirando do bolso. Elas estavam cobertas de tatuagens, exatamente com as de Berenilde. Essa gente era da casta dos Dragões. Eram sua futura família.

— Você é quem eu acho que é? — disse Freyja em uma voz abafada.

Ophélie assentiu. Ela tinha entendido que, na sua situação, era melhor se mostrar por quem era do que ser confundida com um clã rival.

— E posso saber o que você está aprontando aqui?

O rosto de Freyja tinha relaxado por efeito da surpresa. Ela parecia ter rejuvenescido dez anos.

— Eu me perdi — soltou Ophélie.

— Vamos descer nos armazéns — declarou Freyja, para grande alívio do ascensorista e do marido.

Quando o elevador chegou ao destino, Freyja deixou Ophélie sair primeiro, depois foi atrás dela.

— Haldor, suba primeiro com as crianças — disse, fechando a grade.

— Hm... tem certeza, querida?

— Te encontro no salão de chá depois de deixar essa menina em casa. Será uma pena se ela encontrar as pessoas erradas.

Ophélie olhou para o relógio da sala de espera. Já era tarde demais para entrar no quarto de fininho. Todo mundo na casa já deveria estar de pé.

Enquanto elas atravessavam os armazéns, Freyja levantava a roupa de pele para evitar as poças.

— Imagino que a Berenilde esteja te hospedando? Vamos pegar uma carruagem.

Elas cortaram caminho pelo mercado, já cheio de gente. O cheiro de peixe deixou Ophélie enjoada; no momento, ela sonhava mesmo era com um bom café.

Freyja chamou um carro e se sentou em um banquinho. Ophélie se instalou em frente a ela. Quando a carruagem começou a se deslocar, um silêncio desconfortável e pesado caiu sobre elas. A grande loira altiva e a pequena morena tapada.

— Obrigada, senhora — murmurou Ophélie.

O sorriso de Freyja não chegou aos olhos.

— Você está gostando do Polo?

— É um pouco novo para mim — respondeu Ophélie, escolhendo as palavras com cuidado.

Ela tinha entendido que Freyja era uma pessoa muito sensível e que era melhor não a ofender.

— E meu irmão? Gosta dele?

Freyja era irmã de Thorn? Eles tinham, era verdade, os mesmos olhos tempestuosos. Ophélie olhou pela janela que começara a vibrar contra a força do vento. A carruagem tinha acabado de sair, realmente sair. Ela se sacudiu por uma estradinha estreita e alta, tremeu até o alto de uma muralha e desceu pela lateral da Cidade Celeste. Arriscando olhar para baixo, Ophélie viu a noite clareando ao longe, para além da floresta de pinheiros, onde a neve se amontoava. Era o sol, o verdadeiro, o traidor, que parecia se levantar, mas que voltaria antes mesmo de atingir o horizonte, abandonando como sempre o Polo ao seu inverno. Depois de uma volta, a carruagem se enfiou de novo nas entranhas da Cidade Celeste.

— Ainda não nos conhecemos bem — respondeu enfim Ophélie.

— Você nunca vai conhecer Thorn! — gargalhou Freyja. — Você sabe que foi prometida para um bastardo, um oportunista e um calculista? É de conhecimento público que ele tem aversão às mulheres. Confie em mim, depois que te engravidar, você será tão importante para ele quanto um brinquedinho velho. Você vai se transformar na boba da corte!

Congelada até a alma, Ophélie esfregou as luvas uma contra a outra. Thorn não era santo, ela já tinha notado, mas ofensas gratuitas sempre a irritavam. Ela suspeitava que essa era uma tentativa pouco sutil da mulher servir ao próprio interesse, desencorajando o casamento. Além disso, estava ficando com dor de cabeça de novo. Era estranho de descrever, parecia um formigamento hostil ao seu redor.

— Sem ofensa, senhora, prefiro formar minha própria opinião.

Freyja não se mexeu um milímetro no banco da frente, as mãos mergulhadas no casaco, mas mesmo assim um tapa magistral jogou Ophélie contra a janela. Completamente tonta, ela arregalou os olhos incrédulos para a figura borrada à sua frente; os óculos tinham caído com o choque da pancada.

— Isso — disse Freyja com uma voz glacial — foi uma gentileza comparado com o que aquele homem reserva para você na intimidade.

Ophélie enxugou com a manga o sangue que escorria do nariz e pingava do queixo. Era esse então o poder dos Dragões? Machucar à distância?

Ela tateou em busca dos óculos no chão e os colocou de volta.

— Não é como se eu tivesse escolha, senhora.

A força invisível espancou o outro lado do seu rosto. Ophélie ouviu as vértebras do pescoço protestando em coro. Em frente a ela, o rosto de Freyja estava rasgado por um sorriso de repulsa.

— Case-se com esse bastardo, querida, e me encarregarei pessoalmente de tornar sua vida um inferno.

Ophélie não sabia se sobreviveria a um terceiro tapa de Freyja. Felizmente, a carruagem estava freando. Através da névoa no vidro, Ophélie não reconheceu a fachada de colunas diante da qual estavam parados.

Freyja abriu a porta.

— Pense quando estiver mais descansada — disse com um tom seco.

Uma chicotada. Cascos batendo nas pedras. A carruagem desapareceu na neblina.

Esfregando o rosto dolorido, Ophélie contemplou a fachada, toda de mármore e colunas, que se erguia à sua frente, incrustada entre duas fileiras de casas. Por que Freyja a tinha deixado aqui? Ela subiu com passos hesitantes a escada que dava em uma porta dourada imensa.

Uma placa na entrada indicava:

Castelania da Senhora Berenilde

No dia da chegada, Thorn tinha entrado pelos fundos. Ophélie devia ter imaginado que a propriedade tinha uma entrada oficial. Ela precisou se sentar por um instante em um degrau. As pernas não aguentavam mais ficar em pé e ela também precisava descansar os pensamentos.

"Todo mundo detesta o intendente", tinha dito Archibald. Ophélie acabara de provar a que ponto era verdade. Esse ódio já a atingia sem que ela tivesse tido qualquer oportunidade de existir por conta própria. Ela era noiva de Thorn e ponto final, já era até demais.

Ophélie tirou um lenço do bolso e assoou o sangue que restava no nariz. Tirou então os grampos do cabelo para cobrir com uma cortina grossa as bochechas machucadas. Queria ver o mundo que a esperava? Pois bem feito. A lição era dolorosa, mas sua vida seria assim. Era melhor tirar a venda.

Ophélie se levantou, espanou o vestido, se apresentou à porta e tocou três vezes a campainha. Um clique de metal soou do outro lado, sinal de que alguém acionava o olho-mágico para identificar a visitante. A voz do mordomo soltou gritos de "Senhora! Senhora!" à distância e, depois de um longo silêncio, a própria Berenilde abriu a porta.

— Entre. Estamos tomando chá enquanto te esperamos.

Foi só. Nada de acusações ou reprimendas. O rosto de Berenilde era suave como veludo, mas havia rigidez sob os cachos dourados e o amplo penhoar de seda. Ela estava muito mais irritada do que parecia. Ophélie entendeu que era isso, ser uma mulher do mundo: encobrir com um sorriso doce os sentimentos verdadeiros.

Ophélie atravessou o limiar e entrou em uma salinha arrumada onde os vitrais pintavam de cores quentes três harpas e um cravo. Surpresa, reconheceu a sala de música. Berenilde fechou a porta do que Ophélie sempre achara ser um armário de partituras. Existiam outras passagens entre a mansão e o mundo exterior?

Antes que Ophélie pudesse dizer uma palavra, Berenilde segurou seu rosto com as belas mãos tatuadas. Seus grandes olhos líquidos se estreitaram na sombra dos cílios enquanto ela examinava os hematomas nas bochechas. Sustentando esse olhar, consciente de que precisaria prestar contas cedo ou tarde, Ophélie deixou que ela o fizesse sem ousar dizer que doía; seu pescoço estava cheio de nós de tensão. Ainda não tinha se visto no espelho, mas o olhar fixo de Berenilde dizia muito.

— Quem? — perguntou simplesmente.

— Freyja.

— Vamos para a sala — declarou Berenilde sem pestanejar. — Você vai precisar conversar com Thorn.

Ophélie passou a mão nos cabelos para cobrir o rosto.

— Ele está aqui?

— Ligamos para o escritório assim que notamos o seu desaparecimento. Foi o seu cachecol que nos alertou.

— Meu cachecol? — balbuciou Ophélie.

— Aquela coisa nos acordou no meio da noite derrubando todos os vasos do seu quarto.

O cachecol deve ter entrado em pânico quando ela não voltou; Ophélie se sentiu besta de não ter pensado nisso. Ela teria apreciado um descanso antes de enfrentar Thorn, mas devia assumir as consequências de seus atos. Seguiu Berenilde sem reclamar. Assim que entrou na sala, a tia Roseline caiu em cima dela. Parecia um fantasma com a pele amarelada, o robe noturno e o gorro branco.

— Que loucura foi essa que te deu? Sair assim, no meio da noite, sem minha companhia para te proteger! Você me deixou doida de preocupação! Você... você pensa tanto quanto uma mesa!

Cada bronca propagava pontadas na nuca de Ophélie. A tia deve ter se dado conta que ela não estava bem, porque a fez sentar à força em uma cadeira e lhe entregou uma xícara de chá.

— O que são essas marcas no seu rosto? Você se meteu em alguma confusão? Alguém te violentou?

Berenilde segurou os ombros da tia Roseline cuidadosamente, para acalmá-la.

— Não foi um homem, se é o que te preocupa — a tranquilizou. — Ophélie conheceu sua nova família. Os Dragões às vezes são um pouco grosseiros.

— Um pouco grosseiros? — repetiu a tia, engasgada. — Você está rindo da minha cara? Olha para o rosto dela!

— Se você puder dar licença, senhora Roseline, é ao meu sobrinho que a sua sobrinha deve explicações. Vamos esperar na antessala por um instante.

Quando as duas mulheres se retiraram para a sala ao lado, deixando a porta entreaberta, Ophélie mexeu lentamente a colher no chá de limão. A silhueta de Thorn se destacava na janela do salão como uma grande sombra imóvel. Absorvido em sua contemplação do parque, ele não tinha nem olhado para ela desde que chegara. Thorn vestia um uniforme preto com palas douradas que o deixava ainda maior. Provavelmente seu uniforme.

Lá fora, as cores do outono estavam estranhamente apagadas. Pesava sobre a copa das árvores uma cobertura de nuvens escuras onde piscavam relâmpagos. O ar carregava uma tempestade.

Enquanto Thorn se afastava da janela e se aproximava dela em passos lentos, Ophélie notou algumas coisas com uma precisão peculiar: os brilhos luminosos no tapete, a xícara quente entre as luvas, os murmúrios febris da casa. Contudo, o silêncio de Thorn, ao fundo, era muito mais marcante. Ela olhou bem para frente. Seu torcicolo a impedia de levantar o rosto para encará-lo nos olhos, lá no alto. Ficava irritada de não conseguir ver sua expressão. Será que ele bateria nela como Freyja?

— Arrependimento não é da minha natureza — preveniu Ophélie.

Ela tinha se preparado para receber de Thorn uma bronca, um escândalo, um tapa; tudo exceto a voz inacreditavelmente calma:

— Não sei bem qual dos meus avisos você não entendeu.

— Para mim, seus avisos não passavam de palavras. Precisava ver seu mundo com meus próprios olhos.

Ophélie se levantara da cadeira para tentar falar cara a cara, mas era impossível ficar com o pescoço esticado para encarar um homem tão alto. No momento, ela só conseguia ver o relógio de bolso de Thorn, cuja corrente pendia do uniforme.

— Quem te ajudou a sair?

— Sua porta dos fundos. Eu a dominei.

A voz pesada de Thorn, carregada pelo sotaque, levara Ophélie a responder sinceramente; não queria que a culpa recaísse sobre os empregados. Em frente a ela, a mão magra pegou o relógio e abriu a tampa com um gesto do polegar.

— Quem te agrediu e por que motivo?

O tom era tão impessoal quanto o de um guarda durante uma investigação. Essas perguntas não eram sinal de gentileza, Thorn queria simplesmente avaliar o quanto Ophélie o comprometera. Ela decidiu não mencionar seu encontro com o embaixador. Com certeza era um erro, mas teria ficado constrangida de relatar o tom da conversa.

— Foi só a sua irmã Freyja, que encontrei na rua por acaso. Ela não parece aprovar nosso casamento.

— Meia-irmã — corrigiu Thorn. — Ela me odeia. Me surpreende que você tenha sobrevivido.

— Espero que você não esteja muito decepcionado.

Thorn fechou o relógio bruscamente.

— Você acaba de nos expor publicamente. Só nos resta esperar que Freyja fique de boca fechada e não desencadeie nenhum ataque sobre nós. Até lá, recomendo urgentemente que seja discreta.

Ophélie ajeitou os óculos no nariz. Pela forma como Thorn conduzia o interrogatório, ela o tinha achado distante. Estava enganada: o incidente o contrariara muito.

— É sua culpa — murmurou ela. — Você não me prepara o suficiente para esse mundo ao me manter no escuro.

Ela viu os dedos de Thorn se retesarem ao redor do relógio. O retorno de Berenilde à sala de música desviou sua atenção.

— E então? — perguntou ela com doçura.

— Vamos precisar mudar de estratégia — anunciou Thorn, cruzando os braços atrás das costas.

Berenilde sacudiu os cachos loiros com um sorrisinho zombeteiro. Ela não estava arrumada nem maquiada, mas mesmo assim estava linda como sempre.

— Para quem sua irmã poderia contar o que viu? Ela está brigada com a Cidade Celeste inteira.

— Vamos supor que mais alguém saiba e que a fofoca se espalhe. Se souberem que minha noiva está aqui, não teremos paz alguma.

Thorn se virou para Ophélie. Ela não podia levantar o rosto, mas quase sentia o olhar de aço sobre a pele.

— Além disso, é especialmente dessa menina imprudente que temos que desconfiar.

— O que propõe, então?

— Precisamos redobrar a vigilância e botar um pouco de juízo nessa cabeça. Seremos eu e você, alternados.

O sorriso de Berenice se retorceu.

— Se sumirmos lá de cima vamos atrair curiosidade. Não acha?

— A não ser que tenha uma justificativa — retrucou Thorn. — Temo, minha tia, que você encontre algumas complicações. Quanto a mim, nada mais normal do que me mostrar disponível para te ajudar.

Berenilde apoiou instintivamente as mãos sobre a barriga. De repente, Ophélie encontrou um nome para tudo que chamara sua atenção desde que chegara aqui. As roupas largas, o cansaço, a melancolia...

A viúva Berenilde estava grávida.

— É *ele* que tem que cuidar de mim — sussurrou ela. — Não quero me afastar da corte. Ele me ama de verdade, entende?

Thorn fez uma cara de desprezo. Ao que parecia, esses estados de espírito o exasperavam.

— Farouk não está mais interessado e você sabe muito bem.

Ophélie se assustou. O espírito familiar? Essa mulher estava grávida do próprio ancestral?

Berenilde tinha ficado ainda mais branca do que a seda do penhoar. Precisou se esforçar para recompor, traço atrás de traço, um rosto sereno.

— Que seja — concordou ela. — Você está certo, meu menino, como sempre.

Acima do sorriso, o olhar que dirigiu a Ophélie era venenoso.

AS GARRAS

A partir desse dia, a existência de Ophélie se tornou ainda mais aprisionada. Caminhadas solitárias e acesso aos cômodos com espelhos grandes foram proibidos. Tiraram o espelho do quarto dela. Enquanto esperavam para poder escapar das exigências da corte sem causar desconfiança, Thorn e Berenilde a colocaram sob vigilância constante. Ophélie dormia com uma ama perto da cama, não podia dar um passo sem ser acompanhada por um empregado e sempre ouvia a tosse abafada da avó atrás das portas. Para piorar as coisas, estava com um colar cervical no pescoço depois dos dois tapas de Freyja.

Querendo ou não, Ophélie compreendia essas limitações. Thorn recomendara que ela fosse mais discreta e seus instintos diziam que ele estava certo, pelo menos por enquanto. O que ela mais temia ainda estava por vir: o retorno dos mestres ao solar. Ela pressentia que a partir daí começaria sua real punição por ter quebrado as regras. Thorn tinha dito que iam "botar um pouco de juízo nessa cabeça". O que ele queria dizer?

Em uma tarde de janeiro, Berenilde fingiu um mal-estar enquanto assistia a uma peça de teatro de sucesso. Ela mal tinha voltado para casa quando todas as gazetas da Cidade Celeste já espalhavam rumores alarmistas. "A favorita sofre muito com a gravidez", dizia uma manchete. "Mais um aborto para a viúva!", declarava cinicamente outra.

— Deixe essas besteiras para lá, minha querida — aconselhou Berenilde ao encontrar Ophélie absorvida na leitura de um jornal.

Ela se estendeu voluptuosamente em um divã e pediu uma infusão de camomila.

— Traga o livro que está ali em cima da mesa. Graças a você, vou passar a ter muito tempo para ler!

Berenilde tinha marcado o discurso com um sorriso sereno que causou calafrios em Ophélie.

A atmosfera escureceu de repente. Lá fora, os cata-ventos se debateram no telhado enquanto soprava um vento cheio de tempestade. Uma gota de água caiu silenciosamente na janela do quarto e, em alguns segundos, os jardins foram cobertos por uma cortina espessa de um aguaceiro. Com os movimentos limitados pelo colar cervical, Ophélie parou em frente à janela. Era estranho ver tanta chuva caindo sem barulho nenhum nem poças no chão. Essa ilusão deixava muito a desejar.

— Que tempo deprimente, pelos ancestrais! — suspirou Berenilde, virando as páginas do livro. — Mal consigo ler.

Ela se instalou mais confortavelmente no divã e massageou as pálpebras com delicadeza.

— A senhora quer que eu acenda a luz? — propôs um criado que acendia a lareira.

— Não, não precisa desperdiçar gás. Ah, acho que não sou mais tão jovem! Invejo sua idade, menina.

— Ela não me impede de ter que usar óculos — murmurou Ophélie.

— Você pode me emprestar sua visão? — perguntou Berenilde, estendendo o livro. — Você é uma leitora muito respeitada, afinal!

Seu sotaque tinha ficado mais sensual, como se começasse um estranho jogo de sedução com Ophélie.

— Não sou esse tipo de leitora, senhora.

— Bom, agora você é!

Ophélie se instalou em uma cadeira e puxou o cabelo para trás das orelhas. Como não conseguia mexer o pescoço, precisou levantar o livro. Deu uma olhada na capa: *Os costumes da torre*, do marquês Adalbert. A torre? Não devia ter sido da corte?

— São as máximas e descrições de um moralista muito conhecido lá em cima — explicou Berenilde. — Todos os bem-nascidos devem ler pelo menos uma vez!

— O que é essa "torre"? Uma metáfora?

— De jeito nenhum, minha querida, a torre do sr. Farouk é bem real. Ela encima a Cidade Celeste, você com certeza já viu. É lá no alto que os maiores do mundo visitam nosso senhor, que os ministros prestam conselho, que os artistas mais renomados se apresentam, que as melhores ilusões são criadas! E aí, vamos ler?

Ophélie abriu o exemplar e leu um pensamento ao acaso, sobre os conflitos da paixão e do dever.

— Perdão, mas não te entendi muito bem — cortou Berenilde. — Você pode falar mais alto e com um sotaque mais fraco?

Ophélie entendeu então qual seria sua real punição. Um formigamento conhecido fazia sua cabeça doer, exatamente como acontecera com a irmã de Thorn. Das almofadas do divã, com um sorriso no rosto, Berenilde usava seu poder invisível para corrigi-la.

Ophélie forçou a voz, mas a dor entre as suas têmporas ficou mais forte e Berenilde a interrompeu de novo:

— Assim não vai dar! Como posso sentir prazer ao te ouvir se você continua resmungando?

— Você está perdendo tempo — interrompeu Roseline. — Ophélie sempre teve uma dicção desastrosa.

Sentada em uma poltrona, a tia examinava com uma lupa as páginas de uma enciclopédia velha que tinha desenterrado em uma biblioteca. Ela não lia, só se concentrava na qualidade do papel. De vez em quando, passava o dedo por uma imperfeição, um rasgo ou uma mancha: a folha ficava como nova. A tia Roseline estava tão entediada que restaurava todos os livros que encontrava pela frente. Ophélie até a encontrara, com dor no coração, remendando o papel de parede da despensa. No fundo, sua tia era como ela e não suportava ficar desocupada.

— Acho que será bom para sua sobrinha aprender a se expressar em sociedade — declarou Berenilde. — Vamos lá, querida, faça um esforço e use bem essas cordas vocais!

Ophélie tentou retomar a leitura, mas sua visão estava embaçada. Tinha a impressão de sentir agulhas perfurando o crânio. Deitada no divã, Berenilde a observava de soslaio com um sorriso doce e imóvel. Ela sabia que era a responsável pelo sofrimento de Ophélie, e que a moça também sabia.

Ela quer me ver arrebentar, notou Ophélie, apertando o livro com força. *Ela quer que eu peça em voz alta para parar.*

Ela não fez nada. A tia Roseline, concentrada na enciclopédia, não notava a punição silenciosa. Se Ophélie fraquejasse, se revelasse sua dor, sua tia seria capaz de cometer uma besteira e ser punida também.

— Mais alto! — ordenou Berenilde.

Ophélie estava vendo tudo duplicado. Perdeu completamente o fio da leitura.

— Se você confundir o sentido das palavras, vai transformar essa joia de inteligência em casca de batata — Berenilde se lamentou. — E esse sotaque horrendo! Se esforce um pouco!

Ophélie fechou o livro.

— Perdão, senhora. Ainda acho que é melhor acender uma luminária para que você possa retomar a leitura.

O sorriso de Berenilde se estendeu. Ophélie pensou que essa mulher parecia uma rosa: sob as pétalas aveludadas se escondiam espinhos implacáveis.

— O problema não é esse, menina. Um dia, quando você estiver casada com meu sobrinho e sua posição estiver mais garantida, vai precisar ser apresentada à corte. Não tem lugar lá em cima para os fracos de espírito.

— Minha sobrinha não é fraca de espírito — declarou secamente a tia Roseline.

Ophélie mal escutava, à beira do enjoo. A dor surda que se espalhava pela cabeça chegava agora na nuca, em pontadas agudas.

Um empregado apareceu oportunamente na porta e ofereceu uma bandeja de prata para Berenilde. Na bandeja, um pequeno envelope.

— Essa tal de Colombine vem visitar — comentou Berenilde depois de abrir o bilhete. — As visitas só estão começando, minha indisposição não passou despercebida e um aborto deixaria muita gente feliz!

Berenilde se levantou lentamente do divã e ajeitou os cachos loiros.

— Sra. Roseline, minha querida Ophélie, vou me arrumar. Minha convalescência deve ser crível, preciso de uma maquiagem apropriada. Um empregado já vem acompanhar vocês até o quarto, onde vocês ficarão enquanto eu tiver visita.

Ophélie suspirou com alívio. A distração acabara com seu sofrimento. Ela estava enxergando normalmente e a dor de cabeça tinha passado. Podia até acreditar que tinha sido fruto de sua imaginação, se não fosse o enjoo ainda revirando seu estômago.

Berenilde se inclinou em sua direção, mostrando o sorriso luminoso e acariciando sua bochecha com uma ternura desconcertante. Ophélie sentiu um calafrio no pescoço, bem sob o colar cervical.

— Por favor, minha querida, aproveite o tempo livre para trabalhar sua dicção.

— Céus, ela não é de meias-palavras! — exclamou a tia Roseline quando Berenilde saiu da sala. — Essa mulher é mais severa do que parece à primeira vista. Será que estar grávida do espírito familiar lhe subiu à cabeça?

Ophélie achou preferível não compartilhar sua opinião. A madrinha fechou a enciclopédia, deixou a lupa de lado e tirou grampos de um bolso do vestido.

— Mas ela não está completamente errada — continuou, segurando os cachos castanhos de Ophélie. — Seu destino é virar uma mulher do mundo e precisa cuidar de como se apresenta.

Ophélie deixou Roseline prender seu cabelo em um coque. Ela puxava as mechas com força demais, mas o ritual simples, um pouco materno, a tranquilizou pouco a pouco.

— Estou te machucando demais?

— Não, não — mentiu Ophélie com uma voz fraca.

— Com esse pescoço imobilizado é difícil te pentear!

— Logo vou poder tirar o colar cervical.

Ophélie sentiu um nó na garganta enquanto a tia desembaraçava seu cabelo. Ela sabia que era muito egoísta, mas a ideia de que essa mulher iria embora um dia era intolerável. Por mais seca e rude que fosse, era a única pessoa que a impedia de congelar por dentro desde que chegara ali.

— Tia?

— Uhum? — murmurou Roseline, segurando um grampo entre os dentes de cavalo.

— Você... não sente muita saudade de casa?

A tia Roseline a olhou com surpresa e prendeu o último grampo no coque. Pegando Ophélie desprevenida, a abraçou e acariciou suas costas.

— Precisa mesmo perguntar?

Só durou o tempo de uma respiração. A tia Roseline deu um passo para trás, retomou o ar nervoso e repreendeu Ophélie:

— Você não vai nem pensar em desistir agora! Que ideia! Mostre o seu valor para esses metidos!

Ophélie sentiu o coração bater mais forte entre as costelas. Ela não sabia exatamente de onde vinham esses batimentos, mas um sorriso alcançou seu rosto.

— Está bem.

A chuva caiu o dia inteiro, assim como no dia seguinte e na semana toda. Berenilde não parava de receber visitas, confinando Ophélie e a tia Roseline aos seus aposentos. Elas recebiam todas as refeições no quarto, mas ninguém se preocupava com oferecer algo para lerem ou se distraírem. As horas pareciam intermináveis para Ophélie; ela se perguntou quantos dias ainda duraria esse desfile de aristocratas.

Quando ceavam juntas, tarde da noite, Ophélie precisava aguentar as alfinetadas de Berenilde. Charmosa e delicada no começo da refeição, ela reservava as flechas envenenadas para a sobremesa. "Que menina atrapalhada!", se lamentava quando Ophélie derrubava pudim na toalha de mesa. "Você é tão sem graça que é de matar!", suspirava quando um silêncio se prolongava. "Quando você vai decidir queimar essa coisa horrível?", sibilava, apontando o cachecol. Ela fazia Ophélie repetir todas as frases, insultava seu sotaque, criticava seus modos, a humilhava com um talento impressionante. E se achava que Ophélie não estava se esforçando o suficiente para melhorar, a atacava com enxaquecas atrozes até o fim da ceia.

Esse pequeno ritual acabou confortando Ophélie em sua certeza. Não eram caprichos de grávida: era o rosto verdadeiro de Berenilde.

De um dia para o outro, todas as visitas cessaram. Ophélie, que podia finalmente esticar as pernas pela casa, entendeu o porquê ao ver o jornal do dia:

Sr. Thorn anunciou ontem que seu departamento será fechado por uma duração indeterminada. Aos que se queixam, ajustem os calendários de acordo! Seu secretário nos informou que ele se retirará "pelo tempo necessário" para estar com a tia, favorita entre as favoritas, cuja saúde parece piorar. Seria o sr. Thorn um sobrinho mais atencioso do que parece? A não ser que esse contador incorrigível só queira garantir que as disposições testamentárias de Berenilde continuem favoráveis? Deixaremos que nossos leitores cheguem a suas próprias conclusões sobre a questão.

Ophélie franziu as sobrancelhas. Thorn realmente não era um homem popular... Foi só anunciar sua vinda que o lugar se esvaziou.

Liberada do colar cervical, massageou automaticamente o pescoço. Se isso significava que em breve ela poderia ver alguma coisa além das paredes do quarto, não ia reclamar. Ficar enclausurada tinha deixado Ophélie insone.

Quando Berenilde soube que o sobrinho chegaria logo, não mostrou piedade aos empregados. Precisavam arejar a casa por inteiro, trocar as roupas de cama, bater todos os tapetes, varrer as lareiras, espanar os móveis. Ela se mostrava tão exigente, tão intransigente quanto a detalhes insignificantes, que uma jovem faxineira acabou soluçando de tanto chorar. Ophélie achava a atitude de Berenilde incompreensível: ela se esforçava mais para acolher o sobrinho do que para receber visitas de alto nível. Não é como se ele nunca viesse vê-la, é?

No dia seguinte, de manhã cedo, Thorn atravessou a porta da mansão. Seus braços estavam carregados de uma pilha tão grande de pastas que chegava a surpreender que um magrelo desses mantivesse o equilíbrio.

— Está chovendo aqui — disse ele sem cumprimentos.

— Você trouxe todo esse trabalho para cá? — implicou gentilmente Berenilde, que descia as escadas com uma mão na barriga. — Achei que vinha cuidar de mim!

— Cuidar de você, sim. Ficar à toa, não.

Thorn tinha respondido de forma monótona, sem olhar para ela. Tinha levantado o olhar um pouco mais, para o alto das escadas, onde Ophélie estava ocupada amarrando os cadarços das botinas. Quando notou que Thorn a encarava com um ar impassível, soterrado de pastas, ela o cumprimentou com um aceno educado. Restava esperar que esse homem não reservasse para ela o mesmo tratamento que recebera de Berenilde.

Nessa manhã, todos tomaram café juntos. Rever Thorn à mesa não agradava Roseline nem um pouco, então ela preferia manter um silêncio de boa vontade. Ophélie, por sua vez, estava secretamente satisfeita. Pela primeira vez em uma eternidade, Berenilde tinha esquecido sua existência.

Ela só tinha olhos para o sobrinho, sorrindo com charme, implicando com sua magreza, se interessando pelo seu trabalho, agradecendo por acabar com o tédio. Não parecia reparar que Thorn respondia e comia o mínimo possível, como se estivesse sofrendo para não ser grosseiro.

Ao ver Berenilde se animar tanto, com as bochechas rosadas de alegria, Ophélie ficou quase feliz. Ela começava a achar que a mulher tinha a necessidade visceral de ser mãe de alguém.

A atmosfera mudou bruscamente quando Thorn abriu a boca:

— Você está sofrendo?

Ele não falava com a tia, mas com a noiva. Teria sido difícil definir quem, nesse instante, ficou mais surpresa: Berenilde, a tia Roseline ou a própria Ophélie.

— Não, não — acabou respondendo Ophélie, contemplando o ovo no prato.

Sabia que tinha emagrecido, mas será que estava com uma aparência tão ruim a ponto de até Thorn ficar chocado?

— O que você acha, essa menina é mimada! — suspirou Berenilde. — Sou eu, na verdade, que fico exausta tentando educá--la um pouquinho. A sua noiva é tão taciturna quanto desobediente.

Thorn olhou desconfiado para as janelas da sala de jantar. A tempestade caía sem parar, cobrindo a paisagem com um véu impenetrável.

— Por que está chovendo?

Era a pergunta mais bizarra que Ophélie já tinha ouvido.

— Não é nada — garantiu Berenilde com um sorriso lisonjeiro. — Só ando um pouco nervosa.

Ophélie contemplou então com outros olhos a chuva que batia nos ladrilhos sem um som. O tempo refletia o humor da proprietária?

Thorn tirou seu guardanapo e se levantou da mesa.

— Nesse caso, pode ficar calma, tia. Eu assumo a responsabilidade agora.

Ophélie foi logo chamada para ir com a madrinha à biblioteca. Nenhuma delas gostou muito da ideia: depois dos banheiros, era o lugar mais frio da casa. Thorn já tinha metodicamente empilhado suas pastas em uma escrivaninha no fundo do cômodo. Ele escancarou uma janela e, sem dirigir uma palavra às mulheres, dobrou as pernas intermináveis atrás da escrivaninha e mergulhou no estudo de um cronograma.

— E a gente? — questionou a tia Roseline.

— Vocês leem um livro — resmungou Thorn. — Acho que não faltam livros aqui.

— Não podemos nem sair um pouco? Não pisamos lá fora há uma eternidade!

— Vocês leem um livro — repetiu Thorn com o sotaque duro característico.

Exasperada, a tia Roseline pegou furiosamente um dicionário, se instalou o mais longe possível de Thorn, na outra ponta do cômodo, e começou a examinar o estado do papel, página atrás de página.

Igualmente decepcionada, Ophélie se aproximou da janela e respirou o ar inodoro do jardim. A chuva que caía desaparecia logo antes de atingir seus óculos, como se a ilusão chegasse ao limite. Era realmente estranho colocar a cara em uma água que não molhava. Ophélie estendeu a mão; quase podia encostar nas roseiras. Teria preferido um jardim de verdade com plantas de verdade e um céu de verdade, mas queimava de vontade de pular essa janela. Ela já não tinha sido punida o suficiente?

Observou Thorn pelo canto dos óculos. Espremido atrás da escrivaninha, com os ombros curvados, a testa abaixada e o nariz cortante quase tocando um arquivo, ele parecia indiferente a tudo que não era sua leitura. Ophélie podia muito bem não estar lá. Entre Berenilde, que ficava verdadeiramente obcecada por ela, e esse homem que mal parecia consciente da sua existência, acharia mesmo difícil encontrar um lugar nessa família.

Ophélie pegou um volume, se sentou em uma cadeira e parou logo na primeira linha. Só tinha obras científicas nessa biblioteca, ela não entendia uma única palavra. Olhando para o vazio, acariciou o velho cachecol, enrolado em seus joelhos, e deixou o tempo passar lentamente.

O que essa gente quer comigo, afinal?, perguntou-se, perdida em pensamento. *Eles insistem em me fazer sentir que não estou à altura das expectativas, então por que se esforçam tanto para cuidar de mim?*

— Você gosta de álgebra?

Ophélie se virou para Thorn com um olhar confuso e massageou o pescoço dolorosamente. Os movimentos bruscos não eram aconselhados, mas ela tinha sido pega de surpresa. Com os cotovelos apoiados na mesa, Thorn a encarava com um olhar agudo; ela se perguntou há quanto tempo esses olhos metálicos a analisavam desse jeito.

— Álgebra? — repetiu.

Thorn indicou com o queixo o exemplar que ela tinha em mãos.

— Ah, isso? Peguei ao acaso.

Ela ajeitou os pés sob a cadeira, virou a página e fingiu se concentrar na leitura. Berenilde já a tinha ridicularizado o suficiente com *Os costumes da torre*, ela esperava que Thorn não a atormentasse com matemática. Um contador como ele devia ser imbatível nessa área.

— O que está acontecendo com você e com minha tia?

Dessa vez, Ophélie olhou para Thorn com total seriedade. Ela não estava imaginando coisas, ele tentava realmente puxar assunto. Olhou hesitante para a madrinha; a tia Roseline tinha cochilado, o dicionário no colo. Ophélie abraçou o cachecol, deixou o livro de álgebra na estante e se aproximou da escrivaninha de Thorn.

Ophélie o encarou, ele sentado e ela de pé, mesmo que fosse um pouco constrangedor que continuasse a ser menor do que ele. Esse homem era realmente a encarnação da austeridade, com o rosto anguloso em excesso, os cabelos claros bem penteados demais, os olhos afiados como facas, as sobrancelhas perpetuamente franzidas, as mãos magras cruzadas e a boca irritada que nunca sorria. Não era exatamente o tipo de pessoa que despertava confiança.

— O que está acontecendo é que a sua tia não me perdoou por fugir — declarou Ophélie.

Thorn bufou com ironia.

— Para dizer o mínimo. Essa tempestade é sintomática. Da última vez que o tempo ficou assim, a história acabou com um duelo mortal entre minha tia e uma cortesã. Gostaria de evitar que vocês chegassem a esse nível.

Os óculos de Ophélie escureceram. Um duelo mortal? Essas práticas eram incompreensíveis.

— Não tenho a menor intenção de lutar contra a sua tia — garantiu. — Talvez ela sinta saudades da corte?

— De Farouk, provavelmente.

Ophélie não sabia o que a chocava mais: que Berenilde estivesse grávida do próprio espírito familiar ou o desprezo que detectara na voz de Thorn. Esse Farouk inspirava realmente os sentimentos mais contraditórios em seus descendentes.

Ela acariciou pensativa o cachecol, como faria com um gato. E esse homem, sentado em frente a ela? O que devia achar dele, no fim das contas?

— Por que as pessoas daqui te odeiam?

Um brilho de surpresa surgiu nos olhos incisivos de Thorn. Ele com certeza não estava preparado para uma pergunta tão direta. Ficou em silêncio por um bom momento, as sobrancelhas franzidas se unindo no meio da testa, antes de abrir a boca.

— Porque eu só respeito os números.

Ophélie não estava certa se tinha entendido, mas supôs que precisava se contentar com essa explicação por enquanto. Já achava surreal que Thorn tivesse se dado ao trabalho de responder. Ela tinha a impressão, talvez equivocada, que ele estava menos hostil do que antes. Isso não o tornava exatamente carinhoso, continuava carrancudo do mesmo jeito, mas a atmosfera estava menos tensa. Seria por causa da sua última conversa? Teria Thorn levado em consideração o que ela tinha dito?

— Você devia fazer as pazes com minha tia — retomou ele, apertando os olhos. — Ela é a única pessoa digna de confiança, não a torne sua inimiga.

Ophélie se permitiu um instante de reflexão em que Thorn aproveitou para voltar a ler seus papéis.

— Me conte sobre o poder da sua família — decidiu perguntar.

Thorn levantou o olhar de um relatório e arqueou as sobrancelhas.

— Imagino que você queira dizer a família do meu pai — resmungou ele.

Como ninguém mencionava, Ophélie às vezes esquecia que Thorn era filho ilegítimo de *duas* famílias. Ela temeu por um instante ter cometido uma gafe.

— Sim… Enfim… Se você tiver esse poder também, é claro.

— Não com tanta potência, mas tenho. Não posso demonstrar sem te machucar. Por que essa pergunta?

Ophélie sentiu um leve mal-estar. Havia uma tensão repentina na voz de Thorn.

— Eu não estava preparada para o que a sua tia fez comigo.

Ela achou melhor deixar quietas as enxaquecas de Berenilde, mas Thorn insistiu:

— Minha tia usou as garras com você?

Com os dedos cruzados contra o queixo, ele observava Ophélie com atenção e expectativa. Era sem dúvida uma ilusão de ótica, mas a cicatriz na sobrancelha tornava seu olhar ainda mais penetrante. Envergonhada, Ophélie não tinha como responder a essa armadilha. Se dissesse "sim", contra quem ele ficaria? Contra a tia por maltratar sua noiva? Ou contra a noiva por trair sua tia? Talvez ele não ficasse contra ninguém e fosse simples curiosidade.

— Me conte mais sobre as garras — evadiu.

Uma corrente de ar passou por seus tornozelos. Ophélie espirrou até sentir dor em todos os ossos do pescoço. Depois de assoar o nariz, achou melhor acrescentar:

— Por favor.

Apoiado nos punhos, Thorn saiu de trás da escrivaninha. Arregaçou as mangas da camisa até os cotovelos.

Seus braços magros estavam cobertos de cicatrizes, como as que tinha no rosto. Ophélie tentou não olhar demais, por medo de parecer mal-educada, mas estava perplexa. Como um contador com um cargo tão importante podia ter se machucado a esse nível?

— Como você pode constatar — disse Thorn com um tom desanimado —, não tenho a marca distintiva do meu clã. Contudo, sou a exceção que confirma a regra: todos os nobres têm uma. Tenha sempre o reflexo de localizar a tatuagem de qualquer pessoa que encontrar. É a localização que conta, não o símbolo.

Ophélie não era especialmente expressiva; no entanto, teve dificuldade de disfarçar sua surpresa. Thorn tinha tomado a iniciativa da conversa e agora respondia perguntas! Curiosamente, soava falso. O esforço parecia custar muito a Thorn, como se ele sofresse por não voltar ao trabalho. Não era por prazer que falava; mas então por quê?

— Os Dragões têm a marca do clã nas mãos e nos braços — continuou ele, imperturbável. — Evite cruzar seu caminho e nunca responda às suas provocações, por mais humilhantes que sejam. Só confie na minha tia.

Isso não era tão garantido... Ophélie contemplou a janela que Thorn tinha fechado. A chuva falsa caía agora em um silêncio perturbador, sem deixar o menor rastro de água.

— Torturar à distância é outro tipo de ilusão? — sussurrou.

— É muito mais agressivo que uma ilusão, mas você entendeu o princípio — resmungou Thorn, consultando seu relógio de bolso. — As garras agem como um prolongamento invisível do nosso sistema nervoso, elas não são realmente tangíveis.

Ophélie não gostava de conversar sem ver o rosto da outra pessoa. Quis levantar o olhar para Thorn, mas não conseguiu olhar acima dos botões da gola de seu uniforme. Ainda estava com o pescoço travado e o homem era impossivelmente alto.

— As violências da sua irmã me pareceram muito tangíveis — disse ela.

— Porque o sistema nervoso dela atacou diretamente o seu. Se o seu cérebro for convencido de que o corpo sofre, o corpo vai providenciar que realmente sofra.

Thorn tinha dito isso como se fosse simplesmente óbvio. Talvez ele estivesse menos grosso, mas não tinha perdido toda a condescendência.

— E quando somos atacados por um Dragão, até que ponto o corpo pode cair no jogo do cérebro? — murmurou Ophélie.

— Dores, fraturas, hemorragias, mutilações — listou Thorn sem emoção. — Tudo depende do talento de quem está atacando.

De repente, Ophélie não aguentava mais olhar para as cicatrizes dele. Eram os seus parentes que tinham feito isso? Como ele podia chamar de *talento*? Ela mordiscou as costuras da luva. Normalmente não se permitia fazê-lo na frente de qualquer um, mas precisava muito naquele momento. Os desenhos de Augustus voltaram à sua memória de repente. Os caçadores com olhares duros e arrogantes, capazes de matar Bestas sem usar armas, seriam sua nova família. Ophélie simplesmente não entendia como sobreviveria entre eles.

— Agora consigo medir o peso das suas palavras no dirigível — confessou ela.

— Você está com medo? Não parece.

Ophélie olhou para Thorn com surpresa, mas o pescoço protestou e ela precisou abaixar a cabeça. O que tinha entrevisto dele, entretanto, a deixou pensativa. Os olhos cortantes a observavam com altivez e reserva, mas não era realmente condescendência. Mais como uma curiosidade distante, como se essa noivinha fosse menos desinteressante do que esperava.

Ophélie não conseguiu deixar de se irritar.

— Como você pode fingir que sabe o que pareço ou não? Você nunca se esforçou para tentar me conhecer.

Thorn não respondeu nada. O silêncio que caiu bruscamente sobre eles pareceu se estender ao infinito. Ophélie começava a achar constrangedor ficar de pé em frente a esse homem, rígido como uma estátua, balançando os braços, alto demais para que ela enxergasse a expressão em seu rosto.

Um barulho retumbante, no fundo da biblioteca, a tirou da vergonha. O dicionário da tia Roseline tinha escorregado do seu colo e caído no chão de madeira. A madrinha acordou de supetão, olhando atordoada à sua volta. Não demorou para surpreender Thorn e Ophélie perto da janela.

— Que brincadeira é essa? — indignou-se. — Dê um passo para trás, senhor, porque está perto demais da minha sobrinha! Vocês vão poder fazer o que quiserem quando estiverem unidos pelos laços sagrados do casamento.

A ORELHA

— Sente. Levante. Sente… Não, não assim. Já repetimos esse movimento cem vezes, menina, é tão difícil assim de aprender?

Berenilde se sentou em um sofá do salão, animada pela graça natural que permeava cada um dos seus gestos, e se levantou com a mesma fluidez.

— Assim. Você não pode se jogar que nem um saco de batatas, precisa ser tão harmoniosa quanto uma partitura. Sente. Levante. Sente. Levante. Sente. Não, não, não!

Tarde demais, Ophélie tinha caído do lado da cadeira. Sentando e levantando, tinha acabado com vertigem.

— A senhora aceitaria parar agora? — perguntou ao se levantar. — Já estamos praticando este exercício há muito tempo para eu fazê-lo do jeito certo.

Berenilde levantou as sobrancelhas perfeitamente desenhadas e agitou o leque com um sorriso malicioso.

— Observei uma bela aptidão em você, querida. Você é forte demais para dissimular sua insolência com ares dóceis.

— Não me considero nem insolente nem dócil — respondeu calmamente Ophélie.

— Berenilde, deixe a pobrezinha respirar! Dá para ver que ela nem se aguenta em pé.

Ophélie dirigiu um sorriso agradecido à avó, ocupada tricotando perto da lareira. A senhora era tão devagar e silenciosa quanto uma tartaruga, mas, no geral, quando intervinha em uma conversa era para defendê-la.

Realmente, Ophélie estava exausta. Berenilde a arrancara da cama às quatro da manhã, por capricho, argumentando que era extremamente necessário trabalhar sua postura. Ela tinha sido obrigada a andar com um livro equilibrado na cabeça, a descer e subir as escadas da casa até a caminhada ser satisfatória, e fazia mais de uma hora que perseverava na postura sentada.

Agora que não recebia mais visitas, Berenilde dedicava seus dias a reeducar Ophélie: seus modos à mesa, ao escolher roupas, ao servir chá, ao elogiar, ao pronunciar frases… Ela a enchia de tantas recomendações que Ophélie só lembrava metade.

— Tudo bem, mamãe — suspirou Berenilde. — Eu com certeza estou mais exausta do que essa menina. Ensinar bons modos para ela não é nenhum passeio no parque!

Ophélie pensou que Berenilde se cansava por razões inúteis, que ela nunca seria uma noiva carinhosa, graciosa e espirituosa, e que havia outras coisas mais importantes que devia estar aprendendo. Não disse nada, claro. Discordar de Berenilde não ajudaria a reconciliação entre elas.

Em vez disso, Ophélie guardava suas perguntas para Thorn, quando ele se dignava a levantar a cara dos arquivos ou desligar o telefone, o que acontecia muito raramente. O tom que ele tomava para se dirigir a ela era um pouco forçado, mas nunca a rejeitava. Ophélie aprendia cada dia mais sobre a genealogia dos Dragões, seus hábitos e costumes, sua extrema sensibilidade, os gestos que precisava evitar com eles e as palavras que não devia pronunciar em sua presença.

O único assunto que nunca era abordado, nem por Ophélie nem por Thorn, era o casamento.

— Você me passa os cigarros, querida? Estão em cima da lareira.

Berenilde estava sentada em uma poltrona, perto da janela escurecida pela tempestade. Com as mãos apoiadas na barriga que ainda não tinha crescido, ela parecia uma futura mamãe serena. Era uma imagem enganosa, Ophélie sabia bem. Berenilde carregava o filho de um senhor que não se interessava mais por ela. Sob o belo rosto de porcelana se escondia angústia amorosa e um orgulho fatalmente magoado.

Com um tapinha amigável, Berenilde indicou o assento vizinho a Ophélie quando ela levou os cigarros.

— Reconheço que tenho sido um pouco rigorosa nos últimos dias. Venha descansar ao meu lado.

Ophélie teria preferido tomar café na cozinha, mas não podia deixar de obedecer aos caprichos dessa mulher. Ela mal tinha sentado quando Berenilde ofereceu o maço.

— Pegue um.

— Não, obrigada — recusou Ophélie.

— Pegue um, já disse! Os fumódromos são locais de socialização inevitáveis, você precisa começar a se preparar desde já.

Ophélie pegou um cigarro com as pontas dos dedos, incerta. Se a tia Roseline a visse, com certeza ficaria muito contrariada. A única vez que tinha fumado tabaco foi aos quinze anos. Ela tinha tragado uma única vez o cachimbo do pai e passado o dia inteiro doente.

— Guarde bem isso aqui — disse Berenilde, inclinando sua piteira na chama de um isqueiro. — Se um homem estiver perto de você, ele deve acender o seu cigarro. Aspire lentamente a fumaça e a solte discretamente na atmosfera, assim. Nunca sopre na cara de alguém, vai acabar em duelo. Experimente um pouco para ver.

Ophélie tossiu, cuspiu e lacrimejou. O cigarro caiu e ela o recuperou bem a tempo para que o cachecol não pegasse fogo. Decidiu que seria sua última tentativa.

Berenilde gargalhou uma risada cristalina.

— Você não sabe fazer nada direito?

O riso de Berenilde se apagou. Ophélie seguiu seu olhar, ainda tossindo, para além das portas abertas do salão. Em pé no meio do corredor, carregando correspondência, Thorn assistia à cena sem dizer uma palavra.

— Venha se juntar a nós — propôs Berenilde com uma voz doce. — Finalmente estamos nos divertindo um pouco!

Ophélie, por sua vez, não se divertia tanto assim; estava com os pulmões doendo de tanto tossir. Thorn continuou como de costume, rígido da cabeça aos pés, tão sinistro quanto um coveiro.

— Preciso trabalhar — resmungou, se afastando.

Seus passos lúgubres se perderam no fim do corredor.

Berenilde esmagou o cigarro no cinzeiro de uma mesinha. O gesto revelava aborrecimento. Mesmo seu sorriso tinha perdido a doçura.

— Não reconheço mais esse garoto.

Ophélie tentou acalmar o cachecol, que se desenrolava do seu pescoço como uma cobra em fuga. O incidente do cigarro o tinha desesperado.

— No que me diz respeito, não acho que esteja muito diferente do normal.

O olhar límpido de Berenilde se perdeu através da janela, nas nuvens cheias de tempestade que pesavam sobre o parque.

— O que você sente por ele? — murmurou. — Me orgulho de saber perceber as emoções de qualquer rosto, mas o seu continua um mistério para mim.

— Nada em particular — respondeu Ophélie, dando de ombros. — Conheço esse homem muito pouco para ter alguma opinião sobre o assunto.

— Besteira!

Com um movimento do punho, Berenilde abriu o leque como se pegasse fogo por dentro.

— Besteira — retomou mais calmamente. — Existe amor à primeira vista. Na verdade, nós nunca amamos tanto alguém quanto quando mal os conhecemos.

Palavras amargas, mas Ophélie não era suficientemente sentimental para se preocupar.

— Não gosto do seu sobrinho mais do que ele gosta de mim.

Berenilde a considerou, pensativa. Seus cachos loiros, que dançavam como chamas a cada movimento do seu rosto, tinham parado. Presa na teia implacável desse olhar, Ophélie se sentiu de repente como um cordeiro jogado às patas de uma leoa. A enxaqueca voltou ainda mais forte. Ela podia tentar se convencer de que a dor não era real, que era o espírito de Berenilde que parasitava o seu, mas doía mesmo assim. Por que essa mulher a punia realmente, no fim das contas?

— Faça o que quiser com seu coração, minha filha. Espero somente que você cumpra seus deveres e não nos decepcione.

Ela não está me punindo, entendeu então Ophélie, os punhos fechados no vestido. *Ela quer me domar. É meu espírito independente que a preocupa.*

No mesmo instante, o timbre de um sino ressoou pelo casarão. Um visitante se anunciava. Quem quer que fosse, Ophélie o agradeceu internamente pela chegada oportuna.

Berenilde pegou um sininho na mesa e o agitou. Havia sinos como esse em todos os móveis da casa, para poder chamar um empregado de qualquer cômodo.

Uma empregada se apresentou imediatamente, fazendo uma reverência.

— Senhora?

— Onde está a sra. Roseline?

— Na sala de leitura, senhora. Ela estava muito interessada na sua coleção de selos.

Sorrindo, Ophélie pensou que enquanto houvesse papel nessa casa, qualquer que fosse sua forma, a tia Roseline encontraria uma ocupação.

— Garanta que ela fique lá enquanto eu estiver recebendo visitas — ordenou Berenilde.

— Sim, senhora.

— E acompanhe essa criança aos seus aposentos — acrescentou com um gesto na direção de Ophélie.

— Claro, senhora.

Como uma menininha desobediente, Ophélie foi trancada no quarto. Era a mesma cerimônia cada vez que alguém aparecia na casa. Melhor ter paciência. Quando Berenilde recebia visitas, podia durar horas.

Ophélie brincava com o cachecol, que rodopiava alegremente no tapete, quando os risinhos das empregadas a fizeram aguçar o ouvido.

— É o sr. Archibald!

— Você viu com os próprios olhos?

— Eu até peguei o chapéu e as luvas dele!

— Ah! Por que essas coisas nunca acontecem comigo?

Ophélie colou a orelha na porta, mas os passos apressados já se afastavam. Seria possível que fosse o Archibald do jardim de verão? Ela enrolou o cabelo com os dedos. Supondo que sim, o que aconteceria se ele mencionasse seu encontro com uma Animista em meio a uma festa miragem?

Berenilde vai me dilacerar com as garras, concluiu Ophélie. *E se eu sobreviver, Thorn nunca mais vai responder minhas perguntas. Em que confusão fui me meter?*

Andou em círculos pelo quarto. Não saber o que diziam pelas suas costas, neste instante, a deixava desesperada. Ela já achava a atmosfera sufocante desde sua fuga e não esperava que sua relação com a nova família fosse inteiramente destruída.

Sem aguentar, martelou a porta do quarto até alguém vir abrir.

— Sim, senh'rita?

Ophélie suspirou com alívio. Era Pistache, sua dama de companhia. A adolescente era a única da equipe de empregados que se permitia alguma intimidade quando os mestres não estavam por perto.

— Está um pouco frio no meu quarto — disse Ophélie com um sorriso de desculpas. — Seria possível acender a lareira?

— Claro!

Pistache entrou, trancou a porta e tirou a grade da lareira.

— Achei ter ouvido que a sra. Berenilde está recebendo um visitante importante? — perguntou Ophélie em voz baixa.

Pistache colocou a lenha no lugar e dirigiu um olhar brilhante para ela por cima do ombro.

— É sim! — sussurrou com uma voz excitada. — O s'or embaixador tá aqui! E é um susto e tanto pra senhora.

Com um gesto vaidoso, ajeitou o gorro de renda para que ficasse mais arrumado.

— Ai, ai, ai, senh'rita! Nunca chegue perto, porque ele ia tentar logo te levar pra cama. Me disseram que até a senhora não foi capaz de resistir!

O sotaque muito forte da adolescente, recém trazida de sua província, impedia Ophélie de compreender com perfeição, mas tinha entendido o essencial. Era mesmo o Archibald que conhecia.

Ela se ajoelhou perto de Pistache, em frente ao fogo que começava a queimar com um cheiro delicioso de resina.

— Olha só, será que eu posso assistir à conversa entre a sra. Berenilde e o embaixador? Discretamente, é claro.

Pistache fez uma careta. A menina também não entendia bem seu sotaque. Quando Ophélie repetiu mais devagar, ela ficou tão pálida que suas sardas queimaram como fogos de artifício.

— Num posso! Se a senhora souber que eu te deixei sair sem permissão ela me mata! Sinto muito mesmo, senh'rita — suspirou Pistache. — Sei que você deve morrer de solidão aqui. E você me trata com respeito, fala comigo direito, me ouve com cuidado, mas precisa entender... num posso, é sério!

Ophélie se colocou em seu lugar. Berenilde não brincava com a lealdade dos empregados. Se um só a traísse, seriam todos enforcados.

— Eu só preciso de um espelho — declarou então.

A menina sacudiu as tranças com um ar consternado.

— Num posso! A senhora te proibiu...

— Os espelhos grandes, sim. Mas não os espelhos de mão. Não consigo sair desse quarto com um espelho de mão, né?

Pistache se levantou imediatamente e espanou o avental branco.

— Justo. Vou buscar agora mesmo!

Alguns instantes depois, Pistache voltou com um espelho de mão, uma verdadeira obra de arte esculpida em prata e cercada de pérolas. Ophélie o pegou com precaução e se sentou na cama. Não era a opção mais cômoda, mas serviria.

— Onde você diria que a sra. Berenilde está recebendo o embaixador?

Pistache enfiou as mãos nos bolsos do avental, um gesto casual que nunca se permitira em frente aos mestres.

— Convidados importantes ficam sempre no salão vermelho!

Ophélie imaginou então o salão vermelho, que tinha esse nome por causa das suas magníficas tapeçarias exóticas. Tinha dois espelhos, um acima da lareira e o outro dentro de um armário de prataria. O segundo seria o esconderijo ideal.

— Desculpa perguntar, mas o que você vai fazer com o espelho? — perguntou Pistache, muito intrigada.

Ophélie sorriu, encostou um dedo na boca e tirou os óculos.

— Fica entre a gente, né? Vou confiar em você.

Sob o olhar estupefato de Pistache, Ophélie encostou o espelho contra sua orelha até tê-la engolido completamente. A orelha emergiu dentro do armário do salão vermelho, do outro lado da mansão. Ophélie reconheceu logo a voz brincalhona de Archibald, meio abafada pelo vidro do móvel.

—... tesca sra. Seraphine que gosta de se cercar de jovens. A festinha dela foi deliciosamente decadente, mas faltava o seu toque! Sentimos a sua falta.

Archibald se calou. Ouviu um tinido de cristal. Deviam estar enchendo seu copo.

— Assim como sentimos sua falta na corte — continuou com um tom suave.

A voz de Berenilde se elevou por sua vez, mas ela falava baixo demais para Ophélie entender, mesmo tapando o outro ouvido.

Na sua frente, Pistache estava estupefata.

— Não me diga, senh'rita, que está ouvindo o que acontece lá embaixo?

Segurando o espelho como um telefone, Ophélie fez sinal para que ela não fizesse barulho: Archibald estava respondendo.

— Eu sei e, na verdade, esse é exatamente o motivo da minha visita de hoje. As gazetas te descrevem de forma tão alarmante que achamos que você estava agonizando! Nosso senhor Farouk, que não é do tipo que se preocupa com o que não diz respeito ao próprio prazer, parece inquieto por sua causa.

Um silêncio. Berenilde devia estar respondendo.

— Sei que esses tabloides exageram sempre, especialmente quando o que estão expressando é inveja — disse Archibald. — Mas preciso ser sincero. Você não é mais tão jovem e um parto na sua idade pode ser perigoso. Você está em uma posição vulnerável, Berenilde. O seu terreno, por mais confortável que seja, não é um forte, e empregados são facilmente corrompidos. Sem falar de todos os venenos que circulam atualmente pelo mercado!

Dessa vez, quando Berenilde retrucou, Ophélie entendeu "obrigada, mas" e "sobrinho".

— Thorn não pode estar com você dia e noite — corrigiu gentilmente Archibald. — E não digo isso só por você. A Intendência precisa reabrir as portas. Tem muitos assuntos passando pelos tribunais, a milícia provincial está à toa, o correio circula sem destino, o controle se torna escasso e todo mundo engana todo mundo. Ainda ontem, o Conselho dos ministros denunciou essas disfunções.

Talvez fosse a irritação, mas a voz de Berenilde ficou bem mais clara dentro do armário:

— E aí, deleguem! Meu sobrinho não pode carregar a Cidade Celeste inteira nas costas.

— Já falamos disso, Berenilde.

— O que você quer, embaixador? Se não te conhecesse, diria que está tentando me isolar… ou me encorajar a me desfazer do meu filho.

O riso de Archibald foi tão alto que assustou Ophélie.

— Berenilde! Que tipo de vilão detestável você acha que eu sou? Pensei que nos entendêssemos bem, eu e você. E que história é essa de "embaixador"? Não fui sempre Archibald, só Archibald, para você?

Um silêncio breve caiu no salão vermelho, então Archibald continuou com um tom mais sério:

— Claro que não vamos nem considerar você interromper a gravidez. O que eu sugiro, na verdade, é que venha se instalar na minha casa, deixando Thorn voltar ao trabalho. Tomo como um dever pessoal cuidar de você e da criança que carrega.

Ophélie arregalou os olhos atrás dos óculos. Berenilde com Archibald. Thorn na Intendência. Ela e a tia Roseline ficariam sozinhas no solar?

— Temo ter que recusar sua proposta — disse Berenilde.

— E temo ter que impô-la. É uma ordem do sr. Farouk.

No silêncio que se seguiu, Ophélie não teve dificuldade nenhuma em imaginar a emoção de Berenilde.

— Você me pegou desprevenida. Estou autorizada a chamar meu sobrinho?

— Ia pedir isso mesmo, querida!

De novo, os passos de Berenilde se distanciaram a ponto de suas palavras serem inaudíveis, mas Ophélie ouviu o som característico de um sininho. Berenilde dava ordens. Archibald mal teve tempo de jogar conversa fora antes de Thorn entrar no salão vermelho.

— Senhor embaixador.

Ao som dessas palavras, pronunciadas em um tom glacial, Ophélie pôde imaginar os olhos cortantes como metal. Thorn detestava Archibald, soube instintivamente.

— Nosso administrador indispensável! — exclamou Archibald com uma entonação cheia de ironia. — Ainda não tive a oportunidade de te parabenizar pelo noivado! Nós estamos impacientes para conhecer a felizarda.

Ele devia ter se levantado, porque Ophélie o ouvia de um ângulo levemente diferente. Sua mão estava tensa segurando o espelho. Uma palavra em falso saindo da boca desse homem e ela nunca mais teria paz.

— Minha noiva está muito bem onde se encontra por enquanto — retrucou Thorn com uma voz de chumbo.

— Imagino que sim — sussurrou Archibald, com a voz doce demais.

Foi só. Ele não acrescentou nada, não fez nenhuma alusão ao encontro. Ophélie mal acreditava.

— Vamos ao que interessa — seguiu alegremente. — Senhor intendente, você é convocado para retomar suas funções imediatamente. A Cidade Celeste está sem rumo!

— De forma alguma — declarou Thorn.

— É uma ordem — respondeu Archibald.

— Não tenho uso para as suas ordens. Pretendo ficar ao lado da minha tia até o nascimento de seu filho.

— Não é uma ordem minha, mas do sr. Farouk. Eu me responsabilizarei por conta própria, por pedido dele, pela segurança da sua tia.

Um silêncio interminável encheu a orelha de Ophélie. Ela estava tão absorta pelo que escutava que tinha esquecido completamente a presença de Pistache, queimando de curiosidade.

— O que eles estão dizendo, senh'rita? O que estão dizendo?

— Imagino que nenhum recurso seja possível — acabou dizendo a voz de Thorn com uma rispidez extrema.

— Nenhum, de fato. Retorne às obrigações ainda hoje. Berenilde, você irá ao Luz da Lua esta noite. Um baile será organizado em sua homenagem! Senhora, senhor, tenham um bom dia.

MIME

Ophélie continuou imóvel e em silêncio por um longo momento, sua orelha suspensa no armário. Ela se rendeu à evidência, não tinha mais ninguém no salão vermelho. Deixou o espelho na cama. Era tão pesado que sua mão doía.

— E aí, senh'rita? — perguntou Pistache com um sorriso rebelde. — O que você ouviu?

— Mudanças vêm aí — murmurou Ophélie.

— Mudanças? Que mudanças?

— Ainda não sei.

Ophélie tinha um pressentimento ruim. Thorn e Berenilde não arriscariam deixá-la sozinha, não confiavam nela o suficiente. Que destino a esperava?

— Sen'hrita! Sen'hrita! Vem ver!

Pistache quicava de alegria em frente à janela, suas tranças dançando no ar. Ophélie pestanejou sob os óculos, espantada. Um sol resplandecente atravessava as nuvens com flechas douradas. O céu ficou tão azul, as cores do parque tão brilhantes, que chegava a doer os olhos depois do todo aquele cinza. Ophélie deduziu que pelo menos Berenilde não estava mais com raiva.

Alguém bateu na porta. Ophélie correu para esconder o espelho sob um travesseiro e fez sinal para Pistache indicando que ela podia abrir.

Era Thorn. Ele entrou sem cerimónia, empurrou Pistache para o corredor e fechou a porta. Encontrou Ophélie sentada em uma poltrona, segurando um livro, o cachecol no colo. Ela não atuava bem o suficiente para fingir surpresa, então se contentou em esquadrinhar sua figura alta dos pés à cabeça.

— O tempo mudou — constatou.

Thorn parou em frente à janela, rígido como uma porta, as mãos cruzadas nas costas. A luz do dia parecia tornar seu perfil mais pálido e angular do que já era.

— Acabamos de receber uma visita desagradável — disse ele com esforço. — Na verdade, a situação dificilmente seria pior.

Ophélie se chocou ao ver Thorn azul de repente, mas entendeu que eram os óculos que tinham adquirido esse tom. Azul era a cor da apreensão.

— Explique.

— Você vai partir hoje à noite.

Ele se expressava em um tom brusco e agitado. Ophélie primeiro tinha achado que ele estava olhando pela janela, mas não era o caso. Seu olho cinza estava tomado por fúria sob a sobrancelha aparada. A raiva o sufocava. Irradiava dele, atravessando a testa de Ophélie com mil pontadas de agulha. Era claramente uma mania familiar de passar o nervosismo para os cérebros dos outros.

— Aonde? — soltou.

— Ao ninho de um abutre chamado Archibald. É nosso embaixador e o braço direito de Farouk. Você vai acompanhar minha tia até o fim da gravidez.

Sentada em sua poltrona, Ophélie tinha a impressão de que os travesseiros, o forro e as molas se desfaziam sob ela. Se Archibald a visse, a trairia na frente de todos.

— Mas por quê? — balbuciou. — Não era para eu ser mantida em segredo?

Com um gesto exasperado, Thorn fechou as cortinas da janela como se a luz o agredisse.

— Não temos outra opção. Você e sua acompanhante vão se passar por empregadas.

Ophélie contemplou o fogo que crepitava na lareira. Mesmo fantasiada de empregada, Archibald a reconheceria e a denunciaria como impostora. Ele a encontrara imediatamente no meio do baile de máscaras; esse homem tinha um senso de observação diabólico.

— Não quero — declarou, fechando o livro. — Não somos peões que você pode manipular como quiser, senhor. Desejo ficar aqui com minha tia.

Em resposta, Thorn lançou sobre ela um olhar proibido. Ophélie achou por um instante que ele iria sentir raiva e atacá-la com as garras, mas ele se limitou a inspirar sonoramente pelo nariz, impaciente.

— Não vou cometer o erro de ignorar sua recusa. É melhor te convencer do que te contrariar, não é?

Ophélie arqueou as sobrancelhas, pega de surpresa. Thorn pegou uma cadeira e se sentou um pouco distante da poltrona, suas articulações dobrando como podiam as pernas grandes demais.

Ele apoiou os cotovelos nos joelhos, encostou o queixo nas mãos e encarou com os olhos metálicos o fundo dos óculos de Ophélie.

— Não sou de falar muito — disse enfim. — Sempre achei que falar era uma perda de tempo, mas, como espero que tenha notado, estou tentando ir contra minha natureza.

Ophélie tamborilou a capa do livro, nervosa. Aonde Thorn queria chegar?

— Você também não é nada tagarela — continuou com o sotaque forte. — Apesar de ter sido um alívio no começo, devo confessar que o seu silêncio agora tende a me constranger. Não tenho a pretensão de achar que você está feliz, mas no fundo não faço a menor ideia da opinião que tem sobre mim.

Thorn se calou, como se esperando uma resposta, mas Ophélie foi incapaz de articular uma palavra. Ela tinha esperado qualquer coisa, mas não essa declaração. O que achava dele? Desde quando ele se importava? Ele nem confiava nela.

Pensativo, Thorn deixou o olhar recair sobre o cachecol enrolado entre os joelhos da garota.

— Você estava certa, naquele dia. Eu não dei tempo para te conhecer nem para permitir que você me conhecesse. Não costumo ceder dessa forma, mas... admito que devia ter tido outra atitude para com você.

Ele parou imediatamente quando levantou o olhar para Ophélie. Terrivelmente constrangida, ela reparou que estava com o nariz sangrando.

— Deve ser o calor da lareira — murmurou, pegando um lenço na manga.

Ophélie se curvou para o lenço enquanto Thorn esperava, majestoso em sua cadeira. Só ela se meteria em uma situação tão ridícula em circunstâncias nem um pouco apropriadas.

— Não importa — resmungou Thorn, olhando para o relógio. — De qualquer forma, não tenho jeito para essas coisas e o tempo passa.

Ele inspirou profundamente, então continuou com um tom mais formal:

— Os fatos são os seguintes. Archibald vai acolher minha tia em sua residência no Luz da Lua para que eu possa tirar o atraso. Pelo menos, é essa a versão oficial, mas eu suspeito que esse infeliz esteja tramando outra coisa.

— O mais seguro não seria que eu ficasse, então? — insistiu Ophélie, o nariz no lenço.

— Não. Mesmo no covil dos lobos, você estará muito mais segura perto da minha tia do que sozinha aqui. Freyja sabe onde você está e, acredite, ela não te deseja coisas boas. Todos os empregados desta casa não vão ser o bastante para te proteger dela.

Ophélie devia admitir que não tinha pensado nisso. Entre Freyja e Archibald, ainda preferia Archibald.

— Minha vida toda vai ser assim? — murmurou ela com amargura. — Debaixo da saia da sua tia?

Thorn levantou o relógio e o encarou por um bom tempo. Ophélie contou muitos tique-taques durante o silêncio.

— Não sou um homem com tempo livre o suficiente para cuidar devidamente de você.

Ele tirou do bolso um caderninho prateado e rabiscou um bilhete a lápis.

— Este é o endereço da Intendência. Memorize bem. Se estiver com dificuldades, se precisar de ajuda, venha me ver sem chamar atenção.

Ophélie encarou a folhinha de papel. Era simpático, mas não resolveria seu problema.

— Esse Archibald não vai desconfiar da minha identidade se eu passar os próximos meses na casa dele?

Os olhos de Thorn se reduziram a duas fendas estreitas.

— Ele não deve desconfiar. Não confie em seus sorrisos ingênuos, ele é um homem perigoso. Se ele souber quem você é, vai ter como missão te desonrar pelo simples prazer de me humilhar. Então tome muito cuidado para controlar o seu animismo.

Ophélie empurrou a massa de cabelo para trás dos ombros. Esconder sua identidade se tornaria uma verdadeira arte.

— Não é só com Archibald que você tem que tomar precauções extremas — continuou Thorn, destacando cada sílaba. — É com toda a sua família. Eles são todos conectados entre si. O que um vê, todos veem. O que um ouve, todos ouvem. O que um sabe, todos sabem. A gente os chama de "a Teia", você vai identificá-los pelas marcas na testa.

As últimas palavras de Archibald voltaram à memória de Ophélie como uma descarga elétrica: "Diga também para sua prima não contar tudo e qualquer coisa para os que têm essa marca. Um dia pode se voltar contra ela." Naquela noite, a família toda de Archibald testemunhou o encontro deles? Agora todos conheciam seu rosto?

Ophélie se sentia encurralada. Ela não podia continuar mentindo para Thorn e Berenilde, precisava contar o que tinha acontecido.

— Olha só... — começou em voz baixa.

Thorn interpretou seu constrangimento de outra forma.

— Você deve achar que estou te jogando na cova do leão sem nenhum cuidado — disse com uma voz mais pesada. — Não demonstro muito bem, mas eu me preocupo de verdade com o seu destino. Se a menor ofensa for cometida contra você pelas minhas costas, vai custar caro.

Thorn fechou a tampa do relógio com um clique de metal. Ele se foi tão de repente quanto tinha chegado, deixando Ophélie cara a cara com a própria consciência.

Ela bateu sem parar na porta do quarto, pedindo para ver Berenilde, repetindo que era muito importante, mas ninguém podia ajudá-la.

— A senhora está muito, muito, muito ocupada — explicou Pistache pela porta entreaberta. — Seja paciente, senh'rita, daqui a pouco abro a porta. Tenho que ir! — exclamou quando um som de sino ecoou ao longe.

Ophélie se sentiu esperançosa, duas horas depois, quando ouviu um barulho de chave na fechadura. No entanto, era a tia Roseline, que tinham esquecido na sala de leitura e acabado de mandar subir.

— Não dá para tolerar! — explodiu ela, verde de raiva. — Esse pessoal fica nos trancando feito ladras! E o que está acontecendo, afinal? Tem malas por todos os lados lá embaixo! Estamos indo embora?

Ophélie contou o que Thorn tinha acabado de explicar, mas isso só piorou o humor de Roseline.

— Como assim? Esse brutamontes estava sozinho com você aqui, sem ninguém vigiando? Ele não te maltratou demais, pelo menos? E que história é essa de se fingir de empregadas em outro lugar? Quem é esse tal de Archimede?

Ophélie pensou por um instante em contar mais detalhes, mas entendeu logo que a tia Roseline não era a melhor pessoa para essa confissão. Ela já sofreu para explicar o que Thorn e Berenilde esperavam delas.

Depois de uma longa conversa e muitas repetições, Ophélie se sentou de volta na poltrona, enquanto a tia Roseline andava em círculos pelo quarto. Elas passaram boa parte do dia ouvindo a confusão que sacudia a casa. Faziam malas, procuravam vestidos, passavam saias sob as ordens de Berenilde, cuja voz, forte e clara, ecoava por todos os corredores.

Lá fora, o dia passava. Ophélie encolheu as pernas e apoiou o queixo nos joelhos. Por mais que refletisse, se sentia culpada por não ter contado a verdade para Thorn de imediato. O que quer que fizesse, agora, seria tarde demais.

Recapitulando, pensou em silêncio. *Os Dragões querem se livrar de mim porque vou casar com o bastardo. Os Miragens querem minha morte porque vou casar com um Dragão. Archibald quer me levar para a cama porque acha divertido e, por meio dele, menti para a Teia inteira. Meus únicos aliados são Berenilde e Thorn, mas consegui virar uma contra mim e não vou demorar para virar o outro também.*

Ophélie abaixou a cabeça no vestido. Esse universo era complicado demais para ela e a saudade da vida antiga a deixava enjoada.

Ela sobressaltou quando a porta do quarto se abriu finalmente.

— A senhora quer conversar com a senhorita — anunciou o mordomo. — Se puder me seguir.

Ophélie o seguiu até o grande salão, cujo tapete estava coberto de caixas de chapéu.

— Minha querida, estava ansiosa pra falar com você!

Berenilde brilhava como uma estrela. Maquiada da cabeça aos pés, desfilava de corpete e anágua branca sem nenhum pudor. Emanava dela um cheiro forte de prancha de frisar cabelo.

— Eu também, senhora — disse Ophélie, inspirando fundo.

— Não, nada de "senhora"! Pode jogar fora esse "senhora"! Me chame pelo meu nome, me chame de "tia", me chame até de "mamãe" se quiser! E agora, seja inteiramente sincera.

Berenilde girou graciosamente para mostrar seu perfil, esculpido à perfeição.

— Estou muito rechonchuda?

— Rechonchuda? — balbuciou Ophélie, desconcertada. — Não, nada. Mas...

Berenilde a abraçou teatralmente, cobrindo suas roupas de pó de arroz.

— Estou arrependida da minha atitude infantil com você, minha filha. Estava com raiva como uma verdadeira adolescente. Mas vamos esquecer tudo isso!

As bochechas de Berenilde estavam rosas de prazer e seus olhos brilhavam. Uma mulher apaixonada, simplesmente. Farouk estava preocupado, ela estava triunfante.

— Thorn explicou o que aconteceu, imagino. Acho que a proposta de Archibald é a melhor oportunidade que poderíamos ter.

Berenilde se sentou em frente à penteadeira, onde três espelhos refletiram seu lindo rosto por ângulos diferentes. Ela apertou um frasco de perfume para borrifar no corpete. Ophélie espirrou.

— Veja só — continuou Berenilde com um ar mais sério —, acho que a forma como estávamos vivendo não era viável. É perigoso para cortesões se separarem assim dos outros e, para ser realmente sincera, acho que não fará mal ao meu sobrinho se afastar um pouco de você.

Com um toque de ironia e vagamente perturbada, sorriu para o reflexo de Ophélie, que estava de pé, balançando os braços, atrás dela.

— Esse menino amoleceu desde que te arrancou da sua família. Anda compreensivo demais com você, não combina com ele. E eu, que me gabava na sua frente de ser a única a reinar no coração dele, devo confessar que senti uma pontada de ciúmes!

Ophélie mal a escutava, concentrada demais nas palavras que devia pronunciar. "Senhora, eu já conheci o sr. Archibald."

— Senhora, eu já...

— O passado fica no passado! — interrompeu Berenilde. — O que conta é o que vem por aí. Vou finalmente poder te iniciar nas sutilezas astuciosas da corte.

— Espera, senhora, eu...

— Porque você, minha cara Ophélie, vai fazer parte da minha comitiva — acrescentou Berenilde. — Mamãe! — gritou em seguida.

Berenilde estalou os dedos, arrogante. A avó se aproximou lentamente, o sorriso de tartaruga atravessando o rosto. Ela apresentou a Ophélie uma caixa que cheirava fortemente a naftalina. Um vestido preto, um pouco estranho, estava dobrado lá dentro.

— Tire a roupa — ordenou Berenilde, acendendo um cigarro.

— Espera... — insistiu Ophélie. — Eu já...

— Ajude ela, mamãe, essa menina é muito fresca.

Com gestos cuidadosos, a avó desabotoou o vestido de Ophélie até que ele caiu no chão. Tremendo, com os braços cruzados no peito, só vestia uma roupa de baixo de algodão. Se Thorn entrasse no salão agora, passaria ridículo.

— Vista isso, minha filha — disse a avó.

Ela tirou o vestido preto da caixa. Cada vez mais confusa, Ophélie notou, ao desenrolar o veludo pesado decorado com fitas prateadas, que não era uma roupa feminina.

— Um uniforme de pajem?

— Vamos trazer também uma camisa e calções. Experimente para ver.

Ophélie passou a cabeça pela gola estreita do uniforme, que ia até suas coxas. Berenilde soprou uma nuvem de fumaça com um sorriso satisfeito.

— A partir desta noite, você se chama Mime.

Confusa, Ophélie encontrou no espelho triplo de Berenilde um reflexo que não reconheceu. Um homenzinho de cabelo castanho, olhos amendoados e traços pouco distintos refletia sua própria surpresa.

— O que é isso? — gaguejou.

O homenzinho mexeu a boca no mesmo ritmo que ela.

— Um disfarce eficiente — respondeu Berenilde. — O único problema é a sua voz... e sotaque. Mas do que importa se você for muda?

Ophélie viu os olhos do jovem se arregalarem. Ela tocou nos óculos para verificar se ainda estavam no lugar, porque não os via mais. Seu reflexo pareceu mexer no vazio.

— Também vamos precisar evitar tiques desse tipo — implicou Berenilde. — Então, o que acha? Duvido que com essa aparência, alguém se interesse por você!

Ophélie concordou com silêncio. Seu problema acabava de encontrar uma solução.

LUZ DA LUA

A CHAVE

A Antessala era um dos elevadores mais cobiçados da Cidade Celeste. Era decorado como uma alcova e oferecia todo tipo de chá para provar. Era chamado de Antessala por ser o único que levava ao Luz da Lua, a moradia de Archibald. Só podiam subir a bordo os convidados do embaixador, aqueles que se distinguiam por linhagem ou extravagância. Sem dúvida por causa de seu peso, era também o elevador mais lento: levava meia-hora para efetuar o trajeto.

Desconfortável de uniforme, Ophélie cruzava as pernas, descruzava, cruzava de novo, esfregava um tornozelo no outro. Era a primeira vez na vida que vestia uma roupa masculina. Ela não sabia que postura tomar e os calções coçavam terrivelmente na panturrilha.

Sentada em uma poltrona confortável, segurando uma xícara de chá, Berenilde a olhou com reprovação.

— Espero que não se comporte assim na casa do embaixador. Você vai ficar com a costas eretas, os pés juntos, o queixo levantado e o olhar abaixado. E, acima de tudo, não faça nada que eu não peça especificamente.

Ela apoiou a xícara de chá em uma mesinha redonda e fez sinal para Ophélie se aproximar. Segurou delicadamente suas mãos enluvadas. Ophélie ficou imediatamente tensa com o contato. Berenilde parecia estar bem desde a visita surpresa de Archibald, mas as variações de humor dessa leoa eram imprevisíveis.

— Minha querida, nunca se esqueça que só o uniforme carrega a ilusão. Você tem o rosto e o busto de um homem, mas as mãos e as pernas de uma mulher. Evite tudo que possa chamar atenção para elas.

Mãos de mulher... Ophélie contemplou suas luvas de *leitora*, tão pretas quanto o uniforme, e dobrou várias vezes os dedos para amolecer o tecido novo. Ela tinha trocado seu par velho de costume por um dos que sua mãe tinha comprado. Não queria usar nada que pudesse atiçar a memória de Archibald.

— Essa fantasia é tão humilhante quanto indecente — zombou a tia Roseline. — Fazer minha sobrinha ser seu pajem! Se minha irmã soubesse, todos os grampos arrepiariam na cabeça.

— Nossa sorte vai mudar — garantiu Berenilde com um sorriso confiante. — Um pouco de paciência, sra. Roseline.

— Um pouco de paciência — repetiu a avó de Thorn com um sorriso senil. — Um pouco de paciência.

Velha demais para ser separada da filha, a senhora tinha sido agregada à comitiva de Berenilde. Ophélie sempre a vira vestida de forma simples; era um verdadeiro espetáculo vê-la arrumada com o enorme chapéu de plumas e o vestido estampado azul. Seu pescoço de tartaruga quase tinha desaparecido sob as fileiras de pérolas.

— Não acho que nos faltou paciência até agora — observou friamente a tia Roseline.

Berenilde olhou com malícia para o relógio da Antessala.

— Vamos chegar em quinze minutos, minha amiga querida. Aconselho que os aproveite para aperfeiçoar os "sim, senhora" e para nos servir de mais desse delicioso chá de especiarias.

— Sim, senhora — articulou a tia Roseline com um sotaque do Norte muito exagerado.

Berenilde arqueou as sobrancelhas com satisfação. Ela usava um vestido claro de colarinho alto e uma peruca de altura vertiginosa, que lembrava uma peça montada de açúcar. Estava tão iluminada quanto a tia Roseline estava austera em sua roupa restrita de dama de companhia. Seu coque minúsculo puxava tanto a pele do rosto que ela não tinha mais rugas.

— Você é orgulhosa, sra. Roseline — suspirou Berenilde, bebericando o chá de especiarias. — É uma qualidade que gosto de ver em mulheres, mas não serve a uma dama de companhia. Em breve, vou me dirigir a você com altivez e só poderá responder "sim, senhora" ou "claro, senhora". Não terá nada de "eu" ou "você" entre nós, não seremos mais do mesmo mundo. Acha que é capaz de aguentar?

Abaixando o bule com um gesto seco, a tia Roseline se empertigou em toda sua dignidade.

— Se for pelo bem-estar da minha sobrinha, me sentirei capaz até de limpar o seu penico.

Ophélie conteve o sorriso que surgiu no rosto. A tia tinha um modo muito particular de colocar os outros no lugar.

— Espero de vocês duas a maior discrição e uma obediência incondicional — declarou Berenilde. — O que quer que eu faça ou diga para qualquer uma das duas, não vou tolerar olhares tortos. Especialmente, nunca revelem seu animismo em frente de testemunhas. Na primeira gafe, me verei obrigada a tomar medidas exemplares, pelo bem de nós quatro.

Com esse aviso, Berenilde mordeu um docinho com uma voluptuosidade apaixonada.

Ophélie consultou o relógio do elevador. Dez minutos até o Luz da Lua. Talvez fosse o alívio de sair da prisão dourada, mas não sentia nenhuma apreensão. Ela se sentia até curiosamente impaciente. A inércia, a espera, o vazio de sua existência na mansão, tudo isso acabaria com ela pouco a pouco, até que virasse uma pilha de cinzas no dia do casamento. Esta noite, finalmente voltava a se mexer. Esta noite, ia ver rostos desconhecidos, descobrir um novo lugar, aprender mais sobre as engrenagens desse mundo. Esta noite, não seria mais a noiva do intendente, mas um simples pajem, anônimo entre os anônimos. Esse uniforme era o melhor posto de observação com o qual poderia sonhar e ela tinha intenção de aproveitar ao máximo. Veria sem ser vista, ouviria sem falar.

Pouco importava o que pensava Thorn, Ophélie sabia lá no fundo que não podia existir só hipócritas, corruptos e assassinos nessa arca. Com certeza existiam pessoas dignas de confiança. Ela só precisava identificá-las.

O solar me transformou, constatou, mexendo com os dedos nas luvas novas.

Em Anima, Ophélie só se interessava pelo museu. Agora, pela força das circunstâncias, ela tinha ficado mais curiosa em relação aos outros. Sentia a necessidade de encontrar pontos de apoio, pessoas honestas que não a trairiam pela rivalidade de clãs. Ela se recusava a depender só de Thorn e Berenilde. Ophélie queria formar a própria opinião, fazer suas escolhas, existir por conta própria.

Quando só restavam três minutos no relógio do elevador, uma dúvida veio perturbar suas belas decisões.

— Senhora — murmurou Ophélie, se inclinando na direção de Berenilde —, acha que Miragens estarão no baile do sr. Archibald?

Ocupada passando pó de arroz no nariz, Berenilde a encarou estupefata e caiu na gargalhada.

— Mas é claro! Os Miragens são personagens inevitáveis, eles estão em todas as recepções! Você os encontrará o tempo todo no Luz da Lua, querida.

Ophélie ficou confusa com tal displicência.

— Mas o uniforme que estou vestindo é uma confecção Miragem, não é?

— Não se preocupe, ninguém vai te reconhecer. Você é um empregado dos mais insignificantes, sem personalidade nem sinal que o destaque. Vai parecer com centenas de pajens e será impossível diferenciar um do outro.

Ophélie levantou o rosto e contemplou o reflexo de Mime no espelho do teto. Um rosto pálido, um nariz apagado, olhos inexpressivos, cabelos penteados… Berenilde devia mesmo estar certa.

— Mas e você, senhora? — continuou Ophélie. — Não te preocupa encontrar Miragens com o rosto descoberto? Eles são seus inimigos declarados.

— Por que me preocuparia? O Luz da Lua é um asilo diplomático. Podemos conspirar, ofender e ameaçar, mas certamente nunca assassinar. Até os julgamentos por duelo são proibidos.

Julgamentos por duelo? Ophélie nunca imaginaria encontrar essas palavras na mesma frase.

— E se encontrarmos Freyja e seu marido? — insistiu. — Sua família sabe que estou sob a sua proteção; eles não adivinharão que estou escondida na comitiva?

Levantando a saia, Berenilde se ergueu graciosamente.

— Você nunca vai encontrar minha sobrinha no Luz da Lua. Ela não tem acesso, por causa dos modos violentos. Fique tranquila, querida, estamos chegando.

De fato, o elevador desacelerava.

Ophélie trocou um olhar com Roseline. Neste instante, elas ainda eram tia e sobrinha, madrinha e afilhada, mas logo sua relação se tornaria puramente formal, como devia ser entre uma dama de companhia e um pajem mudo. Ophélie não sabia quando teria a oportunidade de falar livremente; então sua última palavra foi para essa mulher que sacrificava o conforto e o orgulho em seu nome:

— Obrigada.

A tia Roseline apertou brevemente sua mão. As grades douradas da Antessala se abriram para a propriedade do Luz da Lua. Ao menos era o que Ophélie esperava. Ela ficou confusa ao descobrir, em vez disso, um enorme saguão de entrada. Era um lugar deslumbrante, com azulejos como um tabuleiro de xadrez, lustres gigantes de cristal e estátuas de ouro que carregavam cestas de frutas.

Seguindo as ordens de Berenilde, Ophélie se encarregou de empurrar o carrinho de bagagens para fora do elevador. Estava cheio de malas tão pesadas que ela tinha a impressão de carregar uma casa de tijolo. Ela se impediu de devorar com o olhar os tetos pintados do saguão. Inúmeras paisagens se animavam de forma espetacular, de um lado o vento soprando nas árvores, do outro ondas ameaçando afogar as paredes. Ophélie também teve que se controlar para não encarar os nobres de peruca dos quais tentava desviar com o carrinho. Estavam todos excessivamente maquiados, falavam com vozes agudas e tinham posturas afetadas. Eles se expressavam com tamanho preciosismo, com estilos de frase tão rebuscados, que Ophélie mal compreendia, e não era questão do sotaque. Todos tinham, das pálpebras às sobrancelhas, as marcas dos Miragens.

Assim que os nobres reconheceram a bela Berenilde, a cumprimentaram de formas excêntricas e cerimoniosas, o que ela respondeu piscando de modo distraído. Ophélie teria mesmo acreditado, só de ver, que eles não tinham qualquer rivalidade. Berenilde se instalou com a mãe em um banco de veludo. Tinha móveis iguais pelo saguão inteiro; muitas damas se abanavam com impaciência.

Ophélie estacionou o carrinho de bagagens atrás do banco de Berenilde e ficou de pé, os calcanhares juntos. Não entendia exatamente o que esperavam ali. A noite já estava bem adiantada e Archibald acabaria ofendido pelo atraso de sua convidada de honra.

Em um banco vizinho, uma senhora de roupa rosa penteava o que Ophélie supôs ser um galgo de pelo longo. Ele era do tamanho de um urso, usava no pescoço um laço azul ridículo e soltava um barulho de locomotiva a vapor sempre que botava a língua para fora. Ela não tinha se preparado para encontrar uma Besta em um lugar como este.

De repente, se fez silêncio no saguão. Todos os nobres se viravam para ver a passagem de um homem redondo como um barril. Ele andava com passinhos apressados, um sorriso imenso no rosto. Ao ver seu uniforme, preto com faixas douradas, Ophélie deduziu que era um mordomo-chefe – Berenilde a tinha feito aprender de cor a hierarquia dos empregados domésticos –, mas ele tinha tão pouco da aparência esperada que ela tinha dúvidas. Ele cambaleava e sua peruca estava ao contrário.

— Meu caro Gustave! — chamou um Miragem com uma voz suave. — Eu e minha esposa já estamos esperando faz dois dias. Devo acreditar que foi apenas um esquecimento?

Ele havia dito isso enquanto colocava discretamente no bolso do mordomo um pequeno objeto que Ophélie não reconheceu, por estar longe demais. O mordomo deu um tapinha orgulhoso no bolso do uniforme.

— Nenhum esquecimento, senhor. O senhor e a senhora estão na lista de espera.

— Mas já faz dois dias que estamos esperando — insistiu o Miragem, mais nervoso.

— E outros esperam faz ainda mais tempo, senhor.

Sob o olhar de censura do Miragem, o mordomo retomou os passinhos apressados e ofereceu um sorriso radiante a todos os nobres que se apresentaram. Um exibiu a filha mais nova, elogiando sua beleza e inteligência. Outro se gabou da qualidade excepcional das suas ilusões. Até a senhora de rosa obrigou o galgo gigante a posar para impressionar o mordomo, mas ele continuou atravessando a assembleia sem ceder a ninguém. Só parou ao chegar ao banco de Berenilde, onde se curvou tanto que quase perdeu a peruca desarrumada.

— Senhoras, o sr. embaixador vos aguarda.

Berenilde e sua mãe se levantaram sem uma palavra e seguiram o mordomo. Ophélie teve dificuldade para empurrar o carrinho através da multidão de nobres indignados. O mordomo Gustave as levou até o fundo da sala, onde abriu uma porta vigiada por guardas com ar rigoroso.

Eles se encontraram então na alameda de um rosário. Ophélie levantou o olhar e descobriu, entre os arcos de rosas brancas, uma vasta noite estrelada. O Luz da Lua merecia bem o nome. A temperatura do ar era tão amena e o perfume das flores tão estonteante que ela soube imediatamente que tinham acabado de entrar em uma ilusão. Uma ilusão muito antiga, até. O diário de Adelaide veio à memória: "A senhora embaixadora nos recebeu com gentileza em sua propriedade, onde reina uma eterna noite de verão." Archibald herdara a propriedade da sua ancestral, enquanto Ophélie seguia os passos da sua própria. Era um pouco como se a história se repetisse.

A voz alta do mordomo a trouxe de volta à terra.

— É uma honra escoltar a senhora! — riu, se dirigindo a Berenilde. — Posso ousar confessar à senhora que compartilho sem reservas a estima que o sr. embaixador tem pela sua pessoa?

A tia Roseline levantou o olhar para o céu ao ouvi-lo. Por causa das pilhas de malas no carrinho, Ophélie não conseguia ver direito o que estava acontecendo mais à frente. Aproveitou uma curva da alameda do rosário para olhar o estranho mordomo com mais atenção. Com o rosto redondo e alegre e o nariz roxo de bêbado, parecia mais um palhaço de circo do que um empregado.

— Não tenho dúvidas, meu dedicado Gustave — sussurrou Berenilde. — Sou grata por mais de um serviço. E agradecerei por mais um quando me contar em duas pinceladas o quadro atual do Luz da Lua.

Como o Miragem antes dela, Berenilde entregou discretamente um pequeno objeto ao mordomo. Perplexa, Ophélie viu que se tratava de uma ampulheta. Aqui trocavam favores por simples ampulhetas?

Gustave abriu a boca imediatamente.

— Tem muita gente, senhora, e não é de segunda ordem. Depois de todos os rumores que correram sobre a indisposição da senhora, as suas rivais ressurgiram com força na corte. As más línguas até evocaram os sintomas de uma desgraça, mas que eu vá para a forca se tiver ouvido com complacência!

— As rivais não me preocupam tanto quanto os rivais — disse Berenilde com leveza.

— Não escondo da senhora que o sr. Cavaleiro está na ativa. Ele correu para cá assim que soube que a senhora seria hóspede do Luz da Lua. O sr. Cavaleiro tem acesso à corte inteira e, mesmo quando é preferível que não se mostre, só faz o que deseja. Espero que a presença dele não desagrade a senhora.

Se fez um longo silêncio, perturbado somente pelas rodas do carrinho de bagagens no chão do rosário. Ophélie estava com dor nos braços, mas ansiava por saber mais. Quem era esse Cavaleiro que parecia deixar Berenilde desconfortável? Um amante rejeitado?

— Os membros da minha família estarão presentes também? — perguntou simplesmente Berenilde.

O mordomo tossiu com falso constrangimento, parecendo mais um riso abafado.

— O sr. e as sras. Dragão não são muito apreciados pelo sr. embaixador, exceto a sua pessoa, senhora. Eles causam sempre tanta desordem quando vêm!

— Archibald me tira uma pedra do sapato — aprovou Berenilde com um tom brincalhão. — Me proteja dos meus amigos, eu cuido dos meus inimigos. Os Miragens pelo menos têm o bom senso de não brincar entre si.

— Que a senhora não tenha nenhuma preocupação. O sr. meu mestre lhe reservou seus próprios aposentos. A senhora estará em segurança total. Agora, que me deem licença, vou anunciá-las para o senhor!

— Claro, meu gentil Gustave. Diga a Archibald que estamos chegando.

O mordomo se afastou em passinhos apressados. Ophélie quase perdeu o equilíbrio ao segui-lo com o olhar: uma roda do carrinho de bagagens ficou presa em uma deformação do chão. Enquanto usava os braços para soltá-la, conseguiu ver o que ainda restava a percorrer. O caminho dos arcos do rosário era prolongado por uma imensa alameda pontuada de laguinhos. O castelo de Archibald se erguia no final, de pedra branca e ardósia azul; parecia quase tão inacessível quanto a lua falsa no céu.

— Vamos tomar um atalho — anunciou Berenilde, oferecendo um braço para a mãe.

Elas ladearam um grande canteiro de violetas, o que deu a impressão a Ophélie de que se tratava mesmo de um desvio. Ela começava a sentir cãibras nas mãos. Berenilde subiu em uma ponta que, cruzando um pequeno canal, dava em outros jardins, então, sem aviso, rodopiou em um gesto gracioso do vestido. Ophélie precisou frear com os dois pés para não a atingir com o carrinho.

— Agora me escute bem — sussurrou Berenilde. — O mordomo que acaba de conversar comigo é o homem mais desonesto e trapaceiro do Luz da Lua. Ele vai tentar te corromper um dia, desde que algum amigo meu, do lado Miragem ou do lado Dragão, pague um bom preço pela minha vida ou do meu filho. Você vai fingir aceitar sua oferta e me avisar na mesma hora. Está claro?

— Como assim? — se engasgou a tia Roseline. — Achei que não assassinassem aqui! Que era um asilo diplomático!

Berenilde lhe dirigiu um sorriso venenoso que lembrou que, além de "sim, senhora", não queria ouvir nada que saísse da sua boca.

— Não assassinam — respondeu mesmo assim. — Mas acontecem acidentes sem explicação. E que podem ser facilmente evitados, desde que fiquemos atentas.

Berenilde tinha pronunciado essa última palavra com um olhar significativo para a silhueta de Mime, parada atrás do carrinho de bagagens. Sob o rosto neutro de ilusão, Ophélie estava consternada. Na sua imaginação, os empregados eram pessoas fundamentalmente diferentes dos nobres, almas puras como Pistache. Saber que também devia desconfiar deles confundia todas as suas referências.

Como Berenilde ajudava a mãe a descer da ponte, Ophélie empurrou automaticamente o carrinho atrás delas. Demorou um tempo para notar que a paisagem na outra margem não era a que devia ser. Em vez de violetas, agora atravessavam um bosque de salgueiros. Uma valsa flutuava na atmosfera. Ophélie levantou o olhar e viu, por cima das ondulações da folhagem, o castelo de Archibald, que lançava suas torres brancas na noite. A ponte as transportara de um lado do terreno para outro! Por mais que Ophélie refletisse, não entendia como ilusões podiam brincar assim com as leis do espaço.

Nos jardins do castelo, casais em roupas de gala dançavam sob a luz dos candelabros. Quanto mais Berenilde e sua comitiva se aproximavam, mais a multidão aumentava, um mar de perucas e seda. No céu, a falsa lua era tão deslumbrante quanto um sol de madrepérola e as estrelas de mentira lembravam fogos de artifício. Quanto à moradia de Archibald, era digna de um castelo de conto de fadas, com torres de telhados pontudos e inúmeros vitrais. Em comparação, o solar de Berenilde parecia uma simples casa de campo.

Ophélie não ficou muito tempo encantada pela decoração. Os dançarinos suspendiam a valsa conforme Berenilde avançava entre eles, calma como um lago. Todos enchiam a favorita de sorrisos amáveis e palavras de simpatia, mas seus olhares eram mais frios do que o gelo. As mulheres, especialmente, cochichavam escondidas por leques, apontando com o olhar a barriga de Berenilde. Emanava delas uma tal hostilidade que Ophélie sentiu um nó na garganta.

— Berenilde ou a arte de ser desejada! — exclamou uma voz brincalhona por cima da música e das risadas.

Ophélie ficou tensa atrás do carrinho de bagagens. Era Archibald, a cartola furada em uma mão, uma bengala velha na outra, que vinha ao encontro delas em passos alertas. Ele arrastava um rastro de jovens encantadoras.

Com a chegada do mestre, todos os empregados presentes no jardim se curvaram. Ophélie copiou a postura deles. Soltou as mãos do carrinho, se dobrou com as costas rígidas e encarou a ponta dos sapatos por tanto tempo quanto eles.

Quando finalmente se levantou, evitou se emocionar com o sorriso sincero e os grandes olhos azuis de Archibald enquanto ele beijava a mão de Berenilde. Estava um pouco irritada com ele por ter dissimulado a peculiaridade da sua família. Vindo de um homem que dizia não ser capaz de mentir, ela considerava essa omissão como uma pequena traição.

— Não devia esperar pontualidade de uma mulher — respondeu Berenilde com uma voz maliciosa. — Pode perguntar para suas irmãs!

Ela abraçou uma menina de cada vez, como se fossem todas suas filhas.

— Patience! Melodie! Grace! Clairemonde! Gaiete! Friande! E cá está minha pequena Douce — concluiu, abraçando a mais nova das sete. — Que saudades!

Disfarçada pelas pálpebras semicerradas de Mime, Ophélie passou o olhar de uma irmã para a outra. Eram todas tão jovens, tão loiras e tão delicadas nos vestidos brancos que parecia um jogo de espelhos. As adolescentes responderam aos abraços de Berenilde com um carinho que era com certeza mais sincero do que o dela. Havia uma real admiração em seus belos olhos límpidos.

As sete irmãs tinham na testa a marca da Teia. Se Ophélie acreditasse em Thorn, cada uma delas vira seu rosto através dos olhos do irmão. Deixariam escapar uma alusão a ela em frente a Berenilde? Se fosse o caso, Ophélie se parabenizou por não ter dado o nome verdadeiro naquela noite.

— Você veio em pequena comitiva, ao que parece — constatou Archibald.

Ele beijou de forma galante a mão da avó, toda rosa de prazer, e virou um sorriso sinceramente divertido para a tia Roseline. Ela estava tão nervosa e fria no vestido preto que destoava no meio das cores do baile. Só por isso, Archibald parecia achá-la cativante.

— Minha dama de companhia — apresentou Berenilde com negligência. — Eu a escolhi menos pelo prazer da sua companhia do que por seus talentos de parteira.

Tia Roseline apertou os lábios, mas se esforçou para não responder e se conteve com um gesto educado de cabeça.

Quando Archibald se aproximou do carrinho de bagagens, Ophélie se obrigou a não recuar. Como se de propósito, suas panturrilhas voltaram a uma coceira irresistível por causa do calção. Ela achou que o embaixador ia levar sua inspeção até Mime, mas ele se contentou em tamborilar nas malas.

— Vamos instalar suas coisas nos meus aposentos. Sinta-se em casa!

O mordomo Gustave se aproximou e abriu uma caixinha. Archibald tirou uma bela corrente de prata, de onde pendia uma linda chavinha, decorada com pedras preciosas. Berenilde deu uma meia-volta graciosa para que ele pudesse passar a corrente por seu pescoço. Essa cerimônia estranha foi aplaudida educadamente pela plateia.

— Que tal dançar um pouco? — propôs Archibald com uma piscadela. — O baile é em sua homenagem, afinal!

— Não posso exagerar — lembrou Berenilde, apoiando uma mão protetora na barriga.

— Só uma ou duas valsas. E você tem a permissão de pisar nos meus pés!

Ophélie observou a conversa com um certo fascínio. Sob o jogo dos modos leves, quase infantis, eles pareciam dizer outra coisa em silêncio. Archibald não era o cavalheiro generoso que queria parecer, Berenilde sabia e Archibald sabia que Berenilde sabia. O que um esperava realmente do outro nesse caso? Será que eles obedeciam cegamente às ordens de Farouk, ou tentavam aproveitar o melhor que podiam?

Ophélie se perguntava isso tudo enquanto eles se afastavam, de braços dados. Seu coração voltou a bater lentamente. Archibald nem tinha olhado para ela! Por mais que Ophélie soubesse estar irreconhecível, era um verdadeiro alívio vencer essa primeira prova com sucesso.

RAPOSA

O segundo teste de Ophélie como pajem acabava de começar. O que ela devia fazer com as malas? Berenilde tinha ido dançar sem dar qualquer instrução. A avó e a tia Roseline estavam perdidas na multidão. Ophélie se encontrava sozinha sob as estrelas, entre dois salgueiros, encarregada do carrinho de bagagens. Archibald tinha falado de instalar Berenilde nos seus próprios aposentos, mas mesmo assim Ophélie não ia entrar no castelo como se fosse dela. Além disso, onde ficavam esses aposentos? O inconveniente de ser mudo é que não era possível fazer perguntas.

Ela olhou, hesitante, para os empregados que serviam bebidas nos jardins, esperando que entendessem seu constrangimento, mas todos se distanciavam com arcs indiferentes.

— Ei! Você aí!

Um pajem, vestindo exatamente o mesmo uniforme de Ophélie, se dirigia a ela, decidido. Ele era alto e forte, com cabelos tão ruivos que pareciam em chamas. Ophélie o achou muito impressionante.

— E aí, está enrolando? É só os mestres virarem as costas que você larga tudo e fica à toa?

Ele levantou uma mão enorme e Ophélie achou que ia apanhar. Em vez disso, ganhou um tapinha amigável nas costas.

— Vamos nos dar bem se esse for o caso. Meu nome é Raposa e sou o rei dos preguiçosos. Você nunca veio aqui, né? Te vi tão perdido aqui no canto que fiquei com pena. Vem comigo, meu filho!

O pajem empunhou o carrinho de bagagens e o empurrou como se fosse um carrinho de bebê.

— Na verdade, meu nome é Renold, mas todo mundo me chama de Raposa — continuou com um tom alegre. — Estou a serviço da avó do senhor e você, seu sortudo, é o lacaio da sra. Berenilde. Eu venderia minhas tripas para chegar perto de uma mulher dessas!

Ele beijou a ponta dos dedos com paixão e abriu um sorriso guloso, revelando caninos muito brancos. Andando com ele pela alameda, Ophélie o devorava com o olhar, encantada. Esse tal de Raposa parecia uma labareda na lareira. Devia ter uns quarenta anos, mas tinha a energia de um homem realmente jovem.

Ele dirigiu a Ophélie um olhar impressionado, verde como esmeraldas.

— Você não é de falar muito, né? Sou eu que estou te incomodando, ou você é sempre tímido assim?

Ophélie desenhou com a mão uma cruz sobre a boca, com uma expressão impotente.

— Mudo? — riu Raposa. — Esperta, aquela Berenilde, ela sabe encontrar gente discreta! Espero que você não seja surdo também. Está entendendo o que eu digo?

Ophélie assentiu com a cabeça. Ele tinha um sotaque muito forte, mas mesmo assim menos marcante do que o de Pistache.

Raposa manobrou o carrinho de bagagens em um caminho asfaltado, enquadrado por duas fileiras de cercas vivas perfeitamente talhadas, para contornar o castelo e os jardins. Eles atravessaram um alpendre de pedra que levava a um pátio vasto nos fundos. Não tinha lampadários ali, mas as janelas iluminadas do térreo destacavam retângulos dourados na noite; estavam todas cobertas de vapor, como se um calor infernal reinasse por dentro. Tubos de fogão cuspiam uma fumaça abundante ao longo da parede.

— As cozinhas — comentou Raposa. — Lição número 1: cara, nunca meta o nariz nas cozinhas do Luz da Lua. O que acontece por aí não é para garotinhos que nem você.

Ophélie acreditou. Conforme eles passavam pelas janelas embaçadas, gritos e insultos escapavam junto com os cheiros de peixe grelhado. Ela arriscou olhar por um vidro, onde o vapor não cobria tudo, e notou um balé estonteante de sopeiras de prata, cestas de pão, doces de vários andares e peixes-espada dispostos em bandejas imensas.

— Por aqui! — chamou Raposa.

Ele passava o carrinho de bagagens por uma porta de serviço, um pouco mais distante. Quando Ophélie o alcançou, descobriu uma sala velha, gelada e escura. Sem dúvida, estavam na ala dos empregados. O vapor das cozinhas escapava de uma porta dupla, à direita, espalhando uma névoa picante pelo cômodo todo. Funcionários empurravam a porta sem parar, levando pratos fumegantes ou trazendo carrinhos de louças para lavar.

— Vou te esperar aqui com o carrinho — disse Raposa. — Você precisa se registrar com o Papel-Machê para receber a chave.

Ele apontou com o polegar para uma porta de vidro, à esquerda, indicada com uma placa de "gerente". Ophélie hesitou. De que chave ela precisaria? Berenilde a encarregara de vigiar as malas, deixá-las com um desconhecido não parecia uma boa ideia.

— Vai, corre pra pegar sua chave — apressou Raposa.

Ophélie bateu na porta e entrou. Ela demorou para ver o homem sentado atrás da escrivaninha, com uma caneta na mão. Sua roupa escura, sua pele acinzentada e sua imobilidade completa o tornavam quase invisível no fundo da parede de argamassa.

— Você é? — perguntou o gerente com um tom desagradável.

A pele dele era ainda mais enrugada do que a de um velho. Papel-Machê? O apelido caía como uma luva.

— Você é? — insistiu.

Ophélie revirou os bolsos atrás da carta de recomendação que Berenilde escrevera especialmente para Mime. Ela a entregou ao gerente, que colocou um monóculo e a percorreu com um olhar desanimado. Sem cerimônia, pegou um registro na gaveta, molhou a caneta no tinteiro, rabiscou umas palavras e o entregou a Ophélie.

— Assine.

Ele apontou com o dedo, ao fim de uma longa lista de nomes, datas e assinaturas, uma nova entrada: *Mime, a serviço da dama Berenilde*. Ophélie improvisou uma rubrica desajeitada.

O gerente se levantou, contornou a escrivaninha e se dirigiu para arquivos classificados como: "maîtres", "cozinheiros", "auxiliares de cozinha", "faxineiras", "camareiras", "babás", "lavadeiras", "estribeiros", "fornalheiros", "jardineiros", "granjeiros". Abriu o arquivo "pajens" e tirou uma chave ao acaso, que entregou para Ophélie. Na etiqueta, viu um selo que supunha ser o brasão do Luz da Lua. No verso, um endereço simples: *Rua dos Banhos, nº 6*.

— Seu quarto — disse o gerente. — Você deve mantê-lo em bom estado e não pode receber mulheres nem comer lá dentro, porque acabamos de desratizar a quadra. Carregue sempre esta chave, ela é a prova de que você pertence provisoriamente ao Luz da Lua. Fazemos controles regulares de identidade para garantir a segurança dos convidados do senhor. Você deve sempre apresentar essa chave, sob pena de ser jogado no calabouço caso não o faça. Bem-vindo ao Luz da Lua — concluiu com o mesmo tom monótono.

Ophélie saiu do escritório do gerente, um pouco perplexa. Para seu alívio, Raposa ainda a esperava com o carrinho de bagagens. Ela ficou um pouco menos tranquila, no entanto, quando notou que ele estava brigando com uma cozinheira brilhando de suor.

— Coçador de saco!

— Cozinheira de meia-tigela!

— Raposa velha!

— Sou puro músculo! Te dou um gostinho quando quiser, venenosa!

Ophélie tocou o braço de Raposa para acalmá-lo. Ela não tinha a menor vontade de ver seu único guia brigar com uma mulher.

— Vai se pavonear, vai — ironizou a cozinheira. — Você só liga mesmo pros seus bonitinhos.

Ela empurrou a porta dupla em um gesto teatral e desapareceu na fumaça das panelas. Ophélie estava constrangida de ter presenciado esse encontro, mas Raposa a surpreendeu ao cair na gargalhada.

— Não faz essa cara, garoto. É uma velha amiga! A gente sempre implica um pouco.

Ophélie entendeu de repente por que esse homem acordava nela uma sensação estranhamente familiar. Ele lembrava o seu tio-avô quando mais novo. Não devia fazer alianças desse tipo. Se o mordomo-chefe do Luz da Lua era corrupto, por que esse pajem seria mais digno de confiança?

— Pegou a chave? — perguntou Raposa.

Desconfortável, Ophélie concordou com a cabeça.

— Perfeito. A gente faz a entrega e depois te explico.

Raposa empurrou o carrinho de bagagens para dentro de um elevador de serviço de ferro forjado e acionou uma manivela. Só freou quando chegou no último andar do castelo. Eles atravessaram uma sala de serviço reservada às empregadas, depois um corredor muito longo que levava a uma dezena de portas. Em cada uma delas, uma placa de ouro: "Douce", "Gaiete", "Friande", "Melodie", "Clairemonde", "Grace", "Patience".

— Aqui — sussurrou Raposa, apontando para a placa "Clothilde" — são os aposentos da minha mestra, a avó do senhor. Ela está tirando um cochilo, então vamos ficar quietos. Não quero voltar ao serviço tão cedo.

Ophélie se surpreendeu. Já era quase meia-noite, uma hora engraçada para um cochilo. Archibald tinha mesmo avisado que o dia e a noite não faziam sentido nenhum na corte do Polo.

Ela notou um elevador suntuoso bem no meio do corredor; devia ser reservado para a família. Reparou mais à frente uma porta cuja placa tinha sido coberta por um lenço preto. Seguindo seu olhar, Raposa sussurrou no seu ouvido:

— O quarto conjugal do falecido senhor e da falecida senhora, os pais dos jovens mestres. Eles morreram faz anos, mas o quarto nunca foi apagado.

Apagar um quarto? Ophélie tentou questionar Raposa com o olhar, mas ele não explicou. Ele empurrou o carrinho de bagagens até uma porta no fim do corredor, marcada por letras formando o nome "Archibald". Ophélie entrou atrás dele em uma antessala duas vezes maior que o salão da Berenilde na mansão. Uma lareira imensa de mármore rosa, janelas altas que iam até o teto, retratos de pé, estantes em todas as paredes, dois lustres de cristal, móveis esculpidos como obras de arte... Essa família realmente tinha mania de grandeza. Uma vitrola, que alguém com certeza mantinha funcionando continuamente, emitia o som nasalado de uma ópera.

Ophélie caiu, com um pequeno choque, sobre seu próprio reflexo em um enorme espelho de parede. Um rosto lunar empoleirado em um corpo chato. Mesmo com os traços de um homem, ela não se orgulhava da aparência. Cabelos pretos, rosto branco, colete preto, calças brancas, parecia uma foto velha.

— O quarto do sr. embaixador — comentou Raposa, indicando uma porta fechada. — Para o seu serviço, a entrada será sempre aqui.

Ele abriu uma porta azul-celeste, do outro lado da antessala, que dava em um elegante quarto de mulher. Era um cômodo grande e claro, sem exageros decorativos. Saída de aquecedor, banheira com pés, telefone na parede, tinha todas as amenidades para cuidar do conforto de Berenilde. Archibald não tinha brincado com sua convidada, ela viveria como uma rainha.

Por outro lado, Ophélie ficou chocada por não ver nenhuma janela.

— Originalmente era um simples armário — disse Raposa, pegando uma mala. — Mas o senhor aumentou para a ocasião.

Ophélie tomou nota mentalmente. No Luz da Lua, apagavam cômodos e criavam novos quando necessário.

Ela ajudou Raposa a descarregar o carrinho de bagagens: as malas de vestidos, as caixas de sapato, os cofres de joias...

— Você é meio desajeitado, né? — riu Raposa quando Ophélie derrubou uma pilha de caixas pela segunda vez.

Eles deixaram todas as coisas no quarto, ao lado do biombo. Ophélie não entendia ainda todas as sutilezas do trabalho doméstico, mas sabia que como pajem não tinha o direito de tocar nas roupas de sua senhora. Seria o papel das empregadas guardar tudo nos armários.

— Me mostra melhor sua chave — pediu Raposa quando eles acabaram. — Vamos ajustar o seu relógio com o da sua senhora.

Ophélie estava se acostumando a não entender nada; entregou a chave sem reclamar.

— Rua dos Banhos — disse ele, lendo a etiqueta. — Coitado de você, o Papel-Machê te botou bem do lado das latrinas! Todo mundo se esforça para não acabar por ali.

Raposa se dirigiu para o belo relógio da lareira. Se aproximando, Ophélie notou que ele indicava palavras no lugar das horas: "ziguezague", "quase lá", "ricochete", "grande angular"... Raposa girou a agulha maior até "banhos". Um segundo quadrante menor marcava uma série de números; ele colocou a agulha no seis.

— Pronto! Agora, como sou um cara corajoso, vou te mostrar o seu quarto.

Ophélie começava a suspeitar que o ruivo não ajudava apenas por boa vontade. Ele esperava alguma coisa em troca, dava para sentir pelos sorrisos. Ela não tinha nada para retribuir, como explicar?

Eles pegaram o corredor no sentido oposto e desceram pelo elevador de serviço, desta vez até o subsolo do castelo. Raposa passou primeiro pela lavanderia e entregou para Ophélie um jogo de roupas de cama para o quarto; ele aproveitou para pegar uma camisa e calções limpos. Atravessaram então uma área de serviço coletiva, armazéns, uma sala de cofres e uma despensa imensa. Ophélie se perdeu inteiramente quando eles entraram no dormitório. Uma sequência interminável de números se estendia ao longo de corredores tortuosos, todos com nomes de rua. As portas eram abertas e fechadas por empregados, alguns exaustos depois do serviço, outros acordando de cochilos, como se fosse ao mesmo tempo manhã e noite. Todos pareciam muito sensíveis, irritados com uma porta batendo, um cumprimento nervoso demais ou um olhar torto. Barulhos de sinos vinham de todos os lados.

Tonta com a confusão do ambiente, carregando seus lençóis, Ophélie tinha dificuldade para ouvir Raposa, que andava em passos largos à sua frente.

— O dormitório é dividido em alas — explicou. — Cozinheiros com cozinheiros, jardineiros com jardineiros, faxineiras com faxineiras, pajens com pajens. Aperta o passo, menino! — exclamou bruscamente, consultando o relógio de bolso. — As festividades vão começar em breve, lá em cima, e minha senhora não vai querer perder por nada.

Quando ele fechou a tampa com um gesto apressado, Ophélie se lembrou de repente de Thorn, segurando o relógio de bolso, grande demais para a cadeira. Só fazia algumas horas e já parecia dias. Por que ela pensava nisso agora?

Ophélie foi arrancada dos pensamentos pelo olhar brutal que recebeu de uma mulher ao virar uma esquina. Um meio-olhar, na verdade. Um monóculo preto ocultava seu olho esquerdo. Ela examinava Ophélie de cima a baixo, sem dizer uma palavra, sem um sorriso, com tanta insistência que era constrangedor.

Raposa se inclinou profundamente.

— Saudações, minha linda! Onde você foi se meter?

Ophélie se perguntava o mesmo. A mulher estava coberta de fuligem da cabeça aos pés. Ela vestia um uniforme de mecânico. Os cachos, escuros como a noite e cortados bem curto, caíam em mechas agressivas sobre o rosto.

— Estou vindo do aquecedor, que continua dando problema — respondeu com uma voz mal-humorada. — E quem é esse?

Ela indicou Ophélie com um olhar duro, azul-elétrico. Essa mulher não era muito mais velha do que ela, mas exalava um carisma espantoso.

— O pajem da sra. Berenilde — gargalhou Raposa. — Nem sei como se chama, ele não fala nada!

— Ele parece interessante.

— Vai, não implica! É a primeira vez que o coitado vem pra cá, estou mostrando as coisas.

— Gratuitamente, tenho certeza? — ironizou a mulher.

— Garoto — disse Raposa, se virando para Ophélie —, essa morena charmosa é Gaelle, nossa mecânica. Aquecimento, encanamento, canalização, é tudo trabalho dela.

— Não sou a *sua* mecânica — resmungou Gaelle. — Estou a serviço da Madre Hildegarde.

— E como a Madre Hildegarde é a arquiteta do Luz da Lua — continuou ele com um tom doce demais —, dá na mesma.

A mecânica ignorou o lenço que Raposa oferecia. Ela retomou o caminho com passos tranquilos e esbarrou em Ophélie, cujos lençóis caíram no chão.

Raposa guardou o lenço, contrariado.

— Parece que você chamou atenção dela. Mas não encosta, hein! Faz anos que eu desejo essa aí.

Enquanto recolhia os lençóis, Ophélie quis tranquilizá-lo. A última coisa na sua cabeça era flertar com uma bela mecânica.

— Rua dos Banhos! — anunciou finalmente Raposa, alguns corredores depois.

Eles tinham chegado a uma passagem de tijolos podres de umidade e atmosfera nauseabunda. Ophélie encaixou a chave na fechadura da porta de número 6. Raposa acendeu a lanterna a gás e fechou a porta atrás deles. Quando Ophélie descobriu o espaço íntimo reservado para ela pelos meses seguintes, sua boca secou. Paredes sujas, uma cama torta, uma bacia de cobre velha, um cheiro horroroso... Era repugnante.

"Manter o quarto em bom estado", tinha mandado o gerente. Ele estava rindo da cara de Mime.

— Isso, meu garoto — disse Raposa, apontando um quadro acima da cama —, é o seu novo pesadelo.

No quadro, uma série de sininhos estava presa a várias etiquetas: "salão de baile", "bilhar", "salão de chá", "fumódromo", "biblioteca"... Raposa mostrou os sinos para "quarto".

— Você agora está conectado ao relógio pessoal da sua senhora. Vai acordar e dormir no mesmo ritmo que ela. E no Luz da Lua, cara, isso pode acontecer a qualquer hora. Nunca falta inspiração ao senhor no que diz respeito a divertir a galeria, pode vir a qualquer momento da noite.

Raposa pegou um banquinho e deixou cair seu corpo enorme e forte, apontando para Ophélie se sentar na sua frente.

— Agora, vamos conversar.

Ophélie e sua pilha de lençóis se instalaram na cama; os pés de trás cederam imediatamente ao peso.

— Seu sortudo, você se deu bem. Faz 23 anos que eu trampo no Luz da Lua, então experiência não me falta. Além do mais, sou um cara legal, não um desses mil venenosos que você encontra por aí. Quando te vi chegar com essa cara perdida, me disse na hora: "Meu caro Renold, esse garoto vai ser devorado vivo pelo primeiro que aparecer, você precisa dar uma mãozinha".

Ophélie piscou para indicar que estava acompanhando. Fazendo o banquinho ranger, Raposa se aproximou dela, tão perto que por um instante ela temeu que ele esbarrasse nos óculos. E Mime não usava óculos.

— O que eu proponho é o seguinte: te ensino tudo que você precisa saber aqui, e em troca só peço uma contrapartida insignificante.

Ele desabotoou o casaco e tirou de um bolso interno uma pequena ampulheta vermelha.

— Você sabe o que é isso?

Ophélie fez que não com a cabeça.

— Imaginei. Essas coisas só são feitas por aqui. Em suma, os nobres metidos daqui nos agradecem com essas gorjetas. As ampulhetas só aparecem em quatro cores. Verdes, vermelhas, azuis e amarelas. Ah, as amarelas!

Raposa revirou os olhos em êxtase e colocou a ampulheta na mão de Ophélie.

— Olhe bem.

Ophélie avaliou o objeto. Não era maior que um polegar, mas era pesado, como se a areia tivesse sido substituída por bolinhas de chumbo. Estava identificado por uma plaquinha de cobre: "estação balneária".

— Tem todo tipo de destino — explicou Raposa, ao ver sua confusão. — Ruas de comércio, bairros de mulheres, salões de jogo e muito mais! O truque é se dar bem, porque você nunca sabe realmente onde vai parar. Uma vez, arranjei um que tinha o nome pomposo de "lufada de ar puro" e acabei em um chalé miserável no meio da montanha.

Ophélie esfregou o nariz, sem entender bem. Virou a ampulheta, mas, para sua surpresa, os grãos não escorreram. Raposa gargalhou da sua cara estupefata e indicou um anel de metal que ela não tinha visto.

— Pode virar a ampulheta para tudo quanto é lado, não vai funcionar enquanto o lacre estiver intacto. Mas não encosta, hein, não quero te ver sumir com minha folga! Olha só.

Ele apontou com o dedo um selo dourado incrustado na madeira:

MANUFATURA FAMILIAR

H^{DE} & C^{IA}

— É a Madre Hildegarde que fabrica — explicou Raposa. — Um bibelô sem esse selo não vale mais do que as unhas do meu pé. Não aceite bugigangas, hein, a falsificação cresce mais aqui do que em qualquer outro lugar.

Com um gesto rápido, ele confiscou a ampulheta e a colocou no bolso.

— Conselho de amigo, se você não quiser ser roubado, use os cofres ou gaste as ampulhetas logo. Uma vez, um velho camarada tinha acumulado doze anos de salário no que acreditava ser o esconderijo ideal. No dia em que roubaram tudo, ele se enforcou.

Raposa se levantou, empurrou a bacia sob uma torneira e a encheu de água.

— Volto a trabalhar em breve, você deixa eu me limpar um pouco aqui?

Ophélie tentou fazer uma cara de reprovação para desencorajá-lo, mas ele se despiu na frente dela sem o menor pudor. Logo ele só vestia uma corrente no pescoço com a chave pessoal. Não era nada confortável carregar no corpo o rosto de outra pessoa, Ophélie precisava aprender a trabalhar suas expressões.

— Essas ampulhetas são nossas folgas — continuou Raposa na bacia. — Não sei desde quando você serve a Berenilde, mas suponho que não sejam dias cheios de descanso. E aqui, com o estilo de vida desses senhores e senhoras, é ainda pior! As coisas ficaram tão doidas para os serviçais que alguns começaram a reclamar sem parar pelas costas dos mestres. A Madre Hildegarde teve então a ideia das ampulhetas. Me passa uma toalha, por favor?

Ophélie o entregou a toalha, evitando olhar. Ela se sentia extremamente constrangida. Esse homem estava tomando banho bem debaixo do seu nariz e não parecia ter nenhuma pressa para se vestir.

— Como sou gente boa, me contento com as suas dez primeiras ampulhetas, todas as cores misturadas — declarou então Raposa. — Depois disso, o que você receber é só seu.

Ele saiu da bacia, se enrolou na toalha e se esfregou. Seus cabelos ruivos estavam despenteados quando ele se curvou na direção de Ophélie, estendendo a mão para concluir. Ela sacudiu a cabeça com insistência. Não tinha entendido nada dessa história de ampulhetas e se recusava a fechar um acordo sem conhecer todas as cláusulas.

— Que foi, vai ficar de frescura? Você tá sabendo que outros filariam seu salário sem pedir sua opinião? Já o Raposa aqui se compromete com te informar sem malícia e em te proteger com unhas e dentes se precisar. Vale o triplo do que estou pedindo!

Ofendido, ele virou as costas, enfiou a camisa limpa e abotoou por cima o uniforme de pajem. Quando virou de volta para Ophélie, a raiva tinha sido substituída por um enorme sorriso.

— Tudo bem, garoto, não é mesmo para ser frouxo. Vamos combinar então de você só me entregar as ampulhetas verdes, que tal?

Ophélie ficou imóvel frente à mão que Raposa estendia. O sorriso dele aumentou.

— Você não é tão ingênuo quanto parece, cara. Juro que não estou tentando te passar a perna. As verdes são as ampulhetas de menor valor. Quer que eu te explique como funciona?

Ophélie concordou. Ela teria ficado mais confortável se ele vestisse calças.

Raposa abotoou as mangas com um ar professoral.

— Quatro cores, então quatro valores. As verdes, mais comuns, te dão direito a um dia de folga na Cidade Celeste: mercado, fumódromo de ópio, feira, sauna... Mais uma vez, desejo que você tenha sorte.

Para o enorme alívio de Ophélie, ele abotoou finalmente as calças e amarrou o calção.

— Já as vermelhas levam a alegria para mais longe. Um dia de permissão! Não é para confundir com as verdes, hein? Com essas, você tem a autorização oficial para sair para o mundo de verdade. Você escolhe o destino, dá a largada e pode aproveitar até a ampulheta terminar de escorrer. Essas eu guardo para os dias bonitos!

Raposa se curvou para um espelhinho colado na parede. Ele ajeitou para trás a cabeleira vermelha e passou uma mão satisfeita pelo queixo potente, perfeitamente imberbe.

— Com as azuis, é coisa de qualidade — continuou com um suspiro apaixonado. — Você precisa ser ambicioso para conseguir, mas o jogo vale a pena. Essas ampulhetas te mergulham em um verdadeiro sonho acordado. Provei duas vezes e tenho calafrios só de pensar.

Ele passou o braço pelo ombro de Ophélie. Ela se parabenizou por ter enrolado a trança em um coque. Se Raposa sentisse cabelo onde Mime não os tinha, as coisas dariam errado.

— Tente imaginar as cores mais vivas, os perfumes mais atordoantes, as carícias mais enlouquecedoras — murmurou. — Mesmo assim é menos do que essa ilusão pode trazer. Um prazer soberano, tão intenso que é quase insuportável e que, ao acabar, te deixa de luto.

As doze badaladas de meia-noite soaram à distância. Raposa soltou Ophélie e verificou rapidamente sua aparência.

— Bom, uma grande besteira. Eles sempre dão um jeito de você provar uma vez. Depois, você fica à mercê deles e pede mais, em uma esperança completamente louca de um dia conseguir a recompensa suprema, uma ida sem volta ao paraíso: a ampulheta amarela. Entendeu melhor, garoto?

O que Ophélie entendeu mesmo é que essas ampulhetas eram uma verdadeira armadilha.

— Bom, enfim, o que você decidiu? — apressou Raposa, agitando o relógio. — Dez ampulhetas verdes e eu te ensino tudo que você precisa saber para se encontrar no Luz da Lua. Acordo feito?

Ophélie levantou bem o queixo e o encarou no fundo dos olhos. Ela ainda não sabia nada desse mundo e precisava de um guia. Talvez esse homem fosse trair sua confiança ou dar maus conselhos, mas como ela saberia se não desse uma chance? Ela não podia seguir em frente sem se arriscar.

Dessa vez, aceitou com vontade o aperto de mão de Raposa. Ele esmagou seus dedos com um riso cordial.

— Na hora certa! Vou acabar com a sua inocência logo, logo, você não vai se arrepender. Dito isso, tenho que ir. Soou meia-noite e a sra. Clothilde demanda meus serviços!

A CRIANÇA

Quando Raposa foi embora, Ophélie teve a impressão de que levou com ele o pouco calor do cômodo. Estreito, cinza e gelado, o lugar parecia uma cela de prisão. Ophélie levou a mão ao pescoço por reflexo, mas o bom e velho cachecol não estava mais lá. Berenilde a obrigara a deixá-lo em uma mala no solar. Só de pensar em passar meses sem ver o cachecol empoeirado e agitado, ela sentiu um aperto no coração.

Colocou um calço sob a cama torta e deitou com um suspiro. Não tinha dormido nada desde que Berenilde a acordara às quatro da manhã para ensiná-la a sentar-se em uma cadeira.

Enquanto se familiarizava com as teias de aranha no teto, Ophélic reconsiderou a história das ampulhetas. Objetos que transportam para todo tipo de destino, por algumas horas... Ela achava que os empregados domésticos recebiam salário pelo serviço. É verdade que não sabia muito sobre dinheiro – trabalhava como voluntária em Anima –, mas mesmo assim parecia um tremendo golpe.

Ophélie levantou as mãos enluvadas e as contemplou, pensativa. Nessa noite, especialmente, sentia falta do museu de história primitiva. Quanto tempo fazia desde que tinha *lido* uma antiguidade? Esses dez dedos desajeitados, que só serviam para perícia, só seriam usados agora para satisfazer os caprichos de Berenilde?

Ophélie apoiou as mãos no colchão. Estava com saudades de casa. Desde que chegara ao Polo, não tinha recebido uma única carta dos pais, da irmã ou do tio-avô. Será que já tinha sido esquecida?

Não posso demorar aqui, pensou, deitada de costas. *Berenilde vai precisar de mim.*

Entretanto, se deixou levar preguiçosamente pelos ruídos do dormitório. Os passos apressados. O timbre dos sinos. As descargas dos banheiros ao lado.

O teto começou a se mexer. Surgiram pinheiros altos e as teias de aranha se transformaram em uma floresta selvagem que se estendia até o horizonte. Ophélie sabia que depois dessa floresta tinha terra, mar e cidades, sem interrupção, sem quebra, porque esse solo pertencia ao velho mundo. A paisagem ficou difusa e uma silhueta longa e magra surgiu ao longe. Carregada a contragosto, Ophélie foi arrastada com força até esse homem que fechava o relógio de bolso na cara dela.

"Eu me preocupo de verdade com o seu destino."

Ophélie acordou de sobressalto e encarou o teto do quarto com um ar chocado. Thorn tinha mesmo dito essas palavras? Ela se sentou, fazendo a cama ranger, tirou os óculos e esfregou os olhos. Ele tinha dito isso mesmo. No momento ela estivera preocupada demais para insistir no assunto, mas agora voltava à superfície como uma bolha de ar. Era sempre assim com Ophélie, ela reagia com um pouco de atraso.

Brincou com os óculos entre os dedos, nervosa. Thorn se preocupava com ela? Ele tinha um jeito peculiar de demonstrar e ela não sabia o que pensar.

Ophélie de repente se atentou à hora. Recolocou os óculos no lugar e o rosto falso de Mime os absorveu na pele branca. Entreabriu a porta e passou a cabeça para fora a fim de consultar o relógio do corredor. Precisou reler várias vezes. Se esses ponteiros estivessem certos, já eram cinco da manhã! Como ela conseguiu dormir tanto sem nem notar? Parecia que o sono só tinha durado um piscar de olhos.

Ophélie andou trotando, mas logo voltou atrás. Tinha esquecido a chave na porta. O gerente tinha sido muito claro:

sem chave, sua presença no Luz da Lua não tinha nenhuma legitimidade.

Ela se perdeu por um momento no labirinto dos dormitórios, balançada por empregados apressados, caindo em beco atrás de beco. Os convidados de Archibald provavelmente mal se aguentariam de pé a esta hora. Se Ophélie tivesse faltado às suas obrigações, Berenilde a atacaria como nunca com as garras.

Acabou encontrando uma escada em espiral. Foi só pisar no primeiro degrau que chegou ao alto. Ela não passou muito tempo admirada por esse prodígio, já começava a se acostumar às bizarrices do espaço.

A escada dava em um corredor estreito de serviço, comprido e sem janelas. Uma das paredes estava pontuada por inúmeras portas fechadas: "salão de música", "quarto picante", "fumódromo masculino", "fumódromo feminino"... Ao atravessá-lo, Ophélie entendeu que o corredor de serviço dava a volta no castelo. Ela se decidiu por fim pela porta "galeria dos fundos". Tentou então se encontrar nos corredores, mas eram todos parecidos, com chão de madeira envernizada, banquinhos de veludo e belos espelhos de parede.

Ophélie arqueou as sobrancelhas ao ver casais enlaçados de modo apaixonado no fundo de alcovas, e as franziu quando mulheres de anágua atravessaram uma antessala às gargalhadas. Ela não tinha certeza se apreciava o rumo que tomava a festinha de Archibald.

Ophélie passou a cabeça por todas as portas entreabertas, grudou o nariz em todas as janelas. Pavões andavam livremente na mesa da sala de estar. Em uma sala de teatro, ovacionados pelo público, dois homens faziam uma paródia de duelo enquanto declamavam poesia. No jardim, jovens aristocratas participavam de uma corrida de automóveis entre os canteiros de flores. Sob as névoas espessas dos fumódromos, muitos nobres tinham perdido a peruca e outros, ao contrário, só tinham a cabeça coberta. Na biblioteca, velhas senhoras liam obras libertinas em voz alta; Ophélie ficou chocada ao notar a vó de Thorn gargalhando entre elas. Não encontrava Berenilde ou a tia Roseline em lugar algum, mas não sabia se isso devia ou não a tranquilizar.

Em todas as salas se encontravam guardas de chapéu, vestindo um uniforme azul e vermelho. Eles ficavam em postura de atenção, com o olhar fixo, como soldadinhos de chumbo. Ophélie se perguntou para que eles serviam.

Ela entrou em um salão de jogos e suspirou de alívio ao ver a tia Roseline, facilmente reconhecível com o vestido preto, dormindo em um divã. A sacudiu levemente pelo ombro, sem conseguir acordá-la. A atmosfera aqui estava impregnada de fumaça narcótica. Ophélie correu os olhos lacrimejantes pelos jogadores de bilhar e de cartas que pegavam no sono em todas as mesas. Discretos como sombras, os pajens continuavam a oferecer conhaque e charutos para os mais resistentes.

Ela encontrou Archibald sentado ao contrário em uma poltrona, costas no assento e pernas cruzadas no respaldo, uma piteira de narguilé na boca. Seu olhar se perdia no vazio com um ar de melancolia pensativa que contrastava com seus sorrisos costumeiros. Ophélie pensou que nunca confiaria nele. Afinal, não se organizam orgias em homenagem a uma mulher grávida.

No fundo da sala, recostada em um sofá, Berenilde jogava xadrez com gestos sonolentos. Ophélie se dirigiu diretamente para ela. Talvez não pudesse falar, mas encontraria um jeito de convencê-la a voltar para o quarto com a tia Roseline antes que tudo passasse dos limites. Ela se inclinou batendo o calcanhar, como os empregados domésticos faziam para anunciar sua presença, mas Berenilde a olhou distraidamente e continuou a partida como se nada tivesse mudado.

Ophélie se sentiu como um móvel.

— Atenção, Cavaleiro — sussurrou Berenilde, avançando a torre. — Vou colocar sua rainha em apuros.

O Cavaleiro? Um pajem não estava autorizado a encarar um nobre, mas Ophélie não resistiu à tentação de olhar de relance para a poltrona vizinha. Ela ficou muito surpresa. Cachos dourados, bochechas rechonchudas, óculos redondos, o adversário de Berenilde roía as unhas com uma expressão trágica. Não devia ter mais de dez anos, suas pantufas mal alcançavam o chão. O que uma criança fazia aqui a essa hora?

— Xeque-mate — avisou Berenilde.

O Cavaleiro soltou um longo bocejo e derrubou a peça com as costas da mão.

— Se o sr. Thorn fosse meu preceptor, eu jogaria xadrez melhor — disse ele com uma voz pegajosa.

— Vamos lá, Cavaleiro, eu cuidei para encontrar o melhor preceptor possível. Não dá para negar seu progresso, te garanto. E, sinceramente, não desejo a nenhuma criança no mundo ter meu sobrinho como professor.

O Cavaleiro mergulhou um biscoito em um copo de leite e mordeu, cobrindo de migalhas a bela calça de veludo.

— Perdão, madame, a senhora está completamente certa. Sou muito grato por tudo que a senhora faz por mim.

— Você está bem, morando com seu tio?

— Sim, senhora. Ele ouve um pouco mal, mas me dou incrivelmente bem com os cães.

Ophélie achava essa cena extraordinária. Algumas salas ao lado, homens e mulheres cediam a todos os excessos.

A fumaça inebriante que enevoava a sala já começava a amolecê-la e ela não tinha nenhuma vontade de acabar no divã com a tia Roseline. Ela podia tossir para chamar atenção de Berenilde, mas tinha medo de se revelar. Levou um susto quando o Cavaleiro olhou para ela com os óculos de fundo de garrafa. Ele tinha, das pálpebras às sobrancelhas, a tatuagem dos Miragens.

— Você está a serviço da senhora? Você trabalha no solar? Você achou meu quarto bonito?

Ophélie se contentou com piscar, com cara de boba. O quarto de criança era dele, afinal? A curiosidade do Cavaleiro teve pelo menos o mérito de fazer Berenilde reagir, fazendo sinal de conter um bocejo.

— Peço licença, Cavaleiro, mas está tarde. Dancei e brinquei tudo que podia!

— Senhora — disse a criança, inclinando educadamente a cabeça. — Retomaremos nossa conversa em outro momento, se quiser.

Ophélie ofereceu precipitadamente o braço a Berenilde quando a viu vacilar. Seus olhos, normalmente tão límpidos, tinham uma aparência vidrada. Ela tinha bebido e fumado mais do que devia, o que Ophélie achou irresponsável ao extremo, considerando seu estado.

— O que está fazendo assim? — perguntou Berenilde a Archibald.

De cabeça para baixo na poltrona, ele tirou o narguilé da boca e soprou uma fumaça azul. Seu chapéu velho tinha caído e os cabelos claros escorriam até o tapete.

— Observo minha existência por outro ângulo — declarou seriamente.

— Quem diria! E chegou a qual conclusão?

— Que de cabeça para cima ou de cabeça para baixo, é absolutamente vazia de sentido. E que essa posição faz o sangue subir à cabeça — acrescentou com uma careta sorridente. — Você já vai nos deixar? Quer que eu a acompanhe?

— Não, não, continue sua meditação.

Ophélie compreendeu que devia tomar atitude. Com o peso de Berenilde todo sobre seu ombro, ela a sustentou com firmeza através do salão de jogos e dos corredores. Felizmente, chegaram logo em frente à bela grade dourada do elevador.

— Boa noite, senhora! — disse alegremente o ascensorista, inclinando-se.

— Meu quarto — ordenou Berenilde.

— Claro, senhora.

O ascensorista levou o elevador ao último andar do Luz da Lua. Ophélie trincou os dentes conforme elas se dirigiam para os aposentos de Archibald. Berenilde se apoiava pesadamente sobre ela e enfiava as unhas em seu ombro como lâminas. Sua peruca elaborada devia pesar vários quilos por conta própria.

Elas entraram na antessala onde cantava a vitrola, depois nos aposentos destinados a Berenilde. As empregadas já tinham esvaziado as malas e guardado tudo. Assim que Ophélie ajudou Berenilde a se sentar, começou a remexer nos armários. Todo quarto de uma dama digna devia conter sais de amônio. Acabou achando um gabinete onde estavam guardados água mineral, óleo de fígado de bacalhau e uma coleção de vidrinhos. Abriu um e o fechou assim que o cheiro ácido ardeu no nariz. Tinha encontrado.

Ophélie quase deixou os sais caírem no tapete quando Berenilde a segurou pelo punho.

— Aquela criança com quem você me viu — disse com uma voz rouca. — Nunca se aproxime dele, está claro?

A única coisa clara aos olhos de Ophélie, no momento, era que a tia Roseline estava sozinha lá embaixo. Ela puxou a mão de volta e Berenilde acabou soltando.

No corredor, o elevador já tinha descido. Ophélie empurrou a alavanca de chamada; assim que a grade se abriu, o ascensorista engoliu o sorriso amável.

— Foi você que chamou o elevador?

Ophélie concordou e entrou, mas o ascensorista a expulsou com tanta agressividade que ela ficou sem ar.

— Quem você acha que é? Um marquês? Se me perturbar mais uma vez, idiota, vou quebrar seus dentes.

Chocada, Ophélie viu a grade fechar e o elevador de luxo descer. Ela precisou atravessar o longo corredor de quartos para chegar à sala dos empregados. Até a escada de serviço queria contrariar: obrigou Ophélie a descer todos os degraus dos andares, como qualquer escada comum.

Felizmente a tia Roseline não tinha se mexido do divã, drogada pelo vapor ambiente. Os sais que Ophélie passou sob seu nariz tiveram o efeito de um tapa.

— Bola fedida e meias imundas! — resmungou ela, afastando o vidrinho.

Ophélie piscou várias vezes para incitar a tia a mais discrição. Se começasse a xingar como uma Animista, o disfarce seria notado logo. Roseline se recompôs ao ver a cara pálida de Mime acima dela, então correu um olhar perdido pelos jogadores de carta e bilhar.

— Cadê a Be... a senhora?

Como resposta, Ophélie estendeu a mão. Elas saíram discretamente do cômodo e, alguns andares depois, chegaram ao quarto de Berenilde. Ela havia tirado a peruca e esticado o fio do telefone até perto da cama.

— Meus empregados voltaram — anunciou ao interlocutor. — Mais tranquilo agora? Esta primeira noite transcorreu sem a menor dificuldade.

A tia Roseline, que tinha acabado de encontrar um leque, o agitou com dignidade ofendida. Claramente, ela tinha uma opinião diferente sobre a noite que passara.

— Vou usar minha chave, não precisa se preocupar — continuou Berenilde. — Não, eu te ligo. Tchau.

Ela entregou o telefone de marfim para Ophélie.

— Esse garoto ficou atencioso de repente — disse Berenilde, com uma pontada de sarcasmo.

Ophélie desligou o telefone com mais impaciência do que devia. "Eu me preocupo de verdade com o seu destino", hein? Que bem ele fez! Berenilde e Archibald eram tão irresponsáveis quanto crianças mimadas e Thorn sabia. Um homem que consente em abandonar a própria noiva em tal ninho de cobras não pode dizer decentemente que se preocupa com ela.

— Feche a porta — pediu Berenilde da cama.

Ela tinha soltado a corrente para entregar para Ophélie a bela chave decorada com pedras preciosas que tinha recebido de Archibald. No primeiro clique da fechadura, um silêncio pesado como chumbo caiu sobre elas. Na antessala, do outro lado da porta, a música rouca da vitrola tinha parado bruscamente.

— Agora podemos falar à vontade — declarou Berenilde com um suspiro exausto. — Estaremos protegidas dos fofoqueiros enquanto a porta estiver trancada à chave.

Como Ophélie e a tia Roseline se entreolhavam, indecisas, Berenilde estalou a língua, irritada. Conforme suas mãos arrancavam os grampos do penteado, os cachos dourados quicavam graciosamente nos ombros.

— Os quartos do Luz da Lua são os mais seguros do Polo, senhoras. Cada volta de chave nos separa do mundo. É um pouco como se não estivéssemos mais aqui, entendem? Vocês podem se esgoelar que ninguém vai ouvir do quarto ao lado, mesmo grudando a orelha na porta.

— Não sei se isso me tranquiliza tanto — soprou a tia Roseline.

— Só vamos ficar trancadas para descansar — insistiu Berenilde com a voz cansada. — E por favor, diminua essa luz!

Com essas palavras, enfiou a cara no travesseiro e massageou as têmporas com uma expressão de dor. Seus lindos cabelos estavam amassados por causa da peruca e a pele, normalmente tão sedosa, estava pálida e opaca como uma vela. Entretanto, Ophélie devia admitir que a sua beleza impressionava ainda mais quando cansada.

A tia Roseline diminuiu a luminosidade do quarto e tremeu ao cruzar o olhar anônimo de Mime.

— Não me acostumo com essa fantasia grotesca! Você não pode tirar enquanto estivermos juntas?

— É melhor não — disse Berenilde. — Ophélie não vai dormir com a gente, só as damas de companhia e as babás têm autorização para compartilhar da intimidade da patroa.

O tom naturalmente amarelo da pele da tia Roseline empalideceu.

— Onde ela vai dormir, então? Eu preciso tomar conta da minha afilhada, não de você!

— Já tenho um quarto conectado ao de vocês — assegurou Ophélie, mostrando a chave. — Não estarei longe.

No fundo, esperava que a tia nunca pisasse na Rua dos Banhos.

— Cadê a mamãe? — preocupou-se Berenilde, que notava de repente sua ausência.

— Na biblioteca — disse Ophélie. — Ela não parecia entediada.

Optou por ignorar as leituras libertinas que a avó fazia com outras senhoras da mesma idade.

— Você vai buscá-la daqui a pouco, querida. Por enquanto, faça um chá pra gente.

Os aposentos de Berenilde dispunham de uma pequena cozinha. Enquanto a tia Roseline colocava uma chaleira no fogo, Ophélie preparava as xícaras. Conseguiu só quebrar uma.

— Por que não posso me aproximar do Cavaleiro? — perguntou, procurando o açucareiro no armário.

Berenilde secou a testa com o lenço de renda, prostrada na cama. Se não tivesse adoecido depois de tudo que tinha bebido e inalado esta noite, seria muita sorte.

— Nem você nem a sra. Roseline — suspirou. — Ele é um ilusionista temível. Você perderia o jogo dele, minha querida.

— Mas vocês estavam uma graça juntos — se espantou Ophélie, recolhendo o açúcar que tinha derrubado no chão.

— Uma outra batalha acontecia por trás da nossa inocente partida de xadrez. Aquela criança tenta me prender na armadilha da sua imaginação e fico exausta ao tentar escapar! Ele seria capaz de brincar com vocês só porque são da minha comitiva.

— Brincar com a gente? — perguntou a tia, franzindo as sobrancelhas.

Berenilde rolou a cabeça no travesseiro e sorriu com desdém.

— Conhece a hipnose, sra. Roseline? É como sonhar acordado — disse, arrastando cada "r". — Mas é um sonho forçado.

— Que venenoso! Lá em casa, as crianças não são todas uns anjinhos, claro, mas a travessura mais grave que cometem é tocar uma campainha e sair correndo que nem coelhinhos.

Ao escutá-la, Berenilde soltou um riso tão vazio de alegria que Ophélie sentiu calafrios.

— O que ele tem contra você? — insistiu. — Te achei até benevolente.

Berenilde empurrou os sapatos com a ponta dos pés e contemplou o céu pintado no teto acima da cama.

— Tenho uma dívida com ele. É uma velha história, te conto outro dia.

O apito da chaleira preencheu o silêncio que se seguiu. A tia Roseline serviu o chá, apertando a boca como um pregador de roupa, mas Berenilde afastou a xícara com uma cara enjoada.

— Minha querida Ophélie, você pode trazer meus cigarros, meu isqueiro e um pouco de licor, por favor?

— Não.

Berenilde se levantou no travesseiro e a tia Roseline deixou cair o chá. Igualmente incrédulas, encararam o homenzinho plantado no meio do tapete, com um açucareiro na mão.

— Acho que não te ouvi direito — disse Berenilde com doçura exagerada.

— Não — repetiu Ophélie calmamente. — Perdão pela sinceridade, mas consigo sentir o seu hálito daqui. Não está vendo que está fazendo mal para você e para o bebê? Se é incapaz de ser razoável, eu serei no seu lugar.

Os dentes de cavalo da tia Roseline se mostraram para um breve sorriso.

— Ela tem razão, uma mulher da sua idade devia ser ainda mais cuidadosa.

Berenilde arqueou as sobrancelhas e cruzou as mãos na barriga, assustada.

— Da minha idade? — balbuciou sem emoção. — Como ousa?

Exausta demais para sentir raiva, ela deixou logo a cabeça pesar no travesseiro, em uma chuva de cachos loiros.

— É verdade que estou me sentindo meio estranha. Estou com medo de ter sido irresponsável.

— Vou buscar uma roupa de dormir — declarou com secura a tia Roseline.

Deitada na cama, perdida no lindo vestido amarrotado, Berenilde parecia de repente tão vulnerável que Ophélie se emocionou a contragosto. *Eu devia detestar essa mulher*, pensou. *Ela é caprichosa, narcisista e calculista. Por que, então, não consigo deixar de me preocupar com ela?*

Ophélie puxou uma cadeira para perto da cama e se sentou. Ela acabava de entender qual seria, sem dúvida, seu verdadeiro papel aqui. Proteger Berenilde de seus inimigos, de sua família... e de si própria também.

A BIBLIOTECA

As semanas que se seguiram foram as mais estranhas da vida de Ophélie. Nem um dia se passou – ou melhor, "uma noite", porque nunca era dia no Luz da Lua – sem que Archibald tivesse a vontade de organizar um baile de máscaras, um grande banquete, uma encenação improvisada ou alguma excentricidade inventada. Para Berenilde, era questão de honra estar presente em todas as festas. Ela conversava, sorria, bordava, jogava, dançava e, finalmente, na intimidade do quarto, desmaiava de exaustão. Essas pausas não duravam nada; Berenilde tinha pressa para aparecer em público de novo, ainda mais resplandecente do que antes.

— A corte segue a lei do mais forte — repetia para Ophélie, nos raros momentos em que estavam sozinhas. — Mostre um sinal de fraqueza e amanhã todos os jornais só vão falar da sua decadência.

Tudo era muito bonito, mas Ophélie precisava viver no mesmo ritmo. Cada sala do Luz da Lua continha um "relógio doméstico", um dispositivo em que bastava ajustar os ponteiros para o quarto correto do alojamento para solicitar o pajem de qualquer lugar do castelo. O painel de sinos do número 6 da Rua dos Banhos soava o tempo inteiro, sem que Ophélie conseguisse descansar, tanto que uma vez chegou a pegar no sono servindo chá.

Satisfazer Berenilde era exaustivo. Ela pedia formas de gelo, biscoitos de gengibre, tabaco mentolado, um apoio para pés da altura correta, travesseiros sem plumas, e era responsabilidade de Ophélie se virar para encontrar o necessário. Ela suspeitava que Berenilde estivesse se aproveitando da situação, mas o lugar da tia, presa à passividade das damas de companhia, não lhe causava mais inveja.

Além disso, Archibald às vezes ordenava grandes sessões de ócio. Seus convidados eram então obrigados a ficar sentados, sem fazer nada além de fumar. Os que liam ou cochichavam para evitar o tédio eram muito mal-vistos nessas sessões. Ophélie ficaria agradecida por isso, se não tivesse que se manter de pé ao lado de Berenilde, cercada do vapor de ópio.

Contudo, o problema mais difícil de resolver era o banheiro. Como pajem, ela não tinha acesso às cabines para mulheres. Àquelas que pertenciam aos homens não davam privacidade. Ophélie precisava aproveitar quando estavam vazias, o que era raro.

Cuidar das suas roupas também não era uma tarefa fácil. Ophélie podia levar as camisas, os lenços, as calças e os calções à lavanderia, mas não tinha outro colete de uniforme para trocar. E sem o colete, não era mais Mime. Precisava então lavar o colete por conta própria, na bacia do quarto, e vesti-lo mesmo antes de secar.

Ficava resfriada com tanta frequência que até Raposa se compadeceu.

— É uma pena que tenham te colocado em um quarto tão úmido, cara! — suspirou ao ver Ophélie assoar o nariz em pleno serviço. — Me arranja mais uma ampulheta que eu dou um jeito da Gaelle te botar perto do aquecedor.

Era fácil falar. Desde que Ophélie começou a trabalhar para Berenilde, não tinha recebido nenhuma folga. Era justo reconhecer que, por quebrar os pratos de porcelana de Archibald, não podia esperar qualquer favor vindo dela. Felizmente, encontrou na avó de Thorn uma aliada preciosa; foi ela que entregou sua primeira ampulheta verde, para agradecer por ter levado um xale. Enquanto Ophélie procurava uma caixa de rapé, passou por Raposa, que estava servindo o chá da dama Clothilde. Aproveitou para entregar a gorjeta para ele.

— Parabéns, garoto! — comemorou ele, guardando a ampulheta. — Como prometido, vou te ensinar a primeira lição.

Ele apontou discretamente com o olhar para os guardas parados no corredor.

— Esses senhores não estão aqui só para compor cenário — sussurrou bem baixo. — Eles garantem a segurança da família e dos convidados. Cada um tem uma ampulheta branca, passagem só de ida para as masmorras! Se você esquecer a chave alguma vez, ou der um passo em falso, eles vão te pegar em um piscar de olhos.

No mesmo dia, Ophélie arranjou uma corrente para carregar sempre a chave no pescoço. Ela passava pelo controle todas as manhãs; não queria mais correr qualquer risco.

No geral, essas medidas eram compreensíveis. Archibald oferecia asilo aos nobres que temiam pela própria vida, aos ministros em destaque, às favoritas que eram alvo de inveja. Ophélie logo se deu conta que ninguém aqui realmente se gostava. Os Miragens não viam com bons olhos a presença de Berenilde entre eles, mas também desconfiavam de Archibald e das irmãs, a quem confiavam suas vidas. Sorriam muito, mas os olhares eram duvidosos, as frases ambíguas, o ar contaminado. Ninguém confiava em ninguém, e se essa gente toda ficava tonta de tanto festejar, era para esquecer a que ponto temiam uns aos outros.

Entre todos, quem mais desconcertava Ophélie era o pequeno Cavaleiro. Ele era tão jovem, tão educado e tão deslocado atrás dos óculos grossos que dava a impressão de ser completamente inocente. No entanto, deixava todo mundo desconfortável, especialmente Berenilde, cuja companhia ele buscava com ardor. Ela conversava com ele sem nunca o olhar nos olhos.

Ophélie não tardou a descobrir novos rostos no Luz da Lua. Muitos cortesãos e funcionários iam e vinham como se só estivessem de passagem. Ela os via se enfiando nos elevadores altamente vigiados, na galeria central do castelo. Alguns só desciam alguns dias depois, outros nunca voltavam.

Berenilde se virava cada vez que surpreendia alguém subindo em um dos elevadores. Ophélie entendeu então que levavam à torre de Farouk. Estupefata, estudou com atenção a embaixada a partir dos jardins. O castelo parecia um espaço delimitado com perfeição, com telhados e torres normais sob a noite estrelada. No entanto, alguns elevadores passavam do céu, entrando em um mundo invisível.

— Lição número dois — disse Raposa quando Ophélie conseguiu outra ampulheta. — Você já deve ter notado que a arquitetura aqui é muito flexível. Nunca demore muito tempo nas salas provisórias se não estiver vendo mais ninguém. A Madre Hildegarde já apagou cômodos com camaradas ainda lá dentro.

Ophélie sentiu um calafrio de horror.

Ela ainda não tinha encontrado a Madre Hildegarde, mas, de tanto ouvir falar, começava a conhecê-la melhor. Essa tal de Hildegarde era uma arquiteta estrangeira; vinha de uma arca distante e pouco conhecida, Arca-da-Terra, onde se brincava com a espacialidade como se fosse elástica. Ophélie acabou entendendo que não eram as ilusões dos Miragens que desafiavam as leis da física na Cidade Celeste; era o poder prodigioso da Madre Hildegarde. Se os quartos do Luz da Lua eram mais seguros do que cofres, era porque cada volta da chave os trancava em um espaço fechado, separado do resto do mundo, inteiramente inviolável.

Ophélie arranjou papel e um lápis e insistiu para Raposa desenhar um mapa da área durante o café da manhã na copa. Ela estava cansada de se perder nos absurdos do espaço. Quantas escadas levavam a destinos impossíveis? Quantas salas tinham janelas mesmo sem fazer sentido?

— Eita, você está pedindo demais! — protestou Raposa, coçando a cabeleira ruiva. — Quero ver você conseguir colocar numa só folha salas que são maiores do que deviam. Que foi?

Ophélie martelava com o lápis um pequeno corredor que não entendia de jeito nenhum.

— Isso? — perguntou Raposa. — É o que a gente chama de Rosa dos Ventos.

Ele pegou o lápis e desenhou setas grandes, partindo em todas as direções.

— Com essa Rosa dos Ventos, você tem um atalho para as cachoeiras do jardim, um atalho para a sala de jantar maior, um atalho para o fumódromo masculino e uma porta normal que dá no corredor de serviço. O truque é lembrar as cores das portas — concluiu. — Entendeu o princípio?

Enquanto contemplava o rascunho de mapa, Ophélie entendeu principalmente que precisaria exercitar a memória mais do que o senso de orientação. Ela gostaria de perguntar para Raposa onde estava essa famosa Madre Hildegarde de quem ele falava sem parar, mas um mudo não faz perguntas.

Isso não a impedia de aprender muito com esse contato, muito mais do que com Thorn ou Berenilde. Ao longo das refeições que faziam juntos, Raposa se mostrava cada vez mais à vontade com Mime, e às vezes dava conselhos sem ter recebido ampulhetas.

— Garoto, você não pode de jeito nenhum cumprimentar da mesma forma um duque e um barão, mesmo se forem da mesma família! Com um, você se curva até dar de cara com os joelhos. Com o outro, uma leve inclinação da cabeça já basta.

Ophélie começava a se encontrar entre os aristocratas; ela chegava a entender as precedências e suas inúmeras exceções. Os títulos correspondiam aos feudos que os nobres possuíam, na Cidade Celeste ou nas províncias do Polo, a cargos honoríficos ou a privilégios atribuídos por Farouk. Às vezes, aos três ao mesmo tempo.

— Todos notórios incompetentes! — Gaelle se deixou levar. — Eles prendem sóis de mentira em céus falsos e são incapazes de consertar uma caldeira.

Ophélie quase engasgou com a sopa de lentilha e Raposa levantou as sobrancelhas grossas. Normalmente, a mecânica não se metia nos assuntos deles, mas dessa vez tinha se convidado para o jantar. Ela empurrou Raposa no banco, apoiou os cotovelos na mesa e encarou Ophélie com o olho azul-elétrico. Os cabelos curtos da cor da noite e o monóculo preto cobriam metade de seu rosto.

— Faz um tempo que estou te observando e preciso dizer que estou intrigada. Atrás desse ar de não-me-toque, você analisa tudo e todos. Não tem um quê de *espião*?

Gaelle tinha insistido em "espião" com uma ironia que deixou Ophélie desconfortável. Essa mulher de modos bruscos tinha a intenção de denunciá-la aos guardas de Archibald?

— Você vê maldade em tudo, minha linda — interveio Raposa, sorrindo com o canto a boca. — Esse pobre garoto nunca viu nada além do solarzinho da patroa, é normal que ele esteja perdido. E para de se meter no que estou contando, é um acordo entre nós dois.

Gaelle não prestou a menor atenção. Continuou concentrada em Ophélie, que tentava mastigar as lentilhas da forma mais inocente possível.

— Não sei bem — resmungou enfim. — Só sei que você me deixa intrigada.

Ela bateu a mão na mesa para sublinhar a frase e se levantou tão bruscamente quanto tinha sentado.

— Não gosto disso — confessou Raposa com um olhar contrariado quando Gaelle foi embora. — Parece que você *realmente* chamou a atenção dela. Faz anos que cobiço essa mulher.

Ophélie terminou o prato, um pouco inquieta. No papel de Mime, não devia chamar muita atenção.

Ela pensou então na opinião que Gaelle tinha dos nobres. Nesse mundo, os empregados valiam pouco. Eles não pertenciam à descendência de Farouk e vinham do povo dos sem poderes, então precisavam compensar com as mãos o que não podiam fazer com os dons. Merecia mesmo reflexão. Um Miragem que tricota ilusões vale mais do que aqueles que lavam suas roupas e preparam sua comida?

Quanto mais Ophélie frequentava a sociedade do Polo, mais se desiludia. Esperava encontrar gente de confiança, mas só via ao seu redor um monte de criançonas caprichosas... começando pelo mestre da casa. Ophélie simplesmente não entendia como o cargo de embaixador tinha sido atribuído a um homem tão casual e provocador. Archibald nunca se penteava, raramente se barbeava, tinha furos em todas as luvas, todas as sobrecasacas e todos os chapéus, sem que nada afetasse sua beleza angelical. E usava e abusava dessa beleza com as mulheres. Ophélie entendia melhor por que Thorn e Berenilde a protegiam dele: a verdadeira arte de Archibald era conduzir mulheres ao adultério. Levava todas as convidadas para a cama, então contava para os maridos com uma franqueza impressionante.

"Você é gordo que nem um porco!", riu na cara do representante do comércio. "Fique atento, sua mulher é a menos satisfeita entre todas as que tive o prazer de *visitar*."

"Você parece muito interessado na minha irmã Friande", disse com doçura para o guarda dos Selos. "Encoste um dedo nela e farei com que você seja o marido mais corno de todas as arcas."

"Você chega a trabalhar de vez em quando?", perguntou ao tenente da polícia. "Estava falando pra sua mulher ontem mesmo que a gente entra na Cidade Celeste como se fosse um moinho! Não que eu ache ruim, mas já me aconteceu de cruzar com as pessoas mais inesperadas onde elas nunca deveriam ter estado..."

Com essas últimas palavras, Ophélie quase derrubou a bandeja de doces no vestido de Berenilde. Podia ser sorte, mas Archibald ainda não tinha mencionado o encontro. Se a Teia tinha visto a cena por ela, como Thorn parecia acreditar, suas irmãs também continuavam discretas. Estavam desinteressados ou esperavam o melhor momento para comentar com Berenilde? Ophélie tinha a impressão de estar o tempo todo andando na corda-bamba.

Uma manhã, contudo, foi sua vez de descobrir os segredinhos de Archibald. Foi durante uma das raras calmarias em que os convidados se recuperavam da bebedeira da última festa e em que o metrônomo do Luz da Lua ainda não tinha voltado a tocar. Exceto por um nobre que vagava pelos corredores como um sonâmbulo, o olhar vidrado, só alguns empregados rearrumavam o térreo.

Ophélie tinha descido para buscar uma coletânea de poemas que Berenilde, tomada pelos caprichos estranhos das grávidas, exigia com urgência. Quando abriu a porta da biblioteca, Ophélie se perguntou primeiro se os óculos a confundiam. Não havia mais poltronas cor-de-rosa nem lustres de cristal. O cheiro era de poeira, os móveis estavam arranjados de outro jeito e, quando olhou para as estantes, não reconheceu os livros de costume. As obras libertinas tinham desaparecido, assim como as filosofias do prazer e os poemas sentimentais! Só restavam dicionários especializados, enciclopédias estranhas e, principalmente, uma coleção impressionante de estudos de linguística. Semiótica, fonética, criptologia, tipologia das línguas... O que uma literatura tão séria fazia na casa do frívolo Archibald?

Tomada por curiosidade, Ophélie folheou um livro ao acaso, *Da época em que nossos ancestrais falavam várias línguas*, mas quase deixou o exemplar cair no chão quando ouviu a voz de Archibald atrás dela.

— Está achando a leitura inspiradora?

Ophélie se virou e suspirou de alívio. Não era com ela. Não tinha notado antes, mas Archibald e um outro homem tinham entrado e se encontravam na outra ponta do cômodo, inclinados sobre um móvel de madeira. Parecia que eles também não tinham notado sua presença.

— Com certeza, é uma reprodução impressionante — comentou o homem que acompanhava Archibald. — Se eu não fosse um especialista, juraria que era original.

Ele falava com um sotaque que Ophélie nunca tinha ouvido antes. Escondida atrás das prateleiras, não tinha certeza de ter o direito de estar ali, mas não conseguiu evitar uma olhada discreta. O estrangeiro era tão pequeno que precisava subir em uma escadinha para alcançar o móvel.

— Se você não fosse um especialista, eu não teria contratado seu serviço — respondeu Archibald, distraído.

— Onde está o original, *signore*?

— Só Farouk sabe. Vamos nos contentar com esta cópia por enquanto. Primeiro preciso ter certeza se você dá conta dessa tradução. Nosso senhor me encarregou oficialmente de submetê-la a todos os meus contatos, mas ele está perdendo a paciência e tenho hospedada aqui uma concorrente que tenta me passar a perna. Então estou com bastante pressa.

— Vamos lá, sinceramente — riu o estrangeiro com a voz fraquinha. — Posso ser o melhor, mas não espere milagres! Ninguém, até hoje, conseguiu decifrar o Livro de um espírito familiar. O que posso propor é um estudo estatístico de todas as particularidades do documento: o número de símbolos, a frequência de cada um, o tamanho dos espaçamentos. Posso então passar para um estudo comparativo das outras reproduções das quais sou o feliz proprietário.

— É só isso? Paguei para você atravessar o mundo e me dizer o que eu já sei?

O tom de Archibald não revelava nenhuma irritação, mas algo na sua pronúncia doce deixou o estrangeiro desconfortável.

— Perdão, *signore*, mas não tenho como fazer o impossível. O que posso afirmar é que quanto mais comparamos, mais as estatísticas gerais ganham precisão. Talvez seja possível um dia encontrar um pouco de lógica no caos desse alfabeto?

— E dizem que você é o melhor da área! — suspirou Archibald com um tom desolado. — Estamos perdendo tempo aqui, senhor. Permita que eu o acompanhe de volta.

Ophélie se escondeu atrás de um busto de mármore enquanto os dois homens saíam da biblioteca. Assim que eles fecharam a porta, ela se dirigiu com a ponta dos pés até o móvel onde eles estiveram. Um livro imenso se encontrava ali. Parecia muito com aquele dos arquivos de Ártemis. Com as luvas de *leitora*, Ophélie virou cuidadosamente as páginas. Eram os mesmos arabescos enigmáticos, a mesma história muda, a mesma textura de pele. O expert estava certo, essa reprodução era uma pequena obra-prima.

Existiam então outros Livros pelas arcas? Pelo que o estrangeiro falara, cada espírito familiar tinha um exemplar e, pelo que Archibald havia dito, o senhor Farouk sofria para decifrar o seu...

Perturbada, Ophélie foi tomada por um pressentimento. As peças de um quebra-cabeça monstruoso se encaixavam na sua alma. Estava convicta de que essa "concorrente" mencionada por Archibald era Berenilde. No entanto, não era o lugar nem a hora para pensar no assunto. Seu instinto dizia que ela não devia ter ouvido o que ouvira e que era melhor não ficar tempo demais nos arredores.

Ophélie correu para a porta. Quando não conseguiu girar a maçaneta, entendeu que tinha sido trancada. Procurou por uma janela, uma porta de serviço, mas essa biblioteca não se parecia nem um pouco com a que ela conhecia. Não tinha nem uma lareira. A única fonte de luz vinha do teto onde uma ilusão bastante inspirada imitava o nascer do sol no mar.

Ophélie ouviu as batidas do próprio coração e notou de repente que o silêncio que reinava ali era anormal. O barulho das atividades dos empregados não atravessava as paredes. Inquieta, acabou batendo na porta para se manifestar. Os golpes não produziram som algum, como se ela batesse em um travesseiro.

Uma sala dupla.

Raposa já tinha falado dessas salas que sobrepunham dois lugares em um mesmo espaço. Só Archibald tinha a chave que dava acesso a cada um dos dois. Ophélie estava presa na armadilha da duplicata da biblioteca. Ela se sentou em uma cadeira e tentou ordenar os pensamentos. Forçar a porta? Não levava a lugar algum. Uma parte estava lá, a outra não estava mais, e não é possível agir sobre o que não existe. Esperar o retorno de Archibald? Se ele não voltasse por semanas, poderia ser tempo demais.

Preciso encontrar um espelho, decidiu então Ophélie, levantando-se.

Infelizmente, essa biblioteca não tinha a vaidade das outras salas do Luz da Lua. Ela não tentava ser bela nem brincar com a luz. Encontrar um espelho em meio aos livros científicos seria um enorme esforço. Alguns espelhinhos de bolso estavam espalhados pelas estantes, para decifrar textos ao contrário, mas nem a mão de Ophélie passaria por eles.

Encontrou finalmente uma bandeja prateada onde estavam apoiados vidros de tinta. Ela a esvaziou e esfregou com um lenço até conseguir ver seu reflexo. Era estreita, mas serviria, pelo menos. Ophélie a apoiou contra uma escada de biblioteca. Archibald ficaria confuso ao encontrar a bandeja em um lugar tão estranho, mas ela não tinha escolha.

Ajoelhada no tapete, Ophélie se visualizou mentalmente no quarto do dormitório e mergulhou com a cabeça baixa na bandeja. O nariz torceu, os óculos guincharam e a testa ressoou como um gongo. Tonta, contemplou o rosto inexpressivo de Mime à sua frente. A passagem não tinha funcionado?

"Passar espelhos exige enfrentar a si próprio", tinha dito o tio-avô. "Aqueles que escondem o rosto, que mentem para si, que se veem melhores do que são, nunca conseguiriam"

Ophélie entendeu por que o espelho a rejeitara. Ela usava o rosto de Mime e estava em outro papel que não o seu. Desabotoou o uniforme e enfrentou cara a cara seu bom e velho reflexo. O nariz estava vermelho e os óculos tortos por causa do choque. Foi estranho rever sua cara confusa, seu coque bagunçado, sua boca tímida, seus olhos fundos. O rosto podia ser desajeitado, mas pelo menos era o seu.

Com o uniforme de Mime sob o braço, Ophélie desta vez conseguiu atravessar a bandeja. Ela caiu desastrada no chão do quarto, no número 6 da Rua dos Banhos, e correu para vestir o uniforme. Suas mãos tremiam como folhas. Tinha mesmo escapado por um fio desta vez.

Quando subiu para o quarto de Berenilde, no último andar do castelo, foi recebida por um olhar impaciente vindo da banheira.

— Finalmente! Tive que mandar Roseline te procurar e estou sem quem ajude a me arrumar. Não me diga que você esqueceu meu livro, ainda por cima? — disse, irritada ao ver Mime de mãos abanando.

Ophélie deu uma olhada para conferir que não havia ninguém nos aposentos e trancou a porta à chave. A vitrola inebriante da antessala parou de soar: Ophélie e Berenilde tinham sido transportadas para outro espaço.

— O que sou para você? — perguntou Ophélie, com uma voz surda.

A raiva de Berenilde caiu de uma vez. Ela estendeu os belos braços tatuados sobre a borda da banheira.

— Como assim?

— Não sou rica, não sou poderosa, não sou bonita e nem sou amada pelo seu sobrinho — listou Ophélie. — Por que forçá-lo a casar comigo, sendo que minha presença te causa tantos problemas?

Passado o instante de choque, Berenilde soltou uma gargalhada musical. A água cheia de bolhas fez ondas na porcelana da banheira enquanto o ataque de riso durou.

— Que tragédia está passando pela sua cabeça? Te escolhi por acaso, minha querida, podia ter sido sua vizinha. Pare de criancice e me ajude a sair daqui. Essa água está ficando gelada!

Ophélie teve então certeza de que era mentira; "acaso" não fazia parte do vocabulário da corte. O sr. Farouk estava em busca de um expert para desvendar o segredo de seu Livro. E se Berenilde achasse ter encontrado?

A VISITA

Jovem, você é a vergonha da sua profissão — sussurrou Gustave.

Ophélie contemplou a marca escura que o ferro tinha impresso no papel. De todas as tarefas cotidianas, a que ela achava mais ingrata era passar o jornal. Todas as manhãs um pacote de gazetas era entregue no vestíbulo dos empregados domésticos. Os pajens deviam refazer as dobras para que os patrões manejassem com mais facilidade. Ophélie sempre queimava de três a quatro jornais antes de passar um da forma correta. Raposa tinha se habituado a fazer a tarefa por ela, mas não hoje: era ampulheta verde, ele aproveitava uma folga bem merecida. E como Ophélie não tinha sorte, era exatamente o dia em que o mordomo-chefe inspecionava o trabalho.

— Você deve entender que não posso aceitar este tipo de desperdício — disse com um sorriso. — A partir de agora você não terá mais acesso aos jornais. Desta vez, vai entregar para a sra. Berenilde o fruto da sua falta de jeito. Para compensar a falta de língua, tenta ter tripas, hein?

Gustave riu e foi embora em passos apressados. Não era a primeira vez que o mordomo-chefe se divertia fazendo joguinhos com Mime. Sob seu ar suave, ele tinha um prazer perverso em humilhar e denunciar aqueles que não estavam no seu nível. Não era exemplo para ninguém, com a peruca ao contrário, a roupa torta e o hálito de álcool, mas, de acordo com Raposa, já tinha levado alguns empregados ao suicídio.

Ophélie estava cansada demais para se indignar. Enquanto seguia o caminho para o quarto branco, carregando o jornal queimado em uma bandeja, tinha a impressão de estar andando em algodão. Entre a umidade do quarto, a tranquilidade enganosa dos corredores e a falta de sono, tinha acabado gripada. Estava com dor de cabeça, dor de garganta, dor no nariz, dor de ouvido, dor nos olhos, e sentia falta do cachecol velho. Se não tivesse dado todas as ampulhetas para Raposa, teria usado uma com certeza.

Ophélie aproveitou o corredor de serviço para decifrar as manchetes no papel queimado do jornal.

O CONSELHO MINISTERIAL DECEPCIONA NOVAMENTE
CONCURSO DE POEMAS: PEGUEM AS PENAS!
CARRUAGEM DECAPITADA NO LUZ DA LUA
GRANDE CAÇA DA PRIMAVERA: OS DRAGÕES AFIAM AS GARRAS

Primavera, já? O tempo tinha passado tão rápido… Ophélie virou o jornal para ver o quadro da meteorologia. Vinte e cinco graus negativos. O termômetro dessa arca parecia preso na mesma temperatura, mês a mês. Será que o clima mostraria clemência com o retorno do sol na próxima estação? No fundo, não tinha tanta pressa para descobrir: cada dia a aproximava do casamento, no fim do verão.

Com o estilo de vida frenético de Berenilde, eram raras as vezes que Ophélie tinha tempo de pensar em Thorn. E tinha certeza que ele estava na mesma. "Eu me preocupo de verdade com o seu destino", tinha dito. Bom, se ele se preocupava realmente com o destino da noiva, era à distância. Ele nunca mais se manifestara depois da chegada delas ao Luz da Lua; Ophélie não ficaria surpresa se tivesse esquecido completamente da sua existência.

Uma tosse ressoou no seu peito. Esperou passar antes de abrir a porta de serviço que levava ao quarto branco. Esse pequeno salão feminino era o mais confortável e delicado do castelo; todo de rendas, almofadas, suavidade e veludo. Uma ilusão poética fazia cair do teto flocos de neve que nunca atingiam o tapete.

Hoje, Berenilde e as sete irmãs de Archibald estavam reunidas no quarto branco para admirar a última coleção de chapéus do barão Melchior.

— A senhorita vai adorar este aqui — disse ele a Douce, entregando uma composição vegetal. — As rosas nascem e florescem ao longo do baile, até o fim. O chamei de "Floração da noite".

Todas as mulheres aplaudiram. Miragem de sobrepeso majestoso, o barão Melchior tinha aberto a própria casa de alta costura. Os tecidos de ilusão a partir dos quais ele bordava as confecções eram muito criativos. Quanto mais ousava, mais fazia sucesso. Diziam que ele tinha dedos de ouro. As calças com estampas que mudavam ao longo do dia eram Melchior. As gravatas musicais para ocasiões importantes eram Melchior. A roupa de baixo feminina que ficava invisível ao meio-dia era Melchior.

— Gostei muito desse gorro interno de tule de seda — elogiou Berenilde.

Mesmo que seus vestidos fossem trabalhados para disfarçar a barriga arredondada, sua maternidade ficava cada vez mais evidente. De pé em um canto do quarto, Ophélie a observava. Não entendia como a viúva fazia para continuar tão bela e iluminada apesar de todos os seus excessos.

— Você sabe do que está falando — respondeu o barão, alisando os bigodes engomados. — Sempre te considerei uma exceção na família. Tem o bom gosto dos Miragens, senhora!

— Ah, barão, não me insulte desse jeito — disse Berenilde com seu riso cristalino.

— Eba, as notícias do dia! — exclamou Gaiete, se servindo da bandeja de Ophélie.

A jovem se sentou delicadamente em uma poltrona e franziu as sobrancelhas.

— Parece que esse jornal teve um longo encontro com o ferro de passar.

— Mime, você será proibido de descansar hoje — declarou Berenilde.

Desiludida, Ophélie não esperava menos do que isso. A tia Roseline, que servia chá para todas essas damas, se encheu de raiva. Ela não perdoava nenhuma das punições administradas por Berenilde à sua afilhada.

— Ouçam isso, estão comentando! — gargalhou Gaiete, o lindo nariz colado no jornal. — "O desfile de carruagens nos jardins do Luz da Lua sempre soube se destacar dos outros. Ontem à noite, a infeliz condessa Ingrid o demonstrou às suas custas. Era uma carruagem imponente demais? Eram garanhões vigorosos demais? Chicotes, arreios, nada funcionou, a condessa atravessou a alameda como uma bola de canhão, pedindo ajuda aos berros." Esperem, não riam agora, ainda falta o melhor! "Ou a carruagem era muito alta, ou a entrada muito baixa, porque o teto do veículo desapareceu mais rápido do que conseguimos escrever. Felizmente, a cavalgada enlouquecida acabou bem e a condessa se saiu com um bom susto e algumas contusões."

— Que espetáculo desastroso! — exclamou Melodie.

— Se papel de ridículo matasse... — suspirou Grace, deixando a frase em suspenso.

— Ela vai escolher uma carruagem mais modesta da próxima vez — filosofou Clairemonde.

— Ou garanhões menos impetuosos — respondeu Friande.

As irmãs de Archibald riram com tanto gosto que precisaram de lenços. A cabeça de Ophélie zumbia como uma colmeia; ela achava essa algazarra entediante. Berenilde, que olhava para as jovens com benevolência, agitou um leque.

— Vamos lá, minhas queridas, não riam demais dos desastres da pobre Ingrid.

— É isso mesmo — aprovou Patience com um tom desagradável. — Se acalmem um pouco, bobas. A condessa é nossa convidada.

As irmãs de Archibald eram dignas dos nomes. Patience sempre mostrava ser ponderada, Gaiete ria de qualquer coisa, Melodie via em tudo o pretexto para uma obra de arte, Grace dava importância primordial às aparências, Clairemonde esclarecia o público com opiniões sábias e Friande resumia a vida a uma questão de sensualidade. Quanto à pequena Douce, ela era tão delicada que as palavras mais desagradáveis saíam da sua boca como pérolas.

A Teia. O nome do clã fazia sentido ao vê-las juntas.

Apesar das diferenças de idade e temperamento, as irmãs pareciam formar uma só pessoa. Se uma estendia a mão, outra passava imediatamente o pó de arroz, o açúcar, as luvas, sem que precisassem falar. Quando uma começava uma frase, outra a completava com a maior naturalidade. Às vezes, todas começavam a rir ao mesmo tempo sem razão aparente. Outras vezes, ao contrário, ficavam vermelhas de vergonha e nenhuma conseguia continuar a conversa; isso geralmente acontecia quando Archibald "visitava" uma das convidadas em algum quarto do castelo.

Archibald...

Depois do episódio da biblioteca, Ophélie não conseguia calar um desconforto que sentia. Ela tinha a impressão de ter compreendido alguma coisa essencial, mas não podia falar com ninguém, especialmente com Berenilde. Quanto mais refletia, mais tinha a convicção de que a favorita tinha orquestrado o casamento de Thorn para assegurar sua posição perto de Farouk.

— Barão, posso dar uma olhada nas fitas? — perguntou Douce com sua voz lisonjeira.

O barão Melchior apoiou a xícara de chá e abriu um sorriso que levantou os bigodes retos como bastões.

— Estava esperando que você pedisse, senhorita. Pensei especialmente em você para minha nova coleção.

— Em mim?

Douce soltou um gritinho emocionado quando o barão abriu a maleta. No fundo de veludo preto, cada fita colorida exibia uma borboleta que batia asas. A menina decidiu experimentar todas.

— Traga o espelho grande.

Tonta de cansaço, Ophélie demorou para entender que a ordem era para ela.

— Não é educado se apropriar assim do empregado de outra pessoa — repreendeu Patience.

— Use meus criados como quiser, minha querida — disse Berenilde, acariciando afetuosamente o cabelo da menina. — Não estou precisando dele agora.

O espelho pesava como se fosse de chumbo, mas Douce se mostrou tão implacável quanto Berenilde.

— Não deixe no chão — ordenou a Ophélie. — Segure assim para ficar na minha altura. Não, não incline, dobre os joelhos. Isso, fique nessa posição.

Douce dava ordens com uma voz carinhosa, como se fizesse um enorme favor. Com cabelo comprido de elegância incomparável, pele de madrepérola e olhos de água cristalina, ela já gostava de usar seus charmes. Ophélie não se comovia. Como já a tinha visto ter ataques de raiva espetaculares, sabia que esses belos modos eram só um verniz que rachava na primeira decepção. Sentia realmente pena do homem que casaria com ela.

Enquanto Ophélie lutava contra uma vontade irresistível de espirrar, segurando o espelho, as damas conversavam, riam, bebiam chá e experimentavam chapéus.

— Sra. Berenilde, você devia liberar seu pajem — declarou Melchior de repente, cobrindo o rosto com um lenço. — Ele não para de tossir e fungar, é extremamente desagradável.

Se Ophélie pudesse falar, teria corrido para concordar com o barão, mas uma batida discreta na porta dispensou Berenilde de responder.

— Vá abrir — mandou ela.

Com cãibra, Ophélie não se incomodou de largar o espelho por um instante. Quando abriu a porta, estava muito assustada para se inclinar. Duas cabeças acima dela, enfiado em seu uniforme preto e ombreiras de franjas, mais magro e mal-humorado do que nunca, Thorn conferia o relógio.

Ele entrou sem olhar para Ophélie.

— Senhoras — cumprimentou em um murmúrio.

Um silêncio estupefato se fez no quarto. Berenilde parou de sacudir o leque, a tia Roseline soluçou de surpresa, as irmãs seguraram as xícaras de chá suspensas e Douce correu para se esconder nas saias da mais velha. Esse homem imenso e taciturno quebrava com sua presença o charme feminino do lugar. Ele era tão grande que a neve falsa passava pelo seu rosto como um enxame de moscas brancas.

Berenilde foi a primeira a se recuperar.

— Você não tem modos! — implicou com o belo sotaque rouco. — Devia ter se anunciado, para não nos pegar de surpresa.

Thorn escolheu uma poltrona que não estava coberta de almofadas nem de rendas e se sentou, dobrando as pernas compridas iguais às de garça.

— Eu precisava deixar alguns arquivos no escritório do embaixador. Aproveitei minha passagem para ver como você está, tia. Não ficarei muito tempo.

Com essa última frase, todas as irmãs de Archibald soltaram um suspiro de alívio. Por sua vez, Ophélie sofria terrivelmente para se manter no papel, imóvel no canto, sem poder olhar para Thorn. Ela sabia que ele não era muito querido, mas era outra coisa constatar por conta própria. Será que ele conhecia a verdadeira aparência de Mime? Suspeitava que sua noiva estava no cômodo, assistindo muda a sua falta de popularidade?

Thorn parecia indiferente ao clima que tinha causado. Apoiou a pasta nos joelhos e acendeu um cachimbo apesar das tosses de desaprovação ao seu redor. Ele recusou, franzindo as sobrancelhas, o chá que a tia Roseline servia; era difícil determinar qual dos dois franzia mais os lábios.

— Senhor intendente! — exclamou o barão Melchior com um sorriso. — Estou bem feliz de te ver, faz meses que pedi uma audiência!

Thorn o encarou com um olhar de aço que teria desencorajado muitos, mas o barão gordo não se deixou impressionar. Ele esfregou as mãos cobertas de anéis com um ar brincalhão.

— O seu casamento é muito aguardado, sabia? Uma cerimônia dessas não se improvisa no último minuto, como tenho certeza que um homem tão organizado como o senhor deve saber. Me comprometo com criar para a escolhida do seu coração o vestido de casamento mais lindo de todos!

Ophélie quase se revelou por causa de uma vontade brutal de tossir.

— Vou avisar quando chegar a hora — declarou Thorn, lúgubre.

O barão tirou um caderninho do chapéu como um mágico teria tirado um coelho branco.

— Só preciso de um instante. Você pode me passar as medidas da dama?

Era sem dúvida a situação mais constrangedora da vida de Ophélie. Ela quis desaparecer sob o tapete.

— Não estou interessado — insistiu Thorn com uma voz tempestuosa.

Os bigodes cobertos de brilhantina colapsaram com o sorriso de Melchior. Bateu as pálpebras tatuadas várias vezes e guardou o caderno.

— Como preferir, senhor intendente — disse com uma doçura duvidável.

Ele fechou a maleta de fitas e empilhou todos os chapéus em uma caixa. Ophélie tinha certeza de que Thorn o contrariara tremendamente.

— Tenham um bom dia — murmurou Melchior às mulheres antes de partir.

Um silêncio desconfortável recaiu no quarto. Mergulhada nas saias da mais velha, a pequena Douce contemplava as cicatrizes de Thorn com uma cara enjoada.

— Você emagreceu — repreendeu Berenilde. — Todos esses banquetes do ministério e você não arranja tempo para comer?

Friande piscou pra as irmãs e se aproximou da poltrona de Thorn, um sorriso brincalhão no rosto.

— Estamos ansiosas para conhecer sua pequena Animista, sr. Thorn — ronronou. — Você é cheio de segredos!

Ophélie começava a se preocupar por ser o assunto de todas essas conversas. Esperava que seu encontro com Archibald não fosse mencionado. Como Thorn se contentava com consultar o relógio de bolso, Friande tomou coragem e se curvou na direção dele. Seus cachos loiros se sacudiam a cada movimento da cabeça.

— Você pode pelo menos nos contar como ela é?

Thorn encarou Friande com tanta agressividade em seus olhos de ferro que ela perdeu o sorriso.

— Posso contar como ela não é.

Atrás da máscara impassível de Mime, Ophélie levantou as sobrancelhas. O que ele queria dizer com isso?

— Preciso voltar ao trabalho — concluiu Thorn, fechando o relógio.

Ele se levantou e partiu em dois passos largos. Ophélie fechou a porta, desconcertada. Por que se deslocar por tão pouco...

As conversas foram retomadas imediatamente, como se nunca tivessem sido interrompidas:

— Ah, sra. Berenilde! Aceitaria participar com a gente da Ópera da primavera?

— Você seria perfeita no papel da bela Isolde!

— E o sr. Farouk vai assistir à apresentação. Seria uma ótima ocasião para lembrá-lo das suas boas memórias!

— Talvez — respondeu Berenilde, sacudindo o leque, desatenta.

Está com raiva?, perguntou-se Ophélie, assoando o nariz. Ela só entendeu o motivo muito depois, quando Berenilde indicou o chão com o leque.

— O que é isso no tapete?

Ophélie se agachou perto da poltrona onde Thorn estivera sentado e pegou uma bela medalha de prata.

— É o selo da Intendência — comentou Clairemonde. — O senhor seu sobrinho deve estar muito irritado de ter perdido isso.

Como Ophélie continuava a balançar os braços, Berenilde gesticulou com o leque.

— E aí — se irritou —, o que está esperando para levar a ele?

A INTENDÊNCIA

Ophélie encarava o rosto pálido e achatado de Mime no espelho de parede. Além dela, só restava na sala de espera um aristocrata remexendo na cartola e, de vez em quando, olhando com impaciência para a porta de vidro fosco da secretaria. Ophélie o observava pelo reflexo de modo discreto. Como muitos Miragens, era um homem de bom porte, vestindo uma jaqueta um pouco apertada, cada pálpebra pontuada por tatuagens. Desde que chegara, consultava sem parar o relógio de pêndulo na lareira. Nove e vinte. Dez e quarenta. Onze e quarenta e cinco. Meia-noite e meia.

Ophélie reprimiu um suspiro. Pelo menos ele não estava esperando desde a manhã. Depois de se perder em uma quantidade imensurável de elevadores, ela tinha passado o dia inteiro de pé ali. Estava tão cansada que começava a ver tudo embaçado apesar dos óculos. Os visitantes eram recebidos seguindo a ordem de importância e os pajens estavam no final da lista. Ophélie evitava olhar os vários assentos vazios e a mesinha onde café e docinhos foram servidos. Ela não tinha direito a nada disso.

Ela teria ficado satisfeita com deixar o selo na secretaria, mas sabia que não podia. Se Berenilde estava tão contrariada, era porque Thorn o tinha esquecido de propósito; e, se tinha esquecido de propósito, era porque queria provocar um encontro.

A porta de vidro finalmente se abriu. Um homem sorriu, cumprimentando educadamente com o chapéu o colega na sala de espera.

— Adeus, senhor vice-presidente — disse o secretário. — Senhor conselheiro? Pode me acompanhar.

O Miragem entrou na secretaria com um resmungo desanimado e Ophélie ficou sozinha. Sem aguentar, pegou uma xícara de café, mergulhou um bolinho e se sentou no primeiro banco que encontrou. O café estava frio e engolir doía, mas estava morta de fome. Ophélie engoliu todos os docinhos na mesa, assoou o nariz duas vezes e pegou no sono imediatamente.

Ela precisou se apressar para ficar de pé quando a porta se abriu, uma hora depois. O conselheiro miragem foi embora, ainda mais irritado do que ao chegar. O secretário fechou a porta de vidro sem nem olhar para Ophélie.

Na dúvida, ela esperou um pouco antes de bater na porta para ser lembrada.

— O que você quer? — perguntou ele pela porta entreaberta.

Ophélie fez sinal de que não podia falar e indicou o interior da secretaria. Ela queria entrar como os outros, não estava óbvio?

— O sr. intendente tem que descansar. Não vou atrapalhá-lo por causa de um pajem. Se tiver um recado, pode deixar comigo.

Ophélie ficou incrédula. Ela estava criando raízes ali fazia horas e não tinha direito nem ao favor de uma audiência? Sacudiu a cabeça de Mime e apontou insistentemente para a porta que o secretário prendia com o pé.

— Você é surdo além de mudo? Problema seu.

Bateu a porta na cara de Ophélie. Ela podia ter deixado o selo na sala de espera e voltar com as mãos abanando, mas não fez nada. Começava a ficar de mau humor. Thorn queria que ela viesse até ali? Ele precisaria assumir as consequências.

Ela batucou na porta até que a sombra da peruca do secretário apareceu atrás do vidro fosco.

— Chispa ou vou chamar os guardas!

— O que está acontecendo?

Ophélie reconheceu o sotaque carregado de Thorn.

— Ah, o senhor desceu? — murmurou o secretário. — Não precisa se preocupar, senhor, é só um vagabundo que vou botar pra fora.

Atrás do vidro, a sombra do secretário foi afastada pela silhueta, alta e magra, de Thorn. Quando ele abriu a porta e abaixou o olhar cortante para Ophélie, ela temeu por um instante que ele não a reconhecesse; levantou então o queixo para responder bem ao seu olhar.

— Insolente! — gritou o secretário. — Assim já é demais, vou chamar os guardas.

— É o mensageiro da minha tia — disse Thorn, com os dentes cerrados.

O secretário pareceu perdido e se recompôs com uma atitude envergonhada.

— Sinto muitíssimo, senhor. Foi um mal-entendido lamentável.

Ophélie tremeu. Thorn tinha colocado uma mão enorme e gelada em sua nuca para empurrá-la até o elevador, no fundo da secretaria.

— Apague as luzes desnecessárias, não receberei mais ninguém por hoje.

— Sim, senhor.

— Meus compromissos de amanhã?

O secretário pegou um par de óculos grossos e folheou uma agenda.

— Precisei cancelá-los, senhor. O sr. vice-presidente me entregou ao sair uma convocação para o Conselho ministerial, às cinco da manhã.

— Já recebeu da cozinha o inventário dos armazéns e das adegas?

— Não, senhor.

— Preciso desse relatório para o Conselho. Vá atrás deles.

— Nos armazéns, senhor?

Não devia ser perto, porque a perspectiva de ir até lá não entusiasmava o secretário. Mesmo assim ele se curvou.

— Claro, senhor. Adeus, senhor.

Com uma sequência interminável de reverências e "senhor", o secretário exagerado se retirou.

Thorn fechou a grade do elevador. Ophélie estava finalmente sozinha com ele. No entanto, não trocaram palavras ou olhares enquanto o elevador subia devagar. A Intendência tinha sido instalada em uma das muitas torres da Cidade Celeste. O intervalo de andar que separava a secretaria do escritório de Thorn pareceu interminável para Ophélie, tal era o peso do silêncio na cabine. Por mais que ela assoasse o nariz, espirrasse, tossisse e olhasse para o chão, Thorn não disse uma única frase para deixá-la mais confortável.

O elevador parou em um corredor imenso com tantas portas quanto um piano tem teclas. Provavelmente uma Rosa dos Ventos.

Thorn empurrou uma porta dupla no final do corredor. Segundo o ditado, o trabalho faz o homem, não o homem que faz o trabalho. Quando Ophélie descobriu a Intendência, se perguntou se não era particularmente verdade no caso de Thorn. O escritório era uma sala austera e fria sem nenhum detalhe excêntrico. Os móveis de trabalho se resumiam a uma grande escrivaninha, alguns assentos e arquivos nos quatro cantos da sala. Nenhum tapete no chão, nenhum quadro na parede, nenhuma bugiganga na estante. De todas as luminárias a gás, só a da escrivaninha estava acesa. A atmosfera sombria da madeira não era quebrada por nenhuma cor, exceto as das lombadas dos livros. Ábacos, mapas-múndi e gráficos serviam como decoração.

O único detalhe pessoal, em suma, era um sofá gasto, posicionado sob uma janela redonda.

— Você pode falar sem medo aqui — disse Thorn depois de trancar as portas.

Ele tirou o uniforme de ombreiras e ficou de terno simples, abotoado sobre uma camisa de brancura indiscutível. Como ele conseguia não sentir frio? Apesar do aquecedor, a temperatura do escritório era glacial.

Ophélie apontou a janela.

— Onde a janela dá?

Ela levou a mão ao pescoço. Sua voz estava enferrujada que nem uma grade de metal velha. Entre a dor de garganta e o mutismo de Mime, suas cordas vocais tinham sofrido.

Ao escutá-la, Thorn arqueou a sobrancelha marcada. Foi o único movimento que animou a longa figura rígida. Talvez fosse fruto da imaginação, mas Ophélie o achava ainda mais engessado do que de costume.

— Lá fora — respondeu finalmente.

— De verdade?

— Em pessoa.

Ophélie não conseguiu resistir à tentação. Ela subiu no sofá como uma criança, para colar o rosto na janela. Apesar de ser duplo, o vidro era frio como gelo. Ophélie olhou para baixo e viu as sombras dos baluartes, dos arcos e das torres. Era vertiginoso. Tinha até uma área para dirigíveis! Ela enxugou com a manga o vapor que tinha deixado. Ao observar um pedaço de noite através da geada e das estalactites, prendeu a respiração. Turbilhões estranhos deixavam rastros coloridos entre as estrelas. Era assim uma aurora boreal?

Faz quanto tempo que não vejo o céu?, perguntou-se, fascinada.

Ela sentiu um nó na garganta de repente, não só por causa do resfriado. Pensou em todas as noites estreladas que não tinha aproveitado para contemplar no seu pequeno Vale.

Ophélie teria esquecido Thorn atrás dela se o toque estridente do telefone não a arrancasse dos seus pensamentos. Ele a olhou brevemente para incitá-la à discrição e atendeu.

— Sim? Adiantada? Quatro horas, estarei lá.

Ele apoiou o bocal na base do telefone e voltou a atenção para Ophélie. Ela esperou explicações, mas Thorn continuava apoiado na escrivaninha, de braços cruzados, como se estivesse na expectativa. Então ela revirou os bolsos do uniforme, deixou o selo sobre a mesa e pigarreou para deixar a voz mais clara.

— Essa iniciativa não agradou sua tia. E, bem sinceramente, não gostei tanto assim também — acrescentou, pensando na sala de espera. — Não teria sido mais simples telefonar para o Luz da Lua?

O narigão de Thorn soltou um som irritado.

— As linhas da Cidade Celeste não são seguras. E não era com minha tia que eu queria falar.

— Neste caso, estou escutando.

Ophélie tinha se expressado com um tom mais seco do que planejava. Thorn sem dúvida tinha um bom motivo para provocar esse encontro, mas ela não estava se sentindo bem. Se ele ia enrolar, ela seria direta.

— Esse disfarce me deixa desconfortável — declarou Thorn, consultando seu relógio. — Tire, por favor.

Ophélie mexeu nervosa no botão da gola.

— Só estou vestindo uma camisa debaixo do uniforme.

Ela logo sentiu vergonha de ter revelado sua modéstia. Era exatamente o tipo de conversa que não queria ter com Thorn. De qualquer forma, ele não era o tipo de homem que se emocionava com essas coisas. Como esperado, fechou com impaciência o relógio e indicou com o olhar um armário atrás da escrivaninha.

— Pegue um casaco.

Faz isso, faz aquilo... Por esse lado, Thorn havia puxado a tia. Ophélie contornou a mesa de madeira maciça para abrir o armário. Só tinha roupas dele, excessivamente austeras e fora de proporção. Sem opções melhores, tirou um longo casaco preto do cabide.

Ela garantiu com um rápido olhar que Thorn não estava vendo, mas ele estava totalmente de costas. Cortesia? Ironia? Indiferença?

Ophélie desabotoou o uniforme e vestiu o casaco. Ela fez uma careta quando viu seu reflexo no espelho dentro do armário. Era tão pequena e o casaco tão grande que parecia uma criança usando roupas de adulto. Com a boca rachada e o nariz coçando, estava mesmo com uma cara horrorosa. Os cachos escuros, mal contidos pelo coque, escorriam pelas bochechas e reforçavam a palidez da pele. Nem os óculos cinza dissimulavam as olheiras escuras ao redor de seus olhos. Ophélie estava em um tal estado que achou seu acesso de modéstia ainda mais ridículo.

Cansada demais para ficar de pé, se sentou na cadeira da escrivaninha. Tinha sido feita sob medida para Thorn; os pés dela não alcançavam o chão.

— Estou escutando — repetiu então.

Apoiado do outro lado da enorme mesa, Thorn tirou um papelzinho do bolso e o deslizou pela superfície até Ophélie.

— Leia.

Confusa, Ophélie arregaçou as mangas compridas demais do casaco e pegou o retângulo de papel. Um telegrama?

SENHOR THORN
INTENDÊNCIA CIDADE CELESTE, POLO

SEM NOTÍCIAS DESDE SUA PARTIDA
PODE RESPONDER ÀS CARTAS DA MAMÃE
CHATEADA COM SEU SILÊNCIO
E SUA INGRATIDÃO
CONTAMOS COM ROSELINE
PARA ESCREVER – AGATHE

Ophélie releu a mensagem várias vezes, sem ar.

— É muito desagradável — disse Thorn, com a voz seca. — As suas Decanas cometeram um erro ao revelar esse endereço para sua família. Não posso ser contatado na Intendência, muito menos por telegrama.

Ophélie levantou o rosto para encará-lo nos olhos, do outro lado da mesa. Desta vez, estava mesmo com raiva dele. Thorn era responsável por sua correspondência. Por culpa dele, sentia-se esquecida pelos pais enquanto eles sofriam.

— Que cartas são essas que a minha irmã mencionou? — acusou. — Você nunca me entregou nada. Você pelo menos enviou as que entregamos?

Ela devia realmente aparentar irritação, porque Thorn pareceu desarmado.

— Não perdi todas essas cartas de propósito — resmungou.

— Então quem está se divertindo interceptando nossa correspondência?

Thorn abriu e fechou a tampa do relógio. Ophélie começava a achá-lo chato, conferindo a hora o tempo inteiro.

— Não sei, mas é uma pessoa talentosa. O controle das vias postais é uma das tarefas do meu cargo. Sem esse telegrama, eu nunca teria sido alertado desses desaparecimentos.

Ophélie botou para trás da orelha uma mecha que coçava seu nariz.

— Você me dá a permissão de *ler*?

A frase podia ser ambígua, mas Thorn entendeu imediatamente aonde ela queria chegar.

— Esse telegrama não é meu. Você não precisa me pedir permissão.

Escondida pelos óculos escuros, Ophélie levantou as sobrancelhas. Como ele sabia disso? Ah, sim, ela e a tia Roseline tinham comentado no dirigível, à mesa do capitão imediato. Por trás da aparência distante, Thorn na verdade estava atento.

— Você foi o último a encostar — explicou ela. — Não posso deixar de te *ler* no caminho.

A ideia não pareceu agradar Thorn. Seu polegar abria, fechava, abria e fechava o relógio de bolso.

— O selo do telegrama é autêntico — disse ele. — Duvido que seja uma falsificação, se é o que te preocupa.

Os olhos de Thorn, parecendo lâminas de metal, brilhavam estranhamente com a luz da luminária de mesa. Cada vez que seu olhar parava em Ophélie, como neste instante, ela tinha a impressão de que ele queria atingi-la até a alma.

— A não ser que esteja duvidando da minha palavra, claro — concluiu com o sotaque duro. — Você não estaria tentando me *ler*, afinal?

Ophélie sacudiu a cabeça.

— Você me superestima. Um *leitor* não tem acesso à psicologia profunda das pessoas. O que posso captar é um estado de espírito passageiro, o que você viu, ouviu e sentiu no momento de manipular o objeto, mas garanto que é superficial.

Argumentar nunca fora o forte de Ophélie. A tampa do relógio de Thorn não parava de fazer tique-taque, tique-taque, tique-taque.

— Alguém anda brincando com minha correspondência — suspirou ela. — Não quero mais correr o risco de ser manipulada.

Para seu enorme alívio, Thorn guardou enfim o relógio no bolso.

— Você tem minha permissão.

Enquanto Ophélie desabotoava sua luva de proteção, ele a observou com a curiosidade distante que o caracterizava.

— Você pode *ler* tudo e qualquer coisa?

— Não tudo, não. Não consigo *ler* matéria orgânica nem matéria-prima. Pessoas, animais, plantas e minerais em estado bruto estão fora do meu alcance.

Ophélie olhou Thorn por cima do aro dos óculos, mas ele não perguntou mais nada. Logo que pegou o telegrama com a mão despida, foi atravessada por uma inquietação mental que a deixou sem ar. Como imaginava, a calma de Thorn era fachada. Por fora, era uma placa de mármore; por dentro, um pensamento levava a outro, em tal ritmo que Ophélie foi incapaz de interceptar qualquer um deles. Thorn pensava demais e pensava muito rápido. Ela nunca tinha *lido* nada assim.

Voltando no tempo, ela notou logo o espanto que ele tinha sentido ao saber do telegrama. Não era mentira, ele não sabia de nada sobre as cartas roubadas.

Ophélie foi mais longe no passado. O telegrama foi de Thorn a um desconhecido e desse desconhecido a outro desconhecido. Eram todos agentes do serviço postal, mergulhados nas pequenas tarefas cotidianas. Sentiam frio, dor no pé e queriam um salário melhor, mas nenhum deles manifestou a menor curiosidade pela mensagem destinada à Intendência. Ophélie não pode ir além das mãos do funcionário que transcrevia em palavras completas os sinais sonoros de um posto de recepção.

— Onde fica a estação telegráfica? — perguntou ela.

— Na Cidade Celeste, perto dos hangares de dirigível.

Thorn tinha aproveitado essa *leitura* para arrumar os papéis, do outro lado da mesa, que ele reservava normalmente para os visitantes. Ele separava, carimbava e arquivava faturas.

— E de onde vem o sinal?

— No caso de um telegrama de outra arca, como este, vem diretamente do Vento do Norte — disse ele, sem levantar o olhar dos papéis. — É uma arca menor interfamiliar, dedicada às correspondências aéreas e ao serviço postal.

Como toda vez em que Ophélie fazia perguntas, Thorn respondia quase sem abrir a boca, como se sofresse por demonstrar paciência.

Será que ele me acha devagar demais?, pensou seriamente. O fato é que ela não era páreo para as engrenagens frenéticas do cérebro dele.

— Concordo com você que este telegrama parece autêntico — declarou Ophélie, abotoando a luva. — Também acredito que você tenha sido honesto. Peço perdão por ter duvidado.

Ao ouvir essa última frase, Thorn tirou o olhar das faturas. Ele não devia estar acostumado com esse tipo de educação, porque não encontrou resposta e ficou parado como um espantalho. Talvez por ser o fim do dia, seus cabelos claros, que sempre penteava para trás, estavam agora caídos na testa e escondendo a cicatriz da sobrancelha.

— Isso não resolve o enigma das cartas desaparecidas — acrescentou Ophélie, constrangida com o silêncio. — Minha presença no Polo não é mais tão secreta. O que sugere?

— Não sabemos nada sobre as motivações de quem interceptou — Thorn respondeu por fim. — Então não vamos mudar nossa estratégia. Você vai continuar se passando por pajem mudo no Luz da Lua, enquanto uma empregada vai simular sua presença no solar da minha tia.

Com essas palavras, ele tirou o vidro da luminária, expondo a chama azulada, e queimou o telegrama sem qualquer cerimônia.

Ophélie tirou os óculos para massagear os olhos. A *leitura* tinha amplificado sua dor de cabeça. Mesmo que só tivesse passado pela superfície, os pensamentos acelerados de Thorn a deixaram tonta. Era assim que ele vivia sempre?

— Essa farsa está ficando absurda — sussurrou ela. — De qualquer modo, por que importa que eu seja descoberta depois da nossa união, mas não antes? Casar não vai me tornar menos vulnerável às extravagâncias familiares, às vinganças políticas e a outras artimanhas.

Ophélie tossiu para limpar a garganta. Estava cada vez mais rouca. Nesse ritmo, acabaria inteiramente afônica.

— Acho que precisamos parar com essas frescuras e que eu tenho que parar de me esconder — concluiu. — O que quer que aconteça.

Ela recolocou os óculos com um gesto determinado. O movimento do braço esbarrou em um tinteiro que derrubou o conteúdo na bela madeira envernizada da mesa. Thorn se levantou e salvou correndo os papéis da maré preta, enquanto Ophélie revirava os bolsos do uniforme, dobrado na cadeira, para pegar todos os lenços.

— Desculpa, sinto muito — disse ela, limpando o estrago.

Notou em seguida que tinha manchado de tinta o casaco de Thorn.

— Vou levar para a lavanderia — prometeu, ainda mais envergonhada.

Segurando seus papéis, Thorn a considerou sem dizer uma palavra. Quando Ophélie encontrou seu olhar, no alto daquele corpo magro, se surpreendeu por não ver sinal de raiva. Thorn parecia principalmente desconcertado. Ele acabou desviando o próprio olhar, como se fosse mais culpado do que Ophélie.

— Você está enganada — resmungou, guardando os papéis em uma gaveta. — Quando casarmos, se tudo acontecer como esperado, nossa situação será muito diferente.

— Por quê?

Thorn entregou para ela um pacote de mata-borrão.

— Você já está vivendo com Archibald faz um tempo, deve conhecer um pouco melhor as particularidades da família.

— Algumas, sim.

Ophélie espalhou os mata-borrões por todos os lados em que a tinta continuava a se espalhar pela mesa.

— Preciso saber mais alguma coisa sobre eles?

— Você já ouviu falar da cerimônia da Dádiva?

— Não.

Thorn pareceu frustrado. Ele teria preferido "sim". Dessa vez, começou a mexer nos registros de um dos arquivos, como se procurasse a todo custo ocupar os olhos.

— Um membro da Teia está presente em todos os casamentos — explicou com a voz de eterno mau humor. — Por meio da imposição de mãos, ele tece entre os noivos um elo para "geminá-los".

— Como assim? — balbuciou Ophélie, que tinha parado de enxugar a mesa.

Thorn pareceu impaciente de novo.

— Em breve, eu tomarei um pouco de você e você tomará um pouco de mim.

Ophélie tremeu com o corpo todo sob o casacão preto.

— Não sei se entendi direito — disse. — Eu vou te dar meu animismo e você... as suas garras?

Curvado sobre o móvel, com a cara enfiada em um registro de contabilidade, Thorn resmungou uma resposta e pigarreou.

— Esse casamento vai pelo menos te dar a vantagem de ficar mais forte, não? Você devia ficar contente.

Para Ophélie, foi sarcasmo demais. Ela jogou todos os mata-borrões na mesa, se aproximou do arquivo e apoiou a luva manchada na página que Thorn estava lendo. Quando ele a encarou com os olhos afiados, ela o desafiou com os óculos.

— Quando você planejava me contar?

— Na hora certa — resmungou ele.

Thorn estava desconfortável, o que só piorou o humor de Ophélie. Ele não se comportava assim normalmente e isso a deixava nervosa.

— Você confia tão pouco em mim para esconder essas coisas? — continuou ela. — Achei ter mostrado provas de boa vontade até agora.

Ophélie se sentia ridícula com a voz toda rouca, mas suas repreensões pegavam Thorn de surpresa. Todos seus traços severos tinham relaxado com a surpresa.

— Estou consciente dos seus esforços.

— Mas não basta, você tem razão — murmurou ela. — Pode ficar com sua arma assassina. Sou desastrada demais para pensar em carregar as garras do Dragão.

Sacudida por um ataque de tosse, Ophélie retirou a mão do registro. Thorn contemplou por um longo tempo a marca de tinta que a luvinha tinha deixado, como se hesitasse em dizer alguma coisa.

— Eu te ensino — declarou abruptamente.

Ele pareceu tão constrangido ao pronunciar essas três palavras quanto Ophélie ficou ao ouvi-las.

Não, pensou ela. *Isso não. Ele não tem o direito.*

— Seria a primeira vez que você se daria ao trabalho — respondeu ela, desviando o olhar.

Cada vez mais desconcertado, Thorn abriu a boca, mas o toque do telefone interrompeu seu impulso.

— Que foi? — reclamou ao atender. — Três horas? Entendi. Tá, boa noite.

Enquanto ele desligava, Ophélie passou um último lenço, inteiramente inútil, pela mancha enorme de tinta que tinha marcado a mesa.

— É melhor eu voltar. Posso usar seu armário, por favor?

Com o uniforme de Mime no braço, ela indicou o espelho da porta aberta. Precisava ir embora antes que fosse tarde demais.

No fundo, sabia que já era tarde demais.

Ao se curvar na direção do espelho, Ophélie viu a silhueta alta de Thorn se aproximar em passos nervosos. Ele não tinha gostado do caminho que a conversa havia tomado.

— Você vai voltar? — perguntou ele com um tom rude.

— Por quê?

Ela não conseguiu evitar a atitude defensiva. No espelho, viu o reflexo de Thorn franzir as sobrancelhas até deformar a cicatriz.

— Graças à sua habilidade de atravessar espelhos, você pode me manter a par da situação no Luz da Lua. Além disso — acrescentou em voz baixa, tomado por um interesse repentino por seus sapatos —, acho que estou me acostumando com você.

Ele tinha articulado essa última frase com a entonação neutra de um contador, mas Ophélie começou a tremer. Estava tonta. Via tudo dobrado.

Ele não tinha o direito.

— Vou trancar o armário quando tiver visitas — continuou Thorn. — Se a porta estiver aberta, é sinal que pode entrar aqui com total segurança, a qualquer hora do dia ou da noite.

Ophélie mergulhou o dedo no espelho como se fosse uma água densa e, de repente, viu os dois. Uma pequena Animista engolida pelo casaco grande demais, com a cara doente e confusa. Um Dragão, imenso, nervoso, a testa enrugada por uma marca permanente de tensão. Dois universos irreconciliáveis.

— Thorn, preciso ser sincera. Acho que estamos cometendo um erro. Este casamento...

Ophélie se interrompeu, se dando conta do que estava prestes a dizer. "Este casamento é uma armação de Berenilde. Ela nos usa para seus próprios fins e não devemos entrar nesse jogo." Ela não podia declarar isso para Thorn sem ter provas do que dizia.

— Sei que não podemos mais voltar atrás — suspirou enfim. — Só que o destino que você me oferece simplesmente não me agrada.

No espelho, Thorn tinha contraído a mandíbula. Ele, que nunca se importava com a opinião dos outros, parecia humilhado.

— Eu imaginei que você não sobreviveria ao inverno e me surpreendi. Você me acha incapaz de te oferecer uma vida decente um dia: pode permitir que eu te surpreenda também?

Ele falava de forma entrecortada, com os dentes cerrados, como se essa pergunta exigisse dele um esforço excepcional. Ophélie, por sua vez, não se sentia nada bem. Não tinha vontade nenhuma de responder.

Ele não tinha o direito.

— Você pode enviar um telegrama para tranquilizar minha família? — murmurou ela, com um ar lamentável.

Ophélie notou um brilho de raiva no reflexo do olhar de Thorn. Por um instante, achou que ia expulsá-la, mas, em vez disso, ele concordou. Ela mergulhou por inteiro no espelho do armário e pisou em seu quarto no dormitório do outro lado da Cidade Celeste. Ficou imóvel na escuridão fria, perdida sob o casaco, com um nó nauseante no estômago.

Ela esperava qualquer coisa de Thorn. Violência. Desprezo. Indiferença.

Ele não tinha o direito de se apaixonar por ela.

A LARANJA

Ophélie encarou a torrada amanteigada sem apetite. Ao seu redor, a área de serviço zumbia com fofocas e implicâncias. Ela tinha a impressão de que até um mínimo som de xícara ressoava no seu crânio.

Desde a sua visita à Intendência, vários dias antes, ela não conseguia dormir. Não era por falta de cansaço no trabalho. Além das tarefas costumeiras, Mime passara a servir de virador de páginas. Berenilde acabara aceitando interpretar Isolde na Ópera da primavera e não faltava a um único ensaio na sala de música.

— Vou ser mais exigente do que nunca com você — declarou ela a Ophélie depois de saber que as cartas desapareceram. — Ninguém aqui pode imaginar que você é qualquer coisa além de um pajem.

No fundo, Ophélie não ligava. Ela só tinha um desejo: parar de pensar em Thorn. Ele tivera o mau gosto de transformar um casamento arranjado convencional em uma historinha romântica e ela não o perdoava. Aos seus olhos, ele acabara de romper um pacto tácito. Ela só aspirava a relações cordiais e sem paixão. Por causa dele, pairava entre os dois um desconforto que não existia antes.

Enquanto Ophélie tentava engolir seu café, um tapa nas costas a fez cuspir metade na mesa. Raposa se sentou com uma perna de cada lado do banco e mostrou o relógio, esbarrando em um colega no caminho.

— Tenta correr, garoto. A cerimônia fúnebre vai começar!

A sra. Frida, uma velha prima de Archibald, tinha sido tomada por um ataque cardíaco no último baile do Luz da Lua, depois de uma dança frenética demais. Nesta manhã, ela seria enterrada na sepultura familiar.

Como Ophélie fazia sinal para Raposa ir na frente, ele a encarou, franzindo as enormes sobrancelhas vermelhas.

— O que tá rolando? Você não anda dizendo nada! Tá, eu sei, você nunca foi de falar muito, mas antes você me dizia coisas com os olhos, com as mãos e com barulhinhos e a gente se entendia. Agora parece que estou falando para uma parede! Estou começando a me preocupar!

Ophélie ficou chocada. Ele estava preocupado? Ela pulou quando uma cesta de laranjas caiu bem em cima do prato de torrada.

— Entrega isso pra mim?

Era Gaelle, a mecânica de monóculo preto. Como de costume, vestia uma blusa larga coberta de fuligem e escondia o rosto em uma nuvem de cabelos escuros.

— Caramba — xingou Raposa. — De onde saíram essas laranjas?

As laranjas, como qualquer fruta exótica, só eram vistas nas mesas dos nobres. Archibald tinha um pomar particular na distante Arca-da-Terra. Ophélie sabia que uma Rosa dos Ventos dava acesso, atravessando milhares de quilômetros sem qualquer respeito pelas leis elementares da geografia, mas só o administrador da propriedade tinha a chave.

— Que eu saiba, as laranjeiras da Arca-da-Terra também pertencem à Madre Hildegarde — disse Gaelle com uma voz desagradável. — Afinal, é na casa dela.

— Foi o que eu imaginei — suspirou Raposa, coçando os bigodes. — Você pegou na despensa do senhor. Nem pensar que vou mexer em frutas roubadas. Pode me pedir qualquer outra coisa, mas isso não.

— Não te pedi nada. Estou falando com o novato.

Gaelle virou o único olho para Ophélie. Um olho tão azul, tão vivo, tão brilhante que os cachos pretos que o cobriam não conseguiam escondê-lo.

— Entrega para minha patroa, vai? Ela vai ao enterro da velha e sei que você também precisa ir. Prometo que não vão te perturbar.

— Por que ele? — resmungou Raposa, carrancudo. — Por que não você, por exemplo?

Ophélie se perguntava a mesma coisa, mas a ideia de encontrar finalmente a Madre Hildegarde não era desagradável. Era uma estrangeira como ela, que tinha conseguido se tornar indispensável para os mais influentes deste mundo. A elevação da Cidade Celeste, os corredores aéreos para os trenós, as distorções do espaço, os cofres, as ampulhetas: todos os lugares aqui carregavam sua marca. Sua genialidade tinha sido combinar seu poder espacial com as ilusões dos Miragens. Ophélie tinha muito a aprender com ela.

Ela ficou tensa quando Gaelle se curvou sobre a mesa até quase encostar no rosto de Mime. Ela falou tão baixo que Ophélie mal ouviu em meio ao barulho ambiente:

— Por que você, hein? Porque não parei de te observar desde a chegada. Você se sente como um peixe fora d'água e está na cara. Sabe por que minha patroa se chama "Madre" e não "duquesa" ou "condessa"? Porque ela não é um deles. Ela é a mãe de pessoas como eu e você. Leve essas laranjas, ela vai entender.

Sob o olhar confuso de Ophélie, Gaelle foi embora com seus passos masculinos e as mãos no bolso. Como um peixe fora d'água? O que ela queria dizer com isso?

— Bom, não entendi o que aconteceu — declarou Raposa, penteando a cabeleira de fogo. — Conheço essa mulher desde jovenzinha, mas acho que nunca vou entendê-la.

Ele suspirou, sonhador e quase apreciativo, e sacudiu o relógio na cara de Ophélie.

— Estamos cada vez mais atrasados. Levanta a bunda desse banco!

A cerimônia fúnebre da falecida sra. Frida ocorria na capela do Luz da Lua, no fundo da propriedade, pra além da floresta de pinheiros e do lago do Prato de Prata. Assim que chegou, seguindo uma procissão de nobres vestidos de preto, Ophélie sentiu uma mudança no ambiente. Vista de fora, a capela lembrava um castelinho em ruínas, despretensioso, que dava um pequeno ar romântico para os jardins. Passada a grande porta, era possível entrar em um mundo obscuro e inquietante. O chão de mármore fazia cada passo e cada sussurro ecoar até o teto. Vitrais imponentes estavam sendo atacados por uma chuva falsa e iluminados por raios falsos. Cada fulgurância deixava transparecer brevemente as estampas do vidro entre as barras de chumbo: um lobo acorrentado, uma cobra d'água, um martelo atingido por um relâmpago, um cavalo de oito patas, um rosto meio claro e meio escuro.

Carregando a cesta de laranjas, Ophélie olhou inquieta pela capela repleta de gente. Como reconheceria a Madre Hildegarde?

— Chave, por favor — pediu um guarda na entrada.

Ophélie puxou a corrente e apresentou a chave. Para sua surpresa, ele a entregou um guarda-chuva preto em troca. Era tão pesado que ela ficou sem ar. O guarda estava distribuindo guarda-chuvas a todos os pajens que verificava. Eles os abriam então sobre a cabeça de seus patrões, como se para protegê-los de uma chuva invisível. Essa encenação era parte da cerimônia fúnebre? Ophélie sentia pena da família. Não devia ser fácil passar pelo luto tendo que testemunhar um teatrinho tão ridículo.

Ophélie encontrou Berenilde e sua mãe; a tia Roseline não estava com elas. Só os pajens eram autorizados a assistir ao enterro.

— Por que essas laranjas? — perguntou Berenilde, insolente de tão bela em seu vestido de luto. — Pedi alguma coisa do tipo?

Ophélie se esforçou para explicar, usando muitos gestos, que precisava entregá-las a alguém na multidão.

— Não temos tempo — interrompeu Berenilde. — A cerimônia vai começar. O que você está esperando para abrir o guarda-chuva?

Ophélie correu para obedecer, mas pingentes de cristal estavam presos em cada ponta do guarda-chuva. Isso explicava o peso. Carregando a cesta de Gaelle, Ophélie teria com certeza caído no chão se a avó de Thorn não tivesse, mais uma vez, vindo ao seu socorro. Ela pegou as laranjas, irritando profundamente Berenilde.

— Você é muito boazinha com esse garoto, mamãe.

A avó deve ter entendido a advertência velada, porque seu rosto enrugado abriu um sorriso arrependido.

— É que sou muito gulosa, minha filha. Adoro laranjas!

— Não encoste nessas, não sabemos por onde elas andaram. Vamos logo — continuou Berenilde, segurando o braço da mãe.

— Gostaria de me sentar perto do altar de Odin.

Levantando o guarda-chuva o mais alto possível para compensar sua baixa estatura, Ophélie as acompanhou. Dane-se, a Madre Hildegarde esperaria. Ela se esgueirou como pôde entre os outros guarda-chuvas, na floresta estranha de cogumelos pretos, até alcançar os bancos reservados aos mais íntimos da falecida.

Reconhecível pela cartola destruída, Archibald estava largado na primeira fila. Ophélie nunca o vira tão sério. Será que estava impactado de verdade pela morte da velha sra. Frida? Só por isso, ele ganhava de volta um lugar em sua estima.

O embaixador estava cercado pelas irmãs e por uma quantidade impressionante de tias e primas. Era a primeira vez que Ophélie via a Teia completa, porque os membros do clã não viviam todos no Luz da Lua. Dava para notar que as mulheres eram em maioria na família. Ela identificou Raposa, de pé atrás da terceira fila de bancos, segurando o guarda-chuva por cima da dama Clothilde. A avó de Archibald não ouvia muito bem. Ela direcionou a corneta acústica para o harmônio, franzindo as sobrancelhas, com uma atitude de crítica musical, sendo que não tinha ninguém tocando o teclado ainda.

Ophélie se posicionou com o guarda-chuva atrás de Berenilde e da mãe, um pouco mais longe. No fundo da capela, bem visível por todos, o caixão tinha sido instalado aos pés de uma grande estátua representando um gigante sentado em um trono. Ophélie a contemplou com curiosidade. Seria esse o "altar de Odin"? Segurando o guarda-chuva com as duas mãos para impedir os pingentes de balançar, ela olhou, curiosa, para as paredes da nave. Entre os vitrais, outras estátuas de pedra, com olhos arregalados e traços severos, sustentavam a abóbada com os braços.

Os deuses esquecidos.

A capela era uma reprodução das igrejas do mundo antigo, da época em que os homens acreditavam serem governados por forças todo-poderosas. Ophélie nunca tinha visto isso fora das gravuras em livros. Em Anima, os batismos, casamentos e velórios eram todos celebrados no Familistério, com simplicidade. O povo daqui valorizava mesmo o decoro.

Os murmúrios que vinham dos bancos se calaram. Os guardas, alinhados ao longo das paredes, bateram continência. A música solene do harmônio se elevou por toda a capela.

O mestre de cerimônias tinha acabado de aparecer no altar de Odin. Era um velho de peruca, visivelmente perturbado, com a marca da Teia na testa. Ophélie o reconheceu como o viúvo da sra. Frida.

— Um fio foi rompido! — declarou ele com a voz trêmula.

O velho se calou e fechou os olhos. Emocionada, Ophélie achou por um instante que ele não encontrava as palavras certas, mas ela se deu conta de que todos os membros da Teia tinham se recolhido. O silêncio se prolongou, interrompido apenas por uma tosse aqui e um bocejo acolá entre os bancos dos convidados. Ophélie estava com cada vez mais dificuldade de segurar o guarda-chuva direito. Ela esperava que a cesta de laranjas não fosse pesada demais para a avó de Thorn; ela tinha colocado as frutas no colo e segurava a alça com firmeza para não deixar cair no chão.

Quando Ophélie viu todas as irmãs de Archibald assoarem o nariz, tomadas pela mesma emoção, entendeu que a família não se recolhia. A cerimônia continuava, mas sem as palavras. A Teia não precisava, porque estavam todos conectados. O que um sentia, todos sentiam. Ophélie olhou de novo pra Archibald, na primeira fila, de quem só via o perfil. Nenhum sorriso provocador iluminava seu rosto. Ele tinha até penteado o cabelo e feito a barba para a ocasião.

Essa família era unida por um vínculo que nem Ophélie nem nenhum clã do Polo compreendia. Uma morte não era só a perda de um parente querido. Era uma parte inteira de si que desaparecia no ar.

Ophélie sentiu vergonha de ter entrado nessa capela sem nem pensar na mulher que descansava no fundo do caixão. Esquecer os mortos era como matá-los outra vez. Ela se concentrou na única lembrança que tinha da sra. Frida, como uma velha senhora que dançava um pouco rápido demais, e se concentrou com todas as forças. Era a única coisa que podia fazer por eles.

O guarda-chuva pareceu menos pesado e o tempo menos arrastado. Ela quase foi tomada de surpresa quando o viúvo agradeceu a assembleia e todos se levantaram. Cada pajem fechou seu guarda-chuva e pendurou o cabo curvado nas costas de um banco. Todos os pingentes se sacudindo pareciam uma chuva de cristal.

Ophélie os imitou e agradeceu com um gesto de cabeça a avó de Thorn, que devolvia a cesta. Ela aproveitou quando Berenilde foi prestar seus pêsames à família de Archibald para ir atrás de Hildegarde. Ela devia encontrá-la enquanto ainda tinha gente na capela.

— Bancos do fundo — sussurrou Raposa. — Não passe tempo demais com ela, cara, a reputação dela não é das melhores.

Quando Ophélie notou uma velha senhora sentada na última fila de bancos, soube sem a menor hesitação que se tratava da Madre Hildegarde. Era uma antiguidade perfeitamente medonha. Cabelos grossos e grisalhos, pele escura e amarelada, um vestido de bolinhas de mau gosto e charuto em meio a um sorriso debochado; destoava dos nobres pálidos que a cercavam. Ela olhava ao redor com olhinhos pretos, duas bolinhas de gude no rosto largo, para examinar essa gente linda com uma ironia impertinente.

A Madre Hildegarde parecia sentir um enorme prazer ao ver as pessoas se afastarem quando encontravam seu olhar, e depois chamá-las pelo nome com uma voz gutural.

— Está feliz com o novo atalho, sr. Ulric?

O homem sorriu educadamente e se afastou com pressa.

— Não esqueci o seu pavilhão, sra. Astrid! — prometeu a uma mulher que se escondia em vão atrás de um leque.

Ophélie observou a cena com uma simpatia irresistível. Todas essas pessoas pediam os serviços da arquiteta, mas tinham vergonha de serem vistos com ela. E quanto mais faziam com que se sentisse indesejável, mais ela se comportava como a dona do lugar. Como ela não parava de perturbar os nobres, os guardas consideravam interferir, mas Archibald fez sinal para que não se metessem. Ele atravessou a capela com um passo tranquilo e se curvou por cima do último banco, apoiando o chapéu velho contra o peito.

— A senhora está perturbando nosso luto. Poderia se comportar?

A Madre Hildegarde abriu um sorriso de bruxa.

— Como recusar um pedido seu, Augustin?

— Archibald, senhora. Archibald.

A Madre Hildegarde gargalhou ao ver o embaixador se afastar, mas cumpriu a promessa e não assustou mais os convidados. Ophélie supôs que era o momento ideal para entregar as laranjas.

— O que você quer, tampinha? — perguntou Hildegarde, tragando o charuto.

Ophélie deixou a cesta ao seu lado no banco e, na dúvida, a cumprimentou. A Madre Hildegarde talvez não fosse nobre, e seus modos sem dúvida não eram delicados, mas mesmo assim ela merecia alguma consideração. "Ela é a mãe de pessoas como eu e você", tinha dito Gaelle. Era idiota, mas Ophélie se sentia de repente cheia de expectativa. Ela não entendia por que tinha sido escolhida para essa entrega estranha, mas se dava conta de que esperava um pequeno milagre. Uma palavra, um olhar, um encorajamento, qualquer coisa que a permitisse se sentir finalmente em casa nesse lugar. As palavras de Gaelle a tinham abalado mais do que ela previa.

A Madre Hildegarde pegou lentamente uma laranja. Seus olhinhos pretos foram da fruta para Ophélie e de Ophélie para a fruta com uma vivacidade surpreendente para sua idade.

— Foi minha moreninha que te mandou?

Ela falava com rouquidão, mas Ophélie não soube identificar se era o sotaque estrangeiro ou o excesso de charutos.

— Perdeu a língua, tampinha? Como você se chama? Quem você serve?

Ophélie tocou a boca com uma mão impotente, sinceramente triste de não poder responder. A Madre Hildegarde brincou com a laranja nas mãos enrugadas. Ela examinou Mime dos pés à cabeça com uma curiosidade sarcástica, então fez sinal para que se aproximasse para sussurrar alguma coisa.

— Você parece tão insignificante que é quase especial. Você também tem segredinhos a esconder, meu querido? Negócio feito.

Para seu choque, a Madre colocou três ampulhetas azuis em seu bolso e a dispensou com um tapa na bunda. Ophélie não tinha entendido o que acabara de acontecer. Ela ainda não havia superado a surpresa quando Raposa segurou seu braço e a girou como um cata-vento.

— Eu vi tudo! — sibilou ele entre os dentes. — Três azuis por uma cesta de laranjas! Você sabia, hein? Você queria guardar seu paraíso escondido, falso amigo!

Ele estava irreconhecível. A cobiça e o rancor tinham engolido qualquer sinal de simpatia em seus grandes olhos verdes. Ophélie sentiu uma tristeza que não era capaz de expressar em palavras. Ela sacudiu a cabeça para dizer que não, não sabia, não entendia, nem queria essas ampulhetas, mas um grito distraiu sua atenção.

— Assassino!

Ao redor deles, era o caos. As damas nobres iam embora dando gritos de pânico enquanto os homens, chocados, formavam um círculo ao redor do último banco da capela. A Madre

Hildegarde estava rígida no vestido de bolinhas, os olhos parados na órbita, pálida como um cadáver.

A laranja que segurava um instante antes tinha rolado pelo chão. Sua mão estava preta e inchada.

— Foi ele! — exclamou alguém, indicando Ophélie. — Ele envenenou a arquiteta!

Explodiu então uma série de ecos pela capela. "Envenenador! Envenenador! Envenenador!" Ophélie tinha a impressão de ter caído no meio de um pesadelo. Enquanto girava, denunciada por dezenas de dedos, viu de passagem, cada vez mais longe, o rosto alterado de Raposa, o rosto devastado de Berenilde, o rosto intrigado de Archibald. Ela derrubou os guardas que tentaram segurá-la, tirou a luva correndo, correu para a cesta de laranjas e tocou a alça com a ponta dos dedos. Um gesto arriscado, mas talvez fosse sua única forma de saber. Ela *leu*, então, entre duas piscadas, a verdade esmagadora.

No instante seguinte, Ophélie só viu uma avalanche de cassetetes.

AS MASMORRAS

Deitada em um tapete que cheirava a mofo, Ophélie pensava. Ou, pelo menos, tentava pensar. Ela tinha uma visão deformada do cômodo em que se encontrava. Seus óculos estavam tortos e não podia ajeitá-los porque estava com as mãos algemadas atrás das costas. A única fonte de luz vinha de baixo de uma porta e fazia surgir na sombra silhuetas estranhas: cadeiras quebradas, quadros rasgados, animais empalhados, relógios parados. Tinha até uma roda de bicicleta, sozinha em um canto.

Eram assim, então, as masmorras do Luz da Lua? Um depósito velho?

Ophélie tentou ficar de pé, mas logo desistiu. As mãos algemadas doíam. Mexer doía. Respirar doía. Ela provavelmente tinha quebrado uma costela; os guardas não tinham pegado leve.

Eles tinham chegado ao ponto de confiscar as três ampulhetas azuis que a Madre Hildegarde tinha entregado.

Todos os seus pensamentos eram sobre a tia Roseline, que devia estar morrendo de preocupação. E Thorn? Será que ele foi informado do que tinha acontecido? Ophélie não tinha recebido visita nenhuma desde que fora jogada no tapete, algumas horas antes. Poucas vezes na vida tinha sentido o tempo passar tão devagar.

O que ela devia fazer quando viessem buscá-la? Continuar no papel até o fim para não revelar a mentira de Mime? Desobedecer Thorn e falar em voz alta para defender sua causa?

A única defesa dependia da *leitura* da cesta envenenada; por que acreditariam nela? Ela mesma já tinha dificuldade de acreditar.

Além disso, Ophélie se sentia parcialmente culpada da acusação. Se a Madre Hildegarde estava morta, era por causa da sua ingenuidade.

Ela soprou uma mecha de cabelo colada nos óculos. Não a via, por causa da camuflagem eficiente do uniforme, mas a sensação era incômoda. Ficou tensa quando notou um movimento na sombra, bem perto, no chão, mas logo entendeu que era o reflexo de Mime. Tinha um espelho logo ali, apoiado contra uma pilha de móveis. A ideia de fugir passou pela sua cabeça, mas ela logo se decepcionou. Olhando melhor, o espelho estava quebrado.

Ophélie levantou o rosto para a porta, o coração a mil. Alguém girava uma chave na fechadura. Uma silhueta de peruca, redonda como um barril, se destacou na luz do corredor. Era Gustave, o mordomo-chefe do Luz da Lua. Ele trancou a porta depois de entrar, carregando um castiçal, e atravessou a bagunça até Ophélie conseguir vê-lo melhor. A luz da vela destacava sua pele farelenta e seus lábios vermelhos, transformando o rosto redondo e sorridente em uma máscara grotesca de comédia.

— Achei que fosse te encontrar mais machucado — disse ele, com uma voz infantil. — Nossos guardinhas não são conhecidos pela delicadeza.

Ophélie tinha sangue colado no cabelo e um olho tão inchado que mal conseguia abrir, mas o mordomo não tinha como saber. A ilusão do uniforme disfarçava tudo isso sob o rosto imutável de Mime.

Gustave se curvou sobre ela com um "tss-tss" condescendente.

— Parece que você foi manipulado, hein? Assassinar de forma tão grotesca, em pleno território diplomático, no meio de uma cerimônia fúnebre! Ninguém, nem você, é tão idiota. Infelizmente, salvo um milagre, não sei o que pode salvar a sua insignificância. A Madre Hildegarde não era nenhuma santa, verdade, mas não se mata no Luz da Lua. É a regra.

Incomodada pelas algemas, Ophélie arregalou o olho bom. Desde quando esse mordomo se preocupava com o seu destino? Ele se aproximou mais e seu sorriso se acentuou.

— Agora mesmo, a sra. Berenilde está defendendo a sua causa com o senhor, como se sua própria honra estivesse em jogo. A defesa dela é tão fervorosa que não engana ninguém. Não sei o que vocês fazem na intimidade, mas ela está bem apaixonada por você, hein? E preciso admitir que isso te torna particularmente precioso para mim.

Ophélie o ouvia como em um sonho. Essa cena era surreal.

— Acho que talvez a sra. Berenilde até acabe convencendo o senhor de te oferecer um julgamento justo — continuou Gustave com um risinho. — Infelizmente, o tempo não está ao seu favor, né? Nossos queridos guardas são muito zelosos, ouvi falar que eles já vão te enforcar, sem investigação, sem processo, sem testemunha. Vai ser um pouco tarde demais quando sua patroa for avisada.

Ophélie sentiu seu corpo se cobrir de suor frio. Ela começava realmente a sentir medo. Se revelasse sua verdadeira identidade, seriam mais clementes ou pioraria a situação? Arriscava carregar Berenilde na queda?

O gordo Gustave se levantou, cansado por ter se curvado demais. Ele procurou uma cadeira que ainda tinha os quatro pés, a instalou perto do tapete de Ophélie e se sentou. A madeira rangeu perigosamente com o peso.

— Você quer fazer um acordo comigo, meu jovem?

Sentindo muita dor para se levantar, Ophélie só via de Gustave um par de sapatos envernizados e meias brancas. Ela piscou para indicar que estava atenta.

— Eu tenho o poder de te salvar dos guardas — continuou a voz aguda de Gustave. — Te dou minha palavra que ninguém virá te importunar até que o senhor tome uma decisão. É a sua única chance de sobreviver, né?

Ele gargalhou, como se a situação fosse mesmo hilária.

— Se o senhor decidir te dar uma chance e se por milagre você escapar, vai me dever um favorzinho.

Ophélie esperou a continuação, mas Gustave não disse mais nada. Ela entendeu que ele estava escrevendo quando ouviu um som arranhado. O homem se inclinou até aproximar a mensagem do rosto dela, ajudando com o castiçal:

Berenilde deve perder o bebê até a noite da Ópera.

Pela primeira vez na vida, Ophélie entendeu o que era ódio. Esse homem a enojava. Ele queimou a mensagem com a chama da vela.

— Já que você é tão íntimo da senhora, deve ser fácil, né? E nada de me enrolar — advertiu com uma voz suave. — A pessoa que me mandou é poderosa. Se pensar em me trair ou falhar nessa tarefa, sua existência miserável vai acabar na mesma hora, entendeu?

Gustave foi embora com passinhos apressados, sem nem esperar um sinal de concordância. Afinal, não é como se Mime estivesse em posição de recusar sua oferta. Ele fechou a porta com a chave e Ophélie voltou a estar sozinha no tapete poeirento, enroscada no escuro.

Um adiamento. Era tudo que ela conseguira.

Ophélie lutou por muito tempo contra a angústia e o sofrimento antes de cair em um sono sem sonhos. O barulho da fechadura a arrancou do torpor algumas horas depois. Três guardas de chapéu preto entraram no depósito. Ophélie quase soltou um gemido de dor quando a puxaram pelos braços para levantá-la.

— Anda! Você foi convocado para o gabinete do embaixador.

Segurada por mãos firmes, Ophélie tropeçou para fora do depósito. Piscou, impressionada pela luz do corredor. Ele parecia se estender ao infinito, pontuado com inúmeras portas que se abriam para outros depósitos. Ophélie sabia que para além do corredor não havia nada. Raposa tinha contado sobre as masmorras: era um espaço fechado imenso, sem escada, sem elevador, sem janela, sem nenhuma possibilidade de saída. Só os guardas iam e vinham à vontade.

Um deles pegou uma ampulheta branca em um pequeno nicho situado perto da cela de Ophélie. A areia que continha escorria devagar, um grão depois do outro. Cada empregado largado nas masmorras era ligado a uma ampulheta como essa; sua detenção acabava quando estivesse vazia. Saber que algumas ampulhetas eram preparadas para virar automaticamente, em um movimento perpétuo, dava até calafrios.

O guarda quebrou a ampulheta de Ophélie no chão. Ela não teve nem tempo de piscar antes de se encontrar na capela do Luz da Lua, o lugar preciso onde tinha sido presa. "Uma ampulheta esvaziada leva sempre de volta à casa de partida", explicara Raposa. Era a primeira vez que ela experimentava. Outros guardas já estavam preparados para segurá-la pelos ombros e mandar que os seguisse. As ordens ecoavam nos ladrilhos quadriculados, nos grandes vitrais e nas estátuas de pedra. Eram os únicos que restavam na capela. Ophélie não acreditava que uma cerimônia fúnebre tivesse acontecido ali na mesma manhã. Ou teria sido no dia anterior?

Ela foi levada de atalho em atalho, de Rosa dos Ventos em Rosa dos Ventos, para atravessar o terreno do Luz da Lua. Colocava um pé depois do outro com dificuldade. Cada respiração estilhaçava suas costelas. Com a cabeça oca, não fazia a menor ideia do que fazer para sair desse buraco com Berenilde e Roseline. Falar ou ficar calada? Ophélie se sentia tão solitária com suas incertezas que se surpreendeu ao desejar que Thorn estivesse lá para livrá-las disso. Ela mal se aguentava de pé quando os guardas a empurraram para dentro do escritório particular do embaixador.

Ophélie não estava preparada para o que a esperava lá dentro.

Archibald e Berenilde tomavam chá tranquilamente. Sentados em poltronas confortáveis, eles conversavam com um tom leve enquanto uma menina rechonchuda tocava piano. Eles nem pareciam ter notado a presença de Mime.

Só a tia Roseline, que servia o chá, começou a tremer com nervosismo. Sua pele amarelada tinha ficado muito pálida: pálida de raiva contra o mundo todo, pálida de preocupação pela sobrinha. Ophélie queria abraçá-la. Só ela dava a impressão de ter um rosto humano em meio a toda essa indiferença.

— Minhas irmãs não estão te cansando demais? — perguntou Archibald com um interesse educado. — Não sei se todos esses ensaios são necessários.

— Elas só querem causar uma boa impressão no nosso senhor — respondeu Berenilde. — A Ópera será a primeira aparição oficial delas lá no alto, na corte.

— Será principalmente o seu grande retorno, querida. Se Farouk revê-la, sem dúvida vai querer te arrancar imediatamente do Luz da Lua. Você nunca esteve tão linda.

Berenilde recebeu o elogio com uma piscadela cuidadosa, mas seu sorriso estava um pouco duro.

— Não estou tão convencida, Archi. Você sabe bem como ele não gosta de "assuntos de mulher" — explicou, apoiando a mão na barriga. — Enquanto eu estiver neste estado, vai se recusar a me receber. Era o preço a pagar, eu sabia desde o começo.

Ophélie estava tonta. Tudo isso estava tão distante do que ela vivia no momento... Uma mulher estava morta, outra seria julgada por um crime que não tinha cometido, e eles bebericavam chá falando de amor!

Agachado em um canto, um homem tossiu cobrindo a boca com um punho fechado para chamar atenção. Era Papel Machê, o gerente. Ele era tão magrelo, tão cinza e tão nervoso que ficava invisível quando silencioso.

— Senhora, senhor, o acusado chegou.

Ophélie não sabia se devia se inclinar. Ela estava com tanta dor nas costelas que só ficar de pé já era um suplício. Olhou para Berenilde perdida, perguntando com o olhar o que devia fazer, mas sua protetora mal retribuiu a atenção. Ela se contentou com apoiar a xícara no pires e esperar. A tia Roseline, por sua vez, parecia lutar contra a vontade de quebrar o bule de porcelana na cabeça de alguém.

Quanto a Archibald, ele se abanava com a cartola com uma expressão irritada.

— Vamos acabar com isso! Estamos ouvindo, Philibert.

Papel Machê pegou óculos, abriu um envelope e leu a carta contida em um tom monótono.

— "Eu, sra. Meredith Hildegarde, declaro assumir toda a responsabilidade dos eventos ocorridos durante a cerimônia fúnebre da falecida sra. Frida. Encomendei uma cesta de laranjas para a circunstância, mas nem seu conteúdo nem seu entregador são culpados. Meu mal-estar foi provocado por uma alergia violenta a uma mordida de aranha. Esperando ter dissipado qualquer mal-entendido, peço que acredite, senhor embaixador..."

— *Etcetera*, *etcetera* — interrompeu Archibald, sacudindo a mão. — Obrigado, Philibert.

Franzindo os lábios, o gerente redobrou a carta e guardou os óculos. Ophélie não acreditava no que tinha ouvido. Era espantoso.

— O incidente está fechado — declarou Archibald sem olhar para Ophélie. — Peço desculpas sinceras, querida amiga.

Ele tinha se dirigido diretamente para Berenilde, como se a única pessoa ofendida fosse a patroa e não o pajem. Ophélie tinha a impressão de ser invisível.

— Foi só um mal-entendido lamentável — sussurrou Berenilde, fazendo sinal para a tia Roseline servir mais chá. — Pobre sra. Hildegarde, essas aranhas são uma verdadeira praga! A gente não vê, por causa das ilusões, mas elas andam por todos os cantos. Enfim, alguns dias de cama e ficará tudo bem. Você está liberado — acrescentou com um olhar negligente para Ophélie. — Pode tirar folga no resto do dia.

Ophélie voltou a se mexer como em um sonho. Um guarda tirou suas algemas, um outro abriu a porta. Ela saiu para o corredor e andou a esmo, repetindo para si mesma que tinha acabado e que ela estava viva, e então suas pernas perderam a força. Ela teria caído de cara no chão se uma mão não a tivesse segurado a tempo.

— As ampulhetas custaram caro, hein?

Era Raposa. Ele tinha esperado sua saída do gabinete. Ophélie se sentiu tão agradecida que a emoção a fez lacrimejar.

— Não me comportei com muita dignidade — acrescentou com um sorriso constrangido. — Sem rancor, garoto?

Ophélie concordou com sinceridade. *Sem rancor.*

A NIILISTA

No alojamento do subsolo, as portas dos quartos se abriam e fechavam sem parar apesar da hora. As luzes tinham sido apagadas para a noite. Alguns empregados saíam para o serviço, outros voltavam para dormir, todos se esbarrando sem pedir desculpas. Enquanto alguns tiravam tempo para bater papo com o vizinho de quarto enquanto tomavam café, a maioria se ignorava sem cerimônias.

Lá no fundo do alojamento, a Rua dos Banhos era invadida por nuvens de vapor quente. Os pajens faziam fila, toalha nas costas, para usar os chuveiros coletivos. Feder a suor fazia parte das proibições da profissão. A cacofonia dos jatos de água, dos cantos e os insultos ecoava pelo corredor.

Do outro lado da porta da Rua dos Banhos número 6, trancada à chave, a tia Roseline não parava de se indignar.

— Que raios é isso, como você consegue dormir com um barulho desses?

— É só se acostumar — murmurou Ophélie.

— Não para nunca?

— Nunca.

— Não é lugar para uma jovem moça. Além disso, esse quarto é detestável. Olhe essas paredes podres de umidade, não é surpresa que você esteja sempre doente! Ah, você fez uma cara... É aqui que está doendo?

Roseline pressionou levemente a costela e Ophélie fez que sim com a cabeça, trincando os dentes. Ela estava deitada na cama, sem uniforme, com a camisa levantada, enquanto as mãos nervosas da tia apalpavam seu tronco.

— É mesmo uma costela quebrada. Você precisa descansar, evitar movimentos bruscos e, principalmente, não carregar nada pesado por pelo menos três semanas.

— Mas a Berenilde...

— Ela provou que não tem condições de te proteger. Você só deve agradecer à boa-fé dessa tal de Hildegarde.

Ophélie abriu a boca, mas mudou de ideia. Não era à sua boa-fé que ela devia a vida, mas à sua mentira. Ela não era ingênua a ponto de acreditar que nada seria exigido em troca.

— Acabou essa brincadeira de servidão! — resmungou Roseline. — Essa história já foi longe demais. Nesse ritmo, você vai morrer antes de casar com o energúmeno do seu noivo.

— Não fala tão alto — sussurrou Ophélie, olhando para a porta.

A tia fechou a boca de cavalo. Ela mergulhou um pano em um recipiente de água fria e limpou o sangue seco na boca cortada de Ophélie, o machucado na testa, os cabelos embaraçados. Durante um longo momento, não disseram mais nada e o agito da Rua dos Banhos tomou seu lugar.

Deitada de costas, sem óculos, Ophélie respirava com dificuldade. O alívio de estar viva tinha lentamente aberto espaço para um gosto amargo. Ela se sentia traída e enjoada: depois do que acontecera, parecia que realmente não podia confiar em ninguém. Observou a silhueta estreita, um pouco borrada, que cuidava dela em pequenos gestos prudentes. Se a tia Roseline tivesse a menor ideia do que tivesse realmente acontecido, primeiro na capela e depois nas masmorras, ela teria adoecido de preocupação. Ophélie não podia contar, senão a tia seria capaz de fazer uma besteira e se colocar em perigo.

— Tia?

— Sim?

Ophélie quis dizer que estava feliz por ela estar lá, que temia por ela, também, mas todas as palavras ficavam engasgadas como bolos na garganta. Por que nunca conseguia falar desses assuntos?

— Não mostre seus sentimentos aos outros — resmungou no final. — Guarde a raiva em segredo, enterre no fundo, só conte consigo mesma.

A tia Roseline levantou as sobrancelhas e toda a testa, repuxada pelo coque apertado, pareceu diminuir de uma vez. Com movimentos lentos, ela torceu o pano e o esticou sobre o recipiente de água.

— Ver inimigos por todos os lados — disse com gravidade — te parece uma existência suportável?

— Eu sinto muito, tia. Tente aguentar até o casamento.

— Não falo por mim, boba! Que eu saiba é você que terá que viver aqui para sempre.

A barriga de Ophélie deu um nó. Ela tinha se prometido nunca vacilar. Virou o rosto e esse simples movimento doeu no corpo inteiro.

— Acho que preciso refletir — murmurou. — Honestamente, não vejo mais com tanta clareza.

— Nesse caso, pode começar colocando isso.

A tia Roseline devolveu os óculos, com um ar de brincadeira. O quartinho insalubre retomou suas linhas rígidas, seus contornos precisos, sua bagunça familiar. Velhos jornais roubados, xícaras de café sujas, uma caixa de bolo, uma cesta de camisas brancas e passadas: Raposa vinha ver Mime a cada intervalo e nunca chegava com as mãos abanando. Ophélie logo sentiu vergonha de ter temido seu destino. Raposa a acolhera no dia da chegada, a iniciara em todas as engrenagens do Luz da Lua, a aconselhara bem e estivera lá depois da sua saída das masmorras. Não era o homem menos interesseiro do mundo, mas nunca fizera mal a ela, o que Ophélie começava a entender como uma qualidade rara.

— Você está certa — sussurrou. — Já estou enxergando um pouco melhor.

A tia Roseline passou uma mão cuidadosa, um pouco brusca, pelos grossos cachos castanhos.

— Que coisa, seu cabelo está um ninho de ratos! Sente, vou tentar desembaraçar essa bagunça.

Alguns golpes de pente depois, o alarme da "sala de música" tocou no painel de sinos, acima da cama.

— Sua madrasta e aquela maldita Ópera! — suspirou a tia Roseline. — Não importa o que diga, ela está completamente obcecada. Eu me encarrego das partituras, pode descansar.

Quando a tia foi embora, Ophélie decidiu se vestir. Era melhor não passar tempo demais com o rosto de verdade aparecendo. Colocar o uniforme exigiu muitos gestos cuidadosos, mas foi oportuno: ela mal tinha terminado de abotoar a roupa quando bateram na porta.

A primeira coisa que viu ao abrir foi a enorme corneta de uma vitrola. A surpresa só cresceu quando notou que era Gaelle que trazia o objeto.

— Parece que você está doente — resmungou ela. — Trouxe um pouco de música. Posso entrar, hein?

Ophélie imaginava que a veria mais cedo ou mais tarde, mas não esperava que fosse tão rápido. Gaelle rangeu os dentes e franziu a sobrancelha que mantinha o monóculo preto no lugar, contrariada. Ela estava vestindo só uma camisa e um macacão: todos os pajens que saíam do chuveiro e do banheiro assobiavam ao passar por trás dela. Não dava para ver porque usava as roupas grossas de costume, mas a mecânica tinha belas curvas.

Ophélie fez sinal para ela entrar e trancou o quarto. Sem perder um instante, Gaelle apoiou o gramofone na mesinha, tirou com cuidado um disco do saco que carregava pendurado no braço, o colocou no lugar e posicionou a agulha. Uma música ensurdecedora de fanfarra preencheu o quarto todo.

— As paredes têm ouvidos — explicou em voz baixa. — Assim, podemos falar à vontade.

Gaelle se jogou na cama como se fosse sua e acendeu um cigarro.

— De mulher para mulher — acrescentou com um sorriso implicante.

Ophélie suspirou resignada e se sentou em um banquinho, devagar, para cuidar das costelas. Ela começava a suspeitar que a mecânica tinha entendido tudo.

— Não seja tímida — insistiu Gaelle, sorrindo mais. — Aposto que você é tão muda quanto masculina.

— Desde quando você sabe? — perguntou Ophélie.

— Desde o primeiro momento. Você pode enganar todo mundo, queridinha, mas não Gaelle.

A mecânica soltou a fumaça do cigarro pelo nariz, o olho azul-elétrico virado para Ophélie. Ela estava muito mais agitada do que queria parecer.

— Olha só — cuspiu entre os dentes. — Sei o que você deve estar pensando e é por isso que estou aqui. Não fui responsável pela armadilha que te pegou. Por incrível que pareça, não sabia que as laranjas estavam envenenadas. Não sei o que aconteceu, mas eu nunca quis te arranjar problema. Muito pelo contrário.

A fanfarra da vitrola abafava tão bem a voz nervosa que Ophélie tinha dificuldade para escutar.

— Sei quem você é. Pelo menos suspeito. Uma nova jovem que precisa se travestir para servir a nojenta da Berenilde? Só pode ser a noiva do sobrinho, que todos estão esperando. Você nem chegou e todo mundo já te detesta, sabia?

Ophélie concordou com uma piscadela. Ah, sim, ela sabia. Os inimigos de Thorn tinham virado os seus também, e ele tinha uma quantidade impressionante deles.

— Acho isso tudo nojento — continuou Gaelle depois de aspirar mais tabaco. — Sei como é ser odiada por ter nascido na família errada. Estou de olho em você desde o começo e achei que iam te comer viva. Por isso queria te indicar para a minha patroa. As laranjas são uma espécie de código entre a gente. Juro que fui sincera quando disse que ela era diferente, que te aceitaria como você é, sem julgamento.

— Nunca duvidei da sua boa-fé — garantiu Ophélie. — Como anda a sra. Hildegarde?

Gaelle quase perdeu o monóculo.

— Você nunca duvidou de mim? Não sei qual é o seu problema!

Ela esmagou o cigarro na barra de ferro da cama e acendeu logo um segundo.

— A Madre daqui a pouco estará bem — disse, sacudindo um fósforo para apagá-lo. — Ela tem uma saúde de aço, o veneno para matá-la ainda não foi inventado. Essa história de alergia não foi muito crível, mas bom, o importante é que ela te desculpou.

— Por que ela fez isso? — perguntou Ophélie com cautela. — Ela também sabe quem eu sou?

— Não, ela só vai saber se você decidir contar. Não vou me meter, te prometo.

Para a frustração de Ophélie, Gaelle sentiu que devia pontuar a promessa cuspindo no chão, já pouco brilhante, do quartinho.

— Ainda não entendi por que a sua sra. Hildegarde me salvou. Afinal, nada prova que eu não tenha tentado envená-la. Todas as evidências estão contra mim.

Gaelle riu entre os dentes. Ela cruzou as pernas, mostrando sem vergonha dois enormes sapatos imundos, e todas as molas da cama rangeram em uníssono. Seu macacão estava manchado de carvão e óleo; Ophélie com certeza precisaria trocar os lençóis quando ela fosse embora.

— Porque, como você disse, todas as evidências apontam pra você. Seria condenada à morte por envenenar as laranjas. Além disso, a Madre tem a fraqueza de confiar em mim e eu tenho a fraqueza de confiar em você. Sem querer te constranger, você tem uma linda cara de inocente.

Ophélie se retesou no banquinho, conferiu com um olhar no espelho que continuava com a aparência neutra de Mime e voltou, estupefata, para Gaelle.

— Você me vê como sou?

Gaelle fechou a boca, hesitante, então levantou a sobrancelha e tirou o monóculo. Era a primeira vez que Ophélie via seu olho esquerdo. Era tão preto quanto o direito era azul. Heterocromia. Gaelle tinha uma tatuagem na pálpebra, um pouco como os Miragens.

— Trabalho para a Madre Hildegarde, mas nasci aqui. Sou a última sobrevivente do meu clã. Já ouviu falar dos Niilistas?

Ophélie fez que não com a cabeça, surpresa pelas revelações.

— Não me surpreende — continuou Gaelle com um tom sarcástico. — Morreram todos uns vinte anos atrás.

— Morreram todos? — perguntou Ophélie, lívida.

— Uma epidemia estranha — ironizou Gaelle. — Assim anda a corte...

Ophélie engoliu em seco. Parecia mesmo sórdido.

— Você escapou.

— Me fingindo de empregada doméstica insignificante, exatamente como você faz agora. Era criança na época, mas já tinha entendido muita coisa.

Gaelle tirou o chapéu e ajeitou os cabelos escuros e curtos que caíram no seu rosto em uma bagunça indescritível.

— Todos os nobres são loirinhos, inclusive eu. Pegamos isso de Farouk, nosso maldito espírito familiar. Consegui passar despercebida pintando o cabelo de preto. Se descobrissem quem sou, eu seria morta antes de apertar meu último parafuso — acrescentou com uma careta divertida. — Descobri teu segredo, te contei o meu, me parece justo.

— Por quê? — perguntou Ophélie. — Por que tentariam te matar?

— Se olhe no espelho.

Ophélie, confusa, se virou de novo para o reflexo. Para sua enorme surpresa, desta vez viu seu rosto verdadeiro, coberto de galos e hematomas, com grandes olhos arregalados atrás de óculos.

— Como você fez isso?

Gaelle tocou na pálpebra tatuada.

— Basta te olhar com meu "olho ruim". Sou uma Niilista. Anulo o poder dos outros e o seu uniforme é uma pura criação Miragem. Entende por que não gosto de gritar aos quatro ventos?

Ela recolocou o monóculo e Ophélie voltou a ser Mime no espelho.

— Essa lente especial me impede de anular todas as ilusões que vejo. Age como um filtro.

— Um pouco como minhas luvas de *leitura* — murmurou Ophélie, contemplando as mãos. — Mas você me desmascarou apesar do monóculo. Ele ainda te permite ver o que se esconde atrás das ilusões?

— Minha família vendia muitos, na época — resmungou Gaelle, sob uma nuvem de tabaco. — Os Miragens não gostaram que todo mundo pudesse ver o que seus artifícios escondem. Nossos monóculos desapareceram misteriosamente com minha família inteira... Só salvei este aqui.

Com essas palavras, cobriu o rosto com o cabelo e enfiou bem o chapéu. Ophélie a observou enquanto ela terminava o cigarro em silêncio. Entendeu que, se os traços dessa mulher eram tão duros, era por causa de todas as dificuldades pelas quais tinha passado. *Ela se vê em mim*, pensou Ophélie. *Ela quer me proteger como queria ter sido protegida*. Sentiu de repente o coração sair pela boca. As irmãs, as primas, as tias ela conhecia; Gaelle era o que mais se aproximava da sua primeira amiga. Ophélie queria encontrar uma frase apropriada, palavras fortes o suficiente para expressar a imensa gratidão que sentia, mas definitivamente não tinha talento nessa área.

— É muito gentil confiar em mim — balbuciou, com vergonha por não encontrar nada melhor a dizer.

— Seu segredo pelo meu — grunhiu a mecânica, esmagando o cigarro. — Não sou um anjo, menina. Se você me trair, vou te trair também.

Ophélie ajeitou os óculos, gesto que finalmente podia se permitir em frente a alguém.

— É justo.

Gaelle se levantou, fazendo o colchão ranger, e estalou as articulações dos dedos como um homem.

— Qual é seu nome verdadeiro?

— Ophélie.

— Bom, Ophélie, você não é tão inofensiva quanto parece. Aconselho mesmo assim que preste uma visita de cortesia à minha patroa. Ela mentiu por você e não suporta ingratidão.

— Vou lembrar.

Gaelle indicou a vitrola com o queixo, sorrindo. A longo prazo, a fanfarra dava até dor de ouvido.

— Vou trazer outros discos. Boa recuperação.

Ela segurou a aba do chapéu para se despedir e saiu, batendo a porta.

A CONFIANÇA

Ophélie levantou a agulha da vitrola para interromper a música ensurdecedora. Trancou a porta, tirou o uniforme e deitou na cama, que agora cheirava a óleo e tabaco. De barriga para cima, soltou um suspiro profundo. Tinha sido enganada como uma idiota, espancada com cassetetes, ameaçada por um mordomo nojento e confundida por uma nobre decadente. Eram muitos desastres para uma só pessoa.

Ophélie entendeu que precisaria falar com Thorn ainda esta noite. Seu coração começou a bater dolorosamente contra as costelas. Ela temia revê-lo. Ainda não tinha muita certeza do que acontecera na última visita e guardava a esperança de estar enganada, mas a atitude de Thorn fora mesmo ambígua.

Ophélie tinha medo, um medo visceral, de que ele pudesse sentir afeição por ela. Ela se sentia incapaz de amá-lo de volta. Realmente não sabia muito sobre sentimentos, mas, para que essa alquimia funcionasse, não era necessário que um homem e uma mulher tivessem o mínimo de afinidade? Thorn e ela não tinham absolutamente nada em comum, suas essências eram incompatíveis. A troca dos poderes familiares no casamento não mudaria nada.

Ophélie mordiscou nervosa a costura da luva. Ela tinha se mostrado dissuasiva com Thorn. Se ele se sentisse rejeitado mais uma vez, será que continuaria a oferecer apoio? Hoje, mais do que em qualquer outro dia, ela precisaria dele.

Ela se levantou com cuidado e atravessou o espelho do quarto com uma mão. Enquanto o corpo de Ophélie continuava no número 6 da Rua dos Banhos, seu braço invadia o armário da Intendência, na outra ponta da Cidade Celeste. Ela sentiu a espessura dos casacos. Thorn tinha dito que fecharia a porta do armário se estivesse ocupado. Ophélie sabia que ele podia estar em reunião até meia-noite, então sem dúvida ainda era cedo demais.

Ela trouxe o braço de volta. Só lhe restava esperar.

Ophélie diminuiu a chama da luminária, se encolheu sob os lençóis e logo flutuou para um sono agitado. Sonhou que estava presa dentro de uma imensa ampulheta branca; cada grão que escorria produzia um verdadeiro trovão. Quando ela acordou de sobressalto, a camisa encharcada de suor, entendeu que o que estava ouvindo era só a torneira pingando na bacia. Bebeu um pouco de água, passou uma esponja úmida no pescoço e atravessou o espelho com a mão de novo. Desta vez, conseguiu enfiar o braço até o cotovelo.

O armário da Intendência estava aberto.

Ophélie reconsiderou ao ver seu reflexo no espelho. Ela estava só de camisa e calção, sem sapatos, e seus longos cabelos castanhos caíam livremente até a cintura. Entrar assim no escritório de Thorn não era uma boa ideia. Ela precisou revirar a bagunça para encontrar o enorme casaco que ele tinha emprestado. O abotoou ao redor do corpo e arregaçou as mangas compridas. Não escondia os hematomas no rosto, mas já era mais decente.

Ophélie escureceu as lentes dos óculos para disfarçar o olho roxo e mergulhou de corpo inteiro no reflexo. O frio a deixou sem ar. Ela não enxergava nem um palmo à frente. Thorn tinha desligado o aquecedor e apagado as luzes. Será que tinha ido embora e deixado o armário aberto?

Ophélie esperou para se acostumar com a escuridão ambiente, o coração batendo rápido. A janela no fundo da sala deixava entrar um pouco de luar entre a camada de geada. Ela começava a distinguir os contornos da mesa, as linhas das prateleiras, as curvas das cadeiras. Sob a janela, uma silhueta angular e estreita estava sentada no sofá, perfeitamente imóvel.

Thorn estava lá.

Ophélie avançou, tropeçando no piso irregular, esbarrando nas quinas dos móveis. Quando chegou ao sofá, notou que os olhos claros de Thorn, lâminas brilhantes na escuridão, seguiam todos seus movimentos. Ele estava encurvado, com os antebraços apoiados nas coxas, mas isso não o impedia de continuar enorme. Ainda vestia o uniforme de trabalho, cujas dragonas douradas brilhavam no escuro.

— Eu te acordei? — murmurou Ophélie.

— Não. O que você quer?

Uma recepção fria para um lugar gelado. A voz de Thorn estava ainda mais impertinente do que de costume. Ele não parecia particularmente feliz de ver Ophélie, o que, de certa forma, a tranquilizou. Tudo parecia indicar que ele tinha reconsiderado a opinião sobre ela desde a última vez.

— Preciso contar uma ou duas coisas. É bastante importante.

— Sente-se — disse Thorn.

Ele tinha o dom de transformar o que passaria por uma expressão educada em uma ordem tirana. Ophélie tateou em busca de uma cadeira, mas, ao encontrar, teve que desistir de puxá-la. Composta de veludo e de madeiras nobres, era pesada demais para sua costela quebrada. Então ela se sentou distante, de costas para o sofá, obrigando Thorn a mudar de lugar. Ele saiu de sua posição recurvada com um suspiro irritado e se instalou na cadeira de trabalho, do outro lado da mesa. Ophélie piscou, confusa, quando ele acendeu a luminária.

— Estou ouvindo — disse ele, com pressa para acabar.

Ela não teve tempo de pronunciar uma palavra, porque ele a interrompeu:

— O que aconteceu com você?

O rosto longo de Thorn tinha endurecido ainda mais, se era possível. Ophélie escondera tudo que podia sob os óculos e os cabelos, esperando que ele não notasse as marcas dos golpes, mas tinha falhado.

— Um velório que deu errado. Era disso que eu queria falar.

Thorn cruzou os longos dedos nodosos sobre a mesa e esperou as explicações. Sua atitude era tão implacável que Ophélie tinha a impressão de estar no banco do réu, frente a um juiz implacável.

— Você conhece a sra. Hildegarde?

— A arquiteta? Todo mundo conhece.

— Eu entreguei laranjas para ela. Foi só ela encostar em uma que caiu dura. Fui considerada culpada e os guardas me jogaram nas masmorras na mesma hora.

Os dedos entrelaçados de Thorn se contraíram sobre a mesa.

— Por que minha tia não me ligou?

— Talvez ela não tenha tido tempo nem oportunidade — disse Ophélie, com prudência. — De qualquer forma, a sra. Hildegarde não morreu. Segundo ela, foi uma reação alérgica violenta.

— Uma reação alérgica — repetiu Thorn, cético.

Ophélie engoliu em seco e fechou os punhos no colo. Era a hora da verdade.

— Ela mentiu. Alguém realmente envenenou as laranjas... com a intenção de me atacar, não a sra. Hildegarde.

— Você parece ter uma noção muito precisa da situação — constatou Thorn.

— Foi a sua avó.

Ouvindo este anúncio, Thorn não mexeu um centímetro. Ele ficou de mãos cruzadas, costas curvadas, sobrancelhas franzidas, nariz levantado. Foram poucas as vezes que Ophélie se sentira tão desconfortável. Agora que ela se abrira, começava a ter medo. Afinal, por que Thorn acreditaria nela?

— Eu *li* tocando a cesta de laranjas — continuou. — Sob pretexto de me ajudar, sua avó jogou um veneno da própria safra. O ódio que ela sente por mim, como senti pela ponta dos dedos, dá até calafrios.

Ophélie procurou um sinal de emoção no olhar metálico de Thorn, fosse surpresa, negação ou incompreensão, mas ele parecia ter virado mármore.

— Ela detesta tudo que eu represento — insistiu, esperando convencê-lo. — Uma interesseira, uma vergonha, um sangue impuro. Ela não deseja minha morte, mas quer me humilhar publicamente.

Ophélie pulou quando o telefone sobre a mesa tocou. Thorn o deixou tocar, seu olhar profundamente focado nos óculos escuros dela.

— Não disse nada para a sua tia — gaguejou ela. — Não sei se ela suspeita do comportamento ambíguo da mãe. Gostaria de saber a sua opinião antes de tudo — concluiu com a voz fina.

Thorn finalmente voltou a se mover. Ele descruzou os dedos, se ajeitou na poltrona, ficando mais alto, e consultou o relógio de bolso. Ophélie estava estupefata. Ele não a levava a sério? Achava que era uma perda de tempo?

— Você quer minha opinião? — disse por fim, sem tirar o olhar do relógio.

— Por favor.

Ophélie estava quase implorando. Thorn fechou o relógio, o guardou no bolso do uniforme e, com um gesto imprevisível, derrubou violentamente com o braço todo o conteúdo da mesa. As canetas, os tinteiros, os mata-borrões, a correspondência e até o telefone foram jogados no chão de madeira com um barulho ensurdecedor. Ophélie se agarrou com as duas mãos nos braços da cadeira para se impedir de sair correndo. Era a primeira vez que via Thorn se deixar levar pela violência e tinha medo que o próximo golpe fosse direcionado a ela.

Cotovelos na mesa, mãos apoiadas uma na outra, dedos entrelaçados, Thorn não tinha de jeito nenhum a postura de alguém que acabara de mostrar raiva. Esvaziada desse jeito, a mesa mostrava uma bela auréola escura: o conteúdo do tinteiro que Ophélie derrubara da última vez.

— Estou bem contrariado — disse Thorn. — Até mais que isso.

— Sinto muito — sussurrou Ophélie.

Thorn estalou a língua, irritado.

— Disse que estou contrariado, não que *você* me contrariou.

— Então você decidiu acreditar em mim? — murmurou ela, aliviada.

Thorn arqueou as sobrancelhas e sua longa cicatriz seguiu o movimento.

— Por que não acreditaria?

Tomada de surpresa, Ophélie contemplou os objetos de escrita que tinham se amontoado no chão. Esse caos destoava no meio do universo perfeitamente organizado do escritório.

— Bom... seria razoável se você desse mais crédito à sua avó do que a alguém que você mal conhece. Acho que você arrebentou o cabo do telefone — acrescentou depois de um pigarro.

Thorn a observou com atenção.

— Tire os óculos, por favor.

Confusa pelo pedido inesperado, Ophélie obedeceu. A silhueta magra de Thorn, do outro lado da mesa, se perdeu na névoa. Se queria examinar os estragos por conta própria, ela não ia impedir.

— Foram os guardas — suspirou. — Eles têm a mão pesada.

— Descobriram sua verdadeira identidade?

— Não.

— Te atacaram de formas que não posso ver a olho nu?

Ophélie recolocou os óculos com gestos desajeitados, terrivelmente constrangida. Ela detestava quando Thorn a submetia a interrogações do tipo, como se fosse incapaz de abandonar a postura de intendente.

— Nada de grave.

— Depois de refletir, corrijo o que disse — continuou Thorn em uma voz monótona. — Parte da minha irritação é culpa sua.

— Ah?

— Eu pedi que você só confiasse na minha tia. Em mais ninguém. É preciso sempre colocar os pingos nos "i's"?

O tom de Thorn era tão exasperado que Ophélie ficou chocada.

— Como eu poderia suspeitar por um instante da sua avó? Ela foi mais gentil comigo do que vocês todos.

Thorn ficou tão lívido de repente que a cor da pele se confundiu com a das cicatrizes. Ophélie tomou consciência tarde demais do que tinha falado. Nem todas as verdades devem sempre ser ditas.

— Além disso, ela mora sob o seu teto — murmurou ela.

— Você muitas vezes vai encontrar inimigos sob o mesmo teto. Tente se acostumar com a ideia.

— Você desconfia dela desde o começo? — disse Ophélie, chocada. — Da sua própria avó?

Um barulho de vento mecânico invadiu o escritório, seguido de um clique retumbante.

— É o elevador da cozinha — explicou Thorn.

Suas pernas compridas se desdobraram como molas. Ele se dirigiu para uma parede, levantou uma portinhola de madeira e pegou uma cafeteira de alumínio.

— Posso tomar um pouco? — perguntou Ophélie por impulso.

Desde que se mudou para o Polo, não rejeitava mais café. Tarde demais, se deu conta de que só tinha uma xícara, mas Thorn a cedeu sem objeção. Vindo dele, ela achou um gesto muito elegante.

— Eu também já sofri nas mãos daquela megera — disse ele, servindo o café.

Ophélie levantou o olhar para ele, lá no alto. Ela sentada, ele de pé, chegava a dar vertigem.

— Ela também te atacou?

— Ela tentou me sufocar com um travesseiro — disse Thorn, inabalável. — Felizmente, sou mais resistente do que pareço.

— E... você era jovem?

— Eu tinha acabado de nascer.

Ophélie deixou o olhar cair na xícara escura e fumegante. Ela se sentia cheia de raiva.

— É monstruoso.

— É o destino que normalmente reservam aos bastardos.

— E ninguém disse nada, nem fez nada contra ela? Como Berenilde consegue tolerar essa mulher em casa?

Thorn abriu de novo a portinhola do elevador para pegar tabaco. Ele se sentou na cadeira, procurou o cachimbo em uma gaveta e começou a prepará-lo.

— Você observou por conta própria como essa velha tem talento para enganar todo mundo.

— Então ninguém sabe o que ela fez com você? — se chocou Ophélie.

Thorn acendeu um fósforo para colocar fogo no tabaco do cachimbo. A chama destacou seus traços angulares e contraídos, cheios de tensão. Quando ele parava de conduzir o interrogatório, seu olhar ficava evasivo.

— Ninguém — resmungou ele. — Exatamente como no seu caso hoje.

— Sem ofensa — insistiu levemente Ophélie —, como você sabe o que aconteceu? Você acabou de dizer que era recém-nascido.

Thorn sacudiu o fósforo e anéis prateados escaparam do cachimbo.

— Tenho uma ótima memória.

Atrás dos óculos, a pálpebra inchada de Ophélie se entreabriu em surpresa. Lembrar de acontecimentos dos primeiros meses de vida nem parecia possível. Por outro lado, uma memória daquelas explicava por que Thorn era excelente na contabilidade. Ophélie molhou a boca no café. O líquido amargo a aqueceu por dentro. Ela teria gostado de açúcar ou leite, mas não queria pedir demais.

— E a sua avó sabe que você se lembra?

— Talvez — resmungou Thorn entre duas bufadas de cachimbo. — Nunca falamos disso.

Ophélie se lembrou dele afastando a avó quando ela os recebera na porta de casa. Ela devia reconhecer que tinha julgado mal os dois naquele dia.

— Achei que esses instintos assassinos tinham passado com a idade — continuou Thorn, forçando as consoantes. — O que ela tentou com você prova o contrário.

— O que eu faço, então? — perguntou Ophélie.

— Você? Nada.

— Não me sinto capaz de ficar cara a cara com ela como se nada tivesse acontecido.

Sob as sobrancelhas franzidas de Thorn, na sombra das pálpebras, os olhos metálicos escureceram. Ele tinha uma tempestade no olhar. Ophélie estava achando quase preocupante.

— Você não vai precisar ficar cara a cara com ela. Vou mandar essa mulher para muito longe da Cidade Celeste. Não disse que me vingaria de todos que te fizessem mal?

Ophélie se escondeu correndo atrás da xícara de café. De repente, sentiu um nó na garganta. Acabava de entender que era realmente importante para Thorn. Não era atuação nem palavras vazias. Ele expressava seus sentimentos de modo um pouco rude, sim, mas era incrivelmente sincero.

Ele leva este casamento muito mais a sério do que eu, pensou Ophélie. Esse pensamento fez seu estômago revirar. Por mais que ele não fosse um homem muito tranquilo, ela não tinha vontade alguma de fazê-lo sofrer ou de humilhá-lo com rejeição. Enfim... talvez isso tivesse passado por sua cabeça no começo, mas desde então tinha repensado sua posição.

Ela perdeu o olhar no fundo da xícara vazia por tanto tempo que Thorn acabou tirando o cachimbo da boca e indicando a cafeteira.

— Sirva-se.

Ophélie não hesitou. Ela encheu mais uma xícara e voltou à cadeira, procurando uma posição suportável. Ficar sentada esmagava as costelas e tornava a respiração incômoda.

— Tenho um outro problema urgente para contar — disse com uma voz rouca. — Além da sua avó, arranjei um segundo inimigo.

As sobrancelhas claras de Thorn se juntaram.

— Quem?

Ophélie inspirou fundo e contou de uma vez a chantagem de Gustave. Quanto mais falava, mais o rosto de Thorn se abria. Ele a encarava profundamente perplexo, como se ela fosse a criatura mais bizarra inventada pela natureza.

— Se a Berenilde não tiver perdido o bebê antes da Ópera da primavera, serei executada — concluiu ela, triturando as luvas.

Thorn se jogou na cadeira e passou uma mão nos cabelos loiros prateados, os alisando ainda mais.

— Você está acabando com os meus nervos. Você tem mesmo talento para se meter em confusão.

Pensativo, ele soprou toda a fumaça pelo grande nariz de ave de rapina.

— Certo. Também vou cuidar disso.

— Como? — perguntou Ophélie.

— Não se preocupe com os detalhes. Mas tem minha palavra de que esse mordomo não vai causar problemas nem para você nem para minha tia.

Ophélie engoliu de uma vez tudo que restava na xícara de café. O nó na garganta não descia. Thorn ia ajudá-la muito além do que esperava. Ela se sentia perfeitamente ingrata por tê-lo tratado com tanto desprezo até então.

O relógio da Intendência badalou, indicando as seis horas da manhã.

— Preciso voltar ao quarto — disse Ophélie, abaixando a xícara. — Não tinha notado que estava tão tarde.

Thorn se levantou e abriu a porta do armário como se fosse uma porta comum. Ophélie não tinha coragem de partir assim, sem uma palavra carinhosa para ele.

— Eu... estou muito agradecida — balbuciou.

Thorn arqueou as sobrancelhas. Pareceu de repente nervoso demais no uniforme, apertado demais no corpo magro.

— É bom que você tenha desabafado comigo — disse ele, com um tom ranzinza.

Depois de um pequeno silêncio constrangido, ele acrescentou entredentes:

— Talvez eu tenha parecido um pouco seco mais cedo...

— Foi minha culpa — interrompeu Ophélie. — Da última vez, fui desagradável.

Um espasmo atravessou a boca de Thorn. Ela não soube definir se era uma tentativa de sorriso ou uma careta envergonhada.

— Só confie na minha tia — lembrou ele.

Ophélie ficou triste de ver o quanto ele dava crédito a Berenilde. Ela os manipulava como marionetes e ele tinha entrado no jogo sem nem se dar conta.

— Nela eu não sei. Mas em você, sem dúvida.

Ophélie achou ter acertado ao dizer isso. Já que não podiam fazer papel de noivos apaixonados, queria pelo menos ser honesta com Thorn. Ela confiava nele, ele deveria saber. Contudo, se perguntou se tinha cometido um erro quando o olhar cinza se afastou bruscamente dos seus, em um movimento rígido.

— Você precisa ir agora — resmungou ele. — Preciso arrumar meu escritório e consertar o telefone antes das minhas primeiras reuniões do dia. Quanto ao que você me contou, farei o que for necessário.

Ophélie mergulhou no espelho e ressurgiu no quarto. Estava tão absorta em pensamento que demorou para perceber que a vitrola tinha voltado a rodar durante sua ausência. Olhou perplexa para o disco que tocava a música de fanfarra.

— Até que enfim! — suspirou uma voz atrás dela. — Estava começando a ficar preocupado.

Ophélie se virou. Um garotinho estava sentado na cama.

A AMEAÇA

O Cavaleiro vestia um pijama listrado. Ele lambia o resto de um pirulito e olhava para Ophélie por trás dos óculos redondos.

— Você não devia deixar a chave na porta. Não conhece aquele truque de empurrar com uma agulha do outro lado? Primeiro a gente passa um papel por baixo da porta, aí é só puxar de volta quando a chave cair. Se o espaço sob a porta for grande o suficiente, funciona fácil.

Com os braços balançando dentro do casaco preto enorme, Ophélie não ouvia uma palavra do que ele dizia. A presença desse pequeno Miragem aqui era um desastre. Muito calmo, inteiramente inexpressivo, ele deu um tapinha na cama para convidá-la para se sentar.

— Você não parece estar se sentindo bem, senhorita. Sente-se, fique à vontade. A música está te incomodando?

Ophélie continuou de pé. Estava tão esgotada que tinha esquecido a dor. Ela não fazia a menor ideia do que devia dizer ou fazer e ficou ainda mais confusa quando o garoto tirou desajeitadamente do pijama um pacote de envelopes.

— Dei uma olhada na sua correspondência. Espero que não te incomode, vivem brigando comigo porque sou muito curioso.

As cartas desaparecidas. Como era possível que elas tivessem chegado às mãos dessa criança?

— A sua mãe está bem preocupada — comentou o cavaleiro, pegando uma carta ao acaso. — Você tem sorte, minha primeira mamãe morreu. Felizmente tenho a sra. Berenilde. Ela é extremamente importante para mim.

Ele encarou Ophélie com os olhos plácidos, aumentados pelos óculos grossos.

— Você pensou na proposta de Gustave? Tem até hoje à noite para honrar sua parte no contrato.

— É você que está por trás das ordens? — articulou Ophélie com a voz fraca.

Imperturbável, o Cavaleiro apontou a vitrola que tocava música.

— Você vai precisar falar um pouco mais alto para ser ouvida, senhorita. Se não matar o bebê — continuou tranquilamente —, Gustave vai soltar os guardas. Eu não tenho muita influência nesse campo, mas ele tem.

O garotinho mordeu o pirulito, fazendo barulho.

— Você não pode de jeito nenhum matar a sra. Berenilde, só o bebê. Uma boa queda deve servir, acho. É essencial que ele morra, porque poderia tomar meu lugar no coração da sra. Berenilde, você entende?

Não, Ophélie não entendia. Que um corpinho de dez anos pudesse conter um espírito tão perigoso fugia à sua compreensão. Era por causa desse lugar, desses nobres, de todas essas guerras entre clãs: esse mundo não dava nenhuma chance para as crianças desenvolverem um senso moral.

O Cavaleiro jogou o palito do pirulito no chão e começou a remexer cuidadosamente nas cartas de Ophélie.

— Eu vigio de perto tudo que diz respeito à sra. Berenilde. Interceptar a correspondência da família chega a ser uma mania. Foi ao encontrar a sua que descobri que você estava no solar. Não se preocupe — acrescentou, ajeitando os óculos no nariz —, não contei nada para ninguém, nem mesmo a Gustave.

Ele balançou as pernas na beira da cama, tomado por um interesse repentino pelas pequenas pantufas de pele.

— Honestamente, estou um pouquinho chateado. Primeiro acolhem uma desconhecida na minha casa sem me pedir permissão. E quando decido te visitar pessoalmente, descubro que uma empregada está se passando por você. Uma armadilha para os curiosos, né? Acho que não compartilhamos o mesmo senso de humor, senhorita. A pobrezinha pagou caro pelo aprendizado.

Ophélie foi tomada por calafrios nervosos. Quem a substituíra no solar? Pistache? Ela nem se preocupara. Ela não pensara uma única vez em quem arriscava a vida em seu lugar.

— Você a machucou?

O Cavaleiro deu de ombros.

— Só remexi a cabeça dela. É assim que soube que o pajem na verdade era você. Quis ver a sua cara com meus próprios olhos e estou perfeitamente tranquilo agora que vi. Você é comum demais para a sra. Berenilde sentir qualquer afeição.

Ele mergulhou de novo nas cartas, nariz franzido de concentração.

— A outra moça é sua parente, não é?

— Não se aproxime dela.

Ophélie tinha falado antes de pensar. Provocar essa criança era um ato irresponsável e perigoso, ela percebia com todas as fibras do corpo. Ele levantou os óculos redondos na sua direção e, pela primeira vez, ela o viu sorrir. Um sorriso desajeitado, quase tímido.

— Se a sra. Berenilde perder o bebê hoje, não terei nenhum motivo para incomodar a sua tia.

O Cavaleiro guardou as cartas de Ophélie na camisa de pijama e quase tropeçou ao sair da cama. Para uma criança tão desastrada, não lhe faltava confiança. Mesmo com costela quebrada, Ophélie teria coberto ele de palmadas se fosse capaz de se mover, mas parecia que ela estava se afogando de corpo e alma nos óculos de fundo de garrafa. Por mais jovem que fosse, o Cavaleiro não parecia mais tão pequeno quando ficava de pé. Ela não conseguia se afastar do olhar plácido e das pálpebras tatuadas.

Não, pensou Ophélie com todas as suas forças. *Não posso me deixar ser manipulada pelo espírito dele.*

— Eu sinto muito, senhorita, mas você não vai se lembrar desta conversa. No entanto, estou convencido de que deixará uma marca. Uma marca muito ruim e constante.

Após essas palavras, ele se despediu inclinando a cabeça e saiu, fechando a porta.

Ophélie ficou imóvel, vestindo o casaco de Thorn. Ela estava com uma dor de cabeça atroz. Parou a vitrola para ficar em silêncio; por que tinha ligado a música de novo? Fez uma careta ao ver a chave mal encaixada na fechadura. Ela não tinha trancado a porta, que besteira! Enquanto atravessava o quarto, alguma coisa grudou no seu pé. Ophélie esfregou o chão para soltar e examinou o objeto. Um palito. Esse quarto estava virando um lixão.

Ela se sentou com precaução na cama e olhou com preocupação ao redor. O uniforme estava dobrado nas costas de uma cadeira. A bacia estava vazia de água usada. A porta estava finalmente trancada à chave.

Então por que ela tinha a impressão de ter esquecido alguma coisa muito importante?

— Ele se enforcou? Fez bem.

Ophélie mal tinha sentado à mesa de serviço quando Raposa jogou essa declaração, entre dois goles de café. Ela queria perguntar quem tinha se enforcado, mas só o encarou por um longo tempo, até que decidisse dizer mais. Ele apontou com o queixo a agitação febril dos empregados ao redor das mesas.

— Você precisa mesmo sair do mundo da lua, cara. Todo mundo só fala disso! Gustave, o mordomo-chefe. Ele foi encontrado pendurado em uma viga no quarto.

Se Ophélie já não estivesse sentada em um banco, suas pernas teriam cedido. Gustave estava morto. Ela tinha falado dele para Thorn e agora ele estava morto. Insistiu com o olhar para Raposa continuar, curiosa para saber tudo que tinha acontecido.

— Parece estar te afetando muito — se espantou Raposa, levantando as sobrancelhas. — Você é o único a lamentar essa perda, acredite. Esse cara era totalmente perverso. Além disso, ele não tinha a consciência tranquila, sabe. Dizem que encontraram na mesa dele uma convocação da Câmara de Justiça: detenção ilegal de ampulhetas amarelas, abuso de poder e muito mais!

Raposa passou o dedo sob o queixo imponente, em um gesto significativo.

— Ele já era, de qualquer jeito. Quem brinca com fogo acaba queimado.

Ophélie mal encostou no café que Raposa serviu com um movimento teatral. A Câmara de Justiça era estreitamente conectada à Intendência; era mesmo Thorn por trás disso tudo. Ele tinha mantido sua palavra. Ophélie deveria se sentir aliviada, por ela e pelo bebê, mas seu estômago continuava embrulhado. E agora? Thorn não ia convidar a avó a se jogar de uma janela, ia?

Como Raposa pigarreava com insistência, ela deixou seus pensamentos de lado para prestar atenção. Ele contemplava o fundo da xícara vazia com uma cara constrangida.

— Você volta ao serviço hoje, hein? Para aquela musiquinha lá?

Ophélie concordou. Ela não tinha escolha. À noite aconteceria a Ópera da primavera em homenagem a Farouk. Berenilde contava imperativamente com sua presença; tinha até arranjado para que ela tivesse um papel de gondoleiro. Com uma costela quebrada, a noite prometia ser longa.

— Eu não estarei lá — resmungou Raposa. — Minha patroa é surda que nem uma porta, morre de tédio em óperas.

Ele não tinha levantado o olhar da xícara. Uma ruga surgiu entre suas sobrancelhas.

— Não é um pouco cedo demais para você? — perguntou abruptamente. — Quer dizer, depois do que aconteceu... Um dia de repouso não é muito, né?

Ophélie esperou com paciência que ele dissesse o que queria. Raposa pigarreava, penteava as costeletas, olhava com desconfiança ao redor. De repente, enfiou uma mão no bolso.

— Toma. Mas não é para virar um hábito, hein? É só desta vez, para você respirar um pouco, hein?

Confusa por todos esses "hein?", Ophélie observou a ampulheta verde colocada ao lado da sua xícara de café. Ela ficou feliz de estar limitada ao silêncio: se pudesse falar, não saberia o que dizer. Até esse instante, era ela que dava todas as gorjetas.

Raposa cruzou os braços sobre a mesa com um ar carrancudo, como se mostrar caridade manchasse sua reputação.

— As três ampulhetas azuis — resmungou entredentes —, as que a Madre Hildegarde te deu. Os guardas não devolveram, né? Não acho correto, então é isso.

Ophélie examinou Raposa intensamente, o rosto poderoso, os olhos expressivos sob as sobrancelhas cheias e ruivas, os cabelos em chama. Parecia que ela o via com mais clareza do que antes. Thorn tinha mandado que ela não confiasse em ninguém; neste momento, ela se sentiu incapaz de obedecer.

— Não me olhe assim — disse Raposa, virando o rosto. — Parece até uma mulher... É muito constrangedor, sabia?

Ophélie devolveu a ampulheta. O que quer que ele pensasse, teria mais necessidade. Passada a surpresa, Raposa abriu um sorriso implicante.

— Ah, acho que entendi! Você quer *vê-lo* e que *ele* te veja, né?

Ele se apoiou na mesa como um enorme gato ruivo, cotovelos para a frente, para falar mais de perto.

— O Senhor Imortal — sussurrou. — Aquele que só o alto escalão pode ver cara a cara. Eu, garoto, já o encontrei. Juro de pés juntos! Foi só por um instante, enquanto acompanhava a sra. Clothilde, mas pude vê-lo como estou te vendo agora. E, acredite ou não, meu jovem, mas ele me olhou de volta. Ser visto por um Imortal, você imagina?

Raposa parecia tão orgulhoso que Ophélie não soube se devia sorrir ou fazer uma careta. No convívio com os empregados, ela rapidamente tinha notado que eles eram inacreditavelmente supersticiosos quando se tratava de Farouk. Eles pareciam convencidos que qualquer atenção vinda dele, mesmo involuntária, impressionava tanto a alma que ela se tornava imortal. Os que tinham a chance de serem vistos pelo espírito familiar, um privilégio normalmente reservado aos nobres, sobreviveriam à morte do corpo. Os outros estavam condenados ao vazio.

Os Animistas não tinham esse tipo de crença em relação a Ártemis. Eles se contentavam em pensar que continuavam a existir através da memória de seus objetos, e ficava por aí.

Raposa tocou no ombro de Ophélie, como se para consolá-la.

— Sei que você tem um papelzinho na peça, mas não espere ser notada por isso. Eu e você somos invisíveis para os grandes deste mundo.

Ophélie meditou sobre essas palavras enquanto atravessava o corredor de serviço do térreo. Tinha tanto movimento nesta manhã que os pajens, as faxineiras e os entregadores tropeçavam uns nos outros em uma bagunça indescritível. Todos só falavam da Ópera; a morte de Gustave já era história antiga.

As costelas de Ophélie ressoavam com cada respiração. Ela procurou as passagens menos frequentadas, mas os jardins e os salões estavam repletos de gente. Além dos convidados habituais da embaixada, estavam também presentes ministros, conselheiros, pessoas refinadas e diplomatas, artistas e dândis. Todos estavam lá para usar os elevadores de Archibald, os únicos que levavam à torre de Farouk. As festas de primavera deviam ser um evento muito esperado no Polo. A quantidade de guardas tinha dobrado para a ocasião.

Na sala de música, infelizmente, o ambiente não era muito mais calmo. As irmãs de Archibald estavam em pânico por causa de problemas com o figurino. Os vestidos travavam seus movimentos, as perucas pesavam demais na cabeça, os alfinetes não eram suficientes...

Ophélie encontrou Berenilde atrás de um biombo, de pé sobre um banquinho, seus braços enluvados graciosamente elevados. Majestosa no vestido com gola de rufo, ela reclamava com o alfaiate que oferecia cintos de cetim para que ela experimentasse.

— Eu pedi para esconder minha barriga, não para destacar.

— Não se preocupe, senhora. Planejo acrescentar um jogo de véus que só revelará o que convém da sua silhueta.

Ophélie achou melhor se manter distante no momento, mas conseguia ver Berenilde perfeitamente pelo enorme espelho de pé. Ela tinha as bochechas vermelhas de emoção. Era realmente apaixonada por Farouk; nesse aspecto, não era fingimento.

Ophélie quase lia os pensamentos nos seus grandes olhos límpidos: "Vou revê-lo enfim. Tenho que ser a mais bonita. Posso reconquistá-lo."

— Sinto muito pela sua mãe, senhora — suspirou o alfaiate, com uma expressão de pena. — Que azar que ela tenha ficado doente bem no dia da sua apresentação.

Ophélie segurou a respiração. A avó de Thorn tinha adoecido? Não podia ser uma coincidência. No entanto, Berenilde não parecia especialmente preocupada. Ela estava obcecada demais pela imagem que o espelho mostrava.

— A mamãe sempre teve pulmões frágeis — disse distraidamente. — Ela vai ao sanatório de Areias-de-Opala todo verão, só está indo mais cedo este ano.

Ophélie gostaria de saber como Thorn tinha conseguido deixar a avó doente. Talvez ele a tivesse ameaçado diretamente? O ar tinha se tornado menos pesado e, por isso, Ophélie estava agradecida. Entretanto, ela continuava se sentindo desconfortável. Tinha a impressão de que uma ameaça pairava sempre na atmosfera sem que ela fosse capaz de dar um nome a ela.

O olhar de Berenilde encontrou o reflexo preto e branco de Mime no espelho.

— Finalmente! Os seus acessórios estão naquele banco. Não perca nada, não temos substitutos.

Ophélie entendeu o recado. Ela também apareceria na corte esta noite. Mesmo escondida pelo rosto de um empregado doméstico, deveria se esforçar para não causar uma má impressão.

Ela procurou o banco com o olhar, entre cravos e vestidos. Encontrou um chapéu baixo com uma longa fita azul, um remo de gôndola e a tia Roseline. Perturbada pela preocupação, ela estava tão pálida que sua pele tinha perdido o tom amarelado de costume.

— Na frente da corte... — murmurou ela entre os dentes grandes. — Dar o frasco na frente da corte.

A tia Roseline interpretaria a acompanhante de Isolde que, sem conseguir se convencer a dar o veneno pedido pela senhora, o trocava por uma poção do amor. Era um papel pequeno e sem falas, dos que eram reservados aos empregados, mas a ideia de aparecer no palco, em frente a um público tão importante, a deixava em pânico.

Enquanto Ophélie vestia o chapéu, se perguntou se Thorn também assistiria à apresentação. Ela não tinha muita vontade de fingir remar bem debaixo do nariz dele.

Pensando bem, ela não queria fazê-lo debaixo do nariz de ninguém.

As horas seguintes passaram lentamente, como se pingando de um conta-gotas. Berenilde, as irmãs de Archibald e as damas do coral estavam todas ocupadas se arrumando, fazendo pausas apenas para tomar infusões de mel. Ophélie e sua tia precisaram esperar bem comportadas no banquinho.

No final do dia, Archibald passou pela sala de música. Ele tinha vestido roupas mais puídas do que nunca e seus cabelos estavam tão desgrenhados que pareciam um monte de feno. Realmente fazia questão de parecer descuidado em circunstâncias inapropriadas. Era, como sua franqueza implacável, um dos raros traços que Ophélie admirava nele.

Archibald fez recomendações de último minuto às costureiras das irmãs.

— Esses vestidos são audaciosos demais para a idade delas. Troque as luvas por mangas bufantes e acrescente fitas largas para esconder os decotes.

— Mas, senhor... — balbuciou uma costureira, olhando assustada para o relógio.

— A única pele que devem mostrar é a do rosto.

Archibald ignorou os gritos horrorizados das irmãs. Seu sorriso não estava tão tranquilo quanto de costume, como se a ideia de jogá-las para os leões na corte fosse repugnante. Era um irmão muito protetor, Ophélie devia reconhecer.

— Isso não está aberto a negociações — decretou, vendo que as irmãs não paravam de protestar. — Dito isso, voltarei para meus convidados. Acabei de perder meu mordomo-chefe e estou com problemas administrativos.

Quando Archibald foi embora, o olhar de Ophélie não parou de ir e vir entre o relógio, Berenilde e a tia Roseline. Ela se sentia sufocada no uniforme, como se uma contagem regressiva continuasse a passar em silêncio. Só sete horas até a apresentação. Só cinco horas. Só três horas. Gustave estava morto e, apesar disso, por mais absurdo que fosse, ela ainda se sentia escrava da sua chantagem. Ela deveria ter avisado Berenilde do que tinha acontecido nas masmorras. Vê-la tão despreocupada em frente ao espelho não a tranquilizava. Ophélie temia por ela, pelo bebê, e também pela sua tia, sem que nada o justificasse realmente.

O cansaço acabou vencendo suas angústias e ela começou a cochilar no banquinho.

Foi o silêncio que a acordou. Um silêncio tão brutal que dava dor de ouvido. As irmãs de Archibald não tagarelavam mais, as costureiras tinham suspendido seu trabalho, as bochechas de Berenilde tinham perdido a cor.

Homens e mulheres tinham acabado de irromper na sala de música. Essa gente não tinha a atitude dos outros nobres do Luz da Lua. Eles não usavam perucas nem babados, mas se mantinham tão eretos que podiam ser confundidos com donos do lugar. As belas roupas de pele, mais adaptadas à floresta do que ao salão, não escondiam as tatuagens em seus braços. Todos tinham em comum um olhar severo, cortante como aço. O mesmo olhar que Thorn.

Os Dragões.

Segurando seu remo, Ophélie se levantou do banco para se curvar como qualquer pajem com apreço à vida faria. Thorn a alertara, sua família era extremamente sensível.

Quando Ophélie se levantou, reconheceu Freyja, com a boca franzida e o nariz empinado. Ela passeou o olhar gelado pelos figurinos e instrumentos, então o pousou sobre as irmãs de Archibald, pálidas e silenciosas.

— Vocês não vão nos cumprimentar, jovens senhoritas? — perguntou lentamente. — Não somos dignos de sermos seus convidados por um dia? Só temos a autorização de subir ao Luz da Lua uma vez por ano, mas talvez já seja demais para vocês?

Desamparadas, todas as irmãs se viraram para a mais velha em um mesmo movimento. Patience levantou o queixo com dignidade e apertou as mãos para impedi-las de tremer. Ela talvez fosse a menos bonita, por causa dos traços severos, mas não lhe faltava coragem.

— Perdão, sra. Freyja, não esperávamos esta visita. Imagino que basta que a senhora olhe ao redor para entender nosso constrangimento. Estamos todas nos arrumando para a Ópera.

Patience lançou um olhar significativo aos Dragões com barbas cheias e braços marcados. Com os casacos de pele branca, pareciam ursos polares perdidos no mundo dos humanos.

Exclamações indignadas surgiram entre as damas do coral. Os trigêmeos de Freyja morriam de rir, enfiando as cabeças raspadas sob os vestidos. A mãe não dirigiu uma palavra para repreendê-los. Ao contrário, ela se sentou no banco de um cravo, apoiando os cotovelos na tampa, bem decidida a ficar. Ela tinha no rosto um sorriso que Ophélie conhecia bem; era o mesmo que mostrara na carruagem antes de estapeá-la com força total.

— Continuem à vontade, senhoritas, não vamos atrapalhar. É só uma simples reunião de família.

Guardas desconfiados entraram no salão para ver se estava tudo bem, mas Patience fez sinal para que eles fosse embora e pediu que as costureiras terminassem seu trabalho.

Freyja virou então o sorriso forçado para Berenilde.

— Faz muito tempo, tia. Você parece ter envelhecido.

— Muito tempo mesmo, cara sobrinha.

Atrás da postura apagada de Mime, Ophélie não perdia nada da cena. Interpretando um pajem, ela tinha aprendido a captar cada detalhe em alguns olhares atenciosos. Não podia encarar Berenilde abertamente, mas podia somar tudo que percebia dela. O timbre contido da voz. Sua imobilidade perfeita no lindo vestido de Isolde. Os braços enluvados que mantinha ao longo do corpo para se impedir de cruzá-los instintivamente sobre a barriga.

Sob a camada de calma, Berenilde estava tensa.

— Que injusto, irmãzinha. Nossa tia nunca esteve tão radiante!

Um homem que Ophélie não conhecia tinha avançado com audácia até Berenilde para beijar sua mão. Ele tinha um queixo saliente, ombros atléticos e uma pele brilhante. Se era irmão de Freyja, era meio-irmão de Thorn. Eles não se pareciam nem um pouco.

Sua intervenção teve o mérito de relaxar Berenilde, que fez um carinho afetuoso por sua bochecha.

— Godefroy! Anda tão difícil te tirar da província! Todo ano eu me pergunto se você vai sobreviver àquele inverno horroroso enfiado na sua floresta.

O homem soltou uma gargalhada ecoante, um riso que não tinha nada a ver com as risadinhas costumeiras dos cortesãos.

— Ora, tia, nunca me permitiria morrer sem tomar chá com você uma última vez.

— Berenilde, onde está Catherine? Ela não está com você?

Desta vez, era um homem velho que falava. Pelo menos Ophélie achou que ele era velho: apesar das rugas e da barba branca, tinha o porte de um armário. Ele olhava com desprezo para os móveis elegantes que o cercavam. Desde que ele tinha tomado a palavra, todos os membros da família se viraram para ouvi-lo. Um verdadeiro patriarca.

— Não, pai Vladimir — disse Berenilde com calma. — A mamãe partiu da Cidade Celeste. Ela está doente, não virá para a caça de amanhã.

— Um Dragão que não caça não é mais um Dragão — reclamou o velho por baixo da barba. — De tanto frequentar salões, você e sua mãe viraram flores delicadas. Talvez você vá anunciar que também não estará presente?

— Pai Vladimir, parece que a tia Berenilde tem circunstâncias atenuantes.

— Se você não fosse nosso melhor caçador, Godefroy, cortaria suas mãos por ter dito algo tão vergonhoso. Preciso lembrar o que representa para nós a grande caça da primavera? Uma arte nobre praticada só por nós que lembra ao mundo de cima quem somos. A carne que os cortesões encontram todo dia em seus pratos são trazidas pelos Dragões!

O pai Vladimir tinha forçado a voz para que cada pessoa presente na sala ouvisse. Ophélie tinha ouvido, sim, mas mal tinha entendido. O homem tinha um sotaque desastroso.

— É uma tradição muito respeitável — concedeu Godefroy —, mas não é sem risco. Em seu estado, a tia Berenilde podia ser poupada...

— Disparate! — exclamou uma mulher, até então silenciosa. — Eu estava prestes a te parir, garoto, e ainda caçava na tundra.

A madrasta de Thorn, notou Ophélie. Era a cara de Freyja, com traços mais marcantes. Ela também provavelmente nunca seria uma amiga. Quanto a Godefroy, Ophélie não sabia bem o que pensar. Ele inspirava simpatia espontaneamente, mas ela desconfiava do que parecia bom demais desde a traição enorme da avó.

O pai Vladimir levantou sua mão tatuada para indicar os trigêmeos, ocupados desmontando uma harpa no canto.

— Olhem para eles, todos vocês! É assim que são os Dragões. Nem dez anos de idade e amanhã vão caçar suas primeiras Bestas, sem armas além das próprias garras.

Sentada em seu cravo, Freyja comemorava. Ela trocou um olhar cúmplice com Haldor, seu marido da vasta barba loira.

— Que mulher entre vocês pode se vangloriar de perpetuar assim nossa linhagem? — continuou o pai Vladimir, olhando duramente ao seu redor. — Você, Anastasia, feia demais para arranjar um marido? Você, Irina, que nunca levou a cabo nenhuma gravidez?

Todos os rostos se abaixaram sob o golpe implacável de seu olhar, como um farol atravessando o horizonte. Um silêncio constrangido invadiu todo o salão. As irmãs de Archibald fingiam estar ocupadas se arrumando, mas não perdiam um detalhe do que estava sendo dito.

Ophélie, por sua vez, não acreditava no que estava ouvindo. Culpar as mulheres dessa forma era detestável. Ao seu lado, a tia Roseline estava tão chocada que ela podia ouvir cada uma das suas respirações.

— Não exagere, pai Vladimir — disse Berenilde com a voz calma. — Estarei entre vocês amanhã, como sempre estive.

O velho retribuiu um olhar agressivo.

— Não, Berenilde, você não esteve sempre entre nós. Ao proteger o bastardo e torná-lo quem ele é hoje, você nos traiu.

— Thorn pertence à nossa família, pai Vladimir. O mesmo sangue corre em nossas veias.

Ao ouvir essas palavras, Freyja soltou um riso cheio de desprezo que fez ressoar todas as cordas do cravo.

— É um ambicioso, um calculista sem vergonha! Ele vai deserdar meus filhos para o bem dos seus quando tiver casado com aquela mulherzinha ridícula.

— Se acalme — sussurrou Berenilde. — Você atribui a Thorn um poder que ele não tem.

— É o administrador financeiro, tia. Claro que ele tem esse poder.

Ophélie se agarrou com as duas mãos ao remo de gôndola. Ela começava a entender por que a família de Thorn a odiava tanto.

— Esse bastardo não é um Dragão — continuou o pai Vladimir com uma voz terrível. — Se ele meter aquele nariz grande amanhã na nossa caça, vou com prazer marcar seu corpo com mais uma cicatriz. Quanto a você — disse ele, apontando para Berenilde —, se não estiver lá, será desonrada. Não conte demais com as atenções do sr. Farouk, querida, elas estão por um fio.

Berenilde respondeu à ameaça com um sorriso suave.

— Peço licença, pai Vladimir, mas preciso terminar de me arrumar. Nos vemos depois da apresentação.

O velho bufou com desprezo e todos os Dragões seguiram seus passos. Ophélie os contou com os olhos conforme eles passavam pela porta. Eram doze, incluindo os trigêmeos. Era isso, então, o clã inteiro.

Assim que os Dragões foram embora, as conversas voltaram ao salão como o canto de pássaros após uma tempestade.

— Senhora? — murmurou o alfaiate, voltando a atenção para Berenilde. — Podemos terminar o seu vestido?

Berenilde não o escutou. Ela acariciava a barriga com uma doçura melancólica.

— Família encantadora, não é? — murmurou ela ao seu bebê.

A ÓPERA

Quando o relógio da galeria principal deu sete badaladas, o Luz da Lua já estava vazio. Todo mundo, dos convidados permanentes da embaixada aos cortesões menores de passagem, tinha pegado os elevadores que subiam a torre.

Archibald tinha esperado o último instante para reunir a trupe da Ópera ao seu redor. Era composta por suas sete irmãs, Berenilde e sua comitiva, pelas moças do coral e pelos duques Hans e Otto, que interpretariam os únicos dois papéis masculinos da peça.

— Prestem muita atenção — disse Archibald, tirando um relógio do bolso furado. — Em alguns instantes, vamos pegar o elevador e sair do asilo diplomático. Peço então que sejam prudentes. A torre é além da minha jurisdição. Lá no alto não terei mais o poder de protegê-los dos inimigos.

Ele mergulhou o olhar azul-celeste nos olhos de Berenilde como se estivesse se dirigindo a ela em particular. Ela respondeu com um sorriso brincalhão. Na verdade, ela parecia tão segura, nesse instante, que transmitia uma aura de invulnerabilidade.

Escondida sob o chapéu de gondoleiro, Ophélie gostaria de compartilhar dessa segurança. O encontro com a sua futura família tivera o efeito de uma avalanche.

— Quanto a vocês — continuou Archibald, se dirigindo dessa vez às irmãs —, vou trazê-las de volta ao Luz da Lua assim que a apresentação acabar.

Ele fingiu não ouvir quando elas soltaram gritos agudos, argumentando que não eram mais crianças e que ele não tinha coração. Ophélie se perguntou se essas meninas já tinham visto qualquer coisa além da propriedade do irmão.

Quando Archibald ofereceu o braço a Berenilde, toda a trupe se aglomerou em frente à grade dourada do elevador, protegida com segurança por quatro guardas. Ophélie não podia impedir seu coração de bater mais rápido. Quantos nobres tinha visto subir nesses elevadores? Como seria afinal esse mundo de cima para o qual todos convergiam?

Um porteiro abriu a grade e puxou uma corda. Alguns minutos depois, o elevador desceu da torre. Visto do corredor, só parecia ter espaço para três ou quatro pessoas. Entretanto, os 22 membros da trupe entraram todos sem aperto.

Ophélie não se surpreendeu ao descobrir uma ampla sala com banquinhos de veludo e mesas cheias de doces. O absurdo dos espaços fazia agora parte do seu cotidiano. Ilusões de ótica cobriam a superfície, já considerável, de jardins ensolarados e galerias de estátuas. Eram tão eficientes que Ophélie esbarrou em uma parede esperando entrar em uma alcova.

O ar ao seu redor estava saturado de perfumes inebriantes. Os dois duques de peruca se apoiavam em bengalas. As damas do coral passavam pó de arroz no nariz em gestos vaidosos. Andar entre esse grupo sem acertar ninguém com o remo foi uma verdadeira façanha. Ao seu lado, a tia Roseline não tinha a mesma dificuldade, porque seu único acessório era o frasco que deveria entregar a Berenilde no palco. Ela manipulava o objeto com nervosismo, cada vez mais agitada, como se segurasse um pedaço de carvão ardente.

Vestido de um uniforme amarelo-mel, um ascensorista agitou um sino.

— Senhoras e senhores, vamos partir. Passaremos pela sala do Conselho, pelos jardins suspensos e pelas termas das cortesãs até nosso ponto final, a Ópera Familiar. A Companhia dos elevadores deseja uma excelente ascensão!

A grade dourada se fechou e o elevador subiu lento como um paquiderme.

Agarrada ao remo como se sua vida dependesse disso, Ophélie não tirava os olhos de Berenilde. Na noite que começava, parecia essencial que pelo menos uma delas se mantivesse vigilante. A atmosfera nunca lhe parecera tão carregada. A tempestade chegaria, sem dúvida: restava saber onde e quando.

Ao ver Archibald se curvar para falar com Berenilde, Ophélie se aproximou para escutar melhor.

— Assisti, sem querer, à sua reuniãozinha de família.

Ophélie franziu a testa, mas lembrou que Archibald podia ver e ouvir tudo que as irmãs viam e ouviam.

— Você não deveria levar a sério todas aquelas provocações, querida — continuou.

— Acha que sou feita de açúcar? — implicou Berenilde, sacudindo os cachos loiros.

Ophélie viu um sorriso se abrir no perfil angelical de Archibald.

— Sei exatamente do que você é capaz, mas tenho que cuidar de você e da criança que carrega. Todo ano, nossa grande caça familiar traz muitas mortes. Simplesmente não se esqueça disso.

Ophélie tremeu dos pés à cabeça. Ela revia as imensas carcaças de mamutes e de ursos que o ancião Augustus tinha desenhado no diário de viagem. Berenilde planejava seriamente levá-las à caça amanhã? Mesmo com a maior boa vontade, Ophélie não se imaginava participando de uma corrida na neve e na noite, em 25 graus negativos.

Ela sufocava por ter que ficar sempre quieta.

— A Ópera Familiar! — anunciou o ascensorista.

Perdida em pensamento, Ophélie seguiu o movimento da trupe. Aconteceu o que esperava: acertou alguém com o remo de gondoleiro. Emendou reverências para expressar suas desculpas antes de notar que se endereçava a um garotinho.

— Não foi nada — disse o Cavaleiro, esfregando a nuca. — Não doeu.

Atrás dos óculos redondos e grossos, seu rosto era inexpressivo. O que essa criança fazia com eles no elevador? Ele era tão discreto que Ophélie não tinha reparado. O incidente a deixou com uma sensação de desconforto inexplicável.

No saguão, alguns senhores fumavam charutos, sem pressa. Quando a trupe passou, eles se viraram, brincando. Ophélie estava impressionada demais para vê-los bem. Os doze lustres em cristal da galeria se refletiam com perfeição no chão de madeira envernizada; ela tinha a impressão de andar sobre velas.

O saguão acabou em uma escada monumental de espiral dupla. Toda de mármore e couro, de ouro e mosaicos, era ela que levava à sala da Ópera. A cada patamar, estátuas de bronze erguiam lamparinas em forma de lira. As duas escadas simétricas serviam os corredores periféricos onde as cortinas dos balcões e camarotes já estavam quase todas fechadas. O ar fervilhava de murmúrios e risos abafados.

Ophélie ficou tonta só de pensar em precisar subir os inúmeros degraus. Cada movimento enfiava uma pontada invisível em suas costelas. Felizmente, a trupe contornou a escadaria, desceu alguns degraus e passou pela entrada dos artistas, situada sob a sala da Ópera.

— É aqui que deixo vocês — sussurrou Archibald. — Preciso tomar meu lugar no balcão nobre antes da chegada do nosso senhor.

— Você vai me dizer o que achou depois do espetáculo? — pediu Berenilde. — Os outros vão me elogiar sem um pingo de sinceridade. Pelo menos sei que posso contar com a sua franqueza infalível.

— Vai ser por sua própria conta e risco. Não gosto nem um pouco de ópera.

Archibald se despediu tirando o chapéu e fechou a porta.

A entrada dos artistas dava em um labirinto complexo de corredores que levavam aos armazéns de cenários, às salas das máquinas e aos camarins dos cantores. Ophélie nunca tinha pisado em uma Ópera na vida; entrar nesse mundo pelos bastidores era uma experiência fascinante. Ela olhou com curiosidade para os figurantes fantasiados e para os bolinetes que serviam para puxar as cortinas e trocar o cenário.

Só ao chegar nos camarins notou que a tia Roseline não os acompanhava mais.

— Vá buscá-la logo — mandou Berenilde, se sentando em frente a uma penteadeira. — Ela só aparece no final do primeiro ato, mas é de extrema necessidade que fique próxima de nós.

Ophélie concordava. Deixou o remo para não se atrapalhar inutilmente e seguiu pelos corredores. O fosso da orquestra devia estar logo acima; ela conseguia ouvir os músicos afinando os instrumentos. Para seu enorme alívio, encontrou logo a tia Roseline. De pé no meio de um corredor, toda apertada no vestido preto sóbrio, ela atrapalhava a passagem dos maquinistas. Ophélie fez sinal para que ela a seguisse, mas a tia pareceu não a ver. Ela girava no lugar, inteiramente desorientada, segurando o frasco.

— Feche essas portas — resmungou entredentes. — Tenho horror a correntes de ar.

Ophélie correu para pegá-la pelo braço e guiá-la até o camarim. Sem dúvida era por causa do nervosismo, mas a tia Roseline estava sendo imprudente. Ela não devia de forma alguma falar assim em público. Seu sotaque animista ficava claro quando dizia mais que "sim, senhora" e "claro, senhora". A tia Roseline se recompôs quando Ophélie a fez sentar em uma cadeira no camarim das cantoras. Ela se sentou ereta e em silêncio, agarrando o frasco, enquanto Berenilde fazia exercícios vocais.

As irmãs de Archibald já tinham subido para as coxias; elas apareciam já na abertura. Berenilde só entrava na terceira cena do primeiro ano.

— Tome.

Berenilde acabava de se virar para Ophélie para entregar binóculos de teatro. Exacerbada pelo vestido do figurino e pelo cabelo penteado de forma suntuosa, ela tinha ares de rainha.

— Suba lá e olhe discretamente para o camarote de Farouk. Quando aquelas meninas charmosas aparecerem, observe a reação. Você tem dez minutos e nem um segundo a mais.

Ophélie entendeu que era com *ela* que Berenilde falava, não Mime. Saiu do camarim, atravessou o corredor e subiu uma escada. Levantou o olhar na direção da passarela, mas o acortinado cobria a visão; lá de cima, não veria a sala. Entrou nas coxias, mergulhadas na escuridão, onde vestidos farfalhantes se agitavam como cisnes nervosos. As irmãs de Archibald esperavam desesperadamente para entrar em cena.

Alguns aplausos soaram; a cortina tinha sido levantada. A orquestra entoou os primeiros acordes da abertura e as moças do coral lançaram suas vozes em uníssono: "Senhores, gostariam de ouvir um belo conto de amor e morte?" Ophélie contornou o palco e reparou nos tecidos pendurados usados para disfarçar as coxias. Olhou furtivamente entre os pedaços de cortina. Primeiro viu os fundos de um cenário de uma cidade em duas dimensões, depois as costas do coral e, finalmente, a sala da Ópera.

Ophélie tirou o chapéu de fita e sobrepôs os binóculos aos óculos.

Desta vez, conseguiu ver com precisão as fileiras de poltronas, douradas e carmim, que cobriam o chão. Poucos assentos estavam vazios. Por mais que o espetáculo já tivesse começado oficialmente, os nobres continuavam a conversar, escondidos por luvas ou leques. Ophélie os achou absurdamente mal-educados; as moças do coral tinham passado dias ensaiando essa apresentação. Irritada, levantou o binóculo para os andares superiores, divididos em cinco níveis. Todos os camarotes estavam ocupados. Conversavam, riam e jogavam cartas, mas ninguém prestava atenção no coral.

Quando o grande balcão nobre apareceu no foco do binóculo, Ophélie prendeu a respiração. Thorn estava lá. Nervoso, vestindo o uniforme preto e bordado, consultava o que ela imaginava ser seu inseparável relógio de bolso. Seu cargo precisava ser mesmo importante para que ele tivesse um lugar ali... Ophélie reconheceu Archibald pela cartola velha, logo ao lado; ele observava as unhas com um ar entediado. Os dois homens se ignoravam de forma tão ostensiva, sem nem fingir se interessar pela peça, que Ophélie não conseguiu evitar um suspiro exasperado. Eles realmente não davam um bom exemplo.

Com um movimento do binóculo, ela passou por uma fileira de mulheres cobertas de diamantes – provavelmente as favoritas – antes de descobrir um gigante vestido com um casaco elegante de pele. Ophélie arregalou os olhos. Era ele, então, o espírito familiar em torno do qual gravitavam todos esses nobres, todas essas castas, todas essas mulheres? Era ele a quem Berenilde dedicava uma paixão intensa? Era ele por quem matavam a todo custo? A imaginação agitada de Ophélie tinha criado ao longo das semanas um retrato contraditório, gélido e ardente, doce e cruel, magnífico e aterrorizante.

Apático.

Foi a primeira palavra que passou por sua cabeça ao descobrir esse corpo enorme largado no trono. Farouk se sentava como uma criança entediada, na beira da cadeira, cotovelos nos braços, costas curvadas até ficar corcunda. Ele tinha apoiado o queixo na mão para não emborcar; o tubo de um narguilé estava enrolado na outra. Ophélie teria facilmente achado que ele dormia se não tivesse vislumbrado, entre as pálpebras semicerradas, o brilho de um olhar morno.

Apesar do binóculo, ela não distinguia direito os detalhes da sua fisionomia. Talvez fosse possível se Farouk tivesse traços marcantes, contrastes fortes, mas ele tinha a pureza do mármore. Ophélie entendeu, ao vê-lo, por que todos os descendentes tinham peles e cabelos tão claros. Seu rosto sem pelos, onde mal se via o arco das sobrancelhas, a aresta do nariz, a dobra da boca, parecia feito de madrepérola. Farouk era perfeitamente liso, sem sombras nem asperezas. Sua longa trança branca era torcida ao redor do corpo como um estranho rio de gelo. Ele parecia ao mesmo tempo velho como o mundo e jovem como um deus. Era sem dúvida bonito, mas Ophélie o achava vazio demais de calor humano para se emocionar.

Ela finalmente surpreendeu um movimento de interesse nesse torpor quando as irmãs de Archibald apareceram no palco.

Farouk mordiscou o bocal do narguilé e, com a lentidão suave de uma cobra, virou o rosto para suas favoritas. O resto do seu corpo não se movia, tanto que seu pescoço acabou parando em um ângulo impossível. Ophélie viu a boca se mexer de perfil e todas as favoritas, lívidas de ciúmes, passaram a mensagem até chegar a Archibald. O elogio não pareceu tê-lo agradado, porque Ophélie o viu se levantar do assento e sair do camarote.

Thorn, por sua vez, não tinha levantado o olhar do relógio; ele tinha pressa para voltar ao escritório e não disfarçava.

O interesse que Farouk manifestara pelas irmãs do embaixador se propagou dos camarotes à plateia. Todos os nobres, que tinham ignorado o espetáculo até então, começaram a aplaudir com entusiasmo. O que o espírito familiar aprovava, a corte toda aprovava.

Ophélie fechou as cortininhas e recolocou o chapéu de gondoleiro. Ela podia devolver os binóculos a Berenilde, já tinha aprendido sua lição.

Nas coxias, admiradores já se apresentavam para declarar seu amor às irmãs de Archibald. Nenhum deles olhou para Berenilde, sentada na gôndola sobre trilhos como uma rainha solitária. Quando Ophélie se sentou atrás para se instalar no lugar do gondoleiro, ouviu ela murmurar através do sorriso:

— Aproveitem essas migalhas de glória, queridinhas, elas serão passageiras.

Ophélie ajeitou a aba larga do chapéu sobre seu rosto. Berenilde às vezes lhe dava calafrios.

Ao longe, os violinos e as harpas da orquestra anunciaram a entrada de Isolde. O mecanismo propulsionou lentamente a gôndola sobre os trilhos. Ophélie inspirou para criar coragem. Ela precisaria manter o papel de gondoleiro durante todo o primeiro ato.

Quando a embarcação entrou no palco, Ophélie contemplou suas mãos vazias com incredulidade. Tinha esquecido o remo no camarim.

Olhou desesperada para Berenilde, esperando dela o milagre que as salvaria do ridículo, mas a cantora já atuava, estonteante sob as luzes da subida. Ophélie decidiu improvisar, sem encontrar nada melhor a fazer do que imitar o gesto de remar sem o precioso acessório.

Ela provavelmente nunca teria chamado atenção se não estivesse de pé, empertigada na beira da gôndola. Morta de vergonha, mordeu o lábio quando gargalhadas soaram na plateia, interrompendo o ímpeto de Berenilde enquanto ela entoava: "Noite de amor, na Cidade Celeste, não há quem conteste...". Confusa, cegada pela iluminação do palco, Berenilde engasgou várias vezes antes de entender que não riam dela, mas do seu gondoleiro. Atrás dela, Ophélie se esforçou para se manter firme, rebolando em silêncio no movimento de um remo invisível. Era isso ou ficar com as mãos abanando à toa. Berenilde se recompôs então com um sorriso lindo que cortou as piadas e retomou o canto como se não tivesse sido interrompida.

Ophélie a admirou sinceramente. Por sua vez, precisou de muitos movimentos de remo imaginário para parar de olhar para os pés. Enquanto ao seu redor cantavam amor, ódio e vingança, Ophélie sentia cada vez mais dor nas costelas. Ela tentou se concentrar na ilusão da água que corria sem fim entre as casas de papelão e as pontes improvisadas, mas o espetáculo não a distraiu por muito tempo.

Escondida sob o chapéu, arriscou então um olhar curioso para o balcão nobre. Em seu trono, Farouk tinha se transformado. Seus olhos brilhavam como chamas. Seu rosto de cera derretia a olho nu. Não era nem a intriga da Ópera nem a beleza da música que causavam esse efeito, mas Berenilde, e só Berenilde. Ophélie entendia agora por que ela tinha feito tanta questão de reaparecer na frente dele. Ela tinha perfeita consciência do efeito que causava. Dominava com maestria a ciência da sensualidade, que sabe acender as brasas do desejo só com a linguagem do corpo.

Observar esse colosso de mármore se liquefazer ao ver a mulher era um espetáculo que perturbava Ophélie. Ela nunca se sentira tão deslocada quanto nesse instante. A paixão que os conectava era sem dúvida a coisa mais verdadeira e sincera à qual assistira desde que chegara ao Polo; mas Ophélie nunca experimentaria essa verdade. Quanto mais os observava, mais estava convencida. Podia se esforçar para se mostrar tolerante com Thorn, mas nunca seria amor. Ele também se dava conta?

Se não tivesse esquecido o remo, Ophélie provavelmente teria largado o objeto com a surpresa. Só agora tinha notado o olhar cortante que Thorn dirigia a ela do balcão nobre. Se fosse visto de outro ponto do palco, ninguém teria notado a nuance no ângulo do olhar e suspeitado, consequentemente, que não era dirigido apenas à tia. Entretanto, de onde Ophélie se encontrava, na ponta da gôndola, ela via bem que era em Mime que ele fixava sua atenção, sem a mínima vergonha.

Não, pensou Ophélie, sentindo frio na barriga. *Ele não se deu conta. Ele espera de mim algo que não posso dar.*

Como o ato chegava ao fim, um novo incidente a trouxe de volta à realidade imediata. A tia Roseline, que devia trazer uma poção do amor para Isolde, nunca apareceu. Um silêncio constrangido caiu entre os cantores e até Berenilde restou sem voz por um longo momento. Foi um figurante que a tirou da situação, entregando uma taça em vez do frasco.

Desde então, Ophélie parou de pensar em Thorn, em Farouk, na Ópera, na caça e nas suas costelas. Ela queria ver se a tia estava bem e nada mais importava. Quando abaixaram as cortinas para o intervalo, em meio aos aplausos e aclamações, ela desceu da gôndola sem olhar para Berenilde. De qualquer forma, não seria necessária no segundo ato.

Ophélie ficou aliviada de encontrar a tia Roseline no camarim, exatamente onde tinha sido deixada. Sentada na cadeira, muito ereta, segurando o frasco, simplesmente não parecia ter reparado que tinha chegado a hora.

Ophélie a sacudiu de leve.

— Não vamos chegar se não formos agora — declarou a tia Roseline com um tom tenso, o olhar perdido no vazio. — Para tirar uma foto, é preciso manter a pose.

Estava delirando? Ophélie pressionou uma mão sobre sua testa, mas a temperatura parecia normal. Isso só a deixou mais inquieta. A tia Roseline estava se comportando de forma estranha. Tudo indicava que algo não corria bem.

Ophélie verificou que estavam sozinhas no camarim, então se permitiu falar baixinho:

— Você está se sentindo mal?

A tia Roseline abanou o ar como se uma mosca zumbisse ao seu redor, mas não respondeu. Ela parecia completamente perdida em pensamentos.

— Tia? — chamou Ophélie, cada vez mais preocupada.

— Você sabe exatamente o que acho da sua tia, meu pobre Georges — resmungou Roseline. — É uma analfabeta que usa livros como combustível. Me recuso a interagir com alguém que respeita tão pouco o papel.

Ophélie a encarou com os olhos arregalados e estupefatos. O tio Georges já tinha morrido fazia uns vinte anos. A tia Roseline não estava perdida em pensamentos, mas em memórias.

— Madrinha — implorou Ophélie em um murmúrio. — Mesmo assim, você me reconhece?

A tia não reagiu nem com o olhar, como se Ophélie fosse transparente. Ela foi tomada por um sentimento incontrolável de culpa. Não sabia o porquê ou como, mas tinha a impressão confusa de que era responsável pelo que tinha acontecido com a tia Roseline. Estava com medo. Talvez não fosse nada, só uma confusão passageira, mas uma voz dentro dela dizia que era muito mais grave.

Elas iam precisar de Berenilde.

Com gestos cuidadosos, Ophélie tirou o frasco das mãos firmes da tia e ficou sentada ao seu lado durante toda a duração do segundo e do terceiro atos. Foi uma espera interminável, que a tia Roseline pontuou de frases sem pé nem cabeça, sem se recompor. Não aguentava vê-la sentada nessa cadeira, o olhar distante, ao mesmo tempo próxima e inacessível.

— Já volto — sussurrou Ophélie quando os aplausos fizeram vibrar o teto do camarim. — Vou buscar Berenilde, ela vai saber o que fazer.

— É só abrir o guarda-chuva — respondeu a tia Roseline.

Ophélie subiu as escadas que levavam às coxias o mais rápido que conseguiu com a costela quebrada. Por causa do movimento de remar, a dor quase a impedia de respirar. Ela se esgueirou entre os figurantes que se aglomeravam no palco para agradecer. As torrentes de aplausos propagavam tremores sob seus pés. Buquês de rosas eram jogados pelas dezenas.

Ophélie entendeu melhor a razão de todas essas honras quando viu Berenilde recebendo um beijo na mão de Farouk. O espírito familiar tinha descido ao palco em pessoa para expressar publicamente sua admiração. Berenilde se encontrava em estado de graça: radiante, exausta, magnífica e vitoriosa. Esta noite, graças à sua apresentação, ela acabava de reconquistar o título de favorita entre as favoritas.

Com o coração batendo mais rápido, Ophélie não conseguia desviar o olhar de Farouk. De perto, esse magnífico gigante branco era muito mais impressionante. Não surpreendia que ele fosse considerado um deus vivo.

O olhar que ele dirigia a Berenilde, tremendo de emoção, brilhava com uma luz possessiva. Ophélie conseguiu ler em seus lábios a única palavra que ele pronunciou:

— Venha.

Ele enrolou os dedos imensos na curva delicada do ombro dela e, lentamente, lentamente, eles desceram os degraus do palco. A multidão se fechou quando eles passaram como uma onda.

Ophélie soube que não poderia contar com Berenilde esta noite. Ela precisava encontrar Thorn.

A ESTAÇÃO

Ophélie se deixou levar pelo fluxo dos espectadores até a saída da sala. Pisaram nos seus pés pelo menos cinco vezes enquanto ela descia a escadaria de honra. Todos os espectadores foram convidados a seguir para o salão do Sol, onde acontecia uma grande recepção. Bufês tinham sido montados e empregados domésticos de uniforme amarelo levavam bandejas de um nobre ao outro para servir bebidas doces.

Um pajem desocupado chamaria atenção. Ophélie pegou uma taça de champanhe e atravessou a multidão em passos apressados, como faria um empregado preocupado com servir o patrão o mais rápido possível. Por todos os lados, comentavam a apresentação de Berenilde, seu *mezzo* amplo demais, seus agudos apertados demais, sua falta de ar ao final da música. Quando Farouk estava distante, as críticas ficavam mais ácidas. As favoritas abandonadas, cobertas de diamantes, se reuniram perto dos doces; quando Ophélie passou por elas, já não era mais questão de crítica musical, mas de maquiagem malfeita, sobrepeso e beleza decadente. Era o preço a pagar por ser a amada de Farouk.

Por um instante, Ophélie temeu que Thorn já tivesse se refugiado no escritório, mas acabou encontrando-o. Não era difícil: seu rosto mal-humorado e marcado por cicatrizes, sobre o enorme corpo comprido, dominava todo o grupo. Taciturno, estava visível que ele queria ser deixado em paz, mas era o mais concorrido; homens de fraque corriam sem parar na sua direção.

— Esse imposto sobre as portas e janelas não faz sentido!

— Mandei quatorze cartas, senhor intendente, e não recebi uma resposta até agora!

— As despensas estão ficando vazias. Se ministros estão apertando o cinto, onde o mundo vai parar?

— É o seu dever evitar a fome. É melhor que essa caça seja boa, senão você ouvirá falar da gente no próximo Conselho!

Ophélie encontrou um caminho entre todos esses funcionários barrigudos para alcançar Thorn. Ele não conseguiu evitar uma expressão de surpresa quando ela entregou a taça de champanhe. Ela tentou expressar uma feição insistente no rosto de Mime. Será que ele entenderia que ela precisava de ajuda?

— Entrem em contato com o meu secretário — declarou Thorn a todos aqueles homens, em um tom categórico.

Com a taça de champanhe na mão, ele virou as costas. Não dirigiu um gesto, nem um olhar, para Ophélie, mas ela o seguiu com confiança. Ele a conduziria para um lugar seguro, ela contaria sobre a tia Roseline, eles encontrariam uma solução.

O alívio durou pouco. Um homem enorme deu um tapa retumbante nas costas de Thorn, que virou a champanhe no chão.

— Querido irmãozinho!

Era Godefroy, o outro sobrinho de Berenilde. Para a enorme decepção de Ophélie, ele não estava sozinho, mas de braço dado com Freyja. Sob sua linda touca de pele, ela analisava Thorn com o olhar como se tratasse de uma aberração da natureza. Ele se contentou em pegar um lenço para secar a champanhe no uniforme; ele não parecia particularmente comovido por encontrar a família.

O silêncio pesado contrastava com o burburinho das conversas e a música de câmara. Godefroy quebrou o silêncio com gargalhadas magistrais.

— Sinceramente, vocês não vão *continuar* emburrados! Faz cinco anos que não estamos os três juntos!

— Quinze — disse Freyja, glacial.

— Dezesseis — corrigiu Thorn, com sua rigidez habitual.

— Claro, o tempo passa! — suspirou Godefroy, sem deixar de sorrir.

Afastada, Ophélie tinha dificuldade de evitar encarar o belo caçador. Godefroy era cativante, com um maxilar poderoso e longos cabelos loiros. Na sua boca, o sotaque do Norte tomava uma sonoridade risonha. Ele parecia tão confortável no corpo flexível e musculoso quanto Thorn parecia desconfortável no corpão ossudo.

— Não achou a tia Berenilde extraordinária hoje à noite? Ela honrou nossa família!

— Vamos conversar amanhã, Godefroy — zombou Freyja. — Nossa tia devia poupar energia em vez de se cansar arrulhando. Um acidente de caça pode acontecer com facilidade.

Thorn dirigiu à sua irmã um olhar de falcão. Ele não pronunciou uma palavra, mas Ophélie não gostaria de estar em sua frente neste momento. Freyja sorriu com ferocidade, levantando o nariz empinado como em desafio.

— Nada disso te diz respeito. Você não pode se juntar a nós, intendente. Não é maravilhosamente irônico?

Freyja soltou o braço do irmão e levantou o vestido de pele para evitar a poça de champanhe.

— Espero nunca te ver de novo — disse ela como despedida.

Thorn cerrou os dentes, mas não esboçou nenhum comentário. Ophélie foi tão pega de surpresa pela dureza dessas palavras que demorou para se dar conta que estava no caminho de Freyja. Deu um passo para o lado, mas esse pequeno contratempo não foi perdoado. Um pajem tinha feito Freyja esperar e Freyja nunca esperava. Ela olhou para Mime com desprezo, como olharia para um inseto rastejante.

Ophélie levou a mão à bochecha. Uma dor atravessou sua pele tal qual um raio, como se um gato invisível tivesse arranhado seu rosto. Se Thorn notou, não mostrou reação.

Freyja se perdeu na multidão, deixando atrás dela um desconforto que nem Godefroy conseguiu dissipar.

— Ela não era desagradável assim quando éramos pequenos — disse ele, sacudindo a cabeça. — Ser mãe não fez nada bem a ela. Desde que chegamos na Cidade Celeste, ela não parou de me insultar e de insultar minha mulher. Você com certeza já sabe, mas Irina perdeu mais um bebê.

— Não me interessa nem um pouco.

O tom de Thorn não era especialmente hostil, mas ele não media as palavras. Godefroy não pareceu nada ofendido.

— É verdade, você precisa pensar na sua família agora! — exclamou, com mais um tapa nas costas. — Tenho pena da mulher que verá o seu rosto horroroso todo dia.

— Um rosto horroroso que você decorou — lembrou Thorn, sem emoção na voz.

Gargalhando, Godefroy passou um dedo pela sobrancelha, como se redesenhasse a cicatriz de Thorn no próprio rosto.

— Dei um pouco de personalidade, você devia me agradecer. Afinal, você nem perdeu o olho.

Massageando a bochecha dolorida, Ophélie acabava de perder suas últimas ilusões. O jovial e caloroso Godefroy era só um cínico bruto. Quando ele se afastou, rindo alto, ela esperou nunca mais cruzar com um Dragão na vida. Essa família era horrível, o que ela vira já bastava.

— O saguão da Ópera — disse simplesmente Thorn, girando no calcanhar.

No vestíbulo espaçoso, a atmosfera era mais respirável, mas ainda tinha gente demais para que Ophélie pudesse se expressar em voz alta. Ela pensou na tia Roseline, sozinha no camarim. Seguiu Thorn, que andava a passos largos na sua frente, esperando que não a levasse para longe demais.

Ele passou por trás do balcão da bilheteria e entrou no guarda-volumes. Lá, não tinha uma alma viva. Ophélie achou o lugar ideal, então ficou desconcertada ao perceber que Thorn seguia andando. Ele passou pelas fileiras de armários, se dirigindo diretamente ao que tinha uma placa de "intendente". Precisava pegar um casaco? Ele tirou um molho de chaves do uniforme e colocou uma, toda dourada, na fechadura do armário.

Quando ele abriu a porta, Ophélie não viu cabides nem casacos, mas uma salinha. Com um movimento do queixo, Thorn a convidou a entrar, então trancou a porta atrás deles. A sala era circular, mal aquecida, sem móveis; por outro lado, tinha portas pintadas de várias cores. Uma Rosa dos Ventos. Claro que eles poderiam conversar ali, mas o lugar era apertado e Thorn já estava colocando a chave em outra fechadura.

— Não posso me afastar demais — murmurou Ophélie.

— São só algumas portas — disse Thorn, com um tom formal.

Eles atravessaram uma série de Rosas dos Ventos e acabaram em uma escuridão glacial. Sem ar por causa do frio, Ophélie tossiu nuvens de névoa. Quando finalmente inspirou, seus pulmões pareceram se transformar em pedra. O uniforme de pajem não era preparado para temperaturas assim. Ela só via de Thorn uma sombra esquelética que andava tateando. Às vezes o uniforme preto se misturava tanto à escuridão ambiente que Ophélie só entendia seus movimentos pelos rangidos do chão.

— Não se mexa, vou acender a luz.

Ela esperou, tremendo. Uma chama crepitou. Ophélie distinguiu primeiro o perfil de Thorn, com a testa baixa, o nariz angular e os cabelos claros penteados para trás. Ele girou a chave de uma luminária a gás na parede, alongando a chama, e a luz afastou as sombras. Ophélie olhou ao redor, estupefata. Eles se encontravam em uma sala de espera cujos bancos tinham congelado completamente. Tinha também guichês cobertos de estalactites, carrinhos de bagagens enferrujados e um relógio parado há muito tempo.

— Uma estação de trem abandonada?

— Só no inverno — resmungou Thorn, soltando uma nuvem de névoa. — A neve cobre os trilhos e impede a circulação dos trens por metade do ano.

Ophélie se aproximou de uma janela, mas o vidro estava coberto de gelo. Se existiam plataformas e trilhos na noite, ela não os via.

— Saímos da Cidade Celeste?

Articular cada palavra era um esforço. Ophélie nunca sentira tanto frio na vida. Thorn, por sua vez, não parecia nada incomodado. Esse homem tinha gelo correndo pelas veias.

— Achei que não seríamos perturbados aqui.

Ophélie olhou para a porta que tinham usado. Ela também era indicada como "intendente". Thorn a fechara, mas era tranquilizante saber que estava próxima.

— Você pode viajar para qualquer lugar com esse molho de chaves? — perguntou Ophélie, batendo os dentes.

Em um canto da sala de espera, Thorn se instalou em frente à lareira. Ele a encheu de papel de jornal, riscou um primeiro fósforo, esperou para ver se a chaminé funcionava bem, colocou mais jornal, jogou um segundo fósforo e atiçou o fogo. Ele não tinha nem olhado para Ophélie desde que ela entregara a taça de champanhe. Era sua aparência masculina que gerava desconforto?

— Só para os estabelecimentos públicos e administrativos — respondeu ele enfim.

Ophélie se aproximou da lareira e estendeu as mãos enluvadas para o calor. O cheiro de papel velho queimado era delicioso. Thorn continuou agachado, o olhar mergulhado no fogo, o rosto todo sombra e luz. Pela primeira vez, Ophélie era a mais alta dos dois, e não ia reclamar.

— Você queria conversar — resmungou ele. — Estou ouvindo.

— Precisei deixar minha tia sozinha na Ópera. Ela está se comportando de forma estranha hoje à noite. Fica voltando a memórias antigas e não parece escutar quando eu falo.

Ouvindo isso, Thorn dirigiu um olhar de aço por cima do ombro. Sua sobrancelha branca, cortada em dois pela cicatriz, estava arqueada de surpresa.

— Era isso que queria me dizer? — perguntou, incrédulo.

Ophélie franziu o nariz.

— Seu estado era realmente preocupante. Garanto que ela não parecia bem.

— Vinho, ópio, saudade — enumerou Thorn entre os dentes. — Vai passar.

Ophélie queria retrucar que a tia Roseline era uma mulher forte demais para essas fraquezas, mas a lareira soltou fumaça e um espirro violento arrebentou suas costelas.

— Eu também queria falar com você — anunciou Thorn.

Ainda agachado, ele tinha voltado o olhar para os vidros avermelhados da lareira. Ophélie se sentiu terrivelmente decepcionada. Ele não tinha levado sua preocupação a sério, encerrando o assunto como se estivesse fechando uma pasta no escritório de qualquer jeito. Ela não tinha tanta vontade de ouvir o que ele queria lhe dizer. Olhou ao seu redor, vendo os bancos congelados, o relógio parado, o guichê fechado, os vidros brancos de neve. Tinha a impressão de ter pisado fora do tempo, de estar sozinha com esse homem em um retiro de eternidade. E não sabia se a ideia a agradava.

— Impeça minha tia de ir à caça amanhã.

Ophélie devia admitir que não esperava essa declaração.

— Ela parecia muito determinada a ir — respondeu.

— É uma loucura — cuspiu Thorn. — Toda essa tradição é uma loucura. As Bestas esfomeadas mal saíram da hibernação. Perdemos caçadores todos os anos.

Seu perfil, tenso de irritação, era ainda mais cortante do que de costume.

— Além disso, não me agradou o que estava subentendido na fala de Freyja — continuou. — Os Dragões não veem a gravidez da minha tia como algo positivo. Ela está virando independente demais para o gosto deles.

Ophélie tremeu com o corpo inteiro, não só por causa do frio.

— Acredite, eu mesma não tenho nenhuma vontade de participar dessa caça — disse, massageando as costelas. — Infelizmente não vejo como me opor ao desejo da Berenilde.

— Vai ser seu trabalho encontrar bons argumentos.

Ophélie parou para pensar na questão. Poderia sentir raiva de Thorn por se preocupar mais com a tia *dele* do que com a tia *dela*, mas do que adiantaria? Além disso, ela compartilhava do pressentimento. Se eles não fizessem nada, essa história toda acabaria mal.

Ela deixou cair seu olhar sobre Thorn. Ele se mantinha agachado a um passo dela, inteiramente concentrado na lareira da estação. Ela não conseguiu se impedir de seguir com o olhar a longa cicatriz que cortava metade do seu rosto. Uma família que inflige algo assim não é uma família de verdade.

— Você nunca me falou sobre a sua mãe — murmurou Ophélie.

— Porque não quero falar — respondeu imediatamente Thorn, com um tom seco.

Ophélie suspeitava que se tratasse de um tabu. O pai de Thorn tinha cometido adultério com a filha de outro clã. Se Berenilde tinha se responsabilizado pelo filho, provavelmente era porque a mãe não queria.

— No entanto, me incomoda um pouco — disse Ophélie, suavemente. — Não sei nada sobre essa mulher, nem sei se ela ainda está viva. A sua tia só me contou que a família caiu em desgraça. Você não sente saudade? — acrescentou, em voz baixa.

Thorn franziu a testa.

— Nem eu nem você vamos conhecê-la. Você não precisa saber mais do que isso.

Ophélie não insistiu. Thorn devia ter entendido seu silêncio como mágoa, porque a olhou com nervosismo.

— Me expressei mal — resmungou ele, ranzinza. — É por causa dessa caça… A verdade é que me preocupo mais com você do que com a minha tia.

Ele tinha pegado Ophélie de surpresa. Confusa, ela não soube o que responder, se contentando com estender as mãos para a lareira, se sentindo idiota. Thorn a observava agora com a atenção de uma ave de rapina. Com o grande corpo encolhido, ele pareceu hesitar, então estendeu, desajeitado, um braço para Ophélie. Ele segurou sua mão antes que ela tivesse tempo de reagir.

— Suas mãos estão sujas de sangue — disse.

Atordoada, Ophélie contemplou sua luva de *leitora*. Precisou piscar várias vezes até entender de onde vinha o sangue. Ela tirou a luva e apalpou a bochecha. Sentiu sob os dedos os contornos de uma ferida aberta. Thorn não tinha visto por causa do uniforme de Mime; a ilusão absorvia tudo – manchas, óculos, sardas – sob uma pele perfeitamente neutra.

— Foi a sua irmã — disse Ophélie, vestindo a luva. — Ela tem a mão pesada.

Thorn esticou as longas pernas e voltou à sua altura absurda. Todos os seus traços estavam contraídos como lâminas.

— Ela te atacou?

— Agora na recepção. Não liberei a passagem rápido o suficiente.

Thorn estava tão lívido quanto suas cicatrizes.

— Eu não sabia. Não reparei...

Ele tinha soprado essas palavras em uma voz quase inaudível, quase humilhada, como se tivesse falhado em seu dever.

— Não é nada — garantiu Ophélie.

— Me mostre.

Ophélie sentiu todos seus músculos se retesarem sob o uniforme de pajem. Se despir nessa sala de espera glacial, debaixo do nariz enorme de Thorn, era a última coisa que ela queria.

— Já disse que não é nada.

— Deixe que eu julgue.

— Não é você que tem que julgar!

Thorn olhou para Ophélie com estupor, mas foi ela quem ficou mais chocada entre os dois. Era a primeira vez na vida que levantava a voz assim.

— Quem, senão eu? — perguntou Thorn, tenso.

Ophélie sabia que o tinha ofendido. Sua questão era legítima; um dia, esse homem seria o seu marido. Ophélie inspirou profundamente para acalmar os tremores das mãos. Ela estava com frio, dor e, especialmente, medo. Medo do que se preparava para dizer.

— Ouça — murmurou ela. — Sou grata pela sua vontade de cuidar de mim e agradeço pelo apoio que me ofereceu. Entretanto, tem algo que você precisa saber sobre mim.

Ophélie se esforçou com violência para não evitar o olhar penetrante de Thorn, duas cabeças acima.

— Eu não te amo.

Thorn ficou de mãos abanando por alguns longos segundos. Ele estava absolutamente inexpressivo. Quando finalmente voltou a se mexer, foi para puxar a corrente do relógio, como se a hora tivesse de repente ganhado uma importância enorme. Ophélie não sentiu nenhum prazer em vê-lo assim, agarrando seu relógio, a boca repuxada em um ângulo indefinido.

— É por causa de algo que eu disse... ou que não disse?

Thorn tinha perguntado com rigidez, sem tirar o olhar do relógio. Ophélie poucas vezes se sentira tão mal.

— Não é sua culpa — respondeu com a voz fina. — Estou casando porque não me deram outra opção, mas não sinto nada por você. Não dormirei na sua cama, não te darei filhos. Eu sinto muito — sussurrou, ainda mais baixo. — A sua tia não escolheu a pessoa correta para você.

Ela se sobressaltou quando os dedos de Thorn fecharam a tampa do relógio. Ele se sentou em um banco que tinha começado a descongelar pelo calor da lareira. Seu rosto, pálido e fundo, nunca estivera tão vazio.

— Eu tenho, portanto, o direito de te repudiar. Você sabe disso?

Ophélie concordou devagar. Com essa confissão, ela tinha colocado em risco as cláusulas oficiais do contrato conjugal. Thorn podia denunciá-la e escolher outra esposa de forma inteiramente legítima. Quanto a Ophélie, ela viveria desonrada.

— Eu queria ser totalmente honesta — balbuciou ela. — Não seria digna da sua confiança se mentisse sobre isso.

Thorn encarou as mãos, apoiadas uma na outra, dedo contra dedo.

— Nesse caso, vou fingir não ter ouvido.

— Thorn — suspirou Ophélie. — Você não é obrigado...

— Claro que sou — cortou com um tom violento. — Você faz alguma ideia do que reservam aos repudiados aqui? Acha que basta se desculpar para mim e para minha tia e voltar para casa? Você não está em Anima.

Congelada até os ossos, Ophélie não ousava mais se mexer ou respirar. Thorn ficou em silêncio por um tempo, as costas curvadas, e finalmente endireitou a interminável coluna para olhá-la nos olhos. Ophélie nunca estivera tão impressionada por esse par de olhos de falcão quanto agora.

— Não repita o que disse para ninguém se quiser salvar sua pele. Vamos nos casar como combinado e depois só depende de nós dois.

Quando Thorn se levantou, todas as suas articulações estalaram em uníssono.

— Você não me deseja? Não precisamos nem falar disso. Você não quer crianças? Perfeito, eu as odeio. Vão falar mal de nós pelas costas e é isso.

Ophélie estava em choque. Thorn acabava de aceitar suas condições, por mais humilhantes que fossem, para salvar sua vida. Ela se sentiu tão culpada por não corresponder a seus sentimentos que tinha um nó na garganta.

— Eu sinto muito... — repetiu, lamentavelmente.

Thorn lançou então um olhar metálico que deu a impressão de que martelavam pregos no seu rosto.

— Não se desculpe tão rápido — disse ele, com um sotaque ainda mais duro do que de costume. — Você logo vai se arrepender de me ter como marido.

AS ILUSÕES

Depois de levar Ophélie de volta ao guarda-volumes da Ópera, Thorn partiu sem olhar para trás. Eles não tinham trocado mais nenhuma palavra.

Ophélie teve a impressão de andar como um sonho conforme avançava, sozinha, pelo chão cintilante do saguão. Os lustres brilhando com mil chamas a agrediam. Ela encontrou a escadaria de honra, deserta desta vez, e a entrada dos artistas, alguns degraus abaixo. Quase todas as luzes estavam apagadas. Não havia mais ninguém, nem maquinistas, nem figurantes. Ophélie ficou imóvel no corredor, em meio aos elementos de cenário abandonados na escuridão; um navio de papelão aqui, umas colunas de mármore falso acolá. Ela escutava o assobio doloroso da própria respiração.

"Eu não te amo."

Ela tinha dito. Não acreditava que palavras tão simples pudessem deixá-la tão enjoada. Parecia que sua costela esmagava todos os seus órgãos.

Ophélie se perdeu por um momento nos corredores mal iluminados, acabando na sala de máquinas, depois no banheiro, antes de encontrar os camarins. A tia Roseline estava mergulhada no escuro, sentada na cadeira, olhando para o vazio, como uma marionete com fios cortados.

Ophélie acendeu o interruptor da luz e se aproximou.

— Tia? — sussurrou.

Roseline não respondeu. Só suas mãos se moviam, rasgando uma partitura musical, consertando com um gesto dos dedos, rasgando de novo, consertando de novo. Talvez ela achasse estar no antigo ateliê de restauração? Ninguém podia prever isso.

Ophélie ajeitou os óculos; precisaria se virar sozinha para levar a tia Roseline a um lugar seguro. Com gestos delicados, tentando não a assustar, ela confiscou a partitura e segurou a tia pelo braço. Ficou aliviada de vê-la se levantar obedientemente.

— Espero que não estejamos indo à praça — resmungou a tia Roseline entre os dentes cavalares. — Detesto a praça.

— Vamos aos Arquivos — mentiu Ophélie. — O tio-avô precisa dos seus serviços.

A tia Roseline concordou com um gesto profissional. Quando se tratava de salvar um livro da destruição do mundo, ela atendia ao chamado.

Sem soltar o braço, Ophélie a fez sair do camarim; ela tinha mesmo a impressão de guiar uma sonâmbula. Elas percorreram um corredor, entraram em outro, voltaram por um terceiro. O subsolo da Ópera era um verdadeiro labirinto e a pouca luz não ajudava.

Ophélie congelou quando ouviu um riso abafado, não longe dali. Largou o braço da tia e olhou pelas portas entreabertas por perto. No guarda-roupa dos figurantes, onde os figurinos se alinhavam como sentinelas estranhas, um homem e uma mulher se beijavam lentamente. Eles estavam meio deitados em uma espreguiçadeira, em uma posição que beirava a indecência.

Ophélie teria seguido caminho se não tivesse reconhecido, na luz baixa, a cartola destruída de Archibald. Ela achava que ele tinha voltado ao Luz da Lua com as irmãs. O beijo que dava à parceira era desprovido de ternura, tão insistente e furioso que ela acabou por afastá-lo, limpando a boca. Era uma mulher elegante, coberta de joias, que devia ter ao menos vinte anos a mais que ele.

— Cafajeste! Você me mordeu!

Não havia muita convicção na raiva. Ela sorria com desejo.

— Suspeito que esteja me usando para descontar sua raiva, grosseirão. Nem meu marido correria esse risco.

Archibald olhou para a mulher com seus olhos implacavelmente claros, sem nenhuma paixão. Era uma fonte perpétua de espanto para Ophélie vê-lo levar tantas mulheres para a cama oferecendo tão pouco afeto. Mesmo que ele tivesse um rosto de anjo, elas eram bem fracas por ceder...

— Você está certa — admitiu ele de bom grado. — Estou realmente te usando para descontar minha raiva.

A mulher soltou uma gargalhada aguda e passou os dedos cobertos de anéis pelo queixo imberbe de Archibald.

— Você não está relaxando, garoto. Devia se sentir honrado que o sr. Farouk tenha interesse pelas suas irmãs!

— Eu o odeio.

Archibald tinha dito isso como teria dito "Está chovendo" ou "O chá está frio".

— Blasfêmia! — gargalhou a mulher. — Tente pelo menos não dizer essas coisas em voz alta. Se quiser tentar a desgraça, só não me leve junto.

Ela se jogou na espreguiçadeira de veludo, a cabeça para trás, em uma pose teatral.

— Nosso senhor tem duas obsessões, querido! Seu prazer e seu Livro. Se não alimentar a primeira, vai precisar pensar em decifrar a segunda.

— Temo que Berenilde tenha me superado nos dois casos — suspirou Archibald.

Se ele tivesse olhado para a porta entreaberta, teria surpreendido o rosto incolor de Mime arregalando os olhos.

Eu estava certa, então, pensou Ophélie, apertando os punhos enluvados. *Essa rival que ele teme sou eu... eu e minhas mãozinhas de* leitora.

Berenilde tinha mesmo feito uma boa manobra.

— Vou arranjar um motivo! — acrescentou Archibald, dando de ombros. — Enquanto Farouk se interessar por ela, não vai se interessar pelas minhas irmãs.

— Para um homem que aprecia tanto a companhia das mulheres, te acho adorável de tão antiquado.

— As mulheres são uma coisa, sra. Cassandre. Minhas irmãs são outra.

— Se você pudesse sentir ciúmes de mim como tem delas!

Archibald empurrou a cartola para revelar o rosto, perplexo.

— Você está pedindo o impossível. Sou inteiramente indiferente a você.

A sra. Cassandre se apoiou na borda acolchoada da espreguiçadeira, visivelmente mais fria.

— Esse é o seu maior defeito, embaixador. Você nunca mente. Se não usasse e abusasse do seu charme, seria tão simples de resistir!

Um sorriso atravessou o perfil perfeito e suave de Archibald.

— Você quer experimentar de novo? — disse ele, com uma voz doce.

A sra. Cassandre parou imediatamente de implicar. Pálida na atmosfera escura, tomada por uma emoção brutal, ela o olhou com adoração.

— Infelizmente, o desejo — implorou ela. — Faça com que eu não me sinta mais sozinha...

Quando Archibald se curvou sobre a sra. Cassandre, com os olhos semicerrados de um gato, Ophélie se afastou. Ela não tinha vontade nenhuma de assistir ao que estava prestes a acontecer nesse guarda-roupa.

Encontrou a tia Roseline no lugar exato onde a tinha deixado. Ela a segurou pela mão para levá-la para bem longe desse lugar.

Ophélie logo notou que sair da grande Ópera Familiar não seria fácil. Por mais que mostrasse a chave ao ascensorista, provando que pertencia ao Luz da Lua, ele não queria saber.

— Só aceito a bordo pessoas respeitáveis, mudinho. Essa daí — disse ele, apontando um dedo desdenhoso para a tia Roseline — parece ter bebido champanhe demais.

Seu coque preso com dignidade, ela apertava e soltava as mãos, murmurando frases desconexas. Ophélie começava a acreditar que iam passar a noite no saguão da Ópera quando uma voz gutural, com um forte sotaque estrangeiro, veio ao seu socorro:

— Deixe que entrem, garoto. Esses dois estão comigo.

A Madre Hildegarde se aproximava devagar, fazendo tilintar no chão uma bengala de ouro maciço. Ela tinha emagrecido desde o envenenamento, mas não impedia que seu vestido florido fosse apertado demais no corpo forte. Charuto na boca, ela tinha pintado de preto os espessos cabelos grisalhos, o que não a rejuvenescia em nada.

— Por favor, não fume no elevador, senhora — disse o ascensorista, com uma voz irritada.

A Madre Hildegarde esmagou o charuto não no cinzeiro que ele oferecia, mas em seu uniforme amarelo-mel. O ascensorista contemplou o buraco causado pela queimadura com um ar desolado.

— É para aprender a me respeitar — zombou ela. — Fui eu que fabriquei esses elevadores. Tente se lembrar disso no futuro.

Ela tomou seu lugar na cabine, apoiando todo o peso na bengala, com um sorriso possessivo. Menor e com paredes acolchoadas, esse elevador era mais modesto do que o que subira a trupe da Ópera. Ophélie empurrou com precaução a tia Roseline para entrar, esperando com todo o coração que ela não se revelasse, e fez uma reverência tão profunda quanto sua costela quebrada permitia. Era a segunda vez que a Madre Hildegarde a ajudava.

Ela ficou desconcertada quando a velha arquiteta respondeu com uma gargalhada trovejante.

— Estamos quites, garoto! Um remador sem remo era o mínimo que eu precisava para não morrer de tédio na Ópera. Me diverti até o intervalo!

O ascensorista abaixou a manivela com um gesto seco, certamente humilhado de levar a bordo uma mulher tão pouco respeitável. Ophélie, por sua vez, sentia admiração pela Madre Hildegarde. Talvez ela tivesse modos grosseiros, mas pelo menos balançava as convenções desse mundo esclerosado.

Quando chegaram à galeria central do Luz da Lua, a Madre lhe deu um tapinha familiar na cabeça.

— Te prestei serviço duas vezes, garoto. Só peço uma coisa em troca, que é de se lembrar. A gente aqui tem a memória curta — acrescentou ela, virando os olhinhos para o ascensorista —, mas eu me lembro por todos.

Ophélie foi tomada de arrependimento quando a velha arquiteta partiu, batendo a bengala. Ela se sentia tão desamparada que estava pronta para aceitar a ajuda de qualquer um.

Levou a tia devagar pela galeria, evitando cruzar o olhar dos guardas em alerta ao longo das paredes. Ela provavelmente precisaria de anos antes de passar por eles sem ficar nervosa.

O Luz da Lua estava estranhamente calmo. Seus inúmeros relógios indicavam meia-noite e quinze; os nobres só desceriam da torre pela manhã. Nos corredores de serviço, por outro lado, o ambiente era de festa. As faxineiras levantavam o avental para correr, se tocavam gritando "peguei!" e continuavam em enormes gargalhadas. Elas nem olharam para o pequeno Mime, que ajudava a ama da sra. Berenilde a subir as escadas.

Quando chegou ao último andar do castelo, no fundo do corredor comprido, aos belos aposentos de Berenilde, Ophélie se sentiu finalmente protegida. Ela convidou a tia a se deitar em um divã, colocou um travesseiro redondo sob a cabeça dela, desabotoou a gola para ajudá-la a respirar e conseguiu, com muita insistência, fazê-la engolir um pouco de água mineral. Os sais que Ophélie a fez cheirar não tiveram efeito algum. A tia Roseline soltou um suspiro barulhento, revirando os olhos atrás dos cílios entreabertos, e acabou se acalmando. Ou pelo menos pareceu para Ophélie.

Durma, pensou com força. *Durma e acorde de vez*.

Finalmente sentada em uma poltrona, perto da saída do aquecedor, Ophélie se deu conta de que estava morta de cansaço. O suicídio de Gustave, a visita dos Dragões, a ópera interminável, os delírios da tia Roseline, o golpe de Freyja, a estação abandonada, o sorriso de Archibald e essa costela, essa maldita costela que não a deixava descansar… Ophélie tinha a impressão de pesar duas vezes mais do que no dia anterior.

Ela queria derreter no veludo da poltrona. Não conseguia parar de pensar em Thorn. Ele devia ter se sentido horrivelmente humilhado pelo seu erro. Será que já não começava a se arrepender de ter se comprometido com uma mulher tão ingrata? Quanto mais ruminava seus pensamentos, mais Ophélie sentia raiva de Berenilde por ter organizado esse casamento. Essa mulher só pensava em possuir Farouk. Não via que fazia eles sofrerem, tanto Thorn quanto ela, pelo próprio interesse?

Não posso me deixar levar, refletiu Ophélie. *Vou preparar café, cuidar da tia Roseline, limpar minha bochecha...*

Ela pegou no sono antes de terminar de listar o que precisava fazer.

Foram alguns cliques da maçaneta que a tiraram do sono. Da poltrona, viu Berenilde entrar no quarto. Sob a luz rosada das luminárias, ela parecia ao mesmo tempo radiante e exausta. Seus cachos, livres de todos os grampos, ondulavam ao redor do rosto delicado como uma nuvem dourada. Ela ainda vestia o figurino, mas a gola de renda, as fitas coloridas e as longas luvas aveludadas tinham se perdido no caminho.

Berenilde olhou para a tia Roseline, deitada no divã, e depois para Mime, sentado ao lado do aquecedor. Ela trancou então a porta para separá-las do mundo exterior.

Ophélie precisou tentar duas vezes antes de ficar de pé. Estava mais enferrujada que uma máquina velha.

— Minha tia... — disse ela, com uma voz rouca. — Ela não está nada bem.

Berenilde abriu seu melhor sorriso. Ela se aproximou com a graça silenciosa de um cisne deslizando em um lago. Ophélie então notou que seus olhos, normalmente tão límpidos, estavam perturbados. Berenilde cheirava a aguardente.

— Sua tia? — repetiu ela com doçura. — Sua tia?

Berenilde não levantou nem o mindinho, mas Ophélie sentiu um tapa magistral deslocar sua cabeça do pescoço. O arranhão de Freyja pulsou de dor na bochecha.

— Isso é pela vergonha que a *sua* tia me fez passar.

Ophélie não teve tempo de se recompor antes de outro tapa projetar seu rosto para o outro lado.

— E isso é pelo ridículo que *você*, remador esquecido, me causou.

O rosto de Ophélie queimava como se estivesse em chamas. A raiva subiu à cabeça. Ela pegou uma jarra de cristal e jogou a água na cara de Berenilde, que ficou estupefata enquanto a maquiagem escorria dos seus olhos em longas lágrimas cinzas.

— E isso é para refrescar suas ideias — disse Ophélie, com uma voz abafada. — Agora você vai examinar minha tia.

Sóbria, Berenilde secou o rosto, levantou a saia e se ajoelhou perto do divã.

— Sra. Roseline — chamou, sacudindo seu ombro.

A tia Roseline se agitou, suspirou e resmungou, mas nada do que dizia era inteligível. Berenilde levantou suas pálpebras sem conseguir encontrar seu olhar.

— Sra. Roseline, está me ouvindo?

— Você precisa ir ao barbeiro, caro amigo — respondeu a tia.

Curvada sobre Berenilde, Ophélie prendia a respiração.

— O que você acha, que alguém a drogou?

— Faz quanto tempo que ela está assim?

— Acho que foi logo antes da apresentação. Ela estava perfeitamente normal o dia inteiro. Um pouco nervosa, mas não nesse nível... Ela não parece diferenciar o presente e as memórias.

Berenilde se levantou com dificuldade, exausta. Ela abriu um pequeno armário de vidro, se serviu de um copo de aguardente e se sentou na poltrona. Os cabelos molhados escorriam em seu pescoço.

— Parece que prenderam o espírito da sua tia em uma ilusão.

Ophélie achou que tinha sido atingida por um raio. "Se a sra. Berenilde perder o bebê hoje, não terei nenhum motivo para incomodar a sua tia." Onde ela tinha ouvido essas palavras? Quem as tinha dito? Não foi Gustave, foi? Parecia que a sua memória estava dando coices na cabeça para forçá-la a lembrar algo essencial.

— O Cavaleiro — murmurou, confusa. — Ele estava no elevador com a gente.

Berenilde levantou as sobrancelhas e observou os feixes de luz passando pelo copo de bebida.

— Conheço a marca registrada dessa criança. Quando ele prende uma consciência nessa camada, só dá para escapar de dentro. Chega pelas costas, se infiltra, se mistura com a realidade, e aí, de repente, você está preso na armadilha. Sem querer ser estraga-prazeres, querida, duvido que sua tia tenha uma mente forte o suficiente para sair dessa.

A visão de Ophélie ficou embaçada. As luminárias, o divã e a tia Roseline começaram a girar, com se o mundo nunca mais fosse ter estabilidade.

— Liberte ela — disse, com um resto de voz.

Berenilde bateu os pés, irritada.

— Não me ouviu, boba? A sua tia está perdida no próprio labirinto, não posso fazer nada.

— Então peça ao Cavaleiro — balbuciou Ophélie. — Ele não agiu assim sem motivos, né? Ele certamente espera algo da gente...

— Não negociamos com essa criança! — interrompeu Berenilde. — O que ele faz, nunca desfaz. Vamos lá, fique tranquila, querida. A sra. Roseline não está sofrendo e nós temos outras preocupações.

Ophélie a encarou com horror enquanto ela bebericava a aguardente.

— Acabo de saber que a empregada que se passava por você no solar se atirou da janela. Um acesso de "loucura passageira" — explicou Berenilde, com forte ironia. — O Cavaleiro descobriu nosso segredo e quer que a gente saiba. E essa caça que começa daqui a poucas horas! — suspirou Berenilde, exasperada. — Tudo isso é mesmo lamentável.

— Lamentável — repetiu Ophélie lentamente, incrédula.

Uma pessoa inocente tinha sido assassinada por culpa delas, a tia Roseline acabava de ser arrastada para uma viagem sem volta e Berenilde achava *lamentável*?

Os óculos de Ophélie se escureceram como se tivesse caído uma noite brutal. Uma noite cheia de pesadelos. Não... era tudo um mal-entendido. A pobre empregada não estava morta. A tia Roseline ia se espreguiçar, bocejar e acordar.

— Confesso que estou começando a perder a paciência — suspirou Berenilde, contemplando a maquiagem borrada no espelho de mão. — Quis respeitar a tradição, mas esse noivado está se arrastando demais. Estou ansiosa para que Thorn case finalmente com você!

Enquanto ela aproximava o copo da boca, Ophélie o arrancou das mãos e o estilhaçou no tapete. Ela desabotoou o uniforme, que jogou longe. Queria se livrar de vez do rosto de Mime, que escondia a própria expressão, determinada a revelar sua raiva abertamente.

Quando Berenilde a viu como realmente estava, magra demais sob a camisa, a pele coberta de hematomas, os óculos tortos, não conseguiu deixar de arquear as sobrancelhas.

— Não sabia que os guardas tinham te machucado a esse ponto.

— Por quanto tempo você ainda vai brincar com a gente? — gritou Ophélie. — Não somos suas bonecas!

Confortavelmente sentada na poltrona, descabelada e sem maquiagem, Berenilde não perdeu a calma.

— É assim que você é quando está realmente acuada — murmurou, contemplando os cacos de vidro no chão. — Por que acha que estou te manipulando?

— Entreouvi algumas conversas, senhora. Elas esclareceram algumas coisas que você não me contou.

Exasperada, Ophélie estendeu os braços, levantando as mãos e abrindo os dedos.

— É isso que você cobiça desde o começo. Você noivou seu sobrinho com uma *leitora* porque lá em cima, em algum canto dessa torre, um espírito familiar quer que seu Livro seja decifrado.

Ophélie soltava finalmente seus pensamentos como um novelo de lã se soltando na queda.

— O que preocupa todo mundo na corte não é nosso casamento. É que você ofereça a Farouk o que ele mais deseja: uma pessoa que possa satisfazer sua curiosidade. Você se tornaria definitivamente invencível, não é? Livre para arrancar todas as cabeças que te desagradam.

Como Berenilde, o sorriso parado no rosto, não se dignava a responder, Ophélie trouxe os braços de volta para o lado do corpo.

— Tenho uma má notícia, senhora. Se o Livro de Farouk for composto do mesmo material que o Livro de Ártemis, ele não é *legível*.

— É sim.

As mãos cruzadas sobre a barriga, Berenilde havia finalmente decidido abrir o jogo.

— É tão *legível* que outros *leitores* já o fizeram — continuou, lentamente. — Os seus próprios ancestrais, querida. Faz muito, muito tempo.

Ophélie arregalou os olhos atrás dos óculos. A última anotação no diário da anciã Adelaide reveio à sua memória como um tapa.

Rodolphe finalmente assinou contrato com o notário do senhor Farouk. Não posso continuar escrevendo, porque é segredo profissional, mas encontraremos seu espírito familiar amanhã. Se meu irmão ofereceu um serviço convincente, vamos ficar ricos.

— Com quem é o meu contrato? Com você, senhora, ou com o seu espírito familiar?

— Você finalmente entendeu! — suspirou Berenilde, contendo um bocejo. — A verdade, querida, é que você pertence tanto a Farouk quanto pertence a Thorn.

Chocada, Ophélie pensou na misteriosa caixinha entregue a Ártemis para selar a aliança entre as duas famílias. O que a caixa continha? Joias? Pedras preciosas? Menos, com certeza. Uma garota como Ophélie não devia custar caro.

— Ninguém pediu minha opinião. Eu me recuso.

— Recuse e incomodará nossas duas famílias — avisou Berenilde, com sua voz de veludo. — Se, ao contrário, você agir como esperamos, será a protegida de Farouk, salva de todas as maldades da corte.

Ophélie não acreditava em uma palavra.

— Alguns dos meus ancestrais já *leram* o Livro, foi o que você disse? Imagino que se me chamaram agora é porque as tentativas deles não foram conclusivas.

— O fato é que eles nunca conseguiram chegar longe o suficiente no passado — disse Berenilde, com um sorriso sem alegria.

A tia Roseline se agitou no divã. Com o coração batendo rápido, Ophélie se curvou sobre ela, mas logo se decepcionou: a tia continuava a divagar entre os dentes grandes. Ophélie analisou por um momento seu rosto pálido e voltou a atenção para Berenilde, franzindo as sobrancelhas.

— Não entendo nem por que faria melhor, nem por que tenho que casar para servir aos seus fins.

Irritada, Berenilde estalou a língua com impaciência.

— Porque os seus ancestrais não tinham nem o seu talento nem o de Thorn.

— O talento de Thorn? — questionou Ophélie, pega de surpresa. — As garras?

— A memória.

Berenilde se ajeitou na poltrona e estendeu os braços tatuados.

— Uma memória impressionante e implacável que ele herdou do clã da mãe, os Cronistas.

Ophélie levantou as sobrancelhas. A memória de Thorn era um poder familiar?

— Sinceramente — resmungou —, não entendo o que a memória dele e o nosso casamento têm a ver com essa *leitura*.

— Eles têm tudo a ver! Já te falaram da cerimônia da Dádiva? Ela permite combinar os poderes familiares. A cerimônia é praticada em casamentos, só em casamentos. Thorn será o *leitor* de Farouk, não você.

Ophélie precisou de um tempo considerável para assimilar o que Berenilde dizia.

— Você quer juntar minha aptidão de *leitura* com a memória dele?

— A alquimia promete ser eficaz. Estou convencida que aquele querido garoto fará maravilhas!

Ophélie olhou Berenilde por trás dos óculos. Assim que a raiva saíra do seu corpo, ela só se sentia horrivelmente triste.

— Você é desprezível.

As linhas harmoniosas de Berenilde se desmontaram e seus belos olhos se arregalaram. Ela apertou as mãos na barriga como se tivesse sido apunhalada.

— O que fiz para ser julgada com tamanha violência?

— Você precisa perguntar? — se surpreendeu Ophélie. — Eu te vi na Ópera, senhora. O amor de Farouk já é seu. Você carrega o filho dele, é sua favorita e ainda o será por muito tempo. Então por que isso, por que envolver Thorn nas suas manipulações?

— Porque ele decidiu! — se defendeu Berenilde, sacudindo os cabelos molhados. — Só organizei o casamento porque ele pediu.

Ophélie se sentiu enjoada por essa demonstração de má-fé.

— Você continua a mentir. Quando estávamos no dirigível, Thorn tentou me fazer desistir de casar com ele.

O belo rosto de Berenilde estava decomposto, como se a ideia de que Ophélie pudesse detestá-la fosse insuportável.

— Você acredita que ele é o tipo de homem que se deixa manipular assim? Aquele garoto é muito mais ambicioso do que você é capaz de imaginar. Ele queria as mãos de uma *leitora*, eu encontrei as mãos de uma *leitora*. Talvez ele tenha achado, ao vê-la pela primeira vez, que minha escolha não tinha sido das melhores? Confesso também ter duvidado de você.

Ophélie começou, apesar de tudo, a se sentir abalada. Era bem pior, na verdade. Ela tinha a impressão de que um frio nefasto invadia seu sangue, atravessava lentamente suas veias até chegar ao coração.

Quando declarou a Thorn que nunca cumpriria o papel de esposa, ele tinha se mostrado tão compreensivo... Compreensivo demais.

Ele não tinha perdido a compostura, não tinha tentado argumentar, não tinha se comportado como faria um marido rejeitado.

— Como fui ingênua! — sussurrou Ophélie.

Durante essas semanas todas, não era ela que Thorn tinha se esforçado para proteger. Eram suas mãos de *leitora*.

Ela se deixou cair com pesar em um banquinho e encarou os sapatos envernizados de Mime nos seus pés. Tinha dito a Thorn, olhos nos olhos, que confiava nele e ele tinha evitado seu olhar com covardia. Ela se sentia tão culpada por rejeitá-lo e tão agradecida por não ter sido repudiada!

Ela estava enjoada.

Prostrada no banquinho, Ophélie demorou para ver que Berenilde estava ajoelhada ao seu lado. Ela acariciou os nós dos seus cabelos escuros, depois os machucados no rosto, com uma expressão dolorida.

— Ophélie, querida Ophélie. Eu achava que você não tinha coração nem bom senso, mas agora percebo que me enganei. Por favor, não seja severa demais comigo e com Thorn. Estamos simplesmente tentando sobreviver, não te usamos por prazer.

Ophélie preferia que ela não dissesse nada. Quanto mais Berenilde falava, mais ela se sentia enjoada.

Esmagada pela exaustão, tonta de álcool, Berenilde apoiou a cabeça no seu colo, como uma criança triste. Ophélie não teve coragem de afastá-la quando viu que ela estava chorando.

— Você bebeu demais — brigou.

— Meus... filhos — soluçou Berenilde, enterrando o rosto na barriga de Ophélie. — Me tiraram todos, um a um. Uma manhã, foi cicuta no chocolate quente de Thomas. Um dia de verão, minha pequena Marion foi jogada em um lago. Ela teria a sua idade... ela teria a sua idade.

— Senhora — murmurou Ophélie.

Berenilde não conseguia mais conter as lágrimas. Ela fungava, gemia, escondia o rosto na camisa de Ophélie, envergonhada pela fraqueza à qual se entregava.

— E Pierre, que encontraram enforcado em um galho! Um a um. Achei que ia morrer. Queria morrer. E ele, ele... Você pode dizer que ele tem todos os defeitos, mas estava lá quando Nicolas... meu marido... morreu na caça. Ele me tornou sua favorita. Ele me salvou do desespero, me cobriu de presentes, prometeu a única coisa no mundo que daria sentido à minha vida!

Berenilde sufocou de soluços e articulou baixinho:

— Um bebê.

Ophélie deu um suspiro profundo. Ela afastou lentamente o rosto de Berenilde, afogado em lágrimas e cabelo.

— Você finalmente se mostrou honesta comigo, senhora. Está perdoada.

A FAXINEIRA

Ophélie levou Berenilde até a cama. Ela caiu no sono na mesma hora. Com a pele amassada, os cílios manchados e os olhos fundos, seu rosto parecia envelhecido na fronha branca do travesseiro. Ophélie a observou com tristeza e apagou a luminária da cabeceira. Como odiar uma pessoa destruída pela perda dos filhos?

Inquieta no divã, emaranhada no passado, a tia Roseline resmungava sobre um papel de má qualidade. Ophélie roubou um edredom da cama vazia da avó e cobriu sua madrinha. Quando se deu conta que não podia fazer mais nada, se deixou escorregar lentamente pelo carpete e se sentou. Seu peito doía. Mais do que a bochecha machucada. Mais do que as costelas. Era uma dor profunda, tortuosa, irremediável.

Ela sentia vergonha. Vergonha por não poder trazer a tia Roseline de volta à realidade. Vergonha por ter se achado capaz de retomar o controle da própria vida. Vergonha, tanta vergonha por ter sido tão ingênua.

Ophélie apoiou o queixo entre os joelhos e observou as mãos com amargura. *Casam com algumas mulheres por dinheiro; casam comigo pelos meus dedos.*

No fundo do peito, o sofrimento deu lugar a uma raiva tão implacável e fria quanto o gelo. Sim, ela perdoava Berenilde pelas manipulações e mesquinharias, mas não perdoava Thorn.

Se ele tivesse sido sincero com ela, se não a levasse a imaginar coisas, talvez pudesse perdoá-lo. As oportunidades de contar a verdade não faltavam: não só ele tinha desperdiçado todas, como tinha ousado pontuar os encontros com "acho que estou me acostumando com você" e "eu me preocupo de verdade com o seu destino". Por culpa dele, Ophélie tinha visto sentimentos onde só havia ambição.

Aquele homem era o pior de todos.

O relógio badalou cinco vezes. Ophélie ficou de pé, secou os olhos e, com um gesto determinado, recolocou os óculos. Ela não se sentia mais desencorajada. Seu coração batia furiosamente entre as costelas, propagando um fluxo de determinação a cada pulsação. Pouco importava o tempo que levasse, ela se vingaria de Thorn e dessa vida que ele impunha.

Ophélie abriu o armário de remédios, tirou esparadrapo e uma solução de álcool. Quando se examinou no espelho de mão de Berenilde, encontrou um rosto coberto de hematomas, um lábio cortado, olheiras assustadoras e um olhar sombrio pouco característico. Sua trança descabelada cuspia cachos castanhos na testa. Ophélie tensionou o maxilar enquanto passava o pano com álcool no arranhão que ganhou de Freyja. Era um corte limpo, como se feito por um caco de vidro. Ela sem dúvida ficaria com uma pequena cicatriz.

Ophélie dobrou um lenço limpo, colou uma cruz de esparadrapo e precisou tentar mais três vezes antes de conseguir colocar o curativo no rosto.

Feito isso, ela beijou a testa da tia.

— Vou te tirar daí — prometeu, sussurrando.

Ophélie pegou o uniforme de Mime, que tinha jogado no chão, e o vestiu de novo. Esse disfarce com certeza não a protegeria mais do Cavaleiro, então seria necessário evitá-lo.

Ela se aproximou da cama de Berenilde e tirou da mulher, com dificuldade, a corrente com a chavinha incrustada de pedras preciosas. Abriu a porta. A partir desse instante, precisaria agir rápido. Por motivos de segurança, os aposentos da embaixada só eram trancados por dentro. A tia Roseline e Berenilde estavam mergulhadas no sono, tão vulneráveis quanto crianças; elas ficariam expostas aos perigos externos até o seu retorno.

Ophélie galopou pelo corredor e pegou a escada de serviço para descer até o subsolo. Quando passou pelo refeitório dos empregados domésticos, ficou surpresa ao ver guardas, reconhecíveis pelos chapéus bicórnios e pelos uniformes azuis e vermelhos. Eles cercavam uma mesa de pajens tomando café da manhã e pareciam submetê-los a um interrogatório padrão. Uma inspeção surpresa? Era melhor não ficar muito por ali.

Ophélie passou pelos armazéns, pela caldeira de carvão, pela sala de tubulações. Não encontrou Gaelle em lugar nenhum.

Por outro lado, encontrou um cartaz pregado nas paredes:

PROCURA-SE

Esta noite recebemos a denúncia de um incidente deplorável. Ontem, um pajem trabalhando no Luz da Lua bateu em uma criança indefesa. Ele ameaça a reputação da embaixada! Características marcantes: cabelo preto, estatura baixa, jovem. Estava armado com um remo (?) no momento do ataque. Se você conhecer um pajem que corresponda a essa descrição, entre em contato com a gerência imediatamente. Recompensa garantida.

Philibert, gerente do Luz da Lua

Ophélie franziu as sobrancelhas. Esse cavaleirinho era mesmo venenoso, tinha realmente decidido atacá-la. Se desse de cara com os guardas, iria parar na mesma hora nas masmorras. Ia precisar mudar de rosto rápido.

Ophélie percorreu os corredores mantendo-se próxima à parede e entrou na lavanderia como uma ladra. Lá, se esgueirou pelo vapor das bacias ferventes, entre duas fileiras de camisas penduradas em araras. Pegou um avental e um gorro branco. Passou depois por outra sala, onde roubou um vestido preto secando no varal. Quanto menos Ophélie queria chamar atenção, mais esbarrava nas cestas de roupa e nas lavadeiras.

Como não podia se trocar decentemente no corredor, correu para a Rua dos Banhos. Precisou dar várias voltas para evitar os guardas que batiam nas portas. Chegando ao quarto, trancou a porta, respirou fundo, se despiu o mais rápido que conseguia com a costela quebrada, escondeu o uniforme de Mime sob o travesseiro e vestiu a roupa da lavanderia. Com a pressa, primeiro colocou o vestido ao contrário.

Enquanto amarrava o avental na cintura e prendia a massa de cabelos castanhos debaixo do gorro, Ophélie tentava raciocinar da forma mais metódica possível. *E se os guardas me pararem? Não, eles estão interrogando principalmente os pajens. E se me fizerem perguntas? Só respondo "sim" ou "não", não posso revelar o sotaque. E se for descoberta mesmo assim? Trabalho para a Madre Hildegarde. Ela é estrangeira, contrata estrangeiros, ponto final.*

Ophélie parou quando viu seu reflexo, seu reflexo verdadeiro, no espelho da parede. Ela tinha esquecido completamente o estado do seu rosto! Com o curativo e as contusões, parecia uma garotinha maltratada.

Olhou ao redor, procurando uma solução no meio da bagunça. O casaco de Thorn. Ophélie o tirou do cabideiro e o examinou de cima a baixo. Era uma roupa de funcionário, se via imediatamente. Era o último ingrediente que faltava ao seu personagem: o que era mais crível, para uma empregadinha, do que levar as coisas do "senhor" para o tintureiro? Ophélie colocou o casaco em um cabide de madeira, o dobrou em um braço e o levantou bem alto com o outro. Com o casaco erguido à sua frente como uma vela, não reparariam muito no seu rosto.

Tudo isso devia lhe dar tempo o suficiente para encontrar Gaelle.

Quando Ophélie começou a sair do quarto, quase levou um soco na cara. Era Raposa, prestes a bater na porta. Ele arregalou os olhos verdes e abriu a boca com surpresa; por trás do casaco, Ophélie devia parecer tão surpresa quanto.

— Ah, quem diria! — resmungou Raposa, coçando o cabelo ruivo. — E eu duvidava que o mudinho se dava bem. Licença, garota, preciso falar com ele.

Ele botou as mãos fortes nos ombros de Ophélie e a empurrou gentilmente para a Rua dos Banhos, como se expulsando uma garotinha que tinha feito besteira. Ela só deu três passos antes de ser chamada de volta por Raposa.

— Ei, garota! Espera aí!

Em poucos passos, ele parou em frente a ela com seu corpo enorme, mãos na cintura. Ele se curvou, apertando os olhos, tentando ver melhor o que se escondia atrás do casaco preto que Ophélie colocava entre eles.

— O quarto está vazio. O que você estava aprontando lá assim sozinha?

Ophélie teria preferido uma pergunta que pudesse responder com sim ou não. Tornar Raposa seu inimigo era a última coisa que queria. Segurando o casaco, tirou sem jeito a corrente da chave de um bolso do avental.

— Emprestada — murmurou.

Raposa levantou as sobrancelhas grossas e ruivas e verificou a etiqueta do número 6 da Rua dos Banhos com a cara suspeita de um guarda.

— Ele seria doido de andar sem a chave! Você não estava tentando roubar meu amiguinho, hein?

Com um gesto autoritário, ele afastou o casaco de Thorn como uma cortina. Sua desconfiança se transformou em constrangimento quando ele examinou Ophélie de perto, sob os óculos e o gorro.

— Ai, coitada! — suspirou ele, mais doce. — Não sei quem são seus patrões, mas eles não são delicados. Você é nova? Não queria te assustar, hein, é só que estou procurando meu amigo. Sabe onde posso encontrá-lo? Tem uma espécie de busca rolando faz uma hora. Com aquela carinha de culpado, ele vai acabar se ferrando.

Ophélie foi desarmada ao constatar que esse pajem grandalhão merecia mais sua confiança do que seu próprio noivo. Ela levantou o rosto, sem tentar se esconder, e o olhou bem nos olhos.

— Me ajude, por favor. Preciso falar com Gaelle, é muito importante.

Piscando algumas vezes, Raposa ficou sem voz.

— Gaelle? Mas o que ela... O que você... Como assim, quem é você?

— Onde ela está? — implorou Ophélie. — Por favor.

Na outra ponta da Rua dos Banhos, os guardas chegaram com estrondo. Entraram à força nos chuveiros e banheiros, arrastando homens meio nus, descendo os cassetetes em quem reclamava. Os gritos e insultos ecoavam horrivelmente nas paredes.

Ela estava aterrorizada.

— Vem — murmurou Raposa, segurando sua mão. — Se eles notarem que você está com a chave de outra pessoa, vão te espancar.

Ophélie foi atrás de Raposa, esmagada pelo punho viril, enrolada no casacão de Thorn. As ruas dos alojamentos se sucediam umas às outras, todas parecidas com os ladrilhos pretos e brancos e com as luminárias pequenas. Perturbados pela busca, os empregados ficavam na soleira das portas, apontando os que tinham o azar de corresponder à descrição. Tinha cada vez mais guardas, mas Raposa conseguia evitá-los, pegando atalhos. Ele consultava sem parar o relógio de bolso.

— Minha patroa já vai acordar — suspirou ele. — Normalmente, a essa hora, já preparei o chá e passei o jornal.

Ele colocou Ophélie dentro de uma Rosa dos Ventos e abriu a porta que levava diretamente aos fundos do castelo. Eles atravessaram o zoológico exótico, os poleiros, o curral e a leiteria. Os gansos do pátio grasnaram furiosamente quando eles passaram.

Raposa levou Ophélie até a garagem dos automóveis.

— O senhor está organizando uma corrida para amanhã — explicou. — Como o mecânico está doente, Gaelle foi indicada para fazer a revisão dos motores. Ela está com um humor do cão, achei bom te avisar.

Ophélie tocou seu braço quando ele começou a abrir as portas da garagem.

— Eu agradeço pela ajuda, mas prefiro que você fique aqui — sussurrou ela. — Entrarei sozinha.

Raposa franziu as sobrancelhas. A lanterna na entrada da garagem, acima deles, destacava toda a ruivice. Ele verificou com um olhar prudente que estavam mesmo sozinhos nessa parte do terreno.

— Não entendo o que está acontecendo, não sei o que você procura ou quem realmente é, mas uma coisa é clara no momento.

Ele abaixou o olhar para os sapatos envernizados com argola prateada que apareciam sob o vestido preto de Ophélie.

— Esses sapatos são de pajem e só conheço um pajem com um pé tão pequeno.

— Quanto menos souber sobre mim, melhor para você — suplicou Ophélie. — Muita gente já sofreu por me conhecer bem. Não me perdoaria se qualquer coisa acontecesse com você por minha culpa.

Perturbado, Raposa coçou a costeleta que crescia no rosto como um arbusto ardente.

— Então não errei. É... é você mesmo? Eita — murmurou, batendo no rosto com a mão aberta —, para uma situação constrangedora, essa é bem constrangedora mesmo. Mas já vi muitas bizarrices por aqui.

Suas grandes mãos vermelhas seguraram os anéis de cada porta.

— Mais um motivo para entrar com você — concluiu, com uma cara teimosa. — Tenho o direito de entender, ora bolas.

Era a primeira vez que Ophélie entrava na garagem dos automóveis. O lugar, onde pairava o cheiro atordoante de gasolina, parecia deserto. Iluminadas por três luminárias de teto, as cabines elegantes das liteiras se alinhavam em primeiro plano. Madeira verde clara, cortinas azuis-celestes, assentos rosa-envelhecido, estampas florais, não havia duas iguais. Os automóveis do Luz da Lua estavam estacionados no fundo da sala, porque eram usados mais raramente. Eram objetos de luxo, expostos principalmente pelo prazer estético. As estradas desiguais e tortuosas da Cidade Celeste não eram adaptadas para a circulação motorizada.

Todos os automóveis estavam cobertos por panos, exceto um. De longe, parecia um carrinho de bebê, com as rodas finas e a capota florida. Provavelmente era um carro de mulher.

Gaelle xingava como um caminhoneiro, curvada sobre o motor. Ophélie só tinha visto um desses no museu, e mesmo assim só em peças desmontadas. Em Anima, os veículos andavam sozinhos como animais bem treinados; eles não precisavam de motor.

— Ei, minha linda! — chamou Raposa. — Visita para você!

Gaelle soltou mais um palavrão, bateu no motor com a chave fixa, arrancou as luvas com raiva e ergueu os óculos de proteção. Seu olho azul vivo e seu monóculo preto se fixaram na faxineira que Raposa trazia. Ophélie se submeteu silenciosamente ao exame; sabia que Gaelle a reconheceria, porque sempre a vira como ela era.

— Espero pelo seu bem que seja importante — disse com impaciência.

Foi tudo. Ela não fez uma única pergunta, não disse uma única palavra que pudesse comprometê-la com Raposa. *Meu segredo pelo seu segredo*. Ophélie dobrou desajeitadamente o casaco de Thorn que carregava nas mãos. Era sua vez de não trair Gaelle.

— Tenho um problema e só você pode me ajudar. Preciso dos seus talentos.

Cautelosa, Gaelle tocou o monóculo que causava uma sombra impressionante sob a sobrancelha.

— *Meu* talento?

Ophélie concordou com a cabeça, puxando para trás da orelha as mechas que escapavam do gorro.

— Pelo menos não é para cuidar de um nobre?

— Você tem minha palavra que não.

— Mas o que vocês estão resmungando aí, afinal de contas? — exasperou-se Raposa. — Vocês duas se conhecem? Qual é a desses segredinhos todos?

Gaelle tirou os óculos de proteção, ajeitou os cachos pretos e os suspensórios nos ombros.

— Não se meta nisso, Renold. Quanto menos souber, melhor para você.

Raposa parecia tão perdido que Ophélie sentiu pena. Ele era a última pessoa de quem queria se esconder, mas não tinha escolha. Tinha mostrado seu rosto verdadeiro e já era demais.

Gaelle tocou a bochecha com um dedo para pedir silêncio. Lá fora, os gansos grasnavam.

— Alguém está vindo.

— Os guardas — resmungou Raposa, consultando o relógio. — Eles estão revirando todos os cantos do Luz da Lua. Corram, galera!

Ele indicou uma porta baixa, pouco visível atrás das fileiras de automóveis cobertos.

— É preciso fugir. Eles não podem encontrar a garota de jeito nenhum.

Gaelle apertou mais a sobrancelha ao redor do monóculo.

— Todas as luminárias estão acesas — disse ela. — Aquele carro ainda está rodando! Eles vão entender que fugimos e soar o alerta.

— Não se encontrarem alguém aqui.

Raposa tirou correndo o colete do uniforme, arregaçou as mangas da camisa e se cobriu de óleo de motor.

— Senhoras, apresento um mecânico exausto — riu, levantando os braços. — Dos guardas cuido eu. Escapem logo pelos fundos.

Ophélie o encarou com tristeza e admiração. Ela se deu conta a que ponto esse ruivo enorme tinha tomado um lugar significativo na sua vida. Sem ser capaz de explicar, tinha medo de nunca mais vê-lo depois de atravessar a porta.

— Obrigada, Renold — murmurou ela. — Obrigada por tudo.

Ele deu uma piscadela brincalhona.

— Diz para o mudinho cuidar bem da própria bunda.

— Vista isso — murmurou Gaelle, entregando seus óculos de proteção. — Vai parecer mais legítimo.

Raposa colocou os óculos, inspirou fundo para criar coragem, segurou o rosto selvagem de Gaelle e a beijou com determinação. Ela ficou tão surpresa que arregalou o olho azul sem nem pensar em empurrá-lo. Quando ele a soltou, um imenso sorriso se abriu entre as costeletas.

— Faz anos que cobiço essa mulher — sussurrou ele.

Ao longe, as portas se abriram, revelando as silhuetas dos guardas. Gaelle empurrou Ophélie para trás de um automóvel coberto, a arrastou pelas sombras e saiu com ela pela porta dos fundos.

— Cretino — sussurrou entre os dentes.

Ophélie não via quase nada na noite estrelada falsa. Mesmo assim, teria jurado que a boca de Gaelle, normalmente tão rígida, tinha se aberto com mais doçura.

OS DADOS

Por corredores e escadas, Ophélie e Gaelle chegaram ao último andar do Luz da Lua sem cruzar com os guardas. Foi um alívio fechar a porta e virar a chave na fechadura. Ophélie jogou o casaco de Thorn em uma cadeira, levantou a cortina do dossel da cama para verificar que Berenilde continuava dormindo, e indicou o divã para Gaelle. A tia Roseline se agitava como se fosse vítima de um pesadelo.

— Um Miragem aprisionou o espírito dela em uma ilusão — murmurou Ophélie em voz baixa. — Você pode ajudá-la a sair dessa?

Gaelle se agachou ao lado do divã e olhou atentamente para a tia Roseline. Ela a contemplou por um longo momento através dos cachos pretos, braços cruzados, boca fechada.

— É resistente — reclamou ela. — Parabéns ao criador, é uma obra de arte. Será que posso lavar as mãos? Estou cheia de graxa.

Ophélie encheu a bacia de Berenilde e procurou sabão. Estava tão nervosa que virou água no tapete.

— Você pode ajudar? — repetiu Ophélie baixinho enquanto Gaelle se lavava.

— O problema não é se posso ajudar, é por que ajudaria. Quem é essa mulher, afinal? Uma amiga da Dragoa? — cuspiu com um olhar de desprezo para a cama de dossel. — Nesse caso, não me interessa.

Atrás dos óculos, Ophélie se concentrou no monóculo preto para atingir a pessoa que se escondia do outro lado.

— Acredite, o único erro dessa mulher foi ter a mim como sobrinha.

Ophélie surpreendeu na escuridão do monóculo o que esperava ver: um brilho de raiva. Gaelle sentia um ódio visceral por injustiças.

— Traga um banquinho.

Gaelle se sentou ao lado do divã e tirou o monóculo. Com o olho esquerdo, mais escuro e indecifrável que um poço sem fundo, indicou ironicamente os aposentos de Berenilde. Ela queria que Ophélie aproveitasse o espetáculo, queria mostrar como era esse mundo sem a cortina de ilusões. Onde quer que ela olhasse, a aparência do lugar mudava. O tapete majestoso era só um carpete barato. O papel de parede elegante revelava uma parede coberta de mofo. Os vasos de porcelana viravam potes simples de barro. O dossel estava devorado por traças, o biombo estava rasgado, as poltronas estavam desbotadas, as xícaras de chá, lascadas. A trama das ilusões se descosturava sob o olhar implacável de Gaelle, mas se recompunha assim que ela focava em outro lugar.

"O verniz sobre a sujeira", dissera Archibald. Ophélie notava até que ponto era verdade. Ela nunca mais veria o Luz da Lua do mesmo jeito depois disso.

Gaelle se curvou sobre o seu banquinho e levantou devagar o rosto adormecido da tia entre as mãos.

— Como ela se chama?

— Roseline.

— Roseline — repetiu Gaelle, focando nela uma atenção minuciosa.

Seus olhos, um azul, o outro preto, estavam arregalados. Apoiada no divã, Ophélie apertava os dedos com ansiedade. As pálpebras fechadas da tia Roseline começaram a tremer, então o tremor se espalhou para o resto do corpo. Ela foi tomada por calafrios violentos, mas Gaelle segurou o rosto com mais força, mergulhando nele o feixe esmagador do seu niilismo.

— Roseline — murmurou ela. — Volte, Roseline. Siga minha voz, Roseline.

Os tremores pararam e Gaelle apoiou a cabeça pálida de volta no travesseiro. Ela pulou do banquinho, recolocou o monóculo e roubou cigarros do maço pessoal de Berenilde.

— Bom, vou nessa. Raposa não sabe nada de mecânica e os automóveis não vão se revisar sozinhos.

Ophélie estava estupefata. A tia Roseline continuava deitada no divã, de olhos fechados.

— É que ela não parece tão acordada.

Enquanto acendia um cigarro, Gaelle fez uma careta , provavelmente para tranquilizá-la.

— Ela vai dormir ainda um tempinho. Só não a acorde bruscamente, porque ela precisa voltar e, acredite, é um caminho longo. Mais algumas horas e eu não conseguiria resgatá-la.

Ophélie se abraçou para reprimir os calafrios que sentia no corpo inteiro. Ela se dava conta, de repente, que estava pegando fogo. Sua costela parecia pulsar no mesmo ritmo que o coração. Era ao mesmo tempo dolorido e calmante.

— Tudo bem? — resmungou Gaelle, preocupada.

— Ah, sim, sim — garantiu Ophélie, com um sorriso fraco. — É... é nervoso. Nunca estive tão aliviada na vida.

— Não precisa ficar assim.

Com o cigarro na mão, Gaelle parecia completamente desconcertada. Ophélie ajeitou os óculos para olhá-la nos olhos.

— Eu te devo muito. Não sei como será o futuro, mas você sempre me terá como aliada.

— Vamos evitar palavras bonitas — cortou Gaelle. — Sem querer te deixar triste, querida, mas a corte vai quebrar seus ossos ou apodrecê-los até a moela. E eu não sou muito amigável. Te prestei um serviço, peguei cigarros como pagamento, estamos quites.

Gaelle contemplou a tia Roseline com um ar pensativo, quase melancólico, e apertou o nariz de Ophélie com um sorriso feroz.

— Se quiser mesmo retribuir, não vire um deles. Faça boas escolhas, não se comprometa e encontre o seu próprio caminho. A gente se fala de novo daqui a uns anos, tá?

Ela abriu a porta e segurou a aba do boné.

— Até a próxima.

Quando Gaelle foi embora, Ophélie trancou a porta. Os quartos da embaixada eram os mais seguros da Cidade Celeste; nada mais de ruim poderia acontecer a quem quer que fosse desde que essa porta continuasse trancada.

Ophélie se curvou sobre a tia Roseline e passou uma mão pelos cabelos presos com grampos. Ela queria acordá-la, garantir que ela tinha voltado bem do passado, mas Gaelle tinha recomendado que não o fizesse.

O melhor a fazer era dormir.

Ophélie bocejou até lacrimejar. Parecia que ela tinha uma vida inteira de sono para compensar. Arrancou o gorro de faxineira, soltou o avental, tirou os sapatos com os dedos do pé e se deixou cair no fundo de uma poltrona. Quando começou a sobrevoar florestas, cidades e oceanos, ela soube que estava sonhando. Percorreu a superfície do velho mundo, aquele que formava uma coisa só, redondo como uma laranja. Ela o via com uma profusão de detalhes. O brilho do sol na água, a folhagem das árvores, as avenidas nas cidades, tudo saltava aos olhos com uma clareza perfeita.

De repente, o horizonte foi interrompido por uma cartola imensa. O chapéu cresceu, cresceu, cresceu e, por baixo, vinha o sorriso agridoce de Archibald. Ele logo cobriu toda a paisagem, abrindo entre as mãos o Livro de Farouk.

— Eu te avisei — disse ele a Ophélie. — Todo mundo detesta o intendente e o intendente detesta todo mundo. Você achou que era especial o bastante para quebrar a regra?

Ophélie decidiu que não gostava do sonho e abriu os olhos. Apesar do aquecedor, ela tremia de frio. Soprou a palma da mão, sentindo um hálito quente. Um pouco de febre? Se levantou para procurar um cobertor, mas Berenilde e a tia Roseline já usavam os do quarto. Ironicamente, só restava para Ophélie o casaco de Thorn. Ela não era orgulhosa a ponto de recusá-lo. Voltou à poltrona e se enrolou no casaco. O relógio soou, mas ela não teve coragem de contar as badaladas.

A poltrona estava desconfortável, tinha gente demais. Era preciso dar lugar aos ministros com bigodes arrogantes. Eles iam calar a boca? Ophélie nunca conseguiria dormir com esse falatório todo. E do que falavam? De comes e bebes, claro, é tudo que tinham na cabeça. "As provisões estão faltando!", "Vamos aumentar um imposto!", "Vamos punir os caçadores!", "Vamos conversar ao redor de uma mesa!". Ophélie só sentia repugnância pelas suas barrigas enormes, mas nenhum a enjoava tanto quanto Farouk. Sua própria existência era um erro. Os cortesões o enrolavam, o intoxicavam de prazer e comandavam o poder no seu lugar. Não, realmente, Ophélie nunca conseguiria descansar aqui. Ela queria ir embora, sair, sair de verdade, inspirar vento até congelar os pulmões, mas faltava tempo. Sempre faltava tempo. Ela frequentava tribunais, conselhos, parlamentos. Ela se instalava num canto, ouvia as opiniões de uns e de outros, às vezes deliberava quando esses idiotas corriam de cabeça abaixada para um impasse. De qualquer modo, eram os números que decidiam. Os números nunca se enganam, não é? O potencial dos recursos, o número de habitantes, é tudo concreto. Enquanto que esse gordinho ali que pede mais do que merece vai sair com as mãos abanando, vai xingar Ophélie, reclamar dela, e é tudo. Ophélie recebia uma dose cotidiana de reclamações. Ela não contava mais os inimigos, mas sua lógica inevitável a levava sempre para aquela interpretação tendenciosa da divisão. Já tinham tentado colar um assistente na bunda dela para verificar, né, se sua integridade era mesmo infalível. E tinham quebrado a cara, porque ela só confiava nos números. Nem na consciência, nem na ética, só nos números. Ora, um assistente!

Que pensamento esquisito, porque Ophélie de repente se deu conta que era também uma assistente. Uma assistente com uma memória astronômica, querendo se provar, inexperiente. Uma jovem assistente que nunca errava, o que enfurecia o velho intendente. Ele a via como uma mosquinha irritante, uma oportunista prestes a empurrá-lo de uma escada para usurpar seu lugar. Que cretino! Ele nunca saberia que, por trás dos silêncios teimosos, ela só queria sua aprovação e que pelo menos uma pessoa se sentisse em luto quando ela morresse. Mas isso viria muito depois.

Por enquanto, Ophélie se contorcia de dor. Veneno. Era tão previsível, ela não podia confiar em ninguém, ninguém além da tia. Morreria aqui, nesse tapete? Não, Ophélie estava longe da morte. Ela era só uma garotinha que passava os dias jogando dados, sozinha e silenciosa no canto. Berenilde tentava distraí-la de qualquer jeito, tinha até dado de presente um belo relógio de ouro, mas Ophélie preferia os dados. Dados eram aleatórios, cheios de surpresa; eles não eram inevitavelmente decepcionantes como seres humanos.

Ophélie se sentiu menos amarga conforme rejuvenescia ainda mais. Ela corria até perder o fôlego no terreno de Berenilde. Tentava alcançar um adolescente já bem robusto que a provocava do alto da escada, mostrando a língua. Era seu irmão, Godefroy. Enfim, meio-irmão, ela não tinha o direito de chamar de irmão. Era imbecil como expressão, não era uma metade de garoto que galopava na frente dela. E não era uma metade de garota que, virando um corredor, se jogava aos seus pés gargalhando. Ophélie gostava quando Berenilde convidava Godefroy e Freyja, mesmo que às vezes eles a machucassem com as garras. Por outro lado, não gostava quando a mãe deles vinha junto e olhava para ela com nojo. Ophélie detestava esse olhar. Era um olhar que doía na cabeça, que torturava por dentro sem que ninguém visse. Ophélie cuspia no chá dela para se vingar. Mas isso foi depois, bem depois da desgraça da sua mãe, bem depois da morte do seu pai, bem depois da sua tia tê-la acolhido. Agora, Ophélie brinca com o jogo preferido com Freyja, na varanda, nesse período raro do ano em que faz calor o suficiente para aproveitar o sol. O jogo dos dados, dados talhados pelo próprio Godefroy. Freyja os lança, decide a combinação dos números – "adiciona", "divide", "multiplica", "subtrai" – e confere no ábaco. O jogo em si entedia Ophélie. Ela preferia que fosse mais complexo, com frações, equações e potências, mas ver essa admiração no olhar da irmã a aquece por dentro. Quando Freyja lança os dados, ela finalmente sente que existe.

Um alarme soou. Ophélie piscou, confusa, torta na poltrona. Enquanto desembolava as mechas de cabelo que tinham ficado presas nos óculos, correu o olhar perdido ao seu redor. De onde vinha o barulho? A sombra adormecida de Berenilde estava imóvel atrás da cortina do dossel. A chama das luminárias crepitava serenamente. A tia Roseline roncava no divã. Ophélie demorou um tempo para entender que o que estava ouvindo era o toque do telefone.

Ele parou de tocar, deixando nos aposentos um silêncio ensurdecedor.

Ophélie levantou da poltrona, toda rígida, a cabeça zumbindo. A febre devia ter abaixado, mas suas pernas estavam inchadas. Ela se aproximou da tia, na esperança de vê-la finalmente abrir os olhos, mas precisou aceitar esperar mais um pouco; Gaelle tinha dito que ela voltaria sozinha, era só confiar. Andou lentamente até o banheiro, arregaçou as mangas longas demais do casaco de Thorn, tirou as luvas, dobrou os óculos, abriu a torneira e lavou o rosto com bastante água. Ela precisava se limpar de todos esses sonhos estranhos.

Cruzou seu olhar míope no espelho acima da pia. Seu curativo tinha descolado e o machucado na bochecha tinha voltado a sangrar. Foi quando recolocou as luvas que viu um buraco pelo qual saía seu dedo mindinho.

— Ah — murmurou, examinando de mais perto. — Isso que dá mordiscar a costura.

Ophélie se sentou na beira da banheira e admirou o casaco imenso no qual se enrolara. Será que tinha *lido* as memórias de Thorn pelo buraco na luva? Era um casaco de adulto e ela tinha voltado até a infância, devia ter outra coisa. Revirou os bolsos e acabou encontrando o que procurava dentro de uma costura do forro. Dois dadinhos, esculpidos à mão de modo rudimentar. Eram eles que tinha *lido*, mesmo que sem querer.

Ophélie os observou com nostalgia, até uma certa tristeza, mas se controlou, fechando a mão. Ela não devia confundir as emoções de Thorn com as próprias. Esse pensamento a levou a fazer uma careta. As emoções de Thorn? Se esse calculista as tivera um dia, devia tê-las perdido no caminho. Sem dúvida a vida não fora fácil para ele, mas Ophélie não estava disposta a se mostrar caridosa.

Ela se livrou do casaco como se tirando uma pele que não lhe pertencia. Trocou o curativo, arrastou os pés até a salinha e consultou o relógio. Onze horas, a manhã já estava bem avançada. Os Dragões já deviam ter partido para a caça fazia muito tempo; Ophélie ficou feliz de ter escapado dessa obrigação familiar.

O telefone tocou de novo, tanto que acabou acordando Berenilde.

— Que inferno essa invenção! — reclamou ela, afastando a cortina da cama.

Berenilde não atendeu. Suas mãos tatuadas voaram como borboletas para ajeitar as ondas loiras dos cabelos. O sono a devolvera um frescor jovem, mas tinha amarrotado o belo vestido.

— Faça um café para a gente, querida. Vamos precisar bastante.

Ophélie concordava. Colocou uma panela de água no fogão, quase botou fogo na luva ao acender um fósforo, e girou o moedor de café. Encontrou Berenilde com os cotovelos na mesinha do salão, apoiando o queixo nos dedos entrelaçados, o olhar mergulhado no maço de cigarros.

— Fumei tanto assim ontem?

Ophélie colocou uma xícara de café na frente dela, achando que não era essencial contar que uma mecânica tinha usado o estoque. Assim que se sentou à mesa, Berenilde a encarou com um olhar cristalino.

— Não me lembro tão bem da conversa que tivemos antes de dormir, mas sei o suficiente para decretar que a situação é grave.

Ophélie ofereceu o açucareiro, esperando o veredito.

— Por sinal, que horas são? — perguntou Berenilde, olhando para o relógio.

— Já passou das onze, senhora.

Agarrada à sua colherzinha, Ophélie se preparou para a tempestade que estouraria sobre a mesa. "Como assim? E a ideia de me acordar não passou nem por um instante por essa cabeça de vento? Não sabe o quão importante era essa caça? Por sua culpa, vão me chamar de fraca, de velha, de imprestável!"

Nada aconteceu. Berenilde colocou açúcar no café e suspirou.

— Dane-se. Para ser sincera, parei de pensar nessa caça no instante em que Farouk olhou para mim. E, honestamente — acrescentou com um sorriso sonhador —, ele me deixou exausta!

Ophélie tomou um gole do café. Era o tipo de detalhe que não fazia a menor questão de saber.

— O seu café é nojento — declarou Berenilde, fazendo uma careta. — Você realmente não tem nenhum talento para a vida em sociedade.

Ophélie precisava reconhecer que ela estava certa. Por mais que colocasse açúcar e leite, penava para beber sua xícara.

— Acho que o Cavaleiro não nos deixa muita escolha — continuou Berenilde. — Mesmo que eu te arranjasse outro rosto e outra identidade, aquela criança desvendaria seu disfarce em um segundo. O segredo da sua presença aqui está se desfazendo. Das duas coisas uma: ou procuramos um esconderijo melhor até o casamento... — Berenilde tamborilou a alça da xícara de porcelana com as unhas longas e lisas — ou você faz sua entrada oficial na corte.

Com um guardanapo, Ophélie secou o café que derrubou na mesa. Tinha imaginado essa possibilidade, mas era difícil de ouvir. No ponto em que se encontrava, preferia ser pajem de Berenilde a ser noiva de Thorn.

Berenilde se inclinou no respaldo da poltrona e cruzou as mãos sobre a barriga arredondada.

— Claro, se você quiser sobreviver até o casamento, isso só poderá ser feito com uma condição. Você precisa ser a pupila oficial de Farouk.

— Pupila? — repetiu Ophélie, articulando cada sílaba. — Quais são as qualidades necessárias para merecer tal honra?

— Na sua situação, acho que ser você já basta! — riu Berenilde. — Farouk está louco para te conhecer, você é muito importante aos olhos dele. Até demais, na verdade. É por isso que Thorn sempre recusou de forma categórica que você o conhecesse de perto.

Ophélie ajeitou os óculos no nariz.

— O que quer dizer com isso?

— Se eu fizesse a menor ideia, não estaria tão hesitante — se irritou Berenilde. — Vai saber com Farouk, ele é tão imprevisível! O que me preocupa é a impaciência. Escondi dele até agora a sua presença na própria Cidade Celeste, sabe por quê?

Ophélie já se preparava para o pior.

— Porque temo que ele já te faça experimentar o Livro. Os efeitos de uma *leitura* dessas me apavoram. Se você falhar, o que não me surpreenderia, considerando a frustração dos seus predecessores, temo que ele se deixe levar pelo humor.

Ophélie desistiu de terminar o café e colocou a xícara no pires.

— Você quer dizer que ele pode me punir se eu não oferecer uma satisfação imediata?

— Ele com certeza não vai querer te fazer sofrer — suspirou Berenilde —, mas temo que a consequência final seja a mesma. Tantos outros se perderam antes de você! E ele, criança que é, vai se arrepender quando já for tarde, como de costume. Farouk não se preocupa com a vulnerabilidade dos mortais, especialmente dos que não herdaram os seus poderes. Nas mãos dele, você é nada.

— Seu espírito familiar não parece um pouco idiota?

Berenilde encarou Ophélie chocada, mas ela sustentou seu olhar sem piscar. Tinha vivido coisas demais recentemente para guardar o que pensava para si.

— Esse é o tipo de declaração que vai encurtar o seu tempo conosco se for feita em público — avisou Berenilde.

— O que diferencia tanto o Livro de Farouk do de Ártemis? — perguntou Ophélie com um tom profissional. — Por que um é *legível* e o outro não?

Berenilde levantou um ombro que escapou do vestido com sensualidade.

— Para ser sincera, querida, me interesso por essa história de longe. Só vi o Livro uma vez e me bastou. É um objeto inteiramente mórbido e medonho. Parece...

— Pele humana — murmurou Ophélie —, ou alguma coisa parecida. Eu me pergunto se algum elemento particular entra na composição.

Berenilde a olhou com malícia.

— Isso não é com você, é com Thorn. Contente-se em casar com ele, dar seu poder familiar e alguns herdeiros no caminho. Não pedimos mais nada.

Ophélie apertou a boca, ofendida. Ela se sentia rejeitada como pessoa e como profissional.

— Nesse caso, o que você sugere?

Berenilde se levantou, decidida.

— Vou argumentar com Farouk. Ele vai entender que deve, por interesse próprio, garantir a sua segurança até o casamento e, sobretudo, não esperar nada de você. Ele vai me escutar, tenho influência sobre ele. Thorn ficará furioso comigo, mas não vejo solução melhor.

Ophélie contemplou a luz que se agitava na superfície do café, perturbada pelos movimentos da colher. O que deixaria Thorn furioso, na verdade? Que machucassem sua noiva ou que ela se tornasse inútil mesmo antes mesmo de servir?

E depois?, perguntou-se com amargura. Quando tivesse transmitido seu dom e ele fosse usado, o que aconteceria com ela? Sua vida no Polo se limitaria a beber chá e mostrar educação?

Não, decidiu, observando seu rosto refletido na colher. *Vou me responsabilizar pessoalmente com construir um outro futuro, que eles queiram ou não.*

O soluço surpreso que Berenilde soltou tirou Ophélie das reflexões. A tia Roseline acabava de se levantar no divã para olhar com firmeza para o relógio.

— Que loucura — reclamou —, quase meio-dia e não saí da cama.

As ideias sombrias de Ophélie foram todas pelos ares. Ela se levantou com tanta pressa que derrubou a cadeira. Berenilde, ao contrário, se sentou de novo, segurando a barriga, boquiaberta.

— Sra. Roseline? Você está aqui entre nós?

A tia Roseline ajeitou os grampos no coque bagunçado.

— Pareço estar em outro lugar?

— É simplesmente impossível.

— Quanto mais te conheço, menos te entendo — resmungou a tia Roseline, franzindo as sobrancelhas. — E você, por que está sorrindo assim? — perguntou, se virando para Ophélie. — Está de vestido hoje? O que é esse curativo na sua bochecha? Que coisa, onde você se meteu?

A tia Roseline pegou sua mão e encarou o dedo mindinho que aparecia pelo buraco.

— Vai começar a *ler* a torto e a direito! Cadê seu par de reserva? Me passe a luva para eu remendar. E pare com esse sorriso, está me dando calafrios.

Ophélie tentou, mas não conseguiu parar de sorrir; era isso ou chorar. Por sua vez, Berenilde não superava a surpresa, enquanto a tia Roseline tirava a caixa de costura do armário.

— Será que eu me enganei?

Ophélie sentia pena dela, mas com certeza não explicaria que tinha procurado os serviços de uma Niilista.

O telefone da parede tocou de novo.

— O telefone está tocando — avisou a tia Roseline, com sua praticidade firme. — Talvez seja importante.

Berenilde concordou, pensativa na cadeira, e levantou o olhar para Ophélie.

— Atenda, querida.

A tia Roseline, que passava uma linha pelo buraco da agulha, se chocou.

— Ela? Mas e a voz? E o sotaque?

— Acabou o tempo dos segredos — decretou Berenilde. — Atenda, queridinha.

Ophélie inspirou. Se fosse Archibald, seria um começo e tanto para sua entrada em cena. Desconfortável, ela pegou o telefone de marfim com a mão enluvada. Já tinha visto os pais usarem o telefone algumas vezes, mas nunca tinha usado por conta própria.

Ela mal encostou o fone contra a orelha quando ouviu um trovão perfurando seu tímpano.

— Alô!

Ophélie quase deixou o telefone cair.

— Thorn?

Fez-se um silêncio brutal, entrecortado pela respiração sufocada de Thorn. Ophélie lutava contra a vontade de desligar na cara dele. Ela teria preferido resolver os problemas cara a cara. Se ele ousasse se irritar com ela, ela esperaria com firmeza.

— Você? — soltou Thorn, em voz baixa. — Bom. Que... que bom. E minha tia, ela... ela está por perto?

Ophélie arregalou os olhos. Balbucios tão confusos vindo da boca de Thorn eram no mínimo raros.

— Sim, finalmente ficamos as três aqui.

No telefone, ela ouviu Thorn prender a respiração. Era impressionante conseguir escutá-lo assim, como se estivesse próximo, sem ver seu rosto.

— Você deve querer falar com ela? — propôs Ophélie com frieza. — Acho que vocês têm muito o que conversar.

Foi no momento em que ela não esperava mais que chegou a explosão.

— Ficaram aí? — gritou Thorn. — Faz horas que me desespero para encontrar vocês, que bato na porta! Você faz a menor ideia do que eu... Não, claro, nem te ocorreu!

Ophélie afastou o aparelho alguns centímetros. Ela começava a achar que Thorn estava bêbado.

— Você está estourando meu ouvido. Não precisa gritar, estou ouvindo muito bem. Para a sua informação, nem deu meio-dia, acabamos de acordar.

— Meio-dia? — repetiu Thorn, confuso. — Como, me explique, vocês confundiram meio-dia e meia-noite?

— Meia-noite? — se chocou Ophélie.

— Meia-noite? — repetiram em coro Berenilde e Roseline, atrás dela.

— Vocês não estão sabendo de nada? Passaram esse tempo todo dormindo?

A voz de Thorn estava cheia de eletricidade estática. Ophélie se agarrou ao telefone. Ele não tinha bebido, era muito mais grave.

— O que aconteceu? — sussurrou ela.

Um novo silêncio tomou o telefone, por tanto tempo que Ophélie achou que a ligação tinha caído. Quando Thorn voltou a falar, sua voz tinha retornado à entonação distante e ao sotaque duro.

— Estou ligando do escritório de Archibald. Contem três minutos para dar tempo de eu chegar. Não abram a porta antes disso.

— Por quê? Thorn, o que aconteceu?

— Freyja, Godefroy, o pai Vladimir e os outros — disse ele lentamente. — Parece que morreram todos.

O ANJO

Berenilde ficou tão lívida que Ophélie e a tia Roseline a seguraram pelo braço para ajudá-la a levantar. Mesmo assim, ela mostrou uma calma divina ao fazer suas recomendações.

— O que nos espera do outro lado dessa porta são urubus. Não respondam a nenhuma pergunta, mantenham-se nas sombras.

Berenilde segurou a chavinha incrustada de pedras preciosas e a inseriu na fechadura. Com um simples clique, ela jogou todas as três na efervescência do Luz da Lua. A antessala vizinha tinha sido invadida por guardas e nobres. Era tudo confusão, barulhos de passos, exclamações abafadas. Assim que viram a porta se entreabrir, fizeram silêncio. Cada um encarou Berenilde com uma curiosidade mórbida, então as perguntas explodiram como fogos de artifício.

— Sra. Berenilde, nos informaram que toda a sua família foi vítima de uma caça mal orquestrada. Isso significa que os Dragões perderam a reputação de caçadores excepcionais?

— Por que você não estava com eles? Disseram que vocês discutiram ontem mesmo. Você pressentiu o que ia acontecer?

— O seu clã desapareceu, acha que o seu lugar na corte ainda é legítimo?

Decepcionada, Ophélie ouvia todas essas intromissões sem ver quem as pronunciava. A silhueta de Berenilde, corajosamente erguida no batente da porta, ocultava a visão da antessala. Ela enfrentava os ataques em silêncio, os braços cruzados sobre o vestido, procurando Thorn. Ophélie enrijeceu quando ouviu uma mulher se pronunciar.

— Circula um rumor que você estaria escondendo uma *leitora* de Anima. Ela está nesses aposentos? Por que não a apresenta?

A mulher gritou e várias vozes protestaram. Ophélie não precisou assistir à cena para entender que Thorn tinha acabado de chegar, afastando todo mundo.

— Senhor intendente, o desaparecimento dos caçadores vai afetar nossa alimentação?

— Que medidas o senhor pretende tomar?

Como única resposta, Thorn empurrou a tia para dentro do quarto, chamou Archibald e mais um homem, e trancou a porta. O barulho da antessala sumiu imediatamente; eles tinham saltado para fora do espaço. Berenilde se atirou em Thorn com um ímpeto que jogou os dois contra a porta. Ela abraçou o grande corpo magro e alto do sobrinho com toda a força.

— Meu filho, estou tão aliviada de te ver!

Reto como uma estaca, Thorn não parecia saber o que fazer com os braços desproporcionalmente longos. Ele encarou Ophélie com o olhar de falcão. Ela não devia estar com uma boa aparência, com o rosto machucado, o cabelo desgrenhado, o vestido de faxineira, os braços descobertos e uma única mão enluvada, mas nada disso a deixava constrangida. O que a envergonhada era estar cheia de fúria sem poder expressá-la. Ela sentia raiva de Thorn, mas, nas circunstâncias, era incapaz de brigar.

Ophélie foi tirada desse problema para ser jogada em outro. Archibald se inclinou profundamente em frente a ela, a cartola contra o peito.

— Presto minhas homenagens, noiva de Thorn! Como diabos você veio parar na minha casa?

Seu rosto de anjo, pálido e delicado, a honrou com uma piscadela cúmplice. Como era de se esperar, a pequena improvisação de Ophélie no jardim de papoulas não o enganara. Restava esperar que ele não escolhesse exatamente esta noite para traí-la.

— Posso saber o seu nome, afinal? — insistiu ele, com um sorriso franco.

— Ophélie — respondeu Berenilde no seu lugar. — Se não te incomodar, faremos as apresentações mais tarde. Temos que conversar sobre assuntos muito mais urgentes.

Archibald mal escutou. Seus olhos luminosos examinavam Ophélie com mais atenção.

— Você foi vítima de maus-tratos, cara Ophélie?

Ela não soube o que responder. Não podia acusar seus próprios guardas, né? Como ela abaixou o olhar, Archibald passou um dedo pelo curativo na bochecha com uma tal familiaridade que a tia Roseline tossiu no punho fechado. Thorn, por sua vez, franziu as sobrancelhas até enrugar a testa.

— Nos reunimos esta noite para conversar — declarou Archibald. — Então, conversemos!

Ele se jogou em uma poltrona e apoiou os sapatos furados em um banco. A tia Roseline preparou chá. Thorn se espremeu no divã, desconfortável entre todos esses móveis femininos. Quando Berenilde se sentou ao lado dele e se apoiou no ombro do seu uniforme, ele nem a olhou; seus olhos de ferro seguiam mesmo os menores gestos e atos de Ophélie. Incomodada, ela não sabia muito onde se meter, nem como ocupar as mãos. Acabou se encolhendo em um canto do cômodo até bater com a cabeça contra uma prateleira.

O homem que tinha entrado com Thorn e Archibald se manteve de pé no meio do tapete. Vestido com um casaco de pele cinza e grosso, ele não era jovem. Seu nariz proeminente, avermelhado pela rosácea, dominava um rosto mal barbeado. Ele esfregava os sapatos sujos na calça para torná-los mais apresentáveis.

— Jan — disse Archibald —, apresente seu relato para a sra. Berenilde.

— Uma história horrível — resmungou o homem. — Uma história horrível.

Ophélie não era boa fisionomista, então demorou um tempo para se lembrar de onde ela o conhecia. Era o guarda-caça que os acompanhara até a Cidade Celeste, no dia da chegada ao Polo.

— Estamos escutando, Jan — disse Berenilde com uma voz doce. — Pode falar à vontade, será recompensado pela sua sinceridade.

— Um massacre, minha cara senhora — resmungou o homem. — Eu mesmo ter escapado foi um milagre. Um verdadeiro milagre, senhora.

Ele segurou, desajeitado, a xícara de chá servida pela tia Roseline, a bebeu com muito barulho, a apoiou em uma mesinha e começou a agitar as mãos como marionetes.

— Vou repetir o que contei ao senhor seu sobrinho e ao senhor embaixador. A sua família, lá embaixo, estava toda junta. Tinha até três garotinhos, eu nem conhecia as caras. Desculpe se parecer rude, mas não posso esconder nada, né? Então, preciso avisar que a sua ausência, senhora, foi abertamente criticada. Disseram que você rejeitava os seus, que se preparava para fundar a própria linhagem e que isso eles tinham entendido muito bem. E que eles não reconheceriam nunca a "noiva do bastardo" nem os pirralhos que saíssem dela, para repetir as palavras deles, que eu, pessoalmente, teria vergonha de dizer. Aí, lançaram a caça como todos os anos. Eu, que conheço a floresta como a palma da minha mão, fiz meu papel e escolhi umas Bestas. Não as fêmeas grávidas, hein, essas a gente nem toca. Mas tinha três machos grandes lá, para arranjar carne para o ano todo. Era só procurar, cercar, isolar e abater. Coisa de rotina!

Ophélie escutava com uma apreensão crescente. O sotaque do homem era muito forte, mas ela o entendia melhor agora.

— Nunca vi uma coisa dessas, nunca. As Bestas começaram a aparecer de todos os cantos, de forma completamente imprevisível, a boca espumando. Pareciam possuídas. Então os Dragões atacaram com as garras e arrancaram a carne, arrancaram e arrancaram. Mas continuavam aparecendo mais Bestas, não acabava nunca! Elas pisotearam os que não comeram. Eu achei... Que horror, eu achei que era o fim, e olha que conheço bem meu trabalho.

Escolhida no canto, Ophélie fechou os olhos. Ontem, ela tinha desejado nunca mais ver sua nova família. Nunca, nunca mesmo, ela queria que acabasse desse jeito. Ela pensou nas memórias de Thorn, pensou em Godefroy e Freyja quando eram crianças, pensou nos trigêmeos que o pai Vladimir tanto se orgulhava de levar para caçar... A noite toda, Ophélie tinha se sentido sufocada por um ar de tempestade. O trovão tinha acabado de cair.

O guarda-caça coçou o queixo, onde crescia uma barba grossa. Seus olhos pareciam vazios.

— Vocês vão achar que enlouqueci, porque eu mesmo quando me ouço me acho perturbado. Um anjo, senhora, um anjo me salvou do massacre. Ele apareceu no meio da neve e as Bestas se afastaram com tranquilidade, como cordeirinhos. Foi graças a ele que sobrevivi. Um milagre inacreditável... com todo o respeito, senhora.

O homem destampou um cantil de álcool e bebeu alguns goles.

— Por que eu? — disse ele, secando o bigode com a manga. — Por que esse anjinho me salvou e não salvou os outros? Nunca vou entender.

Chocada, Ophélie não conseguiu evitar um olhar de soslaio para espiar a reação de Thorn, mas foi incapaz de decifrar o seu estado de espírito. Ele encarou o relógio de bolso por um longo tempo, como se os ponteiros tivessem parado.

— Você pode me confirmar então que todos os membros da minha família morreram nessa caça? — perguntou Berenilde, com um tom paciente. — Absolutamente todos?

O guarda-caça não ousava olhar ninguém nos olhos.

— Não encontramos nenhum sobrevivente. Alguns corpos são irreconhecíveis. Juro pela minha vida que vamos percorrer essa floresta pelo tempo necessário para recolher os cadáveres. Oferecer um sepultamento decente, sabe? E quem sabe, né? Talvez o anjo tenha salvado outros.

Berenilde abriu um sorriso prazeroso.

— Você é ingênuo! Qual era a aparência desse querubim que desceu do céu? Um garotinho bem arrumado, loiro como trigo, fofo e bochechudo?

Ophélie soprou contra as lentes dos óculos e as secou no vestido. O Cavaleiro. De novo e sempre o Cavaleiro.

— Você o conhece? — se assustou o homem.

Berenilde soltou um riso retumbante. Thorn saiu da letargia e a encarou com um olhar cortante para mandar que ela se acalmasse. Ela estava muito rosada, os cachos escorrendo pelo rosto com uma negligência pouco característica.

— Bestas possuídas, não é? O seu anjo enfiou ilusões nas cabeças delas que só uma imaginação perversa pode criar. Ilusões que as deixaram raivosas, famintas, e que ele dissipou com um estalo de dedos.

Berenilde acompanhou a frase de um gesto tão firme que o guarda-caça ficou sem ar. Impressionado, ele arregalou os olhos, grandes como pratos.

— Sabe por que esse anjinho te poupou? — continuou Berenilde. — Para que você pudesse me descrever, nos mínimos detalhes, a forma como minha família foi massacrada.

— É uma acusação muito séria, querida — interveio Archibald, apontando sua tatuagem frontal. — Uma acusação em frente a uma multidão de testemunhas.

Seus lábios se abriram em um sorriso, mas foi a Ophélie que o dirigiu. Através dele, toda a Teia assistia à cena e ela era parte do espetáculo.

Em um piscar de olhos, Berenilde recompôs seu rosto sereno. Seu peito, que se sacudia, se acalmou junto com a respiração. Sua pele voltou a ser branca como porcelana.

— Uma acusação? Eu cheguei a dizer um nome?

Archibald voltou sua atenção ao fundo da sua cartola furada, como se achasse o buraco mais interessante do que todas as pessoas presentes.

— Achei, ao te escutar, que esse "anjo" não te era estranho.

Berenilde levantou o olhar para Thorn a fim de consultá-lo. Rígido no divã, ele respondeu com um olhar cortante. Seu silêncio parecia ordenar, no fundo: "dance conforme a música." Essa troca silenciosa só durou um instante, mas permitiu que Ophélie avaliasse até que ponto ela tinha se enganado com Thorn. Por muito tempo, ela o vira como marionete de Berenilde, enquanto era ele que puxava as cordas.

— Estou perturbada pela morte da minha família — murmurou Berenilde, com um sorriso fraco. — A dor me confunde. O que realmente aconteceu hoje, ninguém sabe e ninguém nunca vai saber.

Olhar de mel, rosto de mármore, ela se apresentava de novo em um palco de teatro. O pobre Jan, inteiramente perdido, não entendia mais nada.

Ophélie, por sua vez, não sabia muito o que pensar de tudo que acabava de ouvir. Ao lançar os guardas contra Mime, ao aprisionar o espírito da tia Roseline, ao forçar a pobre empregada a se jogar da janela, o Cavaleiro tinha manipulado para prender Berenilde aqui e impedi-la de ir à caça? Era só uma hipótese. Tudo era só uma hipótese. Essa criança era assustadora. Sua sombra flutuava sobre cada catástrofe, mas nunca era possível acusá-lo de nada.

— Consideramos então o caso encerrado? — perguntou Archibald com leveza. — Como um deplorável acidente de caça?

Ao menos uma pessoa, esta noite, parecia tirar proveito da situação. Ophélie o acharia detestável se não sentisse que cada uma das suas intervenções tinha a intenção de proteger Berenilde das próprias emoções.

— Ao menos por enquanto.

Todos os olhares se dirigiram para Thorn. Eram as primeiras palavras que ele pronunciava desde o começo dessa reunião.

— Faz sentido — disse Archibald, com um toque de ironia. — Se a investigação descobrir elementos que apontem para alguma ação criminosa, não duvido que você reabrirá o caso, senhor intendente. Parece ser exatamente a sua função.

— Como será a sua apresentar o relato a Farouk, senhor embaixador — retrucou Thorn, dirigindo a ele um olhar afiado. — A posição da minha tia na corte se tornou precária; posso contar com você para defender seus interesses?

Ophélie notou que a frase era mais uma ameaça do que um pedido. O sorriso de Archibald se acentuou. Ele tirou um pé depois do outro do banquinho e recolocou a cartola velha.

— O sr. intendente duvida do zelo com que me dedicaria à sua tia?

— Você já não a decepcionou no passado? — soprou Thorn entre os dentes.

Ainda vivendo seu antigo personagem, Ophélie mostrava uma expressão distante, pouco preocupada. Na verdade, não perdia um detalhe do que estava sendo dito e não dito. Archibald teria então traído Berenilde no passado? Seria por causa disso que Thorn o detestava ainda mais do que os outros?

— São águas passadas — sussurrou Archibald, sem parar de sorrir. — Que memória forte! Entretanto, entendo sua preocupação. Você deve sua ascensão social ao apoio da sua tia. Se ela cair, pode cair com ela.

— Embaixador! — protestou Berenilde. — O seu papel não é atiçar o fogo.

Ophélie observou Thorn, imóvel no divã, com atenção. A alusão de Archibald não parecia tê-lo abalado na superfície, mas suas longas mãos nodosas estavam contraídas no seu colo.

— Meu papel, senhora, é de dizer a verdade, toda a verdade, unicamente a verdade — respondeu Archibald, com doçura demais. — O seu sobrinho perdeu só metade da família hoje. A outra metade ainda está bem viva, em algum canto da província. E aquela metade, senhor intendente — concluiu ele, com um olhar tranquilo para Thorn —, foi derrubada por culpa da sua mãe.

Os olhos de Thorn se estreitaram em duas fendas cinzentas, mas Berenilde segurou uma das suas mãos para acalmá-lo.

— Por favor, senhores, não vamos remoer essas velhas histórias! Precisamos pensar no futuro. Archibald, posso contar com o seu apoio?

O interessado ajeitou a cartola com um tapinha, para revelar os olhos claros.

— Tenho uma proposta melhor do que meu apoio, querida. Proponho uma aliança. Me nomeie padrinho do seu filho e você poderá considerar toda minha família como sua.

Ophélie se aproximou de um lenço para tossir à vontade. Padrinho da descendência direta de Farouk? Ele não perdia nenhuma oportunidade de manipular o jogo. Surpresa, Berenilde colocou as mãos na barriga por instinto. Thorn, por sua vez, estava lívido de raiva e parecia lutar contra a vontade de fazer Archibald engolir o chapéu.

— Não estou em posição de recusar sua ajuda — respondeu Berenilde por fim, com um tom resignado. — Assim será.

— É uma declaração oficial? — insistiu Archibald, indicando de novo sua tatuagem na testa.

— Archibald, te nomeio como padrinho do meu filho — declarou ela, com a maior paciência possível. — A sua proteção se estenderá até o meu sobrinho?

O sorriso de Archibald ficou mais reservado.

— Você está pedindo muito, senhora. As pessoas do meu sexo me inspiram a mais profunda indiferença e não tenho a menor vontade de introduzir na minha família um indivíduo tão sinistro.

— E não tenho a menor vontade de ser seu parente — cuspiu Thorn.

— Vamos supor que eu fuja aos meus princípios — continuou Archibald, como se não tivesse sido interrompido. — Aceito oferecer minha proteção à sua noivinha, na condição de que ela própria faça o pedido.

Ophélie levantou as sobrancelhas enquanto recebia de cara o olhar brilhante de Archibald. Acostumada a ser tratada como parte dos móveis, ela não esperava mais que pedissem sua opinião.

— Recuse a oferta — ordenou Thorn.

— Pela primeira vez, concordo com ele — interveio de repente a tia Roseline, largando furiosamente a bandeja de chá. — Me recuso que você se meta com essa gente!

Archibald a examinou com uma curiosidade sincera.

— A dama de companhia era uma Animista, afinal? Fui enganado debaixo do meu próprio teto!

Longe de se ofender, ele parecia, ao contrário, alegremente surpreso. Ele se virou para Ophélie, batendo o calcanhar, e arregalou bem os olhos, tanto que o céu pareceu ocupar seu rosto inteiro. Do divã, Thorn e Berenilde a encaravam com olhares insistentes, para fazê-la entender que esperavam algo além de um silêncio idiota.

Na cabeça de Ophélie, um pensamento estranho cobriu todos os outros. "Faça suas próprias escolhas, senhorita. Se não aproveitar sua liberdade hoje, amanhã será tarde demais."

Archibald continuava a olhar para ela com inocência, como se essas palavras não viessem dele. Ophélie decidiu que ele tinha razão, ela devia fazer as próprias escolhas desde então.

— Você é um homem desprovido de moral — declarou ela, falando o mais alto que conseguia. — Mas sei que você nunca mente e eu preciso de verdade. Aceito escutar todos os conselhos que você queira me oferecer.

Ophélie tinha olhado Thorn diretamente nos olhos enquanto falava, pois era também a ele que se dirigia. Ela viu seu rosto anguloso se desmontar. Archibald, por sua vez, não parava de sorrir.

— Acho que vamos nos entender bem, noiva do Thorn. Somos amigos a partir deste instante!

Ele a cumprimentou com o chapéu, beijou a mão de Berenilde e levou com ele o pobre guarda-caça perdido. Os gritos e perguntas dos nobres explodiram quando o embaixador atravessou a porta; a calma voltou assim que a tia Roseline girou a chave.

Um longo silêncio tenso se fez, durante o qual Ophélie sentiu sobre ela a desaprovação geral.

— Estou ofendida pela sua arrogância — indignou-se Berenilde, ficando de pé.

— Pediram minha opinião, então eu a dei — respondeu Ophélie, com toda a calma que era capaz.

— A sua opinião? Você não tem que ter opinião! Suas únicas opiniões serão as ditadas pelo meu sobrinho.

Imóvel como um cadáver, Thorn não parava mais de olhar para o tapete. Seu perfil talhado à faca era inexpressivo.

— Quem te deu o direito de se opor publicamente à vontade do seu futuro marido? — continuou Berenilde, com uma voz glacial.

Ophélie não precisou pensar muito na pergunta. O estado do seu rosto era lamentável, um ataque de garras a mais não faria diferença.

— Eu mesma me dei o direito — disse ela, com coragem. — No instante em que soube que vocês me manipulavam.

A água dos olhos de Berenilde pareceu se agitar.

— Como ousa falar conosco com esse tom? — sussurrou ela, chocada. — Você não é nada sem a gente, queridinha, absolutamente nada...

— Cale-se.

Berenilde se virou com rapidez. Thorn tinha pronunciado essa ordem com uma voz retumbante. Ele desdobrou o grande corpo do divã e abaixou sobre a tia um olhar que a fez empalidecer.

— Parece que a opinião dela tem importância. O que você lhe contou, exatamente?

Berenilde ficou tão chocada que o sobrinho a culpasse que continuou muda. Ophélie decidiu responder por ela. Ela levantou o queixo para mirar o olho machucado de Thorn, lá no alto. Ele tinha olheiras de dar medo e seu cabelo claro nunca estivera tão desgrenhado. Ele tinha sofrido demais hoje para que despejasse sua raiva, mas ela não podia adiar essa conversa.

— Eu sei sobre o Livro. Sei as suas verdadeiras ambições. Você está usando o casamento para tomar uma dose do meu poder. Só lamento não ter ouvido isso de você.

— E o que lamento — reclamou a tia Roseline, devolvendo a luva remendada — é não entender uma palavra do que vocês estão dizendo.

Thorn tinha se refugiado atrás do relógio como em todas as vezes em que a situação fugia do seu controle. Ele o levantou, abriu a tampa, fechou a tampa, abriu a tampa, mas não mudou nada: a linha do tempo tinha sido partida. Nada seria como antes a partir de agora.

— O que foi feito está feito — disse ele simplesmente, com um tom neutro. — Temos outras preocupações no momento.

Ophélie não acreditava que fosse possível, mas se sentiu ainda mais decepcionada com Thorn. Ele não tinha expressado nenhum arrependimento, formulado nenhum pedido de desculpas. De repente ela se deu conta de que uma parte dela tinha continuado a esperar em segredo que Berenilde estivesse mentindo e que ele não tivesse nada a ver com essas intrigas.

Exasperada, Ophélie vestiu a luva e ajudou a tia a tirar a mesa de chá. Estava em um tal estado que quebrou duas xícaras e um pires.

— Não temos mais escolha, Thorn — suspirou Berenilde. — Precisamos apresentar a sua noiva a Farouk, quanto antes melhor. Todo mundo logo vai saber que ela está aqui. Seria perigoso escondê-la por mais tempo.

— Não é ainda mais perigoso colocá-la na frente dele? — resmungou Thorn.

— Vou garantir que ele a proteja. Prometo que tudo correrá bem.

— Entendido — sibilou Thorn com um tom mordaz. — É uma solução tão simples que nem pensamos nela antes?

Na pequena cozinha, a tia Roseline trocou um olhar espantado com Ophélie. Era a primeira vez que Thorn se mostrava tão insolente com Berenilde na frente delas.

— Você não confia mais em mim? — repreendeu ela.

Passos pesados se aproximaram da cozinha. Thorn abaixou a cabeça para não esbarrar no batente, baixo demais para ele, e se apoiou na entrada. Ocupada secando a louça, Ophélie ignorou o olhar que ele pesava sobre ela. O que ele esperava? Uma palavra amável? Ela não queria nem ver a cara dele.

— É em Farouk que não confio — disse Thorn, com a voz firme. — Ele é esquecido demais e muito impaciente.

— Não se eu estiver ao lado dele para mantê-lo com os pés no chão — declarou Berenilde atrás dele.

— Você vai sacrificar o que te resta de independência.

— Estou preparada.

Thorn não desviava o olhar de Ophélie. Mesmo agarrada em uma chaleira, o sentia pelo canto dos óculos.

— Você não para de aproximá-la do olho do furacão quando eu queria mantê-la afastada — brigou ele.

— Não vejo outra solução.

— Por favor, finjam que nem estou aqui — irritou-se Ophélie. — Não é como se me dissesse respeito, afinal.

Ela levantou o olhar e não pôde escapar ao de Thorn dessa vez. Surpreendeu-se ao encontrar o que temia ver. Um cansaço profundo. Ela não tinha vontade de sentir pena dele, de pensar nos dois dadinhos.

Thorn entrou de vez na cozinha.

— Nos deixe um instante — pediu ele à tia Roseline, que guardava o jogo de chá em um armário.

Ela apertou os dentes de cavalo.

— Na condição de que a porta fique aberta.

A tia Roseline se juntou a Berenilde na sala e Thorn empurrou a porta o máximo possível. Só tinha uma lamparina a gás na cozinha; ela projetou a sombra esquelética de Thorn no papel de parede enquanto ele parava de pé em frente a Ophélie.

— Você o conhecia.

Ele tinha sussurrado essas palavras com uma rigidez extrema.

— Não é a primeira vez que você o encontrou — continuou. — Mostrando seu verdadeiro rosto, quero dizer.

Ophélie demorou para entender que ele estava falando de Archibald. Ela empurrou para trás a massa de cabelos que cobria seus óculos como uma cortina.

— Não, de fato. Eu o conheci por acidente antes.

— Na noite em que escapou.

— Sim.

— E ele sabia quem você era esse tempo todo.

— Eu menti para ele. Não muito bem, confesso, mas ele nunca teria me identificado como Mime.

— Você poderia ter me avisado.

— Sem dúvida.

— Talvez você tivesse motivos para me esconder esse encontro?

Ophélie estava com torcicolo de levantar o rosto para Thorn. Ela notou, na luz fraca, que os músculos ao longo do seu maxilar estavam contraídos.

— Espero que você não esteja se referindo ao que penso — disse ela, com uma voz fraca.

— Devo deduzir que ele não te desonrou?

Ophélie sufocava por dentro. Agora, sinceramente, era o cúmulo!

— Não. Você, por outro lado, me humilhou como ninguém.

Thorn arqueou as sobrancelhas e inspirou profundamente pelo nariz comprido.

— Você está com raiva porque eu te enganei? Você também mentiu por omissão. Parece que nós dois tomamos um caminho ruim desde o começo.

Ele tinha dito isso rápido e sem emoção. Ophélie estava cada vez mais perplexa. Ele achava que ia resolver essa disputa como resolvia os assuntos da Intendência?

— Além disso, não estou te acusando de nada — acrescentou ele, imperturbável. — Só recomendo que desconfie de Archibald. Se proteja dele, nunca fique sozinha em sua companhia. Não seria um exagero recomendar a mesma coisa com Farouk. Esteja sempre acompanhada por alguém quando for levada para encontrá-lo.

Ophélie não soube se devia rir ou se irritar de vez. Thorn parecia muito sério. Ela espirrou três vezes, assoou o nariz e continuou com uma voz entupida:

— Você está se preocupando com a coisa errada. Passo bem desapercebida.

Thorn se calou, pensativo, e se inclinou para a frente, vértebra após vértebra, até pegar a mão de Ophélie. Ela teria se afastado se ele não tivesse se levantado quase imediatamente.

— Acha mesmo? — ironizou ele.

Enquanto Thorn saía da cozinha, Ophélie se deu conta que ele tinha deixado um papel na sua mão. Um telegrama?

SENHOR THORN

INTENDÊNCIA CIDADE CELESTE, POLO

PREOCUPADOS COM O SILÊNCIO CHEGAMOS

ASSIM QUE POSSÍVEL – PAPAI MAMÃE AGATHE

CHARLES HECTOR DOMITILLE BERTRAND

ALPHONSE BEATRICE ROGER MATHILDE MARC

LEONORE, ETC.

A PASSA-ESPELHOS

— Abaixe sempre o olhar na presença do sr. Farouk.
— Mas isso não te impede de manter a postura ereta.

— Só fale se for diretamente convidada.

— Seja clara como um apito.

— Você precisa merecer a proteção oferecida, Ophélie. Mostre humildade e gratidão.

— Você representa os Animistas, minha filha, não deixe ninguém te desrespeitar.

Atacada pelas recomendações contraditórias de Berenilde e da tia Roseline, Ophélie não ouvia nem uma nem outra. Ela tentava acalmar o cachecol que, meio enlouquecido de alegria e meio enlouquecido de raiva, se enrolava no seu pescoço, nos seus braços e na sua cintura, com medo de ser novamente separado da dona.

— Devia ter queimado esse negócio pelas suas costas — suspirou Berenilde, abanando o leque. — Não se entra no Polo com um cachecol mal-educado.

Ophélie pegou a sombrinha que tinha deixado cair. Berenilde a arrumara com um chapéu com *voilette* e um vestido cor de baunilha, leve como suspiro, que lembrava as roupas da sua infância, na época em que toda a família fazia piqueniques no verão. Esse estilo parecia infinitamente mais inapropriado do que seu cachecol em uma arca onde a primavera não passava dos quinze graus.

O elevador parou devagar.

— A Ópera Familiar, senhoras! — anunciou o ascensorista. — A Companhia dos elevadores informa que uma conexão as espera do outro lado do saguão.

Na última vez em que Ophélie tinha atravessado o chão brilhante do saguão da Ópera, vestia um uniforme de pajem em vez de um vestido de mulher, e carregava um remo em vez de uma sombrinha. Ela tinha a impressão de ter trocado um disfarce por outro, mas uma coisa era a mesma: continuava com a costela doendo.

Um novo ascensorista se aproximou, puxando o chapéu de elástico.

— A conexão as espera, senhoras! O sr. Farouk manifestou seu desejo ardente de recebê-las.

Em outras palavras, já estava impaciente. Berenilde entrou no elevador como se flutuasse em nuvens. Ophélie, por sua vez, pisava em ovos passando em frente aos guardas que protegiam a grade da entrada. Ela não achava muito tranquilizador precisar de tal proteção para subir um único andar.

— Não estamos mais na embaixada — avisou Berenilde enquanto o porteiro fechava a grade dourada. — A partir de hoje, não coma nada, não beba nem aceite um presente sem minha autorização. Se valorizar sua saúde ou sua virtude, também vai evitar as alcovas e os corredores pouco frequentados.

A tia Roseline, que tinha pegado uma bomba de creme no bufê apetitoso do elevador, a devolveu ao prato sem hesitar.

— Que medidas pretende tomar quanto à nossa família? — perguntou Ophélie. — De jeito nenhum eles devem vir para cá.

Só de imaginar seu irmão, suas irmãs, suas sobrinhas e seus sobrinhos nesse ninho de cobras, Ophélie suava frio.

Berenilde se sentou voluptuosamente em um dos bancos do elevador.

— Confie em Thorn para resolver esse problema com sua eficiência de costume. Por enquanto, se preocupe especialmente com não causar uma má impressão no nosso espírito familiar. Nosso destino na corte vai depender em parte da opinião de Farouk sobre você.

Berenilde e a tia Roseline voltaram então às recomendações: uma queria corrigir o sotaque de Ophélie, a outra querendo preservá-lo; uma pedindo para manter o animismo na intimidade, a outra pedindo para exibi-lo publicamente. Parecia que elas tinham passado o dia ensaiando.

Ophélie limpou a poeira do cachecol, para acalmá-lo e se acalmar também. Por baixo do *voilette*, ela apertava a boca para conter o que pensava. "Confiar" e "Thorn": ela não cometeria de novo o erro de juntar essas duas palavras. A conversinha deles no dia anterior não mudava nada, por mais que o sr. intendente quisesse.

Enquanto o elevador rangia de todos os lados, como um navio de luxo jogado às ondas, Ophélie tinha a impressão de que os barulhos vinham do seu próprio corpo. Ela se sentia mais frágil do que no dia em que vira Anima desaparecer na noite, do que no dia em que fora atacada pelas garras da família de Thorn, do que no dia em que os guardas a espancaram e jogaram nas masmorras do Luz da Lua. Tão frágil, na verdade, que parecia prestes a se estilhaçar no próximo golpe.

É minha culpa, pensou ela, com amargura. *Tinha prometido que não esperaria nada desse homem. Se mantivesse minha promessa, não estaria nesse estado.*

Concordando automaticamente com os conselhos que recebia, Ophélie encarava com apreensão a grade dourada do elevador. Em alguns instantes, elas se abririam em um mundo mais hostil do que todos que havia conhecido até então. Ela não tinha vontade nenhuma de sorrir para pessoas que a desprezavam sem conhecê-la, que só viam nela um par de mãos.

Ophélie deixou a sombrinha cair de novo, mas dessa vez não a pegou. Em vez disso, contemplou suas luvas de *leitora*. Esses dez dedos eram exatamente como ela: não a pertenciam mais. Ela fora vendida para estrangeiros pela própria família. Era agora a propriedade de Thorn, de Berenilde e em breve de Farouk, três pessoas em quem não confiava nem um pouco, mas às quais deveria se submeter pelo resto da vida.

O compartimento parou tão bruscamente que a louça no bufê tilintou, o champanhe escorreu pela toalha, Berenilde colocou as duas mãos na barriga e a tia Roseline jurou, por todas as escadas do mundo, que nunca mais entraria em um elevador.

— Que as senhoras aceitem todas as desculpas da Companhia — lamentou o ascensorista. — Foi só um probleminha mecânico, vamos voltar a subir daqui a alguns instantes.

Ophélie não entendia por que o garoto se desculpava quando merecia toda sua gratidão. O choque tinha causado tanta dor na sua costela que ela ainda estava sem ar: era mais eficaz do que qualquer tapa na cara. Como ela tinha se deixado levar pela repetição de pensamentos tão derrotistas? Não eram só os outros; era ela, Ophélie, que tinha construído toda sua identidade ao redor das mãos. Era ela que tinha decidido que seria apenas uma *leitora*, uma guardiã de museu, uma criatura mais adaptada à companhia dos objetos do que dos seres humanos. *Ler* sempre fora sua paixão, mas desde quando as paixões eram a única fundação de uma vida?

Ophélie levantou o olhar das luvas e encontrou seu próprio reflexo. Entre dois afrescos de ilusões em que faunos brincavam de pique-esconde com ninfas, um espelho refletia um eco da realidade: uma mulher baixinha de vestido de verão, um cachecol tricolor carinhosamente enrolado ao seu redor.

Enquanto Berenilde ameaçava o pobre ascensorista de enforcamento se o choque do elevador tivesse qualquer impacto na gravidez, Ophélie se aproximou lentamente do espelho. Ela ergueu o *voilette* e se admirou com atenção, óculos contra óculos. Logo, quando os hematomas passassem, quando o arranhão de Freyja se tornasse uma cicatriz na bochecha, Ophélie encontraria um rosto familiar. O seu olhar, por outro lado, nunca voltaria a ser como antes. De tanto ver ilusões, tinha perdido as próprias, e era melhor assim. Quando as ilusões somem, só resta a verdade.

Esses olhos se voltariam menos para dentro e mais para o mundo. Eles ainda tinham muito a ver, muito a aprender.

Ophélie mergulhou a ponta dos dedos na superfície líquida do espelho. Ela se lembrou de repente do dia em que sua irmã tinha ensinado uma lição, no cabeleireiro, algumas horas antes da chegada de Thorn. O que ela tinha dito mesmo?

"O charme é uma arma maravilhosa dada às mulheres, você precisa usar sem escrúpulos."

Enquanto o elevador voltava a subir, o problema mecânico resolvido, Ophélie se prometeu nunca seguir o conselho da irmã. Os escrúpulos eram muito importantes. Eram inclusive muito mais importantes do que as suas mãos. "Passar espelhos exige enfrentar a si próprio", dissera o tio-avô antes da separação. Desde que Ophélie tivesse escrúpulos, desde que agisse de acordo com a própria consciência, desde que fosse capaz de encarar seu reflexo todo dia, ela não pertenceria a ninguém além de si mesma.

É o que sou, antes de um par de mãos, concluiu Ophélie, tirando os dedos do espelho. *Sou a Passa-espelhos.*

— A corte, senhoras! — anunciou o ascensorista, abaixando a manivela do freio. — A Companhia dos elevadores espera que a sua subida tenha sido agradável e se desculpa pelo atraso.

Ophélie recuperou a sombrinha, tomada por uma nova determinação. Desta vez, estava pronta para desbravar esse mundo de enganações, esse labirinto de ilusões, decidida a nunca mais se perder.

A grade de ouro se abriu, revelando uma luz ofuscante.

FRAGMENTO
POST SCRIPTUM

Eu lembro, Deus foi punido. Naquele dia, entendi que Deus não era todo-poderoso. Nunca mais o vi.

ÍNDICE

FRAGMENTO   10

OS NOIVOS

    O ARQUIVISTA   13
    O RASGO   24
    O DIÁRIO   33
    O URSO   49
    O OBSERVATÓRIO   57
    A COZINHA   67
    A MEDALHA   76
    O AVISO   88
    O GUARDA-CAÇA   95
    A CIDADE CELESTE   103
    OS DRAGÕES   109
    O QUARTO   119
    A ESCAPADA   131
    O JARDIM   143
    A IRMÃ   155
    AS GARRAS   167
    A ORELHA   182
    MIME   193

Luz da Lua

A chave   204
Raposa   217
A criança   231
A biblioteca   242
A visita   254
A intendência   263
A laranja   278
As masmorras   288
A Niilista   296
A confiança   305
A ameaça   316
A ópera   331
A estação   343
As ilusões   354
A faxineira   369
Os dados   379
O anjo   393
A Passa-espelhos   408

Fragmento post scriptum   413

5ª REIMPRESSÃO

ESTA OBRA FOI COMPOSTA EM CASLON PRO E
IMPRESSA EM PAPEL PÓLEN NATURAL 70g COM
CAPA EM CARTÃO TRIP SUZANO 250g PELA
CORPRINT PARA EDITORA MORRO BRANCO EM
NOVEMBRO DE 2023